赵柏田作品

赵柏田 著

我的曾外祖母

My Great-grandmother
By
Zhao Botian

没有人造成历史，也没有人看见历史，
如同没有人看见草怎样生长一样。
——鲍里斯·帕斯捷尔纳克

目　录

第一章 ··· *001*

第二章 ··· *095*

第三章 ··· *141*

第四章 ··· *213*

第五章 ··· *245*

第六章 ··· *277*

尾声 ··· *337*

多余的话 ··· *351*

第一章

一

我保存着一个叫金萱的女人的三张照片。前两张是抗战时期在大后方拍的，那时她还是个少妇，穿着半袖的旗袍，挂着珠玉耳坠，手指上戴着绿宝石戒指，放到今天看也是个大美人。第三张是彩色照片，那时她已经老了。那是二十世纪八十年代初，她和医生丈夫的合影，拍摄地点是上海黄浦路住处的客厅。照片中，窗玻璃贴着大红的倒"福"字，桌上堆放着果篮和礼品，当时应该是春节前，市区领导上门慰问，随行的工作人员拍下了这张照片。他们的笑容都很拘谨。医生的大半个身子陷在一把陈旧的皮质沙发里，膝上盖着一条薄床单。他的妻子坐在一把藤椅里，虽然年近七十，眉眼依然清爽，最醒目的，是她胸前交叉围着的一条大红围巾。

医生的腿疾，是下放江西那几年落下的。医生是广东人，姓冯，字樱桥，自小聪明异常，考到东吴大学，学的西洋文学。他后来生了场重病，病中自学中医脉理，居然考进上海中国医学院，毕业出来到同济医院做了一名医生。人一有才，难免心高气傲，平时说话不加检点，自恃医术精湛，看不起医术不高的领导，运动一来，群众检举揭发，按投票数多少划右派分子，他"有幸"戴上高帽，被下放江西萍乡，去一个煤矿医院打杂。待了几年，那地方湿气重，腿坏了，他想回上海，粮油、户口却怎么也回迁不过来。后来政策松动，他就打病假赖在上海不走了。原医院是回不去了，先在居委会卫生所坐堂，后来托关系进了一家地段医院当轮值医生。市、区两级领导赶在春节前探望医生一家，是为落实党的知识分子政策。一是通知他，年后可以去同济医院正式上班了，粮油和户口也可以一并转过来；二是他的妻子，著名画家金萱申请多年的文史馆员的名额也批下来了。

两件好事凑一起，医生高兴得就像在做梦一般。领导一走，医生就吩咐妻子铺纸磨墨，说要填词。医生文才好，又能唱几句，他填的曲牌连妻子都是佩服的。他又让妻子赶紧买些好吃的来，通知儿子和女儿来家里，权当过年分岁。这对儿女是双胞胎兄妹，儿子叫金中国，女儿叫金宇宙，是金萱和前夫所生，不随他的姓。他们成年后搬出去住，嘴巴很重，从不开口叫他爸的，这天听到喜讯，也都来了，儿子还破天荒地拎来两瓶绍兴加饭酒。医生很兴奋，晚餐多喝了两杯，餐后女儿搀着去弄堂天井散步，滑了一跤。医生嘴上说没事没事，却不站起来。他对闻声赶来的妻子说，呒告事体，额头让蜜蜂蜇了一下。金萱急得眼泪都下来了，你看看你！说话都大舌头了还说没事！赶紧上医院吧。

其实是头颈一根血管爆裂了。医生患心血管毛病已有几年了，不算太严重，平常他都自己调理，吃降压药，喝自己调制的据说能软化血管的沙棘原浆，这一日也是人逢喜事，忘了吃药，又多吃了几杯酒，引发脑溢血。连夜送医院，却被告知，年三十和大年初一二，医院停诊三日，到年初三住进医院，已经是不行了。

冯医生乐极生悲，撒手去了，弄堂里隔壁邻舍都说是天数。本来冯医生否极泰来，重回大医院做医生，往后不知有多少好日子等着他，哪料想吃几杯黄酒就吃出个脑溢血，可见人的命都是上天安排好的。那一对双胞胎，一个埋怨对方不该带酒来，一个埋怨对方照看不周,吵了一架后就不往来了。金萱晚年身体不好,带病延年,都是住在女儿家里,由女儿一家"当值"。她老家那边,"当值"就是照顾、服侍的意思。1989年,金萱去世,死前留有遗嘱,把黄浦路的房子留给女儿,金中国提出遗嘱未经公证,要对半分,兄妹俩还打了一场官司。最后,房子产权仍归女儿金宇宙,但她要付给金中国一笔不小的补偿款。这一下兄妹俩彻底撕破脸,连带着下一辈也不大走动了。

说起来这几个人跟我都有点关系,金宇宙是我外祖母,金中国是我舅公,金萱是我曾外祖母,也就是我太外婆。我小时候一年一次跟着大人坐火车到上海外婆家走亲戚,公共汽车下来,穿过一个围着一堆下棋老头子的街心小花园,到一个石库门房子,这里的头顶是各家晒出的万国旗一般的衣服,院里煤球炉子冒着的烟几乎让人窒息,外婆和小舅舅一家就住在这里。我们一来,本来逼仄的房子更加拥挤,我们就只能到阁楼打地铺。小舅妈是个很洋气的上海女人,也很小气,天天出门前吃两只鸡蛋,给外婆吃的每天都是咸菜泡饭。他们家的水果篮是挂在房梁上的,外婆想吃也够不着。我们一来,小舅妈就找借口加班不回家,连买小菜的钱都要我们出。但外婆从来不说小舅舅的不好,她最恨的人是舅公,因为舅公拿走了她很大一笔钱。她一把眼泪一把鼻涕地说舅公枉为她一胞所出的亲哥,一点也没有尽到做兄长的本分,老娘死前连最后一面都不肯来见。又说小时候刚来上海,太外婆带他们去海伦路看曾伯伯,曾伯伯的妻子应姨熬粥给他们喝,他总是先让妹妹喝滚烫的稀粥,自己吃底下的厚粥,害得她嘴唇皮烫破。这些穿开裆裤年纪细细碎碎的事,难为她都记得一清二楚,一提起来就委屈得不行。

其实,真要算经济账的话,外婆也算不上吃了多大亏。黄浦路的房子被舅公插了一脚，她多付了一笔钱，但屋子里太外婆留给她的那批画，却比那个老房子要值钱得多。那批画里有几张是民国初年被冯玉祥赶出紫禁城的宫廷画家王潜楼的，还有几张吴湖帆的，最多的是书法大家曾无尘的。到了九十年代初，外婆就是靠着偷偷卖这些字画的钱，把大舅舅送去了日本，供小舅舅读了大学又娶了媳妇。幸亏那时候舅公已经去世，要是他知道这些破画这么值钱，还不打上门来？

等到值钱一点的画卖得差不多了，外婆就试着把太外婆留下的画拿出来卖。画大多是山水，还有一些花鸟小品，山水学的王潜楼，字得着了曾先生三分真传，再加上太外婆读女师时学过西洋画，委实比一般的名家要好得多。我查过史料，大约二十世纪四十年代中期，金萱在临时省府驻地——方岩——成名，和张伯钊、乔大壮等名流合办过画展，战后到了上海，也开过一次画展，这一切的幕后，都是曾无尘先生操持的。外婆把这些画悄悄拿出来的时候，金萱的名头已经湮灭了，搞收藏的都没听说过她。外婆急等钱用，一个字画捐客出了一笔数目不大的钱，上门把这些字画全部吃下。二十年后，金萱的画名重现于世，有几幅还在佳士得拍出了天价，这是后话了。

其实我是见过曾外祖母一面的，但我已经没有了印象。我母亲说，那次你在外婆家，连发三天高烧，魂都丢了，就是给阿太吓着了。她这么一说，我似乎影影绰绰记起来了。那年我五六岁，正是调皮捣蛋的年纪，天天爬高爬低。那一日我一个人在阁楼的楼梯上玩，跳上跳下，没留意到楼梯转角的暗处是支着一张床的。床上的灰色蚊帐掀开，伸出一只白而干枯的手，把帐子挂在一只红色凤头帐钩上，一张干瘪的脸，从灰暗的光线中慢慢浮现了出来。我就在那时哇哇大哭起来。随后外婆过来了，对着楼梯间的暗处大声斥骂着什么。我母亲那次跟我说，里面住的是阿太，平常不出来，都是端饭端菜给她吃。

小孩子记忆没常性，外婆去弄堂口电线杆子贴黄榜，把我丢了的魂叫回来，以后再去外婆家，那个阁楼依然是我的乐园。楼上只有一个老虎窗，稍许透进一点天光，角落里堆着番薯，变质抽芽的番薯有一种甜丝丝的气味，很好闻。这一排楼是临河的，推开窗，可以看到苏州河的一条河汊，春天里开出一河滩金黄的野油菜花。我和小舅舅的女儿亚亚就在这阁楼里做游戏。我们做生孩子的游戏。亚亚的肚子里塞进一只玩具熊，装作怀孕了，我是医生，把她放倒，打针，抽血，撩起衣服，装模作样听肚子里的动静。这样的游戏总是以亚亚怕痒发出咯咯的笑声而结束。我们还总能在阁楼的柜子角落找到外婆藏着的糕点，冻米糖、云片糕这些小甜食，都是她与小舅妈斗智斗勇保存下来的。有一次我爬高取下了五斗橱上的一只暗红色漆桶，桶里放着的是一台照相机，式样古旧，皮绳都快要烂断了。我拎起照相机挂绳，皮筒里面突然一阵吱吱乱叫，掉出七八只肉红色的小老鼠，满地逃散。亚亚吓哭了，外婆在楼下听见，跑上来把我好一顿训。我原以为外婆会扔了这台破照相机，但她用湿布擦洗干净，晾干，又收了进去。小舅妈下班回来，把照相机扔进垃圾桶，晚上外婆又给捡了回来。

当然后来我知道了，这台照相机是曾外祖母的遗物。曾外祖母是我十岁那年去世的。外婆跟舅公的官司失败后，照相机和一些画稿、书信就到了外婆手里。我的曾外祖母是民国初年生人，她是虹河边的虹镇一户财主家的女儿，读过明城女子师范，这台古董式样的照相机，说不定当年多时髦呢。可是外婆怎么也想不起来她妈什么时候摆弄过这台照相机。她印象里，曾外祖母是个再普通不过的家庭妇女，抗战胜利那年，她带着他们兄妹俩从方岩回到上海，头几年还画画，去看画展，到后来国共内战爆发，政府收缴金子，钞票贬值，粮油都买不起了，哪还有余钱买笔墨纸张。再后来，解放了，太外婆与医生结成一家子，就再也没有拿起过画笔。

外婆对曾外祖母印象最深的，是刚解放那几年，她妈一次做礼拜，带着她和金中国去海伦路看望曾伯伯一家。曾外祖母说起曾伯伯总是用很敬重的语气，当面背后都叫曾先生。曾先生的妻子姓应，他们叫她应姨。应姨团团脸，剪短发，人很和气，对两个小孩很好，跟他们的妈妈总有说不完的话。应姨是曾先生的第二任妻子，应姨做曾先生的秘书时，曾先生是省教育厅厅长，已经丧妻多年，就娶了她。曾先生住的海伦路的房子是独门进出，一幢五层花园洋房的底下两层，公家分配的。曾先生的级别高，新中国成立后政府除了分给他房子，每个月还有大米、肉、蛋供应。太外婆带两个小孩去曾先生家，说是看望，实际上是借机改善一下伙食，让两个正在长个儿的孩子能够吃到肉，喝到牛奶，补充蛋白质和钙。吃好回去，应姨还给他们打包带上。外婆记得，曾先生还给过他们一竹箕纸，都是曾先生写的大字，说是救急用的。回去路上曾外祖母掉了眼泪，对兄妹俩说，受了人家的恩，一定要记着一辈子，你们不知道，放到从前曾先生的字有多值钱！

我妈妈读小学时，我的曾外祖母已经从黄浦路的房子搬过来和她们住一起。妈妈每天放晚学回家，总看到她的外婆坐在弄堂井沿边抽烟。曾外祖母的烟龄可以从她刚到上海那年算起，越抽越凶，把一口好牙生生给抽坏了。到医生下放江西那几年，她抽得越发凶了。我妈妈小时候经常被支派去弄堂口的小店买烟,买的都是最便宜的飞马牌、锦鸡牌和上游牌。我妈妈还记得,读小学时经常陪她外婆去"观落阴"。这是一种秘传的招魂术,通过一种神秘的仪式与亡灵对话,在当时跟反动卫道门组织一样,都是政府要取缔的。搞仪式都是在人家家里,关了灯,窗帘蒙得严严实实,进出的人都捏着嗓子说话。每次"观落阴"只有一个人,人多就不灵了。这个人在仪式中必须蒙上眼睛,才好跟着观世音菩萨去元宸宫看流年簿子。我妈妈去过两次就吓坏了,曾外祖母却很迷这个。有几次她就坐在"观落阴"的位置当中,眼睛上蒙着一条黑纱布,像一个木偶一样,随着主持人的提示,点头、摇头、说话、大哭。有一天半夜,隔壁邻居举报,公安破门而入,曾外祖母和几个妇女一道被带去派出所问话,教育一番才放回来。

她出来后快活地眨巴着眼睛对我妈妈说,那天她翻到了流年簿子的最后一页,那本流年簿子像一本古书,发着金光,最后一页上,满页全是蝴蝶。我妈妈那时还是小姑娘,不懂得流年簿子是什么,却对她的外祖母描述的漫天飞舞的蝴蝶很好奇,问这种簿子哪里有卖。曾外祖母嘿嘿笑着说,没得卖,这个簿子平常都是阎罗王亲自保管的,要给小鬼使钱,才会把簿子偷出来一两个时辰。这话让外婆听见,指着她妈好一顿骂。太外婆跟她女儿一家住到一起后,经常会莫名其妙挨骂,她习惯了。

2012年,省里一个领导推荐,一家出版社约我写《明城传》,这是"百城百传"出版工程里的一本,要求从建城一直写到"黄金十年"。开始我不想接,因为这本书没有起底印数,明摆着是面子工程,再加上打电话给我的那个老年编辑的命令式语气让我很不舒服。但我后来还是犹豫了,一是因为我刚写完一个长篇小说,处于空档期;另一个更重要的原因是我跟这座城有关,准确地说,明城历史上有一段跟我母系家族有关的故事,多年悬而未决,迷雾重重。简单说,这桩谜案发生在1938年春天。这年三月,陆军中将、明城城防司令黄浩楠被第三战区司令部电话招至金华,未经审讯,即行枪决。这件事发生后不久,日军攻陷明城,开始了这座城市长达七年屈辱的沦亡期。蹊跷的是,黄浩楠遭枪决后当局迟迟没有公布罪状,以致当时坊间纷纷猜测。据一种广为流传的说法,黄浩楠将军是因为私自派遣专轮去上海迎娶新妇,违反中央军人战时不准结婚的通令,于婚后三日被带走的。

黄将军派船去上海迎娶的新娘,就是我的曾外祖母。只不过那时候她还不叫金萱,她的名字叫金仙儿,是大华银行经理黄鼎昌的内侄女。不知小报记者所言是真是假,说黄将军的原配被日本人的飞机炸死后,有许多人劝他续弦,一些摩登姑娘甚至纷纷写信附上照片,但黄一直不为所动,拒绝了好心人的一次次介绍。原来他的心早有所属,他爱上了时年十九岁的表妹。这个表妹就是一直与他父亲同住的金仙儿。

那时黄浩楠刚到明城担任城防司令,军务繁忙,顾不上个人私事,直到海防工事告竣,上级官长来巡视,半真半假地对他说,作为中将司令,无妻室照料,也算有碍公务,他才报告,目下已有一女,愿结同心,但军务实在太忙,以致该女在上海等了多时,还没有娶过来。他这一说,上级官长自无不允之理。问题出在去上海迎娶新娘的那艘船"棠飞轮"。当时城防司令部发布封江令,在虹河入海口沉船数十艘,打下号称"水下篱笆"的铁桩铁链以阻日舰,船主为结交讨好黄将军而提供此船,借机装运了大量私货。新婚当日,随船运来的嫁妆十分丰厚,估值数十万,再加一批亦官亦商的人趁机发卖私货,一时明城军民愕然，上峰震怒，黄将军这才招来杀身之祸。

我直觉事情没有这么简单。虽说是战时，但堂堂中将司令丧妻续娶，动用区一艘客轮，何至于取他性命？即使有与商人勾结中饱私囊之嫌，顶多诫勉谈话，断不至于要取他项上人头。翻阅《明城革命史》时，我注意到有一位新四军五四大队老战士写的回忆录，说1938年初，明城遭遇极端严寒天气，撤退到五峰山区的新四军游击纵队在敌顽势力的包围下，缺衣少粮，没有药品，靠着"棠飞轮"从上海运来的棉布、药品和弹药，才撑过了一整个寒冬，并在接下来明城沦陷后，立足五峰山根据地，与日寇、伪顽进行坚决斗争，迎来抗战的最后胜利云云。"棠飞轮"，就是黄浩楠派到上海去迎娶金萱的那艘商船。我查阅了明城航运志，这艘船是平安轮船公司的，原名"渔阳轮"，战时为避免日机轰炸，挂的是葡萄牙国旗，船主名叫李关庭。再查李关庭，此人是个温州瑞安商人，经常往来上海、明城、温州间，但他在1955年已经被当作反革命分子镇压了。

我的私心是借着写《明城传》做一次调查，搞清楚1938年那桩沉案的真相。黄浩楠将军与金萱的婚姻生活只有三天，他自然不可能是我的曾外祖父。那么，金中国和金宇宙这一对双胞胎的父亲是谁？是那个经常接济他们的曾伯伯吗，还是另有其人？那年夏天，我经常跑到上海去看望外婆，想从她嘴里得到一些曾外祖母的线索。每一次的谈话都非常艰难，因为她的脑瘤已很严重，压迫到神经，记忆发生了错乱。我翻遍了童年时熟悉的阁楼，想找到曾外祖母生活过的痕迹，但大城市寸土寸金，这阁楼已翻修过，哪还有她的一丝半点痕迹。

夏天即将过去，我接到亚亚的电话，说外祖母不行了。待我赶到，老人家已经咽气。天气炎热，隔日一早就要发丧，外祖母生前使用过的一些什物也都被整理出来，堆在天井里。这些照例都是要烧掉的，好让她带到另一个世界去。我看到躺在暗红色漆桶里的那台老式照相机，还有发黄的报纸包着的一叠本子和照片，在火苗吞噬它们前，我拿走了。楼前院里，小舅舅以主人的身份招呼吊客和亲戚吃斋饭，他们粗声大气地说话、喝酒，丝毫没有悲伤的样子。天黑了，几个道士抹抹嘴离开流水席，院里开始做道场了。所有人都跟着道士的口令，跪下，磕头，绕圈，行礼如仪。这仪式是要一直做到天亮的。到后半夜，我有点撑不住，亚亚把我带到旁边厢房的一间屋子里，那是她出嫁前住过的，床和家具都现成，天热，也不需要床单被褥，趁着天亮前的几个小时打个盹就行。但外面叮叮当当的铙钹声让我怎么也合不上眼，索性坐起来，打开那一包发黄的旧报纸，看看里面究竟包着什么。

旧报纸轻轻一翻动就碎了，曾外祖母的三张照片就包在里面。那两张黑白照片上，她的优雅和美丽着实让我惊讶。除去小时候那次在楼梯暗角受到惊吓，这是我第一次看到曾外祖母的真容。看上去，我外婆跟她一点也不像。我外婆是方盘脸，线条粗硬，她是椭圆脸，下巴有些尖。她们更大的不同是在气质上，外婆的模样就是弄堂里普通的阿婆，一脸和善的笑容，底下藏着的全是精明和小气。曾外祖母完全不一样，即便是晚年围着大红围巾的那张照片里，她脸部的肌肉塌陷了，眼睛依然明亮，她的脸上仍有着一种岁月无法涂改的东西。那是她身上与生俱来的，永远不会被柴米油盐洗刷掉的东西。我怎么也无法把记忆中暗色蚊帐里的那个人影和照片上的曾外祖母看作同一个人。

里面有几封笔迹潦草的书信，还有几张炭笔画，画着河流、山川、奔马。另有几张是昆虫标本图，画的是蝴蝶和叫不上名字的昆虫，画笔栩栩如生，斑纹、触角都丝毫不差。此外还有一叠十几张黑白照片，有大有小，尺寸不一，背后都有一个铅笔写的"仙"字，如果我没猜错，这些应该都是她当年的摄影作品。

凭着这些照片和书信，有没有可能复原我的曾外祖母的一生？我稍做整理，试着把这些照片分成几类。一类是女子师范的校园生活，有女子排球队、网球队、篮球队的集体合影，也有单个的女生肖像。第二类是风景照，拍得比较杂，除了校园内的风景，还有天目山冰瀑、桐庐瑶林这些风景旅游区的。还有几张是明显带有文艺风的静物照片，其中一张拍的是白色宽口瓷瓶里的插花，背景也是白色的，瓶体上红叶正艳，与一大捧恣意开放着的春花映照，画面的底部是看似随意撒落着的花瓣。这张照片的梦幻气息让我想到了巴尔蒂斯晚年的某些静物画，它热闹里见萧瑟的意趣，又有着中国画的画意。

我把目光转向那台照相机，它在桌上安静地蹲伏着，色泽沉着的机体，好像把周遭的光都吸收了去。我抱起沉重的机身，努力把我的眼光与当年拍摄者的眼光合为一体，透过镜头，去看这些校园里、操场上的女学生：

她们穿着球衫、短裤、运动鞋，排着整齐的队形，冲着镜头露出整齐的笑容。她们有的烫着时髦的发式，有的还编着麻花辫。她们的笑容，全都年轻而单纯。风吹动天青色的上衣，她们在操场上奔跑……

二

　　现在,这天青色的一排人影中,有一个向我回过头来。她的学生装外罩着一件白绒线背心,圆中带尖的脸,黑漆漆的眼睛,小而微翘的鼻,唇角微微上扬着,随时都在微笑的模样。与别的女生不同的是,她挎着一架式样笨重的照相机。这是老式柯达照相机,折叠风琴式,是那些年流行的古董款。

　　女学生跳下车,沿湖滨路向明城女子师范大门走去。女师坐落在湖中一个椭圆形的小洲上,那地方叫竹洲,所以也叫竹洲女师。一个戴白色遮阳帽的瘦高个男子,隔着马路,不远不近地跟着她。这个男子的打扮年轻而佻佻,一件旧格子西装,手肘处磨起了毛,领带本来扎得很周整,走得急的缘故,松开歪斜了。他细长的眼睛总是眯缝着,像是睡不醒,又像是被强光照得睁不开似的。

　　这会儿,这个叫金仙儿的女生正走下马路牙子,穿过入口处的石牌坊。这几日女师正在开春季运动会,布告栏里贴满了照片,里里外外围了好几层。她没停留,一径穿过花坛,向着操场方向去。

　　操场上,女生们脱去捂了一冬的棉袍,换上春装,到处是快乐夸张的笑声。她们蹲弓步、高蹬腿,做着比赛前的热身运动。女学生走到半道,被两队来寻她的女生截住,一队要拉她去一百米决赛跑道拍照,另一队要她去给女子排球队拍照。两边人马,扯来扯去,她穿着的白绒线背心差点滑落。

操场中间的草坪中央支着一大片画架。教美术的女老师尹世钧正指点同学们画速写。看到女学生跑来，尹老师笑着说："仙儿，有一阵不见你，原来玩上照相了，蔡司大镜头，标准的德国货，就是忒重些。"

金仙儿跟尹世钧学过一阵子画，玩上照相机后就不大去了，冷不丁被撞见，好比逃学被抓现形，心下不免惙惙。尹世钧说："过些日子，上海有个画展，到时候我通知你。"金仙儿漫应一声，一群女生嘻哈打闹着，跑远了。

那男子瞅准她一个人的当儿，凑上前来搭讪，问布告栏里的照片是不是她拍的。女学生怕见生人，不免慌张。男子拎出一张名片，自我介绍是《图画时报》的记者。她有些愕然，出于礼貌，还是接过名片。艺术体的签名，笔画花哨，尚辨得清"蔡仁怀"三个字。边上印着一串头衔，《图画时报》记者，明城分社社长。

男子道："小姐读过我们报纸吧，有机会可以投稿。"

金仙儿耳根有些发烫。真不该把洗出来的照片放在校门口橱窗展览，碰上行家里手，立马现丑。这样想着，声音也细弱了几分："我只是玩玩的。"

那人说："艺术就是玩出来的，很多人一辈子都入不了门，你是一玩就有感觉的。"也不多话，右手一扣帽檐，做一个再会的姿势，说，"名片上的电话，随时可以打来。"

边上女生早就等得不耐烦了，那男子一走，立马扑上来，抢过名片，嘻哈打趣。金仙儿说，少寻人家开心了，我胡乱拍的，哪里真入得人家的法眼！趁着不备，一把夺回名片。

女师校门外，电车拖着长辫子，正叮当叮当靠站。春天的阳光照得路轨锃亮，如刀光闪耀。金仙儿跳上电车。她是走读生，平素住姨父家,只十来站路。她找空位坐定,从包里取出最新一期《新文艺》看。

平日里,这本杂志里的小说诗歌,像有魔力,把她的眼光紧揪一路,这天不知何故,一行行字像在跳舞。索性合上书,看窗外的树,排着队一根接一根斜斜闪过。杂志当中的名片掉出来,落地似有巨响,她捡起,却已记不得那个男子的模样。她心想,《图画时报》那么大的名气,真要是在上面露脸,班里同学不知会怎么看自己呢!

姨父黄鼎昌住的是一幢三层花园洋房,此处公馆,早年是一个洋人的私产,北伐告成,张静江主政本省,把洋人名下大大小小的房产全都赎买了,专门成立了一个委员会打理。黄鼎昌是银行界元老,受大华银行总行之命派任本城,自有人交涉办理,租下这栋楼,行里还给他派了一个司机、一个厨师、一个负责扫除的佣妇。

平日里,偌大的房子就住着她和姨父。几天前,黄鼎昌的独子,她表哥黄浩楠从江西前线卸任,带妻子回家小住,这一响家里客人突然多了。黄浩楠即将去南京报到,去军委会另任新职,上门来贺的,多是他陆军大学的同学。都是多年带兵的人,腰板笔挺,说话中气十足,走起路来高筒皮靴嚓嚓响,老洋房的地板就止不住呻吟。

几天前,表哥来女师做过一场抗战形势的演讲。那场活动是校学生会安排的,表哥预先没与她说起。那天在学校礼堂,主持人尹世钧简单开场后,坐在台下的黄浩楠站起来敬了一个礼,小跑着上了讲台。他英挺的身姿和干脆利落的军礼让女生们哗哗地鼓起了掌,后排的几个人来疯还故作夸张地尖叫起来。她们有多喜欢他啊,她心里横生出一股自豪感,他在台上讲些什么反而听不见了。演讲结束,她正要上去,表哥已经被里三层外三层的女生们包围了。她气恼他明明看见了自己,就是不过来招呼。好不容易女生们散去,他又和尹世钧去了学校南园,仍然没来招呼。为着那天被晾在一边,她好些天都没搭理他。这会儿,黄浩楠坐在露台藤椅上看书,她只装作没见,进了屋,故意重手重脚,把木楼梯踩得像要散架。表哥的副官小周过来打招呼,她也没理会。

表嫂鲍英芙在房里试穿新衣。一个个箱子大开着,绫罗遍地。鲍英芙叫她,她应了一声,没进去,一径走到自己房里。她这房间,跟他们夫妇那间只隔一道单墙,隔音很差。隔壁房间箱子打开又合拢,翻动衣服料作,声音全都往耳底钻。

她听见鲍英芙说:"这件雪纺的旗袍,去年还好端端的,过了个冬,宽宽荡荡,胳肢窝儿都藏得下一窝鸟了。"黄浩楠在阳台,声音听起来似乎离她更近些:"你是瘦多了!家里将养些时日,等身体好了,到了南京,成衣店里时尚款式多着呢。"

鲍英芙道:"你嘴上说得好听,心里不知道有几多嫌呢。我也不是非要穿绫罗绸缎,只是想,万一哪天缓不过劲来,没气儿了,各种好看的想穿的都还没上过身,岂不枉过一世。"

表嫂身体不好,常年看病吃药,也没多大起色,结婚这么多年一直没有要孩子。她听见黄浩楠安慰说:"别胡思乱想了,我听说紫竹林的药师佛很是灵验,去南京前我让小周陪你去烧烧香。"

金仙儿耳里听得"紫竹林"三字,打开阳台门,向表哥招招手。黄浩楠搬起椅子,正要入室,便立住和她说话。金仙儿问什么时候去紫竹林,她也想去。黄浩楠说,开什么玩笑,你不上学啦?金仙儿说,表哥有空,我就有空。黄浩楠说,那敢情好,明天陪你嫂子去。

她想说不,说出口却变成,你陪我去还是不陪我去?黄浩楠说一句,别闹小孩子脾气了,掉头就想脱身。她存心不放他进屋,问看的什么书。黄浩楠说,一本宋词,无聊翻翻。她隔空接过,却不看,交抱胸前,说,我屋里有好多小说,想不想看?黄浩楠架不住屋里一声声催,笑笑,进了屋。

她一个人站在露台,自觉无趣。远处群山,已与天际灰云融成一团。风吹来,汗毛凛凛。她翻开书,折角一页是一首李易安的《临江仙》,"庭院深深深几许?云窗雾阁常扃。柳梢梅萼渐分明。春归秣陵树,人老建康城"。她读了两遍,也不开灯,只觉得遍体生凉,就好像那凉意,都从没合实的门缝钻了进来。

下楼晚餐,她新换了一件乔其纱玫红旗袍。隐花的牡丹和墨蝶,加一道天青色绲边。这件旗袍买了许久,她还是第一次穿出来,总怕自己太单薄,撑不起这身衣料,真穿上了,其实也还熨帖。表嫂也赞她这身好看。

这天只一个客人,是黄浩楠的陆军大学同学刘彪,省防军的一个团长。当年打武昌城,他跟黄浩楠都在第四军二十二师二团,有过命交情。南京方面的新任命已经下达,要黄浩楠去军委会办公厅第二处当副处长,刘彪特地从金华赶来道贺。他长得武相,却颇知礼,两位女眷下楼前,已陪黄鼎昌说了一会话。

黄鼎昌坐主位,下首左边是刘彪,右边是黄浩楠,鲍英芙邻着黄浩楠坐,再下来是金仙儿。给副官小周留着一个位置,年轻人手脚勤快,忙着倒酒递茶,不肯落座。

刘彪向黄浩楠敬酒,说他这次上南京,要是换作以前,好比入了军机。黄浩楠说,眼下日本人天天闹事,全面开战的一天不会太远了,国家有难,正是你我军人效命之时,回想这几年,在江西、福建的山沟沟里,把共产党游击队撵得黄羊一样跑,真是惭愧!

黄鼎昌是神户高等商业学校留学的,有不少日本朋友,听了将信将疑道,不一定打得起来吧?军队总要听国家的,日本政界对华有好感的,想要同携共荣的大有人在,光凭几个军队里的激进分子,闹不成事的。

金仙儿听他们谈军政大事,提不起半点兴趣。又气恼自己,只此一顿晚餐,何苦穿得这么正式。她倒了一盅酒,悄声对鲍英芙说,姐姐,我敬你一杯。鲍英芙脸作难色道,我不能喝酒的,喝了心就跳不齐了。禁不住劝,鲍英芙抿了一口,连声咳嗽起来。黄浩楠递过手帕。鲍英芙掩嘴道,我真不能喝的。金仙儿问,姐姐心口疼的毛病有好久了?药有在吃?鲍英芙道,药是天天吃的,吃得舌苔都发白,也不大见效,心跳依然时快时慢,不大规整。

刘彪还要赶回防区去,八点方过,席就散了。他握着黄浩楠的手,说了一大堆日后相互提携的话,舌头都打结了。小周过来帮忙,总算把他塞上车。

车子轰响着,撕开雾气深重的夜幕开出去。黄浩楠站着看山下的树,黑暗笼罩里,被风吹得飒飒地响,像是有着千万个伏兵。一回头看到金仙儿,吃惊地说:"穿这么少跑出来,不冷吗?赶快回屋!"

金仙儿本想趁他不备,从后面跳将起来,圈住他头颈,就像小时候他们表兄妹常玩的那样。一被发觉,这预想落了空,脚步没收住,要不是他伸手搀住,差点就跌倒了。

"我穿旗袍好看吗?"

看她步态和腔调大异平常,他说,好看的,只是当心着凉,就顾自回屋了。金仙儿跟进来,连打几个喷嚏。鲍英芙说,赶紧吃口热茶,祛祛寒气。她吃了两口茶,方才压住胸口泛动。

黄鼎昌说,趁人都在,正好说说仙儿的事,仙儿马上就要毕业了,本来嘛,女师的毕业生,投身教育是理所应当的,可教员营生太清苦,我想让她去银行做事,你们怎么看?黄浩楠说,仙儿读的是师范,不是商科,这样安排难免落下话柄,日后吃亏的还是她。黄鼎昌说,我也知道银钱业凶险,政局一有波折,市面立马动荡,又有太多贪利忘义之辈,媚上咒下,把风气搞得很坏,但好歹有我在,吃亏倒是不怕的。

父子俩你一言我一语的,把金仙儿晾在一边,就好像说的是一件与她不甚相干的事。金仙儿走不是,留又不是,也不知惹动什么,神经变得特别敏感,泪水在眼眶里打转。鲍英芙说,妹妹自己作何打算,也要说出来呀。金仙儿赌气道,我不要做教员,也不做银行职员,我的事自己安排得了。

这话大出众人意料,大家面面相觑,作声不得。她也像是被自己这话给吓着了,一时没了声音。黄鼎昌说,仙儿是不是自己有想法?

金仙儿勾着头,只是不语。客厅的大钟嚓嚓嚓地走着,像是发条松了,每一步都格外迟缓。电压不稳,电灯光时明时暗。电灯光再次爆亮,她说:"我想好了,我要做摄影师。"

鲍英芙埋怨地看了一眼黄浩楠,黄浩楠装作没见。黄鼎昌说,你以前学画画,想考美专,姨父没有不支持的,这个做摄影师,又从何说起呢?

"我可以先去报馆,做见习摄影师。"话一出口,她就后悔了。那个刚刚认识的蔡社长,并没有邀她进报馆的意思。话既已出口,她还是拿出了蔡社长的名片给大家看。

名片在众人手上转了一圈，黄鼎昌说，《图画时报》是一张老牌子报纸，应该靠得住。黄浩楠说，这个蔡社长，到底什么底细我们一点不了解，这样子我总是不放心。

鲍英芙说，进报馆还不简单，等你表哥南京上了任，托个关系，随便找一家报馆，不比他《图画时报》强？金仙儿佯笑道，那敢情好，毕业后我就来南京，住到姐姐家，吃住用度都省了，这样我会舍不得离开你们的。

鲍英芙道，净胡乱说些梦话，等有人真喜欢上你，想留也留不住你了！找个好工作，把自己嫁好了，才是正经的。

黄浩楠说，你们都说得轻巧，等到了南京，找好房子，大半个月过去了，要是军委会派差去外地，再耽搁个把月，岂不把小妹的大事给耽误了？要我看，还是做教员最稳妥。

自鸣钟当当地敲了十下，这事一时也决定不下，众人道了晚安，各自回房。黄浩楠埋怨妻子，不该说去南京。"她心思活络，你这一提倒好，她真要跟去怎么办？"鲍英芙赌气道，都是你自己惹出来的，难得去德国一趟，买了这么贵的照相机送她，无端生出这些事来。

黄浩楠说，也不能怪我，只怪爹平日里太宠她，她喜欢拍照，我送她个生日礼物也没错吧。鲍英芙说，吃晚饭时，我看她眼神溜溜放光，这小东西，不会是喜欢上你了吧？黄浩楠道，瞎说什么，她还是个孩子呢。

鲍英芙却不放过他，你心里想的吧？齐人之福，没有一个男人不想的。黄浩楠捉住她的手，去呵她胳肢窝儿，鲍英芙笑倒床上，黄浩楠乘势压上。鲍英芙护着胸口，低声道，轻点儿，心都要给你挤出胸口了。

那女孩儿却没睡着。黑暗中，客厅的钟走成了一个年老的散步者，一圈一圈，嚓嚓嚓拖着地走。夜晚的风像拴不住的狗，一下一下撞窗。她头不晕了，浑身却软软的没有一点力气。

她踮着脚，摸索着下楼去喝水。眼睛已能看清屋内各个物件。夜不是凝结得化不开的，夜像一层灰雾，只是暂时栖息在一样样物件上。夜也不是万籁无声。除了自鸣钟，桌椅的榫卯接头也在咔叭咔叭响。屋外夜鸟翅膀的扇击，也会鼓动起空气里细小的旋涡。

回房翻了几页小说，身体里好像有个小人儿，仍拖延着不肯合眼。阳台窗的布幔子，渐渐透进天光，她终于不甘心地睡去了。

车子引擎的轰鸣把她惊醒了。楼下，小周正发动车子，送鲍英芙去紫竹林药师殿烧香。黄浩楠把行李箱装车，一边吩咐小周，让他从紫竹林下来后去市政府接他，直接去南京。她有点头晕，早餐也没心思吃。她巴望着表哥会来看她，但直到他搭姨父的车一起出门，都没上楼，她委屈得眼泪都要流下来了。

本以为只是受了凉，吃几片药可以压住，却不承想，头痛愈发厉害了，几乎要炸裂。下床走几步，也像踩在棉花上。学校是去不成了，打电话请了假。傍晚，姨父下班回来，见她脸色绯红，烧得不轻，请了一个开诊所的朋友来看，说是中了寒邪，胆火上逆。买来冰袋冷敷，又让佣妇吴妈熬了陈皮乌梅薄荷汤，折腾来去，烧仍没退。她看着镜里的自己，倒觉得全身放空了一般轻松。

三

  一礼拜后再去学校，明湖边的树和竹，绿荫浓了几分。行道两侧的梧桐，叶片也阔大如掌了。临近毕业，女生们见面都不再嘻哈打闹，一个个好像都有心事藏着了。

  竹洲女师第三学年都要实习，家里有关系的，连毕业后工作的学校都找好了。她仍旧怏怏的，提不起劲，天天泡图书馆看文艺杂志，拎着照相机，到处看花拍草。班上同学暗底下议论，人家有路子，才不去乡下吃粉笔灰哩，大银行里练习生①的位置，早就留好了。

  这日，她终于下定了决心，按着名片上的号码给《图画时报》的蔡记者挂电话。对方语气一开始冷冰冰的，听她报了名字，突然变得热络起来，告诉她到北山路的报馆坐几路车，怎么转车。这让她有些感动，也无端有些紧张，便约要好的同学刘佩珊一同去。刘佩珊个儿小巧，皮肤黑而细腻，英文名字Sunny，班里女生赠她绰号大丽花。她父亲是开纱厂的，家境颇丰，据说毕了业就要去英国留学。刘佩珊正愁没事做，她一叫，立马答应。

  两个女生施施然出了校门。路过湖滨路邮局，刘佩珊说，我进去看看新一期《玲珑》到了没。金仙儿跟着进去，买了《新月》和《新文艺》。新出的《图画时报》摆在架上，散发着油墨味，也买了一份。这一期《玲珑》封面是泳装美人，金仙儿手里的

---

① 民国时刚进银行工作的毕业生统称为练习生。

两本，淡黄色封皮，除了大大的艺术字体，就只几卷几期的数字，刘佩珊噗地笑了：

"一看我们手上的杂志，就知道你比我罗曼蒂克。"

金仙儿说，说到爱文艺，谁比得过你？你跳舞、弹钢琴，还隔三岔五到明湖琴社去学琴，当我不知道？佩珊道，那是家父给逼的，我顶喜欢的，还是跳舞。说着，原地滑了一个华尔兹舞步，脚上一双白皮鞋，愈加炫目。金仙儿拍手笑道，好一朵大丽花。刘佩珊作势来打，好啊，连你也说我黑。金仙儿笑着做投降状，说不敢了。刘佩珊道，班上我最喜欢你，腹有诗书，吐气如兰。金仙儿啐了一口道，别寒碜我，我读诗、读小说，消遣罢了。

话说着，电车开过来，两人跳上车。刘佩珊道，要说消遣，谁不是呢！时装和化妆品是女人的消遣，女人是男人的消遣。金仙儿故意抬杠，说，那男人呢，又是谁的消遣？刘佩珊脱口而出，男人嘛，是他们成天挂在嘴上的主义的消遣。金仙儿笑，佩珊你真的出息了，说话越来越有水平！刘佩珊说，错了，错了，男人也是女人的消遣。

话说得这么大声，车厢里乘客都侧目。两个女孩儿佯作不知，交谈更热烈了。都是人来疯的年纪，旁人的注目只会让她们更卖力地表现自己。刘佩珊亲热地拉起她的手，说，现今这时代，真正的摩登女子，除了打扮入时，会讲洋话，会跳舞，还要下得厅堂，管得住男人，不然真让他们白白消遣了！说着，哗哗翻动杂志，递到金仙儿眼前。金仙儿一看题目，竟然是《如何对付未婚夫》，笑得脖子都红了，道，女师的女德课，该当是你来做先生的。

佩珊道，那敢情好，我就讲，男人都是贱骨，我们女子用好心待他,反倒见弃,不去理他,他们反倒硬要凑上来,所以不得不对他们上一点手段,比方说有时男方要请你出外游玩,你即便心中很情愿,也务必多推辞他几次,拖些时日,再陪他出去就无妨了,如此一张一弛,他便时时刻刻离不得你了。

金仙儿揶揄道,听君一车话,胜读三年书。刘佩珊说,我说的是认真的,千万千万你要记住,男人只会流鳄鱼的眼泪,若无良木栖,宁可不嫁人。

话说着,电车到了北山路,下车四顾,却没看到图画时报馆的牌子。马路对面,忽见一青年男子,格子西装,白皮鞋,伸着脖子,如长脚鹭鸶般向她们打望。金仙儿招手喊,蔡记者!蔡社长!

男子正是蔡仁怀。几绺稀疏的发丝粘在汗湿的脑门上,显见得已在太阳底下站一会了。金仙儿介绍了刘佩珊。他绅士气地微弓上身,伸手握过,说,我怕你们陌生路不好找,故提前在此迎候芳驾。金仙儿过意不去,说劳烦蔡社长了。蔡仁怀道,叫我老蔡就行了。边上刘佩珊已不客气地叫了一声老蔡,说,是不是等得不耐烦了啊?蔡仁怀道,等待是美好的,何况是等两位美丽小姐。

刘佩珊轻轻撞一下金仙儿,扁了扁嘴。金仙儿想笑,忍住了。离开大马路,翻过一个小土坡,折入一条石板小路。路旁有沟,流水潺潺,菖蒲芦苇油绿。还有不知名的蓝色小花,沿沟底水流,一路热烈地开去。再往前,道旁一垄垄菜地,还有堆成大大的"介"字的稻草垛,耳畔竟还闻见鸡叫声。

刘佩珊怕弄脏新皮鞋,一路都在跳跃着走。金仙儿没想到闹市中央,还有这样一处安静的所在。心下又疑惑,大名鼎鼎的图画时报馆怎么会在这样一个僻静处?

老蔡好像猜透她在想什么，说时报公司给的经费有限，租这里省钱。又说，有个著名摄影家说过，照相机虽则是一种仪器，它却教会了我们如何看待世界，要是用照相取景的眼光去看，这里的每一处，都是可以入画的，春在溪头田陌间，古人诚不我欺也。

　　说话间，来到一处两层土楼前。两个女生抬眼看，一楼山墙的白色墙灰大部已剥落，二楼绛褐色的板壁，也不知经历了多少风雨。门口钉了一块小木牌子，镌刻涂黑的"图画时报馆"几字，不留神几乎不会注意到。

　　一个穿着皂色夹袍的矮胖男子过来开门，又坐到屋角的长桌上，抄写着什么。老蔡引两人上楼，木头楼梯一路咯吱作响。走廊一侧堆满了成捆的旧报纸，侧转身方能通过。她们本以为，报馆人来人往，可以见着时髦的男女记者和摄影师们，没想到，这里却是仓库般安静的一个地方。

　　刚坐下，楼下那个男子提着一壶开水上来了。老蔡取出两只盅子给她们泡茶，盅子的底部和壁上有牛毛般的细纹，金仙儿识得是青瓷，轻轻捻转着盅子，看热气袅袅上升。远远听得大马路那边，电车声隔着一大片田畴传来，竟似另一个世界般遥远。

　　报馆里头咋这么冷清？是不是销路不好要关门了？刘佩珊问。老蔡笑着说，哪有成天坐在报馆里的记者，记者和摄影师都是满天下跑的。

　　金仙儿是带着几张自以为满意的照片来的，一直不好意思拿出来。老蔡说，来了就不要客气，《图画时报》为响应新生活运动，预备出一期运动专刊，你拍的照片，好好挑一挑，可以用几张的。

金仙儿这才把照片拿出来，让他指点。老蔡也不客气，把照片在桌上铺开，一一指出哪些拍得好，哪些有不足。两颗头凑到一处，一时停不下来，刘佩珊闲极无聊，翻桌上一堆过期报纸看，她拎出一张，语气夸张地叫道，这个小姐是谁？好漂亮啊！不会是林徽因吧？

报纸整版印的是一个靓丽女子的侧身像，眉若卧蚕，瞳如点漆，耳中一颗明月珰，衬得嘴角一缕浅笑愈发明媚。蔡仁怀道，刘小姐好眼力，的确是林长民先生的女公子，林徽因小姐。

刘佩珊吐吐舌，说，要是我能留下这样一张照片，死也愿意了。老蔡说，这是几年前的老照片了，当时大诗人泰戈尔访问北平，新月社同人用英语演泰翁新剧《齐德拉》，林小姐饰演公主齐德拉，端的是艳冠全场。这张照片我就是那时候拍的，两位正当韶华，和照片上林小姐差不多年纪，拍出来定然也是好的。

刘佩珊说，什么叫也是好的，你的意思是我们不如林小姐长得好看喽？金仙儿说，珊妮，别闹。蔡仁怀大笑，是我说错了，该罚该罚！若论明慧妙丽，两位比之林小姐当年，自然是不遑多让的！

刘佩珊扁扁嘴说，别老夫子一样满口之乎者也，我们听不懂。金仙儿带着歉意解释，珊妮就是刀子嘴豆腐心，嘴上不饶人，人是顶好的。蔡仁怀说，无妨，无妨。

金仙儿小时候在家乡虹镇，跟老画师学过画，进了竹洲女师又跟尹世钧学西洋画，老蔡说的构图、色彩、光影，一点便通。老蔡也提了一些意见，说她拍的大多是花草静物，题材太窄。她嘴上唯唯，心下却是不服，大着胆子说，小时学画，老师讲，世上种种，有可入画的，也有不可入画的，我只拍可以入画的。

话说得拗口，对方却是听明白了的，老蔡摆出导师的架势说道，世界愈进步，事愈烦琐，有非言语所能形容者，就用图画来表意，夫象有鼎，由风有图，彰善阐恶，由来已久，总之，镜头是要说话的。

金仙儿问，镜头如何说话？老蔡说，它要说的，就是你心里想说的。金仙儿道，心里的想法，是无形的。老蔡说，一个好的摄影师，既要拍有形的物，也要拍无形的。

刘佩珊听着他们绕来绕去打哑谜一般，说，什么有形无形，无形的只有鬼了！老蔡说，画鬼原来是最简单的，毕竟谁也没见过鬼嘛！两位如有兴趣，不妨参观一下我的暗房。

她们这才注意到，这间屋子的书架边，还有一道暗门，打开暗门，通向一个小间。老蔡拉亮灯，出现在她们面前的是一张大桌子，桌上凌乱地放着量杯、量筒、剪刀、玻璃瓶、胶卷、底片等物事。桌子后面，一条绷在高处的长绳子，挂着大大小小各种照片，暗红的灯光漾动着，人和照片，像蒙了一块红纱布，又像隔水隔雾。刘佩珊道，这就是你说的暗房？不知道的，还以为你躲在里面造炸弹呢。金仙儿拉拉她，说，这不好乱说的。

金仙儿看洗好挂着的一排照片，跟她平常所见，全然不同，倒像是梦境里才有的。有人在云中，仙人一般飞。有人分出一个身，自己指着自己。还有一处陡峻的山岩，细看后面竟叠加着一张人脸。她不知道这些照片是如何拍出来的。老蔡说，其实也简单，曝光时间的先后，显影液的比例，再加上一些辅助药品，就会洗出你想要的照片。

老蔡拿出一卷胶片，缠到冲洗罐轴芯上，再冲水，注入各种令人眼花缭乱的药水，把冲洗过程示范一遍。两个女孩看着一个个人像从定影液里浮上来，像溺水者被打捞，连连惊叹。

在她们眼里,这个老蔡,简直成了魔法师。

老蔡没有食言,金仙儿拍的女师春季运动会照片,最新一期的《图画时报》发表了三幅。这一期满满两大版照片,有穿着工装做操的女工,有打拳的老武师,有花园洋房泳池里露着白腿戏水游泳的女学生,正好呼应了时下全国上下蓬勃开展的新生活运动。金仙儿的那几张照片,虽然是小幅尺寸,补白性质,登在一个不起眼的角落,但也足够让她兴奋了。

这年头,照相机还是稀罕物,女师学生在《图画时报》发表作品的消息不胫而走,就连尹世钧看到这组照片,也夸赞了她几句。女学生被歆羡的目光追逐着,她觉得这日子美好得有些虚幻了。特别是她拍了上报纸的运动健将戴爱芳,一下子跟她亲近了。

说戴爱芳是个运动健将一点也不夸张,在这次女师春季运动会上,她一个人拿了铅球、标枪和八百米跑三项冠军。戴爱芳的家境并不好,父亲是码头扛花包的,母亲是纱厂女工,家里还有两个妹妹、一个弟弟。她长得很健硕,胸脯鼓鼓的,是班里个子最高的。戴爱芳从她母亲那里学了一手花式针法,会做各种针织刺绣,没事就绣着玩。很快,金仙儿收到了她送的各种小礼物:手套、十字花纹的茶杯垫、绣着花鸟的电话机罩子。她还会用零碎布头做娃娃,嵌上赛璐珞做眼珠子,比商店橱窗里的还要好看。

本来,金仙儿跟刘佩珊走得近,刘佩珊见她跟戴爱芳好,就不大搭理她了。这个年纪女孩子的心思,原来连友谊也揉不得沙子,要独占了的。金仙儿再去报馆,就不大叫刘佩珊一起去了,都是戴爱芳陪着去。

老蔡陪她们去报馆附近树林子里拍照。摆拍的时候,照相机自然是重要道具。老蔡一会儿要她挂在脖子上，一会儿要她拎在手里，一会儿要她侧卧在草坡上，拿照相机对准一朵小花，做出好像在捕捉什么的专注模样。老蔡的镜头也在捕捉她，把她侧转着起伏的身体轮廓有点夸张地记录了下来。这些照片她都不喜欢，嫌做作。她最喜欢的，一张是靠着一堵长满绿叶的墙，一手随意地摆在胯前，身后的绿叶与穿着的长裙子上的碎花图案很贴合地融成了一体。另一张是老蔡抓拍的，她拎着相机，双手摆弄着，一阵风吹来，她抬手理着被风吹乱的发。那时老蔡叫了她一声，她抬头，目光波俏，又像陷入迷惘。她想，老蔡说得没错，镜头真的会说话。老蔡在镜头里跟她在说什么呢？

老蔡也要给戴爱芳拍，戴爱芳拗不过也拍了一张。洗出来一看，戴爱芳背着手，嘴巴抿紧，一副不情愿的样子。戴爱芳说她不喜欢这个老蔡，眼光贼贼的，总喜欢往不该看的地方看。

报馆组织过几次采风，日子放在礼拜天，老蔡都打电话邀她去。她怕见生人，没去。老蔡也不恼，下次有活动继续打电话给她。她怕老蔡不高兴，再打电话来就答应了。她想叫戴爱芳一起去，戴爱芳说要帮家里干活，没一起去。那次，报馆出钱包了一台车，是去诸暨的一个小镇，看香榧林。

香榧树一年开一次花，这时节正好扬花。那些数百年树龄的老树，枝干虬结，颜色斑驳，远看都是一帧帧油画。只是山坳雾太大，穿行在远近高低的树木间，好像每棵树后都藏着一个精怪，让人心慌。同车去的七八个人，下了车各自找景，都走散了，金仙儿和一个身量小巧的妇人走在一起。那妇人手里的相机和她脸上化的妆一样精致。她对金仙儿那台古董式相机很好奇，还拿去试了试手。"喔，这么重，我把不住呢。"她含笑道。

妇人穿高跟鞋，走路不快，金仙儿不时要停下来等她，她便跟金仙儿抱有歉意地笑。笑时，下嘴唇显得厚了一分，带一点肉感，同时露出一口细密的白牙。金仙儿觉得她笑起来真是好看，让人很有亲近的愿望，又疑心在哪里见过似的。老蔡给她们俩介绍，说，应露写的诗，圈内很有名的，你们多亲近。她才知道这人叫应露，也跟着老蔡在学摄影。

应露在报纸副刊发表过诗歌，女诗人发表诗歌，照例是要配玉照的，难怪她一见就觉得面熟。她以为应露比自己大，叙了年齿，也就大她两岁，只是化了浓妆，看不出年龄了，这一路上两人就以姐妹相称了。

她拍照片虽然起步晚，但因为有绘画的底子在，再加有老蔡热心指导，进步一下子大了起来，有两幅作品登上了业内有名的《中华摄影艺术》和《天鹏》。一下子取得这些成绩，她有些飘飘然，沉睡着的文艺梦也给唤醒了，于是再也没有心思念书，成天满脑子都是拍照。摄影是烧钱的，买胶卷、冲印照片都要钱，好在姨父在用钱上面一向大度，只要她开口，没有不依的。她又搞了一间暗房，在老蔡指导下，买来一大堆器械，显影液、定影液、温度计、安全灯、放大机，却一直没动手，怕把胶卷洗坏，暗房大多时候是闲置不用的。床头墙上，也贴满了照片，过几天就换一批。

这一年，上海要办全国美展，《图画时报》为配合美展，出了一期特刊，推出十个女摄影师的最新作品，还配了各人玉照，老蔡取了个很有噱头的名，叫"十美图"。金仙儿这一点资望，本来是轮不上的，老蔡力推，也就堂而皇之入选了。特刊选用了她四幅照片：一幅瓶花，一幅跳滑稽舞的男孩像，一幅莫干山冰瀑图，一幅女子棒球队合照。

入选的女摄影师，报上各有一段介绍，写金仙儿的那段文字，起首说她"挹湖山之俊秀，得造化之钟灵"，后头又夸她"擅长中西画，复工摄影，美于姿而深于艺，诚难能而可贵者"。老蔡告诉她，这些话是他亲自写的。她疑心这些溢美之词放到别人身上都合用，唯独不是在说自己，每读一遍都会脸红。这一期报纸一出，轰动圈内外，有人赞扬《图画时报》的组织之功，也免不了有人嚼舌头，把她的入选扯到男女上去。话传到金仙儿耳朵里，她很委屈，背地里哭了一场，想要丢下照相机远离这一堆是非，却又忍不住手痒，没事就想按快门。

"十美"本来只是炒出来的噱头，哪料想，这名头传开了，还传到北方。北平一个叫"光社"的摄影团体，写信到报馆，邀这些女摄影师北上切磋。这个光社，不是职业摄影家发起，是北平一些大学的摄影爱好者自发弄的。国民政府定鼎南京近十年，北平早非先时的文化中心，为了找回旧日里的荣耀，一些个闲人常常结个社发个宣言什么的，弄出些响动。这个光社，就是一帮闲人给弄的，还抬出个喜欢摄影的北大教授刘半农先生，列到发起人名单里去。

老蔡通知她时，正逢她为流言感到伤心。她已经尝到了拍照带来的甜头，心里又滋长着一个艺术梦，一听这个事，自然很想去北平会会那帮同行，借机见见世面。正好尹世钧来通知她，上海美展期间，有著名旅法画家安玉娘的个人展，问她想不想去。于是她跟姨父说了，又向学校告了几天假，赶紧订火车票，计划着先上海，再北平，一路去追逐梦想。

四

那日到了火车站,她见尹世钧一个人从黄包车上下来,拖着一只硕大的棕色皮箱,不由得有些吃惊。她还以为尹老师会多带几个同学去。

候车厅很挤,许多人都坐在行李上。乞丐在人群中穿来穿去,保安员只是坐在靠墙的高椅上大声呵斥,并不下来驱赶。火车来了,照例晚点,她们被潮水一般的人裹着往里走。过了检票口,上天桥,要走十多级台阶,她看尹老师一个人提一个大箱子,便主动搭把手,尹世钧连说不用不用,一试分量不重,她也就不再坚持。

尹世钧要她到上海后做个帮手,说要接一个人回去。尹世钧要接的,是她一个远房表叔,前阵子刚刚做了盲肠割治手术,要接回明城休养。她应着,没当回事儿,心里想的是那天演讲会后表哥去南园和她谈了什么。她问尹老师怎么认识表哥的。尹世钧似乎不愿在这个话题上多停留,淡淡地说,他一个大好前程的青年军官,能请到他来演讲真不容易,早知道你们有这关系,就让你去请了。话题转到女画家安玉娘,她问尹世钧,听说尹老师与安玉娘是美专同学,还一起留学法国,传说安玉娘学画之前进过堂子,这事是不是真的?

尹世钧说,安玉娘从小家里穷,寄养在亲戚家里,这亲戚见钱眼开,把她卖给大户人家做婢女,后来被拐到堂子里,这都是真的。后来有个同乡好心人,把她赎出,教她读书画画,她又有天分，参加美专招生考试，竟然考中，这才有缘做了同学。说着感慨，当年我们同船去法国，我什么都没学到，一年后就回国了，她留下来跑遍欧洲学艺，终于有今天的成就，看来她天生就是做画家的。

细密的雨线在田野和河流上空斜织着。她们看着车窗玻璃上一颗颗闪亮的水珠，大风吹着，漫无目的地移动，汇合，又分开。尹世钧说，马上就毕业了，不管你想做什么，我都会支持你；又说，没事多来南园走走，什么话都可以跟我说。

火车出站，她们叫了一辆黄包车，赶往西藏南路的明城商会。寄存好皮箱，离画展开幕还有个把小时，两人就近找了家小饭馆吃面。吃好出来，看会馆那边，宾客已陆续进场。大门两边摆满花篮，还有各方联幛、大红横幅。会馆位置在一个三岔马路，又倚靠内河一个小码头，客商游人经过，都会驻步好奇地张望一番。

金仙儿按捺不住就要进去看画，尹世钧说还要等个人，她便且行且看。这是一个纯中式的建筑，大门照壁上悬一巨幅油画。一排紫雾迷蒙的远山，其上天空飘浮大朵白云，近景，是一片灿烂盛开的粉红色桃花，映照池塘。池中六个裸女，人体轮廓有致，系用印象派手法，深赭石色线条勾出。金仙儿走近看，画下角一行小字，写着画的题目《春之歌》。

画幅右侧，近门厅处，一个三十出头女子，短发压眉，戴一副黑框圆片眼镜，正含笑迎接各路宾客。她着一身蓝底印花旗袍，花案是并枝桃形叶片，一白一蓝，煞是别致。金仙儿见过安玉娘照片，知道是画家本尊。尹世钧此时也已进入大厅，却不看画，和一男子立在廊柱阴影下说话。金仙儿也不管她，信步往大厅深处走。

展板起头，是十六幅肖像照片，一路展示画家履历，从额前覆着刘海的少女模样，到穿短裙长袜的女学生，再到穿着驼色大衣的留洋学生。画中人的脸型，随着年岁，从圆到方，一直在变，只有眼神是不变的。三十多岁的女画家，和额前覆着刘海的女孩儿，是同一双眼睛。金仙儿一路看去，在一幅裸女图前停住脚步。画上女子肥臀壮硕，双乳饱满而微垂，腋毛茁壮，似有一股热力扑面而来。她端详画中人体型和脸廓，断定女画家是拿她自己当模特儿画的。这画后面，还有各式体姿的小幅裸女，也都乳房饱满，身形舒展，脸上神情阳光自信。

一个女人，笔下的女体那么矫健，又那么放荡，是她未曾见过的。这些画无端地让她脸面发烫。她这个年纪的女学生，已在经历身体的变化，这些变化平日里都要引以为耻的。班上长得最高壮的戴爱芳就悄悄告诉过她，隆起的胸脯让她特别苦恼，每次上体育课都要用床单扎紧。她小时候跟着镇上老画师学水墨，花鸟山水工笔写意都来几下，又跟尹世钧学西洋美术，也是漫不经心，没个常性。这些热辣辣的画给了她撞击，才知道这世上是有真艺术。她暗暗怪自己，做事没个常性，没有一样拿得起。取出照相机，拍了好多张，倒惹得看画的人都纷纷扭头来看她。

会馆大厅，人已越聚越多，商界名流、大学教授、艺专学生，一进来就跟熟人扎堆儿，屋顶下全是说话声。嘤嘤嗡嗡，如同闹市。墙上的画，倒是很少有人仔细去看了。金仙儿看到一幅裸女图空白处，一行题跋，字体潦草，笔走龙蛇，细细辨认下，似乎读通了：

以欧洲油画雕塑之神味入中国之白描，余称之为新白描，玉娘以为然乎？廿六年初夏。

再看题跋后面，一方朱文红印，赫然是某党魁名字。她的心一阵狂跳。她喜读文艺小说，晓得文学革命，此人大名自然不陌生，知道他先前在大学做教授，是个狂放而有真学问的人，前几年被当局逮捕，公开审判后，入狱服刑。安玉娘的画，怎会有此人题跋？这段题跋又是如何从狱中送出？她正胡乱猜着，尹世钧已结束与那男子的对话，从廊柱后面转出，穿过人群里来叫她。

尹世钧引她到了那旗袍女子面前，女子握起她手，说，果然长得好看，这双手一看就是画画儿的。尹世钧说，她早就不画画了，她现在迷的是摄影。金仙儿羞得脸都红了，恨不得觅个地洞钻下去。尹世钧简单介绍了她有何作品，发表在什么报刊上。安玉娘饶有兴味地听着。

尹世钧说，摄影门槛太低，其实我是要她考美专的。安玉娘说，绘画是静室里创作，摄影是行动里创作，一动一静，要做好都不易，看各人造化罢了。

这边正说着话，忽听得大门口有人喊，来了，来了！金仙儿暗想，是谁来了，搞这么大响动？

只见一敦实男子，正从会馆门口一辆刚停稳的黄包车上跳下。此人五十开外，着一袭灰色棉布长袍，开阔的额前头发稀疏，黑框圆形镜片后，一对长眉，盖过双眼。那人付好车钱，方拱手作礼，操着一口蓝青官话道，祝贺，祝贺！火车误点，希望没耽误。

金仙儿不知此人什么来头。尹世钧道，你不晓得？蔡元培先生，中央研究院院长，刚从南京坐火车来。金仙儿见此人衣着朴素如老农，没想到竟是大名鼎鼎的前北大校长蔡元培先生，不由大为惊奇。她们进到大厅，司仪宣布画展开幕，邀请蔡元培先生讲话，蔡先生信步上台，对着麦克风说：

"我看了安玉娘的作品，杜少陵的两句诗，'元气淋漓障犹湿，真宰上诉天应泣'，就无端地涌上了脑海，全场八十幅画作，琳琅满室，蔚然可观，海上画展从无有此盛况。最瞩目者，乃巨幅人体，女士技艺之高深，新女性意识之张扬，全在其中矣。女性与艺术，实有密切之关系，女性富于直觉，富于流动之感觉，悲哀与喜乐分外强烈，将此种情绪充分发挥，即可成极有价值之艺术，女子影响于中国艺术界前途，岂浅鲜哉！为何以往有成就者少？非天质之卑，皆是因为，没有机会受到好的教育。安女士天赋既好，又不废钻研，居异国历八寒暑，未来派、表现派、象征派全都演习了一遍，今喜见其成果。八年前之安女士，系在黑暗中奋斗之一人，今日从荆棘路上出来，已走入光明之大道。"

听众一齐拍手鼓掌。金仙儿听得专心，连拍照都忘记了，也一个劲地鼓掌。蔡先生对安玉娘的夸赞，她听得心头发热，只觉得字字句句都好像对自己说的，听着那么熨帖。她被满大厅热烈的气氛感染着，恍惚觉得，自己的一只脚已跨入了文艺的殿堂。蔡先生讲毕，安玉娘致谢辞，金仙儿这才发现，不知什么时候，站在边上的尹世钧不见了。

她在大厅转了一圈，没找到尹世钧。出了会馆大门，路口打量一圈，也不见人影。正踌躇间，忽见内河小码头那边，泊着一只小船，尹世钧和一个面相陌生的小伙子扶着一人，下了船，沿着台阶走上来。那人戴一顶黑色毡帽，一袭靛青色长衫，脸廓很大，脸色黄惨惨。身形很高，步履缓慢，走几步都要歇一歇，像是大病初愈。台阶窄而湿滑,边上搀扶的两人,显得很是吃力。金仙儿心想,尹世钧说要接表叔回去,此人应该便是了。

她急忙跑前几步,帮着搀扶。尹世钧向那男子说了几句话,那人唔了一声,冲着金仙儿点点头,毡帽下的眼里却没有丝毫笑意。上了河埠,再走几步,到了会馆旁边小弄堂。尹世钧交代那小伙几句,交给金仙儿一个号牌,说,你们寻到寄存处,把我的皮箱取出来。

金仙儿和那小伙回到会馆。画展开幕式已结束,来宾正排着长队参观画作。她和那小伙一道去寄存处,把号牌递进,里面人核对了号牌,放他们进去取。箱子刚一触手,她觉得比寄放时重了许多。来的路上,她帮着提过这箱子,并没有这么重。不及她多想,那小伙子一把提起箱子,扛上肩头往外走。她在后面,小跑着才跟得上。

刚出大门,两辆车子开到。前一辆开道的是警车,后一辆是黑色雪铁龙,车门打开,下来一个官员。两个警察,门口一站,那官员径向会馆里处走。里厢喊话,局长到了,特来拜会蔡先生。和金仙儿走在一起的那个青年,本已脚步凌乱,此时一慌张,肩头皮箱差点滑落,金仙儿扶他一把,他方才立定,却已脸色煞白。

尹世钧和表叔站在弄堂口张望,见两人过来,都松了一口气。尹世钧招手,叫黄包车过来,和金仙儿一左一右,扶表叔上车。表叔似触动伤口,龇牙闷哼一声。尹世钧吩咐她扶着一点,自己坐进另一辆,箱子放在脚边,双手扶牢。车子跑动,专挑小路弄堂,一路车轮弹得起跳,辚辚作响。也不知跑了多久,只觉得两边的楼矮了,人也少了,像是往郊外方向。渐渐地,空气里有了泥腥味和水汽,车停下,已到了杨树浦外一处渡口。

那里早就泊着一只大船，船上跳下数人，一式跑水路的客商伙计打扮。他们跑上前来，也不多言语，扛箱子，拿行李，搀扶人，干脆利落，偶一开腔，话音都是明城口音。扛箱子的小伙子走在最后，踩着踏板上船，他一次次回头，开小差看金仙儿，不小心绊着绳索，一个趔趄，摇晃了几下。他总算跳上船，身子侧转，箱子扣襻松掉，哗啦一声，一堆机器零件全砸在船板了。

金仙儿站得离船不远，看得分明，识得是一台草绿色机身的发报机。她倒也不意外，只觉得那伙计上船的步姿好笑。表叔对那小伙子批评了几句。尹世钧倒还记得岸上站着个金仙儿，过来付了车资，让她坐来时的车回去。黄包车驶出没多远，那艘船也动了，尹老师远远向她招手，好像说着什么。江风太大，她什么也没听见。

五

　　这是我十九岁的曾外祖母第一次出远门。在这之前,她最长的旅途是从明城到虹镇的三十里水路。虹镇是她的老家,那里生活着她的父亲、继母和一个同父异母的弟弟。自打去明城读书,那个家她已经很少回去了。她早就逃离了那个家。这次出远门,实际上也是一次逃离,一次借着文艺梦的逃离。如果按部就班,这一年她女师毕业,大概率是去做一个小学教员,也可能按她姨父的设计,进银行做一名练习生,然后工作几年,再嫁为人妻。她不想屈从,不想按照别人写好的脚本去上演自己的人生。新女性的命运得自己主宰,她读过的文艺小说几乎都是这么教导她的。

　　尹世钧说带她去上海看画展,又半途离场去接表叔,给她的感觉,看画展只是走过场,尹世钧还有别的要紧事去办。那个表叔、码头上那些人,还有箱子里的机器,怎么看都透着古怪。但尹老师怎么做自有她的道理,竹洲女师有一群女生特别崇拜尹世钧,暗暗模仿尹世钧的行事做派和穿衣风格,她可以说是崇拜者中的一个。明天就要去北平,跟那帮自称"光的孩子"的摄影同行碰面了,她早就按捺不住急迫的心情了,她才不愿去多想这事。

　　一晚上没睡好,醒来晚了,好在旅馆离火车站近,她气喘吁吁跑到,火车正好进站,像打摆子一样震了几下停住。她握着车票,正迟疑着不知上哪节车厢,忽听得一个女声急促地喊,仙儿！仙儿！循声看去，是诸暨采风认识的应露，正站在两节车厢连接处，着急地向她招手。

应露上身一件双凤盘扣夹袄，襟前一双蓝凤相对，脚下皮鞋也是新的，算得上盛装出行了。跟她一比，金仙儿觉得自己天青色学生装外罩一件白绒线针织衫，真是太土了。应露热情地拉起她的手说，他们都在卧铺车厢，我带你过去。

过道挤满了人，空气沉闷如同深井，散发着沤烂的草叶的那种腥甜气味。好不容易挤到卧铺车厢，总算空畅一点，气味也不那么难闻了。

老蔡和两位陌生面孔的女士正坐在靠窗的小桌板前玩杜勒克。这是时下流行的一种玩法，输牌的叫傻子，要在脸上粘纸条。老蔡两边脸上都粘着纸条，看来正走霉运。看到应露领着金仙儿进来，他点一下头，算是招呼过，把牌往桌上一撮，去车厢口抽烟了。应露给金仙儿介绍打牌的另两位女士。

烫着小波浪、涂着猩红唇膏的那位，是《图画时报》的记者，姓罗，以前曾见过几面的。此女脸型修长，本来挺好看，但眼睛微凸，俗称的金鱼眼，看上去就不太好相与。另一位，齐耳短发，着藕色旗袍，外罩开司米线衫，略有些瘦，名字叫庄芸，是纱厂会计。

这个卧铺间共六张床位，还有一张中铺和一张上铺空着，应露让她在车厢随便找个空位置，说大家一起热闹点，中间有客人上来可以换铺的。

火车启动，月台和房子，道旁灰色的树干，齐刷刷往后退。老蔡过足烟瘾，也回到座位上。靠窗的桌板，牌局已经收起，庄小姐拿出一包枇杷，请大家吃。大伙儿各尝了一个，很是酸涩，怕倒了牙，便不再吃。

列车员喊话,开餐时间已到,要用餐的可以去餐车。老蔡征求大家意见,罗小姐说火车上的餐难吃,不想去。应露和金仙儿也说不饿。老蔡从包里摸出一瓶黄酒,说,我们可以点几个菜,让他们送到这里来吃。很快,菜装在小推车里送来了。一份卤鸭舌,一份手撕羊尾笋,一盘什锦墨鱼卷。老蔡开了酒,要大家都意思一点。众人都拿出随带的水杯。一圈酒加完,大半瓶还在。

车窗外变化的景色让人兴奋,她们一个个掏出相机,咔嚓咔嚓拍起来。老蔡说,你们这样乱拍一气,浪费胶卷。罗小姐道,那你说说,咋个不浪费?金仙儿接过话说,摄影是行动里创作,我们坐在卧铺车厢里,隔着车窗玻璃,自然是拍不出好作品的。这是画展上安玉娘说过的话,没想到这么容易就脱口而出,近乎剽窃,她不由得脸红。

老蔡夸赞道,仙儿进步不小,我刚入行的时候,报馆老板就说过,好照片是靠脚跑出来的,不是手指头随便摁出来的,这年头,好的摄影师都上战场了。

没人接腔,因为老蔡说的太遥远了。老蔡兴致却很高,继续说,你们都不看报纸,不知道这世界在发生什么,西班牙在打仗,独裁政府在屠杀人民,全世界的摄影师都在赶往马德里,争相记录这场伟大的自由之战!他们创作的才是真正的艺术!有时候,我真想抛下一切,去做一个战地记者。

女人们吃着零食,无聊地看着窗外起伏的景色,只有金仙儿,被老蔡吸引。她不知道马德里在哪里,为什么要打仗,但老蔡说的这些,还有说话的神情,无端地让她有些激动。

火车往北开,窗外的景色单调了。午睡片刻,几个人围成一团,继续打杜勒克。金仙儿在铺上半躺着看小说。经过一个大站，停的时间有点长。站台上一大群人，携行李铺盖，行色仓皇，像在逃难。她们下车拍了几张。这几个女人，穿着洋气，挎着相机，反倒被人围观，狼狈逃回车上。

火车重又开动，牌局继续，老蔡提议稍微带点刺激，于是推牌九。老蔡坐的是靠窗位，上家庄小姐，下家罗小姐，应露对角打横。给金仙儿也派了任务，让她拿一支笔记输赢。输赢面不大，众人却玩得认真。中间停车，上来个中年乘客，夹着个掉了皮的公文包，西装领带，半秃脑门。此人是银行职员，也酷好此道，看了一会，摩拳擦掌想下注。老蔡不让，说是自家小玩玩，此地不是赌场。

金仙儿百无聊赖，又走开不得，把一支笔，在指头上玩得溜溜转。笔掉落地上，她低头去捡，却看到桌板底下，一只黑玻璃丝袜的脚，搭在老蔡脚背上。抬眼看去，罗小姐若无其事一般，便又疑心看错。最后成了三输一赢的局面，老蔡独赢。众人便撺掇老蔡请客。一众人去餐车，点了牛排，最后老蔡会钞，还倒贴了些进去。牛排煎得太老，肉有点柴，大家还是吃得很高兴。

回到车厢，天已落黑，秃顶银行职员正拿着水杯泡枸杞喝。老蔡和他闲话。此人是金城银行的信贷员，说近来日本人在华北闹得厉害，金城银行银根要收缩，他是去催收款子的。

罗小姐正在补妆，闻言收起小镜子，哧地笑了一声，像是指甲划过丝绸，说道，一路火车开过来太太平平，哪里会真的打仗，你们手里有些钱的，都是小心过头了！庄小姐也一改平静模样，说，日本人再怎么横，也不能不讲道理就动手吧。

那人悠笃笃地，喝了一口枸杞茶，道，我们董事长周作民晓得伐，留学日本出身，他的消息难道有错的？据周老板讲，近两个月北方局势必有大变,不然也不会催着我们去收款了。

见他不像开玩笑,女人们的脸色凝重起来。老蔡倒还镇定,笑道,这位兄弟,你们周老板也未免紧张过头了,兵者,凶也,这么大的事总会有预兆的,看你把小姐们给吓得。

应露说,要真是打起来回不去了,我们就都遂了老蔡的愿,留下做战地记者去。说得大家都笑起来。金仙儿去车厢连接处冲开水,出来看到老蔡站在过道吸烟。老蔡没头没脑说了一句,你不要怕。她点点头。

风很大,老蔡一支烟很快吸完,又摸出一支接火。她想回车厢,老蔡的一只手搭在过道上,她就没法过。老蔡说,明天中午前可以到了。她又点头。老蔡又说,到了北平,我的老朋友,光社理事长王校长会来接我们。她开始以为,老蔡手搭过道是无意的,现在明白他是有意留她在这里说话。

老蔡也没说啥,只是问她想不想在北平多玩几天,想的话他可以安排去张家口看长城。她说要回学校上课的。于是老蔡把横着的手臂收起。

火车轰隆轰隆,黑暗中,也不知开到了哪里。车厢已经熄灯,偶或经过小站,鸣笛通过,透窗而入的灯光便在车厢里漾动,就好像整列火车在水底开动一般。大家都不作声,偶或翻身,说明都没睡着。倒是上铺那个金城银行的,一会儿就闷鼾大作了。

金仙儿和衣侧躺,看着车窗外疾速退后的田野。天空有疏淡的月,照着远近高低肃立的树影,哨兵一样,让人心惊。她不明白,老蔡为什么要单独找她说这些,又担心刚才拒绝得太过生硬,扫他面子。转而一想,管他呢,神志便模糊起来,睡过去了。

不知过了多久,她醒了,发现车停下不走了。她沿着过道往前，月亮照得田野发白，斜斜地往车厢里切进一块。快到车厢接头处，她听到一阵粗重的呼吸声。她来不及收住脚，看到了两个交颈抱在一起的身体。身形高的，低头弓背，嘴鼻乱拱乱啃，像是要把身体搠进对方里面去。女子已被顶到过道板壁上，头后仰，双手却紧紧搂着对方，嘴里呻吟，似是痛楚万状，又似说不出的欣悦。

月光打下一角，照着女子的脸，一半被长发遮着，一半欲仙欲死，不是罗小姐是谁？金仙儿脸腾地热了，把跨出的脚步生生收住。

一夕无话。天刚刚透出一线曙色，就有人起来了，窸窸窣窣整理行李，坐在过道靠椅上谈天。等金仙儿起床，应露和庄小姐已去餐车打来了早饭。

此时，天已全亮，车窗外，浑黄的天与地，已纯然一派北方景色。忽然，有人低喊一声："日本兵！"

金仙儿心下一凛，手里的书也差点掉落。此时，火车正减速，驶入一个小站，预备在此停留片刻。众人挤到窗口，看对面一条铁轨，那上面停着一列火车，十几个车皮。罩着帆布的，露出山炮的外形。其余是棚车，站满穿着土黄色军服的日本兵，枪尖上的刺刀，熠熠闪亮。

日本兵都很年轻，好些还是中学生模样，车上乘客大多是第一次看到，最初的惊惶过后，有人好奇心萌动，想把车窗抬起，看个清楚，马上被喝止了，招来骂声："想作死，可别拉人家垫背呀！"

罗小姐刚涂了粉的脸更白了："要死了，这么多日本兵！看样子真要打仗了！"边上有人说："不必惊慌，看样子好像是一次演习。"银行职员抱着头，几乎要哭了。倒是老蔡沉得住气，说：

"前几年签订何梅协定,日本人是可以在华北驻军的,看样子,不过是一次调防罢了。"

不一会儿,对面装满兵的火车开动了。两列火车各走各轨,什么也没有发生,聚在窗口的旅客都松了口气。

经此一吓,几个女人兴致大打折扣。金仙儿第一趟出远门,想着前方路上不定还有多少凶险,更是懊悔。火车过此地界,兵越来越多,有头戴钢盔的,也有戴单帽的。军服有土黄的,有灰布的。不管是中国兵还是日本兵,客人看他们的眼光,都是畏怵的,似乎多看一眼灾祸就会从天而降。倒不如这边几个女人,还拿着相机远远照过几张。老蔡只要一看到过兵,都会趴在窗口看老半天。

火车在一个不知名的小站临时停靠,很长时间趴着不动。银行职员说,此地理不停车的,不会出什么事了吧。话音未落,就见一队日本兵从站房出来,向火车头跑去。

不一会儿,相邻车厢有人报信,说日本兵挨着车厢抓奸细。几个女人已是花容失色。老蔡安慰道:"莫要慌!快把照相机收进去。"他们车厢离车头近,日本兵一会儿就过来了。这些兵,和棚车上见过的不一样,年纪偏大,表情凶悍,臂上都缩着一只白袖套。空气一下子肃杀起来。庄小姐悄声道,这些是宪兵,日本兵里最恶的,别看他们。

老蔡和银行职员坐在近走廊位置,里面依次是四个女的。日本兵过来了。金仙儿身子簌簌发抖。看着半开的车窗,她几乎有一种冲动,要从窗口跳下去。应露感觉到了金仙儿异样的颤抖,握住了她的手。

众人把车票拿出来,等待查验。两个日本兵检查行李铺盖,直接用刺刀戳来戳去。行李箱翻得七零八落,衣物散落遍地,众人哪敢吱声。

一个兵在床铺上用军刺乱戳,突然兴奋地大叫一声。军刺挑开枕头,露出一台照相机,正是金仙儿那台折叠式古董相机。金仙儿只觉得脑袋轰的一声,下意识地要立起来,老蔡按住了。

几个兵冲过来,大家都学老蔡,双手交叉抱在脑后蹲下。银行职员刚想站起来就挨了一枪托。老蔡招招手,起身鞠了一躬,凑在为首的日本兵耳边嘀咕几句,那人一摆手,日本兵收起枪走了。众人虚脱一般,站起来的力气都没了。罗小姐拍着胸脯说,真正吓煞人,老蔡你真是太厉害了。横了一眼金仙儿,责怪道,都是你,带这么大个破相机,骨头死尸一样,你是要害死大家呀!

金仙儿连惊带吓,眼泪唰地流下来。庄小姐和应露忙着安慰,责怪罗小姐怎么说话的。突然,砰一声枪响,众人如被施了定身法,动作都僵在半空。稍许,只见站台那边,一群日本兵,押着一个微胖身量的中年人下车,那人灰布长衫,行商打扮,脚上有枪伤,经过处留下一摊血迹。

卧铺车厢里议论纷纷,有说是共产党,有说是国军谍报人员。秃顶银行职员刚把散落地上的账簿归拢整理好,没好声气地说,管他是哪边的,抓住了奸细也好安生了。应露骂,好没心没肺!那人冷笑道,哼,这边还有个会说日本话的呢!老蔡跨上一步,做出要动手的架势,众人慌忙拉住。

又一阵惊叫。站台上那个被抓的中年汉子,趁着不备,身子一拱,挣脱两个日本兵,跳下路基,拖着一条残腿,一瘸一拐向前跑去。

站中顿时大乱,日本兵开了枪,子弹击中车身,咯嘣直响,却没打中。男子继续向前,像一只肉球,骨碌滚动。对面铁轨,一列火车进站,火车头呼呼喷气,火车开到近前,司机发现铁轨有人，拉响汽笛示警，却已来不及。车轮与铁轨摩擦，火星四溅，啸声刺耳。间不容发的事，那男子像一只散架的大鸟，被直直撞飞。

一具破败的身躯，空中飞了一阵，落在十米开外，火车还没有刹住，车轮闪着寒光碾上去。日本兵围上去，拿刺刀乱戳。男子被截成三段，断肢和肚肠散落在铁轨和路基两侧。火车上的乘客，大多侧脸不忍看。老蔡盯着铁轨上那具尸体，久久不说话，脸上的神情悲戚而又愤怒。

六

经此一番惊吓,女摄影师们早就没了去跟光社同人交流的心思,恨不得火车掉头开回去。老蔡倒还镇定,说北平还在二十九军手里,断断不至于这么乱,到了该干吗还是干吗。众人心里惴惴,但也没有更好的办法。金仙儿疼惜那台照相机,镜头盖被刺刀刮花,怕说出来讨人嫌,只是悄悄抹眼泪。

火车到前门火车站,北平艺专的王校长派光社的几个年轻人来接站。这几个都是燕京大学学生,手轻脚健,雇好马车,又帮她们把行李提上车。马车嘚嘚跑开,街道积满树叶浮尘,叶片打旋飞起。学生们骑脚踏车,一路吹口哨,把车铃铛打得哗哗响。到了旅馆,客人上去休息,这几个青年就在大堂坐候。

休息半晌,几个女人还过魂来,下楼时,神色笃定许多。男生们引着,穿过一直一横两条胡同,便到芝麻胡同的天保城酒楼。王校长带着光社一众同人,早已在门口迎候。

进了包厢,众人一边喝茶,一边听王校长和老蔡代表主客方做介绍。最后隆重介绍的,是一个穿着对襟黑布衫的中年人,光社发起人刘半农先生。半农先生是语言学家,本来要去内蒙古一带调查方言,听闻南方女摄影家们来交流,才推迟行期。半农先生是"五四"健将,他的诗歌散文,有收进国文课本的,众人顿时肃然起敬,抢着要合影。王校长道,不急,不急,先都落座了吧。

一阵椅子拖动声,各人按写好的名牌,纷纷落座。半农先生边上，主宾位是老蔡，主陪王校长。罗小姐坐王校长下首。金仙儿坐老蔡边上。应露和庄小姐，也都安插在了几位光社同人中间。几个燕大的青年，坐到靠门口处。

甫一坐定，半农先生端起酒杯，先作欢迎辞：

"昔年，鄙校蔡校长整顿大学，提出修改学部宗旨，把美育写进教育宗旨里，认为美是一种公民素养，须与军国民教育并列。蔡校长有言，中国是一个没有宗教的国家，美是具有普遍性超越性的东西，可以破除偏见，破除生死利害的顾忌，正好可以用来代替宗教，涵养德性，而照相术发明以来，除了写影存真之功用，另一大功用就是启发美感。今有蔡仁怀先生，以游学东瀛之长技，培育摄坛新进，他实是一个美的播种者。今番蔡兄携美来平，与我光社同人开展交流，此诚南北摄影界之一段佳话也！"

众人齐立鼓掌。半农先生虚抿了一口酒，说声得罪，便先行离席了。几位女摄影师大感愕然，光社同人说，没事没事，半农先生总是这样的，他能出来已是天大的面子了。

金仙儿在安玉娘画展上听过蔡元培先生演讲，现又听半农先生提到，大感亲切，想着短短几日，遇着两位名家，真是造化不浅，这趟出门，虽路上迭经凶险，到底还是值得的。想跟半农先生合影，以作留念，刘半农已出了包厢门，她不好造次，也就端坐不动。

一巡酒下去，话题谈的都是摄影圈人事，各种新式器材，艺术潮流，立体主义野兽派。这种社交场，艺术就是开胃小菜，开了场就没人碰它了。推杯过盏几回，场面活泛了，也凌乱了。也不知是谁提头，说起近日里，北平城里发生一桩凶案，十九岁的英国少女帕梅拉，和养父一起住在使馆区，某日发现被人残忍肢解，挖走内脏，抛尸于城墙角楼"狐狸塔"下，至今尚未破案。王校长气愤地说：

"警局那帮子人，都是吃干饭的！就这么一桩命案，愣是破不出来，倒把老百姓一个个逼成了福尔摩斯！"

于是纷纷猜测，有说凶手是养父的，有说是死者的大学生男友的，有说是日本兵的，众女听得汗毛直竖，半晌作声不得。金仙儿胆小，连窗外都不敢看了，就好像凶手隐藏在外面黑乎乎的夜幕里似的。王校长察觉酒局气氛沉闷，站起来道：

"这事谁提的头？让客人们对北平种下这么个坏印象，该罚！小姐们也不用害怕，此案只是孤例，北平依然是朗朗乾坤、太平世界，生活在这里是安全的。"说着，自己倒满酒，说，"诸位，请满饮此杯，压压惊吧。"

王校长酒量好，又爱闹酒，罗小姐站起身，说要与王校长吃个交杯。众人哄然叫好。吃过交杯，却不放她落座，还要回敬。这边你来我往，那边光社同人已安排停当助兴节目。两个男学生，一个吹箫，一个敲小鼓，一段过门后，转出一女子，迈莲步，甩水袖，轻启朱唇，唱："袅晴丝吹来闲庭院，摇漾春如线。"正是京昆《牡丹亭》里《步步娇》一出。众人轰一声叫好，过门略作停顿，那女子身形一变，继续唱：

"停半晌，整花钿，没揣菱花，偷人半面。迤逗的彩云偏，我步香闺怎便把全身现？"

众人定睛细看，那个袅娜身段作女声的，哪是什么女子，分明是来接站的燕大青年里年龄最小的一个，叫小徐的。箫声如丝，伴合唱词，配合得真个是如胶似漆。一曲终了，众人捧酒致贺，小徐反而回敬大家。敬酒到罗小姐这边时，罗小姐赞道，真个比女人还要女人！光社真是了不得，一个个色艺双绝。

这边推出应露，唱新片《马路天使》里的《天涯歌女》。应露是金嗓子周璇的歌迷，周璇的新唱片但凡上市，她都买来学唱。正好包厢有现成的电唱机，又找来了唱片，一切摆布停当，应露唱起来：

"天涯呀海角，觅呀觅知音，小妹妹唱歌郎奏琴，郎呀咱们俩是一条心，哎呀哎呀，郎呀咱们俩是一条心。"

《马路天使》刚上演不久，地不分南北，竟都是看过了的。这歌有两段，到后一个"哎呀哎呀"，都合着唱"哎呀哎呀，郎呀穿在一起不离分"。唱毕鼓掌，有人说挺有周璇味儿，更有人借了酒劲起哄，再来一个。应露本想应承，余光一扫罗小姐，脸已赤黑，便推金仙儿唱一个。又说，仙儿是女师校花，样样在行的。金仙儿只得站起来，怯声怯气，清唱一段李叔同填词的《送别》。

酒宴结束，拍合影照，老蔡和王校长中间坐定，剩下几张空椅，男士们坚持要小姐们落座。罗小姐起身时一个趔趄，幸亏庄小姐和应露一左一右挟住，才没跌倒出丑。罗小姐一把摔开，咯咯笑着说，放开我，我没醉，舌头却已然硬了。这一顿酒下来，光社同人热情，又善劝酒，其实每个人都有点喝多，只是没像罗小姐失了分寸。

一片乱糟糟的当儿，那个唱《步步娇》的小徐走到金仙儿边上，悄悄说，姐姐唱得真好，我也喜欢李叔同的《送别》，留个通信地址好不好？

她喝了不少酒，本就脸红，他叫她姐姐，她脸更红了。家里也有个叫她姐姐的，可惜是个混世魔王，要真有个这样的弟弟就好了。可是她也不见得大他多少啊。见她不说话，他以为不愿，仍含笑立着等，露着一口白牙，面相透着一股子实诚。"快别叫姐姐,叫我仙儿吧。"她飞快地报了竹洲女师的地址,也不知他有没有记住。心想,他若真写信来,毕业了也不一定收得到了。他也塞过来一张字条,显然是早就备下的,她不及细看,匆忙收下。依然是这三个男生,一路送他们回旅馆去。

北方的街市,才过八点钟,胡同里已阒无人迹。两侧的低矮房子,衍射出昏黄光线,风从胡同底里吹来,刮起一阵街土。罗小姐有点喝多,应露和庄小姐搀着,和三个男生落在了后面。冷风一吹,酒劲上头,罗小姐双手展开,作蝴蝶飞舞状,叫着来呀来呀,要人家来捉她这个大蝴蝶。为了把她哄回去,应、庄二人便作扑蝶状,好言劝慰。没想到罗小姐一个转弯,咯咯笑着,竟然向后飞去了。走在最后面的三个男生手拉手作网状,要赶蝴蝶回去。这一来,走在最前面的他们,与后一拨人的距离拉大了。

胡同里没有路灯,黑暗中,一群人像哄一个幼稚园里的孩子一样,围着一个女人转。女人脚步踉跄,浮浪地笑着。这街头活报剧一般的闹剧,让金仙儿看了有些难受。罗小姐飞不动了,抱着电线杆子干呕。老蔡嘀咕了一句,她又犯嫌了,顾自走了,金仙儿只好跟上去。

旅馆大堂的电灯光照着门前的水门汀地。老蔡提醒注意脚下台阶,其实他自己脚步也乱了。金仙儿提议,门口等一等罗小姐,再一起上楼。老蔡说,这点路,爬也爬过来了。好像不胜酒力地说,上去吧,我真的醉了。

她迟疑了一下,也跟上去。罗小姐有人照应,想来应该会很快跟上来。她现在只想回到房间,趁着旅馆还有热水,赶紧冲洗一下,让冷胃好受一点。见边上老蔡呼吸粗重,她说,我带了蜂蜜,泡了茶可以醒酒,一会儿给你送来。

她想叫个人来扶一下老蔡，柜台后只有一个伙计，一副瞌睡未醒的样子。她有些犯难，只得先扶老蔡上楼了。老蔡的身子忽然变得很沉，大半个身子挂在她肩膀。

老蔡的房间在楼梯口右侧，她的房间在左侧。走完台阶，老蔡脚步一冲，一股强大的力道带着她往左。她急忙道，蔡社长，你的房间在那边。老蔡瓮声瓮气地说，你给我冲茶喝。她一愣怔，也不及多想，机械地打开门。刚要去开灯，门砰的被老蔡用脚后跟合上了。一张湿热的嘴往她脸面贴来。她去开灯的手，被牢牢锢住，根本挣不动。

屋里有股呛口的灰尘味。垂着白色纱帐子的床就在窗那边，像一间小小的囚室。他喷着酒气在耳边说，我喜欢你好久了，好久了！她拼命抗拒着，不愿意做他的俘虏。可是身体失去重心，怎么也使不上劲，被一股力道往床边带。她就像一条被甩上岸的鱼，徒劳地蹦动着，床褥的霉味几乎让她窒息。头顶的屋檩子，像飞舞的刀剑打着旋。她双脚踹蹬着，不让他得逞，他喔唷一声，黑暗中像是被踢着了。

她想叫喊，可是她的颈部被一只胳膊紧压着。她的胸脯几乎要爆裂开来。嘴唇被咬破了，喉咙里有点腥甜。

脑子渐渐坠入到一片空白，就好像做了一个梦，身体也不是自己的了，她被水流浮载着，漂啊漂。不管漂到哪里，都不会沉下去。她不知道漂了多久，也许几个小时，也许只几分钟。楼下，那一拨人回来了，她似乎听见走廊里罗小姐咯咯的笑声。她一个激灵，发现身上的衣裤全都凌乱着，都不在原来的位置了。全身就像虫噬一般，撕裂般的痛。下体火辣辣的，手、脚、胸口、骨头好像被捏过了一遍。她翻身坐起，簌簌发抖着，突然涌上的羞耻感让她抱紧了自己。

灯亮起,她吓一大跳。老蔡斜靠床背,一副似笑非笑的表情。她如见鬼魅,掩嘴惊叫。老蔡给她披上外套,她像被蛇咬到一般,叫道:"别碰我!"

老蔡啪啪打了自己两个大耳刮子,蹲在床边带着哭腔说,妈的,看看我都做了些什么呀,我真不是人!老蔡一遍遍地说,自己不是坏人,他是为政府做事的,实在是太喜欢她才控制不住。她不明白老蔡既然已经得逞,为什么还要说这些,只觉得眼前这个男人说不出的恶心。老蔡带上门前说,我是真心喜欢你,我会对你好的。她欲哭无泪,靠着床栏想吐,也只是干呕。

外面有人拍门,她没有应。这些人,她需要的时候一个都不见,事已至此,她宁愿打落牙齿肚里吞,也不想让她们看自己笑话。拍门声消失了,她在黑暗里坐着,怎么也止不住泪水。她冲进卫生间,拧开龙头,水竟是冷的。她一遍遍地冲洗,直到皮肤发麻,浑身骨头咯咯响,还觉得自己是脏的。

她恨死了罗小姐,要不是罗小姐醉酒变成个大蝴蝶,姓蔡的也不会那么容易得着可乘之机。她更气恼自己,被虚幻的一束光牵引着,竟然一步一步踏进了人家早就挖好的坑里。

明天的安排是大伙一起去游香山,发生了这样的事,她还能像个无事人一样跟着他们去晃悠吗?她得想想,该怎么办?可思绪怎么也无法聚拢成形。照相机无辜地躺在桌上,带子蜷曲,像一条蛇。她心里头有个声音说,这个鬼地方,一刻也不能再待了。她要马上离开。

她拿起行李出去,走廊空无一人。她跑下楼,出了旅馆,胡同口也行人稀疏,只有一个摆烤红薯摊的,笼袖站着。春夜的风吹来,她心里空空荡荡,就好像她的心被人剜下来,偷走了。

她不辨方向,只顾往前走,一个人力车夫跑过来停在她边上,问她去哪里。她木然地跨上车,车夫又连问几声。她说,前门火车站。

　　人力车驶出胡同,跑过城墙下的甬道。黑暗中,前门角楼的轮廓像剪纸一样。她突然想起那个被谋杀的少女帕梅拉,是不是抛尸在这里,被放干所有的血?不由头皮一阵发紧。好在人力车很快驶出了城墙的阴影,远远看到了火车站的亮光。

　　夜里的车站广场,还有不少客人滞留,大堆行李散乱在台阶两边。售票窗口那一盏灯,白搪瓷罩子罩着,因电力不足,光总是在抖,如一只缩着脖子的鸟。最后一班去南方的火车还有几分钟就要开了,她接过票,一路飞跑着上了车。

　　她刚跳上车,还没落座,火车长鸣一声开动了。她大口喘息着,抓着车厢连接处的把手,才没有摔倒。刚才跑出来的时候,她都感觉不到身体的疼痛了。这会儿,全身到处都痛,后颈、胳膊和腿上,可能皮肤破了,更是火燎一般。她奇怪这些痛刚才都到哪里去了,怎么现在都像受够委屈的孩子一样来找她了。好在去南方的火车要开一天一夜,这些委屈,这些痛,她可以慢慢去料理。

七

我的曾外祖母第一次出远门就这样匆匆结束了。这个十九岁的女孩，她带着梦想，欣跃地出门，都像鸟儿一样飞起来了，却被一场突如其来的性侵打落下来。

梦想光华灼灼，现实如此污脏龌龊，她之前的追求全都失去了意义。她太天真了，这个世界没有人会无缘无故对你好，接近你都是抱着目的，可惜等她明白过来已经付出了代价。本来约好了，第二天光社的同人要陪女摄影师们游香山和颐和园，她这一不辞而别，那些人背后不知怎样议论呢，她也顾不得了。要是没赶上回南方的火车，她也不会回去和他们在一起，她再也不想见到这些人了。

她回来后明城几乎天天下雨，雨水滋润草树，它们变得葱郁肥厚。再出几日白花花的太阳，细细炙烤，玉兰花、绣球花都枯萎了，花瓣腐烂引来无数虫蚁，似乎在告诉人们，春天已经潦草结束。对她来说，春天不是这个时候结束的，春天在北平的那个夜晚已经结束了。

佣妇吴妈买小菜回来，边收雨伞边说，楼下邮筒边立了个男子，失魂落魄的，都站那半天了，人都浇成落汤鸡了。她移到窗口，看到一个侧向而立的影子，那件格子旧西装，她却是认得的。那人转过身来，抹了一把脸上的雨水，抬头看二楼窗口。她慌忙闪到一边，也不知有没有给他看到，心下一阵慌乱。

被那人堵着门，她连着两天都没去上学。姨父问她为什么不去,她开始不说,再三催问,她涨红着脸,说出不去,楼下有个人天天盯着。姨父往窗外一看,明白了,立马给警局打了电话,招来人给撵走。那个人不来楼下晃悠了,她日后出门照样胆战心惊,怕他再来纠缠。果然,那天出了校门等车,老蔡又出现了。他拿着刚买的一枝红玫瑰,放在鼻子边,模样轻俏地嗅着,从她身后闪出来。她瞪大眼睛看着他,想跑,双脚却如钉住了一般。仙儿,是我!老蔡向她笑了一下,从怀里掏出一个小礼包来。在她眼里,这笑比鬼还要难看。

老蔡说,他找了她很久,是专门来赔礼道歉的。说着打开一个小礼盒,里面是一对耳环。他把礼盒往她手里塞。"你是我心里的女神,我知道我死一百回你也不会原谅我,但我向你保证,我会负责到底的。"他悲戚的语调把自己给感动着了,却把金仙儿给吓得不轻。不,不!她摇着手后退。他来抓她手,她一脸惊恐地尖叫起来。戴爱芳正好出校门,听到叫声,飞快地跑过来,把她护在身后。一见是老蔡,愣住了。老蔡说,你多照顾着她,收起礼品盒子一溜烟跑了。戴爱芳说,他没怎么着你吧?

她抱着戴爱芳哭出声来。戴爱芳一迭声地问,他是不是欺负你了?你快说!她张了张嘴,却怎么也说不出口。戴爱芳说,他要是胆敢欺负你,我不会饶他!

回到家,她把满墙贴着的照片都撕了,把买来准备做暗房用的药水、灯泡、玻璃器皿也都扔了。她本来还要把照相机给摔了,却没下得去手。

雨季里空气潮湿,扔在角落的照相机的折叠皮筒很快长出了霉斑,她也懒得去清理。先前那些玩摄影的朋友,再没一个见着,这些人就像日光下的水汽般消失了,她偶或想起,心下倒是有些怅惘。看着空空如也的墙,常常一阵阵发愣。

这一天，刘佩珊来家里找她。自从她和戴爱芳好，跟刘佩珊都不大在一起了。刘佩珊一路找来，短袖衫前襟尽是汗渍。她正奇怪这个娇小姐为何不坐自家的小车来，刘佩珊哭着对她说，仙儿，他们要逼我嫁人了！

"谁逼你？别急，慢慢说。"

刘佩珊家里出了事。刘家是开纱厂的，之前生意一向很好，货除了供应上海、苏州厂家，还远销北方。最近一宗货，运到北方，对方厂家已验货，只是尚未结清款子，货还在堆栈，竟遭强人劫去。刘家等着这笔回款付工人工资，丢了货，再加债主催逼，刘父急火攻心，中了风，家中又没个能拿主意的，已到了要卖厂子的地步。同业公会有个顾老板，同意收购，却开出一个条件，要刘家把尚在女师读书的女儿给他做姨太太。

金仙儿前番去北平，吃了暗亏，认定自己是天下最悲惨之人，又没个知心的可以诉说，正怨天尤地，听了刘佩珊所说，惹动心事，也陪着掉泪。刘佩珊愤愤道："顾老板那个土老帽儿，年纪比我爸还大，仗着手里有铜钿，买下了清河街半条街的铺子，还要我去给他做二姨太，真他娘的做春秋大梦！"金仙儿听了也很气愤，资本家仗着几个臭钱，尽着胡来，连别人的青春都要买，真是可恶！她说："给阔人做小，那跟牲口有什么区别！我们新女性，自己的命运好歹是要自己主宰的。"

她出主意，最好查到谁劫的货，再托托有力的人物，付点赎金，把货要回来。刘佩珊说，派人打听过了，是日本人干的。说到是日本人，她也心慌起来，料定这批货是万难要回来了。

刘佩珊说："我不去英国念书了，毕业就去教书，做好几份工，养活家里人。"临走，她慌里慌张抱了抱金仙儿，说你是我最好的朋友，这件事一定要保密。她暗想，事情都到了这一步，还顾忌什么面子不面子的，但又不好直说，只得又安慰几句，嘱咐她凡事想开点。刘佩珊笑着说："放心吧，我谁呀，我是珊妮呀，还记得我上次说的吗，我永远不会嫁人的！Never！"

第二天上学，一下电车，她就看见靠湖滨路这边聚了一群人。一个老妇说一大早洗衣服来着，看到飘过来一件花衣服，一戳，竟然是一具女尸，呸呸，真是倒了八辈子霉了！边上一人也叹气，可怜粉雕玉琢的一个人，脸都给湖底的鱼啃烂了！衣服整整齐齐，脚下一簇新白皮鞋，好像是女师的学生仔。

她突然有种不好的预感。她跑进教室，教室很平静，窗外一棵高大的桑树，春天里新换了叶，日光映照，那碧玉的颜色几乎渗到女生们的皮肤里去。坐在前排的戴爱芳低着头，手指上下翻飞，钩一只绒线手套，看到她，回身笑笑，继续低头弄针线。

她根本没心思听课。有意无意地，她的目光总会瞄向左前排的那把空椅子。这是刘佩珊的座位。午后，校长和训育主任被叫去警局问讯，刘佩珊溺死的消息才传开来。女生们说起此事，一个个神情惊惶。一种说法悄悄传开，说刘佩珊是被流氓奸杀，抛尸湖中。金仙儿因前一日佩珊来寻她，略知原委，与戴爱芳一说，戴爱芳叫了起来："原来如此，她是被逼死的！我妈就在刘家的纱厂做工，厂子好几天不开工了，这个时候竟还有人趁火打劫，那个顾老板，太缺德了！"

怒火开始蔓延。女生们不知从何处打听来，顾老板有个远房亲戚的侄女就在本校读书，于是齐齐吵到校长室去，要求开除该生。学校新成立了个读书会，近来异军突起，这帮人在校门外用课桌搭了台子，向路人演讲，发起募捐。她们能量大得很，还要请报馆记者写文章，到各校串联，去市政府游行。

班上为刘佩珊举行了一场追思会，地点就在明湖边。校方怕出事，全程都派人盯着。原本追思会后要去游行的，学生们还没出校门就被训育主任带人拦下了。

她觉得，整个学校的空气都腐烂透了。每个人都低头忙自己的一点芝麻绿豆小事，连逼出人命这么大的事都没人敢吭一声，学校也不为学生说一句公道话，可见这世道有多黑暗。这段时间发生了那么多不愉快，她要努力忘掉，包括忘掉北平那个噩梦般的夜晚。她多么希望，那一切都没有发生过。

她心中郁结，不知不觉走到南园。女师的琴房、画室和图书馆都在南园，以前，她常常来这里跟尹世钧学画。这里是校园里最具田园风光的所在，中间一幢灰墙小楼，旁边还有一排用作洗浴房的平屋，屋旁菜地稀稀拉拉种着些菜秧子。沿着围墙一长排茁壮的棕榈，叶片如刀戟，长得很野，像哨兵一样守着园。

尹世钧不在，她在画室随手找了几本画册看。等了一会儿，尹世钧还没来，画案上有现成的宣纸和墨，她动手研墨，信手临摹一幅兰花图。墨水泅入宣纸，躁动着的心也服帖些。出笔收笔，一长二短，小时候老画师教的口诀也全都想了起来。她一口气临了三张，开始笔触还拘谨着，到后来就有了收放，领会了水墨的习性。她全神贯注地画着，没发现尹世钧已经站在身后。

尹世钧说，这几笔有模有样，看得出你天分不弱呢，美专的专业课考试还有一个月时间，你加把劲练练，考个国画系还是有希望的。她刚从文艺的梦里惊醒，断不肯回头走的，却也不说反对。尹世钧又问，我们去上海的事，没跟人说吧？

尹世钧不提，她还真忘了这事。当即答道，没跟任何人说起。

尹世钧满意地笑了，临走，找出几本美术参考书，交代备考重点，又给了她两本书，一本苏俄小说《铁流》，一本茅盾的《子夜》，说学校不久前成立了读书会，有空的话就来参加。

回到家，姨父已从南京公干回来。姨父这次去南京，趁便去看了儿子。黄浩楠走马上任军委会办公厅二处副处长，授了少将衔，他心里高兴，话也多了。问起去上海看画展的事，她只说了蔡元培到场讲话的事，后面的事，有意略过不提。

姨父说，蔡先生也是个多变的人，前清时代，造炸弹，搞暗杀，现在倒赞成起了用美学启迪青年，可是世道是这么个世道，美这个东西又顶个什么用呢？从来只有实业救国，没听说过美可以救国的。

这话金仙儿接不上，只有听的分儿。姨父又说起儿媳的病，到了南京愈发严重了。好几次突发晕厥，幸好送诊及时，总算有惊无险。他说医生诊断是心脏出了毛病，如果血管积斑脱落梗塞，猝死都有可能。姨父希望她暑假里去南京陪护一阵。金仙儿没去过南京，要是平日，早就答应下了。眼下心事杂乱，也就沉吟不语。姨父又问，墙上的照片怎么都不见了？她说，拍得不好，撕了，以后再也不拍了。说完，顾自走开，丢下姨父一脸错愕地坐着。

这个雨季特别长，整整半个月，远处山影，尽皆白雾笼罩。某一日，她捡起扔在屋角的照相机，镜头起雾，皮套长满霉斑，真像是刚出土的器物一般，一下子心疼得不行。想当初表哥漂洋过海买回来，定是花了不少钱，虽说这一回遭此厄运，可是此物何辜？她寻出一截丝绸，沾了酒精，细细擦拭，机身干净得一粒灰尘都寻不着。趁着接下来几日天气放晴，她回了一趟虹镇老家。

她是坐船回去的。明城地处江南水乡,周边到处是河滨水道,通往各县乡,早先是灌溉用,现在大抵用作了客货交通。她上明城读女师,偶尔回老家,都是走这条水路。她母亲很早去世,她几乎没什么记忆,父亲忙于生意场上的事,同父异母的一个弟弟又阴阳怪气、性情乖戾,不好相与,她就像一只放出去的纸鸢,与这个家是越来越疏远了。

在家没住几日,老屋阴森的大院简直让人透不过气来,继母又像防贼一样盯紧她,生怕她私拿银子似的,搞得她心情愈加恶劣。怄了几场气,她又逃了回来。

八

竹洲女师的南园突然变得嘈杂了。时令到了初夏,那一排灰色平屋里的公共浴室已经开放,一到傍晚,女生们上好体育课,就结伴来洗澡。披着长发,趿着拖鞋,腰间抵着个木盆,一边走一边唱歌。到天黑透,沙砾路上还人影不断。

尹世钧带两个美术班,本来人就不少,再加上刚成立不久的读书会,进出南园的人比以前多了。这些人看上去大多面生,尤其几个男青年,身板扎实,眉眼闪着精光,一看就是混社会的。尹世钧本来就以行事新派出名,大家也不以为怪。

尹世钧上次给她的两本书,她一直没看完。那本苏俄小说,光是记住一长串人名,就够让她头痛了,常常看到后面忘了前面。倒是那本《子夜》,因为一开场就写到上海的马路和舞场,她津津有味地读了下去。但她总觉得,这里面写的上海,跟她以前读到的上海不一样。

她每个月买的《新文艺》《文艺风景》这些杂志,她在上面读到过许多写大都市罗曼史的小说。那些小说的片段沉睡在脑子里,过段时间总会自动浮现出来。可是这个奇怪的小说一开头就把上海写成吃人的巨兽。汽车轰鸣,舞场歌声轰鸣,一扇扇黑漆漆的大门,像是洞开着的要吃人的大嘴。一会儿是光怪陆离的夜总会,一会儿是声嘶力竭像要火并的证券市场,几拨人斗来斗去,为了把别人的钱到自己钱匣里去,一个个弹眼落睛,机关算尽。她喜欢的罗曼史不是《子夜》那样的,她喜欢的调子是要柔和一些的,像音乐里的慢板起伏着,故事里出没着夜总会里白衬衫黑礼服的男子,还有霞飞路上的法国梧桐,半夜不灭的公寓里的灯光。

所有描写大都市、大家庭,富有异国情调的小说和诗歌,她都爱读,比如苏曼殊那本流行一时的《断鸿零雁记》,不知赚去了她多少眼泪。她以前读《红楼梦》都没流过这么多泪。她恨不得投身小说中,热烈地去爱那个先是干革命,后来去做和尚的青年,哪怕是闹出三角四角的绯闻来。那青年和他的一帮朋友,灵魂如此高洁,才华如此耀眼,就连那柔弱的身躯咳出一摊热血来,模样也是顶可爱的。还有那本不久前开明书店出版的青年作家巴金的《家》,高氏三兄弟和梅芬、鸣凤、瑞珏的故事她看了不满足,还暗暗构想他们走出大家庭后的结局。她的情爱观也被这些小说和诗歌塑造成功,那就是,她相信爱情是灵魂的空气,灵魂得爱情而永存。读多了小说里的恋爱故事,她发现,所有的爱情悲剧其实就是阴差阳错,就是我爱你,你不爱我,你爱她。可这又有什么办法呢?男女的事,但凡要入传奇,都是这个样子的。所以女人的世界里起码得有两个男子,就像某个风头正健的女作家的《莎菲女士的日记》里写的,一个是高冷俊美的凌吉士,那是你无条件地爱着的,一个是无条件地热烈爱着你的苇弟,骂都骂不走。

尹世钧后来借给她的《为奴隶的母亲》,她看了个开头就扔在一边。另一本,珂勒惠支的木刻画做插图的一本外国小说,还是去年刚去世的鲁迅翻译的,她连打开的勇气都没有,就好像一碰着那些悲惨愁苦的木刻画,就要被那些病容给传染了似的。因为这些书不对她路子,尹世钧再三鼓动她参加读书会,她都当了耳旁风。那天实在是拗不过,就进去听听,讨论的话题,正是《子夜》。这个小说她读到一半，梗在那里，屡次想弃读，于是打点起十二分精神准备好好听别人怎么说。

场中二十余人，都是读书会骨干，女生稀缺。她走进去，找个不起眼的角落坐下，就感觉到四面八方的眼睛都睃向自己，明晃晃的，让她如坐针毡。会场是一间画室临时布置的，课桌围成一个方形，中间桌上铺着粗大格子的台布。坐在中央的主持人，三十出头，身量高大，脸色鳘黑，肩膀和胳膊鼓出的肌肉，显得穿着的长衫都紧了。她有些奇怪，主持读书会的，怎么长得如同做苦力的？却没想到，此人一开口全是行话，谈人物形象，谈写作艺术，又谈作家参加大革命的一些逸事趣闻，妙语连珠，激起阵阵笑声。他的一口海边话也让她感到亲切。

主持人开场讲毕，会场里的年轻人早就等不及了，先是朗读小说片段，继而开始大声争论，嘤嗡响成一片。每个人都在竭力表现自己，一张张被激情烧红的年轻的脸，脸上的痘痘几乎要爆开来。这些青年说话一个比一个冲。金仙儿很快就兴味索然起来。因为他们争论的话题已经跟小说无关，而是争论开了革命的领导权应该掌握在谁的手里。

"反帝反封建的任务，理应由吴荪甫这样的资产阶级来领导！"

"工人、农民是革命的主力，革命领导权必须掌握在我们党手中！"

"吴荪甫！"

"我们党！我们党！"

看这争吵一时三刻收不了场，她悄悄离开了。

几天后，在南园图书馆，她正要上楼，一个身材高大的男子从后面追上来，粗重的脚步把木头楼梯踩得要散架一般。他向她招呼,一簇浓眉下,一双细长的眼睛盛满笑意。她认出是那晚主持读书会的那位,便颔首笑笑。

男子叫谢吉文,在湖滨路上一家棉花厂做过磅员,还在夜校兼国文教员。谢吉文说,读书会上我就注意你了,为什么不发言呢?她答,我小说都没读完,哪敢乱说。那人抽出腋下夹着的两本书,递给她,说,这两本,应该比《子夜》更适合你看。

金仙儿想,这人好没来由,平白的就送书给人看。她迟疑着没有接。他急了,说,都是好书,这本《赤都心史》,是我老师写的,另一本《往事与随想》,作者是我特别崇拜的赫尔岑,十二月党人之子。

他哗哗地翻书,他手指粗壮,翻书时却很灵巧。他说,我读给你听这一段,你听了就会想读了。他清了清嗓,读了起来:

"太阳西沉了,圆屋顶上还闪耀着熠熠光辉,城市就铺展在山脚下广阔无垠的地面上,清新的微风向我们吹来。我们站着,站着,互相偎依着,突然之间,我们彼此拥抱了一下,对着全莫斯科宣誓说,要为我们所选择的斗争献出我们的生命。"

这些句子如同一阵新奇的风吹着她。他脸色庄重,如同沉浸在这些句子营造的世界里。她问书中写的什么。他说,这段写的是作者年轻的时候,和一个结成生死之交的热血青年一起,他们去莫斯科的麻雀山上,发誓要为俄国人民的自由与幸福奋斗终生,这段写的就是两人宣誓时候的情况。

"啊,真的很美好。"

"是啊,为选定的事业奋斗终生,多么美好!你知道赫尔岑这个名字的俄文意思吗?是心脏!"

这以后,只要她去南园,谢吉文总能找到她,就好像他一直在园里的哪个角落候着。谢吉文总是推说是有事来找尹老师。

她看着他笨拙地找借口，总忍不住想笑。谢吉文是上海大学西洋文学系肄业生，天文地理无所不晓，口才又好，与他聊天倒也解闷。他的口音跟她老家虹镇那边有点像。他说他是东埠镇人，那个镇子离虹镇也就十几里地。

可是他送来的书实在太多了！多得几乎成了一场灾难，把她的床头和书架都占满了。那些书里甚至有列宁的《国家与革命》。她打趣，你是开书店的吗？要不，就是把所有薪水都买了书了。他认真地说，人是一定要学习的，不学习脑子就会生锈烂掉。她说，你怎知道我没有学习？见她不高兴，他说，我不是说你，你要看什么书，下次我带来。"你不知道女孩子更喜欢鲜花吗？"这句话她几乎要脱口而出了，看着他认真又憨厚的样子，她生生忍住了。

果然，下次谢吉文送来的几乎全是小说，有一些还是当局查禁的左翼作家写的，属于违禁书。正因为是禁书，她还没读就有些兴奋。这些小说里，主人公们总是在革命中找到志同道合的伴侣，他们携手为理想事业奋斗，他们的生活总是又刺激又浪漫。她读着这些小说，为他们跌宕起伏的命运落泪，还有一种冲破戒律的隐秘的快乐。但这些快乐也没法跟谢吉文说。她发现，这些书他都不太读，他读书其实是粗线条的，对故事不感兴趣，对感情不感兴趣，人物的名字和人物关系，也常常记错，就好像那书里除了阶级、仇恨、革命，就再没别的了。他们读书会的人，就是这么个路数，名义上讨论书，实际上话题总要溢出来，谈到别的上面去。

他鼓动她登记入会，她仍没答应。她说，要我在大庭广众下谈一本书，真是难以说出口，读书是一件非常个人的事，哪能够这样大声讨论呢？但她也答应，有空会去听听。

有一次读书会进行到一半，会场里突然吵闹起来。是中途进来的几个校外青年故意捣乱，他们怪笑、拍打桌子，成心来搅局。主持人请他们出去，他们闹得更凶了。谢吉文带着几个青年围上去，没说几句话双方就动了手，桌子与板凳齐飞，几个女生吓得抱头尖叫。金仙儿看到，闹得最起劲的那个竟然是蔡仁怀。她开始还以为老蔡是来跟她厮缠的，吓得不敢作声，再看事态的发展，老蔡根本没有注意到她也在。最后，老蔡和那帮闹事的校外青年落了下风，被扭送出去，谢吉文衣袖被扯破，露出一个大洞，脸上也挂了花。"这些人都是谁呀？"她怯怯地问。"一帮流氓，专来捣乱的狗特务！"谢吉文气愤地说。

她让谢吉文把上衣脱下，她带去让好友戴爱芳把洞缝上。她想起老蔡以前说的，他是为政府做事的，没想到此人竟然是个特务，她对这个人的嫌恶又深了几分。学校看起来歌舞升平，居然特务的手也伸进来，想想着实可恨。她虽不太喜欢读书会那帮人，一直没有登记加入，但读书会的发起人尹世钧和眼前这个谢吉文对她都不坏。她有点替谢吉文担心，怕那些人再来寻事，怕他吃亏，劝他不要搞这个读书会了。谢吉文瞪眼说，这怎么可以！读书会是爱国进步青年的团体，会怕了那几个小毛虫？斗争哲学不是这样的。他说得这么硬气，倒是她钦佩的。那你以后小心着点，她说。

临近期末，学校对毕业班已不安排上课，她有一大半时间都是在南园待着的。那日也是合该有事，午后下了一阵雷雨，雨后的南园特别安静，她困乏上来，斜靠画案合了一会儿眼。直直的雨线打得窗前玉兰树噼啪直响。她被雨声惊醒，看到一人蹚过园里的积水，到了楼前长廊下。看身形，是个瘦弱女子。那女子收起油纸伞，伸手拢发，掸去雨珠，侧过脸来，竟是一起去过北平的庄芸。只是她原本光洁的脸,半边脸有一大块伤疤,中间还有一道蚯蚓状的凸起。庄小姐来干什么?她也是尹世钧的朋友?好奇心起,她开门悄悄跟上。

庄芸浑然不觉后面跟着个尾巴,到走廊尽头一转,不见了。隔着檐雨串成的长帘,左近的一间小板屋进入了她的视野。那是勤杂工放农具的杂物间。她悄悄移步到杂物间门外,只几步路,浑身浇了个透湿。她听到屋子里有人说话,被雨声干扰着,却又听不分明。

屋子里的人压低着声音,好像在激烈地争辩着什么。她听到了尹世钧的声音,听到了谢吉文的声音。满屋子的嗡嗡低音中,女声总显得鹤立鸡群。还有一些热烈的词语,夹杂着噼里啪啦的雨声落进了她耳里。罢工、警察局、保安中队、集合。她不小心撞倒了一柄铁锹。"当啷"一声,有如惊雷,把她惊得一个激灵。铁锹靠着板壁,是花工随手放置的。她俯身去拾这柄该死的铁锹。里面嘈杂的人声安静下来。门拉开,眼前一晃,黑屋里冲出两个人影。她的嘴被捂住,胳膊也被按住。她低低叫唤一声,疼出了泪花。这两人不由分说,飞快地把她拉进屋里。

她揉着被抓疼的胳膊,面对盯着她的一圈目光,不明白他们为什么这般恶狠狠地对待自己。屋里主事的是尹世钧,屋里的人,好几个她都识得。她一路跟来的短发女子,果然是庄小姐。还有一个认识的,是上海见过的表叔。他打扮成一个电厂工人的样子,脸色严肃得可怕。看起来他恢复得不错,不再是黄恹恹的一脸病容。谢吉文也在,坐在角落里,高大的身量似是缩小了一圈。

她有点吓懵了,不知道说什么好。庄小姐和谢吉文掉脸都没理她。尹世钧推着她向外走,说着没事没事。她惊魂甫定,都不知道是怎么离开那屋子的。

尹世钧问她，你什么时候在的？都听到啥了？见尹世钧脸色与平常大异，她心中惊骇，老实答道，我见有个人进来，像是以前相识，就跟了过来，我发誓什么也没听到。

尹世钧说，记住，跟谁都不要说。放在她肩上的手，加大劲儿握了握，就好像按进去了一个秘密。

尹世钧回到石屋，同志们还在等她来。要不是不速之客闯入，会议早已结束了。方才冲出门外的一个男子，是负责会议安保的，担心泄密，征求尹世钧意见，要不要对那个女学生采取一些必要措施。尹世钧阻止了那个同志，说，她是个进步学生，我们的外围组织正在考虑吸收她。表叔也表示赞同，正告那位同志不要横生枝节。尹世钧是明城地下党宣传部长兼东城总支书记，表叔是上级派来指导工运的。两位领导既已发话，自然再无异议。金仙儿回到画室，根本不知道刚才经历的凶险。

几天后，她去上学途中，电车半路停住了。电车司机要乘客都下来。这是从来没有过的事。紧接着，城区的一些工厂都响起了警报和汽笛声，一些穿着蓝布工装的人纷纷走上街头。市政府那幢英国式花岗岩大楼周围的各条街道，也如潮水一般涌出了一队队举着标语的工人。她穿过广场，广场另一边的电车也停在路中央。

罢工的是本城十几家纱厂和缫丝厂，数千名工人把市政府大楼给围了。他们高喊口号，要求与政府谈判。本城警察局奉令弹压，却没想到，与市政府大楼只隔了三条马路的警察局，大门也给堵上了。

警局从消防局借来几架高压水枪，在大门口哗哗地喷射水柱，强行驱散围堵人群。情况却越来越糟，城北水运码头那边，水上警务处也告急,说是那些搬运工人也都不干了,苦力们都在赶往市中心,增援游行。

本城大大小小纱厂、缫丝厂有百十来家,纺织业算是支柱产业,今年春涝,棉花蚕丝涨价,再加北方战事,成品销不出去,好多家工厂为自保,都在减员减薪。党正是看准了工人日益滋长的不满,因势利导,从纺织工人着手,组织了这次全城大罢工。如此规模的工潮,本城历史上还是头一回,眼看着整个城市都停摆了,政府方面也没了辙,只得同意召集劳资双方代表谈判。

工人要涨薪酬,工厂主们不答应了,他们由同业公会出面向政府打报告,说要是政府一味地偏袒工人,本城的许多厂子都要砸锅卖铁了。对政府来说,劳方资方,是手心手背肉,两边都不敢施压太多,便重施故技,拉银行来垫资。

金仙儿因为耽看罢工,跟着游行的队伍走了好几条街,这天到家有点晚了。她看到姨父的车已经在了,却没见到人。吴妈说是在打电话。姨父的这个电话打了老半天,中间还起了高声,像是与电话那头发生了争吵。姨父打好电话走出书房,一脸的气急败坏,说着:"众家娘舅有那么好当?年年入不敷出,年年赤字,自己的信用都要败光了还有脸来担保,到时候他一拍屁股走人,又是银行吃进坏账!"

她有点听明白了,给姨父打电话的是财政局的官员,政府答应了工人的提薪要求,工厂主们不愿出钱,政府便做担保,要银行垫款,大华银行也摊到了不少份额。姨父气恼政府总把银行当自家钱袋子,动不动就要拉去垫款,又责怪工人太容易受煽动,搞出这么个工潮来,最后弄到要他给某些人去擦屁股。

这么说,罢工胜利了?要不是姨父还坐着,她没准会高兴得跳起来。游行、罢工、斗争,这种小说里才有的事,竟然就在眼皮子底下发生了,她有一种说不出来的激动,就好像亲身参加了一般。

九

只有一件事,想起来着实可恼。那天她误闯石屋,被人硬生生拉进去,谢吉文明明就在会场里,还有那个庄小姐也在,却都装不认识,一句也不为她辩解。她心想,这些人真够无情的。谢吉文再到南园来,她就不怎么搭理他。倒是对尹世钧,她愈发地着迷了。尹世钧没有否认,这次大罢工就是那天石屋里开会的这些人发动的。她要求金仙儿保守秘密。

谢吉文的真实身份后来她也知道了。她是连猜带蒙,才让谢吉文像挤牙膏一样把这些都吐了出来。他是东城区的地下联络员,棉花站过磅员和夜校教员都是掩护身份。还有那个读书会,是党的外围组织,他们用来联络进步青年的。

她说谢吉文你们真是太厉害了,随便一号召,就来了那么多工人。谢吉文说,哪有你说的那么轻松,为了把这些工人动员来,我们挨家挨户磨破了嘴皮子,做了好多工作。她好奇心起,问怎么个动员法。谢吉文说,这是秘密,你别瞎打听了,我不会说的,现在最关键的是缺少经费,宣传费、误工费、设备经费,林林总总一大堆,上级拨下来的一点钱,根本不顶用,我们只有想方设法从资本家手里搞钱。

她说,资本家的钱是肮脏的,这笔钱,得是我们自己出才好。

谢吉文说,你说得轻巧,钱哪里来呢?只能让资本家先垫付,这叫羊毛出在羊身上。她觉得谢吉文这话说得不对,又不知道怎么反驳。谢吉文说,不能再多说了,再说就违反纪律了。

来南园的人比以前更多了，看模样有工人、送菜工、送货员、水电工，她总能闻出这些人身上的特殊气息。这些人里的几张熟面孔，已不避她，还会向她笑着打招呼。表叔来得少，他一来，准是有特别重要的事，会开起来没有三四个小时根本刹不住车。一天，她坐在楼下芭蕉叶下写生，他们进去开会没多久，老蔡就带着几个人奔着这幢楼来了。要是以前，她早就躲开了，此时也不知哪来的勇气，提起画架，往路中间一挡，远远指着就喊，姓蔡的，你还阴魂不散了，你到底想干什么？

那几个手下想往楼里面冲。老蔡把他们叫住，嘿嘿赔着笑，说："不敢不敢，今天我真的有事，以后再跟你解释。"

她把画架推倒，掩面大哭起来："你就知道欺负我，我再也不想看到你！"

她在楼下这一闹，一下子围上来好多人，那伙人想往里面冲但被堵住，老蔡急得直跺脚。等到他们进楼，开会的人早就从另一个楼道撤走了。

说实话，她是怕见老蔡的。老蔡利用她的天真，打着摄影记者的幌子接近她、侵犯她，她连杀了他的心都有。知道了老蔡是调查局的人，她心里对这个人又生出了恐惧。那天也不知哪里来的勇气，她站出来拦住了他们。她被一种不知来由的崇高感鼓动着，发现自己原来也可以变得勇敢。

尹世钧说为那天的事向她表示感谢。她一笑，你们怎么谢我呀？要是真谢我，就让我和你们一起革命吧。尹世钧看着她孩子气的样子，说，你还那么小，正经还是把书念好。她嘟哝道，我不小了，都要毕业了。尹世钧说，你知道什么是革命吗？她一时语塞，突然冒出一句，革命就是去做暴风雨中的海燕！读过的苏俄小说总算派上了一点用场，她有点小得意。尹世钧说，没有你说的那么浪漫，革命是要流血的。她说，不就是牺牲么，我不怕，我有准备。她说这话时眼睛里像有火苗闪动，这让尹世钧感到吃惊。

尹世钧的确动过发展她的念头，不然也不会带她去上海接人了。前段时间让谢吉文把她吸收进读书会，就是想先灌输一些革命思想，暗中观察她，看看有没有发展的可能。但一段时间下来，尹世钧改变了看法。她觉得这个姑娘心思单纯，又中了太多文艺小说的毒，满脑子不切实际的想法，如果真的让她去干秘密工作，说不定会惹下一堆麻烦。

金仙儿既然正式向她提了加入的愿望，她便把情况向表叔汇报。这里要说一下表叔了，他的大名叫丁易平，这次明城大罢工就是在他的领导下发动的。丁易平有着丰富的斗争经验，早先他在中央苏区社会局工作，后来奉调到上海，参加中央特科红队锄奸，因为在一次行动中受了枪伤，不便再担任行动工作，上级便把他派来明城指导工运。

丁易平也听说了这个女学生给会议传警的事，他说，这次的事，说明她是同情革命的，警惕性也高，我们的工运工作要加大力度，正需要这样有觉悟有热情的年轻人加入。尹世钧说她不够成熟。丁易平不高兴道，不成熟你还带她去上海？

尹世钧一时语塞，检讨自己当时考虑欠周。她说，金仙儿现在很热，往往热得快，冷下去也快，她的个性不适合做地下工作。丁易平批评道，你这是典型的保守主义，谁也不是天生就适合做这行的，好钢需要锤炼，她会在战斗中成熟的，她身上的资产阶级生活习性，没准是更好的掩护呢，你再考察考察吧。

尹世钧说，没有比我更了解她的了，还是算了。丁易平说，多一份力量，就多一份胜利的保障，我听说她姨父是大华银行经理,看她有没有办法,从她的资本家姨父那里弄点钱出来。

作为支部负责人,这些日子尹世钧都在为筹钱犯愁。上级拨下来的经费留有很大缺口,要让机器停转,要制作彩旗标语,印发宣传资料,没有钱又是万万不能的。前段时间发动罢工,花出去的钱已经把支部的家底儿给掏空了。但是,要金仙儿去搞钱,尹世钧万万不能同意。

丁易平说,搞钱不是目的,她寄生在剥削阶级家庭,要让她认清剥削的不义,背叛自己的阶级,才算通过了考验。

尹世钧只好同意让金仙儿配合做些工会宣传的边角工作。至于筹集经费的事,她明确表示,这样办不妥,还是得自己想办法。

我的曾外祖母就这样开始了她的革命生涯。她是在前一个梦想破灭后投身革命的。对她来说,革命是新的梦想。在她找不到方向的时候,这个新梦想就好像一盏黑暗里升起的明灯,一下子把道路照亮了。

尹世钧非常谨慎,只交给她一些简单的外围工作,主要是去联络点,帮支部宣传委员谢吉文刻蜡纸、油印传单,其他重要会议和有危险性的活动,都不让她参加。至于下一步要不要真的发展,尹世钧认为还要观察。

那个联络点,其实就是谢吉文在夜校附近的高阶沿路租住的一处七八平方的小屋。派给我的曾外祖母的工作主要是刻蜡纸。这项活不轻松,因为是在钢板上刻字,一笔一画都要铆足力气,不然笔尖会打滑,握笔时间久了,指节磨起血泡,痛得铁笔都握不住。但这难不住一个女师的毕业生,对她们来说,刻蜡纸只能算是基本功。再加上她一手仿宋字横平竖直,如同模子里印出来的一般,她刻的蜡纸印成传单,就好像刚从印刷厂出来一样。谢吉文半开玩笑地说,这么好看的字,你让我怎么舍得撒到大街上去?

这大出尹世钧的意料,她原以为,金仙儿这样的资本家娇小姐,吃不了苦,做事没常性,过不了多久就会打退堂鼓。没想到还真小瞧了她。但她仍然叮嘱谢吉文,切不可泄露组织内部机密,一定要严守纪律。谢吉文为他的助手鸣不平。尹世钧说,你应该明白,这是对她最好的保护。

谢吉文给我曾外祖母取的"仙女"绰号倒是很快传开了。明城做地下工作的同志都在说,东城支部有个仙女,人长得好看,还刻得一手好蜡纸。话越传越添油加醋,说这个仙女同志不光一手字好,人也长得好看,比电影明星周璇还好看。

丁易平一直记得这个小姑娘,看了几期传单后,特意去联络站当面表扬了她。那天,她正跟谢吉文赌气,嫌刻字太单调,闹着要到一线去工作。丁特派员恰好进来,给听见了,笑着说,我们的仙女同志有情绪嘛,革命工作,哪条线不是火线,你们印的传单,到了成千上万个工友兄弟手里,激发他们的革命觉悟,这工作难道不重要?

特派员正式叫她同志,让她心跳加速,也为自己说出这么没觉悟的话感到羞愧。丁特派员看到她手指上包着纱布,问怎么回事。谢吉文抢着说,最近要印的传单太多,每天刻蜡纸都要到很晚,她手指节血泡破了,还咬牙继续刻。丁易平把她渗着血痕又沾了油墨的手指高高举起,说,仙女同志,你不能这么拼命干,你要保护好自己才能更好地工作。

尹世钧在一边提醒特派员该走了,因为按照保密工作条例,丁易平这一级的领导是不能随便到联络点来的。但丁易平这天兴致很高,没有马上离开的意思,他亲自操弄铁笔,在钢板上刻了几句口号,一个个字用足了劲道。他还摇动油印机曲柄,亲手印了几张传单。他的动作非常熟练,让金仙儿和谢吉文看了大为服气。丁易平说,这都是在苏区一个人办一张报纸练出来的。

丁易平离开联络站前,把一本簇新的开明版《资本论》交给金仙儿。她奇怪的是,怎么这些人都要自己读这个读那个?她不知道,进步书籍是革命的灵媒,那时候组织在青年学生和知识分子中发展成员,都是从读书会物色,他们只要看看你读什么书,听听你谈出什么观感来,你的思想的成色就能判断个八九不离十。

她把这本饭盒一样厚的书塞给谢吉文,说,你去读。丁易平说,金仙儿同志,这我就要批评你了,古人说,一日不读书便觉面目可憎,你不读马列,怎么提高革命素养,怎么个进步?金仙儿老实答道,我读不懂,一读就忍不住打瞌睡。谢吉文在一旁说,它当然比不上你看的鸳鸯蝴蝶派小说有趣。两位领导交代几句出去了,她瞪了一眼谢吉文,说,你敢打我小报告?谢吉文像一只猴子一样跳开去,说,我这是当面向你的小资产阶级臭脾气挑战。

她举起手里的厚书,作势要去打他,他举手作投降状,触着她受伤的手指,她痛得哇一声叫。谢吉文慌了神,说,我帮你上点药,换一张纱布吧。

她举着手指让谢吉文包扎,她前额刘海的一绺发,总是要垂下来,落在手上就让谢吉文有些分神,搞了好半天才把纱布换好。她说,你要将功补过的,印好的传单,下次你们去发了必须带上我。谢吉文不敢私下做主,向尹世钧汇报,自然得不到批准。

这个时候，正好卢沟桥事变爆发，报上披露日军重兵集结华北的消息，女师的师生们早就没了上课的心思。一个教三角函数的男老师，课讲到一半，咬破手指，在汗衫上写下"还我河山"几字，引得当堂一片哭声。还有一个教语法的老先生，课堂上讲东三省痛史，声泪俱下，引发小中风，人救回来了，半边身子不会动了。训育主任把老师们召集起来开会，要老师们按课表上课，不得宣讲跟教学无关的内容。但还是有老师我行我素，把训导处的警告不当回事。

女师附近的农校、林校和几所中学都在发起救国募捐，读书会出面张罗，女师也在校门口设了募捐摊。女生们卖力演活报剧，喊口号，只吸引来稀稀拉拉几个看热闹的。谢吉文带着几个骨干赶来，女生们嗓子哑了，脸上的妆也花了，正硬撑着。谢吉文提议，得到闹市区去，这个地方又没有几家商户，哪里募得到钱。

市区几条主要商业街，鼓楼大街、江南直街、南塘老街、东门口、城隍庙，商铺门前挨挨挤挤都是学生。学生们举着彩纸小旗喊口号，纸上的墨渍还没干透。要在平日，警察早就如临大敌了，现在他们只是远远观望，不来阻拦。

金仙儿和几个同学在人群中穿来穿去，没走几步路，胳膊碰着胳膊，后脚踩到前脚，心底里的快乐却从来没有这么大。她脸色绯红，眸子晶晶发亮，过节逛街都没这么兴奋过。此起彼伏的口号声，铁皮喇叭放大的演讲声，听上去是那么激荡人心。一排排人头像浪花，涌过去，又涌过来，就是拍死在礁石上也是愿意的。她们来得太晚了，劝募成绩很不理想，大半天了，箱里只募得浅浅的一层，都是小面额纸币。谢吉文脸上挂不住，说，商人觉悟低，不知爱国，要紧关头还是靠不住。

忽然有人喊,飞机,飞机!街上人群自动向两边排开,只见一辆卡车,神气地昂着头,一路按着喇叭开过来。卡车头上用红绸布扎着一朵大红花,车身也饰着花束,车厢里支着一架大鼓,一路咚咚地敲,另有几人,卖力地打着锣。车头踏板,一左一右立着两个年轻人,风把他们擎着的一幅红布吹得猎猎作响,红布上贴着彩纸,写着一排大字"明城商会向前方国军将士捐献飞机",车里还安放着一架纸板做的飞机模型。

花车把所有人的目光都吸引了过去,一些人追在车后面跑,一些商铺生意也不做了,店老板和伙计都站在路口看热闹。

到人群最密集的东门口,车子放慢了,本城商会的几个头面人物在花车上向着欢呼的人群拱手致意。金仙儿看到,姨父也站在车上,向着街上的人群挥手。

有人说,这下好了,我们也有飞机了,再也不怕小日本掼炸弹了,我们把炸弹掼到东京去。一个肥胖的店主,自豪得脸上放光,喉咙像放炮:"这飞机我也随了份子呢,翅膀上有一颗螺钉是我捐的!"仙儿在人群中雀跃欢呼着,手掌拍得发红也不觉得疼。

一个男学生起头,打着拍子,唱起了"中国不会亡"。所有人,花车上的,马路上立着的,都应和着唱起来。这火山爆发般的场面,让她脸上一凉,一颗泪珠滚落。她说真后悔没把照相机带来,这些都应该记录下来的。谢吉文说,都是些小商人,有什么好拍的,前线流血流汗的将士们,才值得去拍。女生们听见了,都说谢吉文这人太轴,这话好没道理。谢吉文自知犯了众怒,也就乖乖闭嘴了。

募来的钱实在少得可怜,金仙儿把自己这几年攒着的零钱也捐了。姨父说她做得好,国难当头,军人在前方流血,我们后方也须人人出力，这个国才有得救。她这才知道，商会这次捐飞机,姨父把这个月的薪金都捐出去了。但姨父不赞成她上街："救国有我们，还用不着你们，学生还是要留在校园里，以防被别有用心的人利用。"她想要是表哥，肯定不会这样反对。

　　表哥去南京的这一个多月发生了这么多事，她有一种冲动想写信告诉他。以前很多年，表哥一直是她吐露秘密的树洞。她真想跟表哥好好说说，自己的思想刚经历了一场地震，她发现了一个光明的新世界，那个世界里没有剥削，没有不公，人人友爱，为了这个新世界，她甚至可以牺牲一切。可是临到真要落笔，她却又不知从何说起。上海看画展的事，不能说；去联络站印传单，也不能说；北平的那档子糗事，是她竭力要在记忆里抹去的，更是不能提。那么，就问他在南京是不是一切都好，问表嫂的病是不是好利索了？没写几行，也统统涂掉了。末了，只抄了半阕词，没头没脑的几句话，"江南雨，风送满长川，碧瓦烟昏沉柳岸，烟浪远相连"。

十

姨父本来是要安排她去银行的,这一响却没了着落,因为北方战事扩大,上海随时都有可能打仗,明城大华银行已决定停业,黄鼎昌也要调走。眼看着班上好多同学都已签下合约,她不由得焦急起来,后悔前些日子耽误了,现在看起来,留在明城做个小学教员也不错。

她"仙女"的名声更响亮了。东城支部领导下的抗日宣传活动由地下走上了公开,演讲会、募捐会、街头文艺宣传,这些场合几乎都能看到她。到处都是愤怒而又充满激情的人群,空气炽热得好像划根火柴就会燃着。她既是演员,也是观众。她按动快门的手就好像在扣动扳机,把子弹射向暗处的敌人。她奇怪的是,以前那帮搞摄影的朋友,罗小姐、应小姐她们,一个都没遇着。如火如荼发生着的这一切,跟她们都没有关系吗?

一些参与罢工的积极分子被暗中逮捕了。同时,警察局也一直没有放弃对罢工指使者的寻找。调查中,一个叫谢吉文的棉花站过磅员引起了他们的注意。此人异常活跃,经常出没本城的省立四中、女子师范和城北的几家工厂。他们开始监视这个人,并暗中派人搜查了他在高阶沿路的房子。

屋里没有武器,只有一副刻字钢板和几本左翼书籍,这些至多只能指证他思想赤化,还不是能坐实他煽动工潮的证据。警察局暂时没有动他,他们想钓出他背后的大鱼。让警察奇怪的是，此人身边经常出现一个时髦女生。他们很快查清楚，女学生是本城女子师范的，名叫金仙儿，家住本市清河路1号，是大华银行经理黄鼎昌的内甥女。

谢吉文觉察到了危险的迫近。接下来几天，他没有丝毫异常表现，暗底下，组织已在安排他的撤退，而且布置妥帖，不让明城地下网因他突然消失遭到破坏。

《明城革命史·英烈传》写到1937年7月谢吉文因身份暴露而出城投奔五峰山游击队，语焉不详，只是笼统交代"在进步青年的掩护下"。这个"进步青年"，应该就是我的曾外祖母。安排的撤退线路，是从明城电影院后的一个内河小码头上船，趁着夜色的掩护出城。此时的谢吉文已被军警暗探盯梢，如果他单独进入电影院未免意图太过明显，有一个青年女性陪着一起进去，敌人就不会起疑。电影院后门有一条小弄堂直通小码头，接应的船会提早泊在那里等他。整个计划可以说是万无一失。考虑到这个掩护撤退的年轻女性有可能受到军警的盘问，第一她不能是组织内部的人，第二她要有进步倾向。除了我的曾外祖母，几乎没有第二个人比她更合适了。尹世钧同意了这个计划，要求做好保密，计划的细节不得有任何透露。

我的曾外祖母对她即将扮演的角色一无所知。这天下午，久丰纱厂工人俱乐部有一场抗战义演募捐，谢吉文开场演讲，她负责拍照。工友们非常热情，义演结束后，打着雨伞送他们出来。快傍晚了，天下起了小雨，他们让工友不要送了。谢吉文打量四周，看到后面两个黑色人影不远不近跟着，他见怪不怪，也没想要把尾巴甩掉。快到三观堂路，依次过去是中药店、南货店、报馆和红墙饰面的明城电影院。计划中的那个内河小码头，就在街的另一侧，电影院后门有一条小弄堂通向那里。如果一切按计划进行,一条蒙着乌篷的脚划子,这会儿已经泊在石阶的暗影里等着他。

他故意在电影院门口停住了。墙上海报栏里,还贴着之前上映的《十字街头》的剧照。宣传海报上,一个巨大的橙绿色问号横在主角的脸上,好像在问着这些站在人生十字街头的青年,你往何处去?我的曾外祖母不由得多看了几眼。他捕捉到了她的神情,问,想不想进去看?

她有些意外。她做他的工作搭档有段时间了,偶尔也开开玩笑,但一起看电影显然不是工作内容。他的样子一点不像开玩笑。她看着电影海报上的赵丹和白杨,同意了。他买好票,他们进去了。

放映厅门口垂着长长的布帘子。电影刚刚开场,放映机胶卷滋滋地转着,发着下雨一般的杂音。他们进去摸黑找座,尽碰着别人膝盖。因为不小心挡着投向银幕的光束,还惹得后排的人骂骂咧咧。终于找到了座,他两只大手把她按进座位,在她耳边低声说,你一直坐到散场,我有事要出去。

她一愣神,谢吉文已经消失在黑暗里。她坐着,心思却全不在了。电影里的人奔跑、哭喊、拥抱,她不知道他们为什么这样。她看着银幕上的赵丹,那张英俊的脸也不像以前那样让她激动。她心里一阵阵委屈。谢吉文肯定是借着看电影做掩护去秘密接头了。她早就把自己当作了他们中的一员,可关键时刻他还是甩下了她。

直到电影散场,谢吉文也没有回来。她假想出种种可能,最坏的一种结果是他接头失败了,被捕了。刚冒出这个想法,她就觉得心跳得厉害。她跟着散场的人群到了门口,等在门口两个黑衣男子看到她出来,不约而同地跨上一步,伸手截住,问:

"另一个人呢?"她有些发慌,完全是下意识地摇头。那两人交换一下眼神,一个往已经空了的放映厅冲,另一个仍然看着她。

新一拨观众正要进场,门口那人守着不让进。观众鼓噪起来,好狗不挡道,你算老几啊?那人掏枪,挥了挥说,执行公务!抓共党分子!人群安静下来。

不一会,冲进里面去的黑衣男子出来,瞪着眼问:"和你一块进去那个人呢?""他走了。""去哪儿了?""我怎么知道。"她应该咬紧牙关什么都不说的,那些小说里都是这样写的。她为自己的胆怯脸红。她控制不住身子发抖。

观众早就等得不耐烦了,七嘴八舌骂了起来:"两个大男人欺负一个女学生算什么本事!""黑烂眼,滚!"

那两人带着她朝街角一辆黑色警车走去。她被推着上了车。雨后的地面像湿亮的镜子闪着幽光,车轮无声地碾过。车窗外闪过市政府大楼,这幢花岗岩建筑原是英国领事馆,依次过去是电业大楼、明光大戏院、电话局、第一百货公司、牌轩、天主堂。她常陪姨父去天主堂做礼拜,还加入过唱诗班,和一群育婴堂长大的女孩子一起唱圣歌。每次上教堂,一个瘸腿的犹太老头总这样叫她,啊,我的小仙女。车子一拐弯,进入一条颠簸的小路,车窗外愈发荒凉,只有远处树影漏出几线稀疏的灯光。他们要带我去哪里?我这是被捕了吗?他们为什么不给我上铐子?她不再发抖了,只是胸口发闷,心扑棱着像是要跳到外面来。她紧紧地抱住照相机,就好像溺水的人抱住一块木板。

一路上那两人没有为难她。车驶进一个院子,停住了。黑衣人说,下车吧,仙女同志。她很吃惊,原来他们早盯上自己了,本来还想装聋作哑来着,看来不行了。铁门重重地合上,看守简单登记后,要她交出所有随身物品。一个矮壮身子的女看守开始搜身。那双手粗暴地翻动她的衣服，在她身上游走，搞得她很不舒服，她忍住了。

这一来她倒是平静了下来。搜身的过程中，她的眼前闪过无数个女革命家的影子，有外国的，有中国的。她为刚才的惶恐感到不好意思，骄傲地挺直身子。该来的都来吧，她暗暗说。她现在只想搞明白一件事，如果这场抓捕是针对他俩的，那么谢吉文逃出去了吗？

看守带她穿过一条长走廊。廊灯忽明忽暗，她看清走廊两边是一扇扇铁门，铁门上半截是粗栅栏，从栅栏后面传出咒骂声、哭泣声，还有让人毛骨悚然的笑声。她想，他们会给我上刑吗？

她被带到最靠近走廊尽头的一间屋子。屋子没亮灯，脚下被一团物事绊了一下，是一个躺着的人。原来她踩到人家的铺位上了。那人跳起，咒骂着，夹头夹脸就打，她没避开，脸上清脆地挨了一记。坐在屋角的一个女人冲上前，把她往自己的铺位拉，一边说，花痴，住手！她捂着火辣辣的半边脸。这一巴掌让她有点儿懵，她以为这是看守安排的下马威。

她看清了屋子里这两个人。打她的那女人，旗袍开衩很高，露着一双光脚，面容枯瘦，眼梢吊得老高，头发蓬散，脸上的妆花了，面相有些狰狞。另一个拉她的，农妇模样，矮墩墩的，坐着就像一袋捆扎好的谷物。

农妇模样的女人告诉她，瘦女人是个舞女，与一个有妇之夫相好，被相好骗光了钱，又被一脚踢开，她下药毒死了那个男的，关进来后，人就变得疯疯癫癫了。瘦女人刚才动手打人，立马好像又忘记了，凑到她近前，说，这个妹妹好像哪里见过似的。腔调是戏文里的念白，说罢又咻咻地笑。

农妇模样的那女人，是个摆肉摊的，街霸来收保护费，丈夫窝囊，不敢吭声，她挥着一把杀猪刀冲上去理论，吵着吵着，当场切下人家两个手指头。

这都是那个女人告诉她的。刚进来的时候，她暗暗期望，同狱室的是饱经酷刑坚决不出卖同志的坚强的革命者。却没想到一个是毒死人的舞女，一个是砍伤人的女屠夫，都是社会下只角泥潭里打滚的可怜女人，她不由得有些失望。她想起了一本小说的书名。她们，这些姐妹，才是被侮辱与被损害的吧？

她像一个街头演说家一样，对着这两个贫苦无告的女人长篇大论起来。她给她们讲为什么要革命，为什么要反抗。黑暗中，她的眸子晶晶闪亮，像两粒火种。她们带着吃惊而又奇怪的神情看着她，她停住不讲，那个女人就唱"玫瑰玫瑰我爱你"，声线捏得细细的。她想再给她们讲些什么，可是，不争气的胃蠕动起来了，肚子也在叫唤了，好像在抗议她从中午在工厂里吃了一张烙饼到现在都没填一口食物进去。

后来她累了，喉咙发苦发干，不管地铺上一片乱糟糟，身子一歪就倒下睡着了。那两个不合格的听众，一个给她垫上布包当枕头，一个给她盖上衣服。她睡着了的模样就像一个婴孩一样宁静。她们都没有惊动她。那时，她正梦到和姨父、表哥一起在明光大戏院隔壁的红房子蛋糕房里。装着玻璃门的食品柜里有她喜欢的鸡蛋三明治、三色冰激凌和冰冻橘子汽水，牛角面包的酥皮烤得金黄。再接下来，姨父不见了，她一个人坐在一张方形的小桌子前喝一杯热可可，面前银制器皿的光面映出了一张脸，是表哥的脸。

一阵哗哗的水流声把她吵醒了。舞女卷起旗袍下摆，正在她头顶的便桶上小解。她惊讶的是自己在这么个脏地方竟然睡着了，还睡得这么香，头顶着女屠夫宽大的肚皮，身上盖着她那件脏旧衣服。女屠夫的嘴半咧着，正发出震天动地的鼾声。

　　看守过来了，一串钥匙晃得哗哗响。她从地铺上坐起，把衣服理平整，舞女拔去粘在她头上的几棵草。她感激地冲她笑笑。女屠夫也醒了，用一种关切的目光看着她。这里的气味不像她刚跨入时那样令人作呕了，相反，这腥甜的气味让她感到安全。

　　早晨清冽的空气让她连打几个喷嚏。她沿着走廊往前走，脑海中涌现出俄国女革命家的狱中自白的片段："我驱走了一切的回忆；我把它们全埋在一座坟墓里面……悲哀死了,爱也死了,雪落下来，用它的白色的大氅覆盖了过去的一切。我呢，我还活着，我还很好。"她一边走一边背诵着，声音越来越大，她的记忆力从没有这样好过。她想，那些女革命家，她们都是些什么人呢？无疑的，她们是乖巧的女儿、贤惠的妻子和慈祥的母亲，她们为了民族的前途，可以义无反顾地与男性战友一样冲杀在前，流血牺牲，她们能，我当然也能。

　　走廊尽头，她看见昨天送她进来的两个家伙。他们都穿着警服，不再戏谑地叫她"仙女同志"。他们叫她小姐，还似笑非笑地问她早安。

　　"金小姐，你现在可以回去了。"

　　她怀疑听错了。

　　"这是一个误会。"他们催促她快走。

　　在登记处拿取扣押的个人物品时，她打开照相机翻盖，看胶卷还在不在。那两人说，不用看了，胶卷已经取出销毁了。他们当着她的面，把登记页上有她签字的一页撕下，扯碎。

　　"金小姐，这里没有你的任何记录，你也从没有来过这里。"他们说。

十一

我的曾外祖母被两个特务带走,在看守所里关了一夜,她满脑子都是小说里的俄国女革命家,被这些光辉的形象激励着,她想象着即将到来的与反动军警的斗争场面,像一支弦上的箭一样做好了准备,却没想到只关了一夜就放她走了,连走过场的审问都没有。叫她"仙女同志"更像是一个恶作剧。是敌人大发慈悲吗?不,兴许是人家早就摸清了她的底细,知道从她那里什么都问不出来,关她一夜只是一个警告。二十多年后,我的曾外祖母为这一夜付出了巨大的代价。她被里弄群众检举为"叛徒"就是因为档案里有关于她拘留的一份记录。戴着这顶帽子,她的人事关系不能转正,好不容易进了文化宫也只能是编外人员。她断断续续写了十多万字申诉材料,表明那个夜晚没有泄露半点组织的机密,她还试图找到当年关在一起的两个女人来替她做证,结果当然是徒劳的。到后来,丈夫冯医生都劝她放弃了,她还在向有关部门寄申诉材料。

第一个知道她被带走的是尹世钧。那天傍晚,谢吉文刚出城,消息就传到了尹世钧那里。她为谢吉文脱险庆幸的同时,也为被两个暗探带走的金仙儿揪心。金仙儿参与的都是些外围工作,接触的人也有限,她知道,敌人从这个女孩的嘴里得不到什么有用的线索,但一想到进了里面会吃些什么苦头,她心里强烈地不安和自责起来。

这个时候出面救人,无异于自我暴露,只有让学校或家人出面，尹世钧让人传话给黄鼎昌。大华银行明城分行即将歇业关闭，黄鼎昌忙着清理账目，已连着几天没有回家，一听到内甥女被带走，急糊涂了，抓起电话好一通打。他联系的都是本城的头面人物，大多嗯嗯啊啊地应付，有人还暗示，办这种事是要开价的。黄鼎昌打了一圈电话没有结果，倒是派去传话的同志提了醒，他才想到打电话给儿子。

我的曾外祖母哪里知道，她在看守所里对着两个妇女做长篇演讲的时候，她在肮脏的地铺上沉睡的时候，甚至在她暗暗背诵俄国女革命家的名言的时候，外面有多少人为她焦急万分。后来的事情她都知道了，不是他们大发慈悲，是这天夜里南京来了一个电话，打到了警察局长家里，局长才不得不答应马上放人。

太阳已经升起，明城完全醒了，车子开出北山路，开上大路，从半开的车窗里吹进来露水濡湿的路面灰尘的气味。虹河上泊着的木船上，鱼贩子正在把一筐筐银亮的带鱼抬上岸，菜农把成捆的菜扛在肩膀上，赤着脚在船帮上走得又稳又快。河对岸花岗岩饰面的政府大楼、百货公司和大戏院，没有了璀璨的灯火点缀，显得灰扑扑的，没有了夜晚的光鲜。这流动着的一幕她平时根本不会去看，此时却让她觉得既陌生又亲切，失而复得一般。自由真好啊，她对自己说。

她一直都铆着劲，现在，这股劲泄去，她突然感到很累。车子把她在清河街放下，吴妈早已在等着了。姨父坐在餐桌前看报，其实也是在等她。她一口气吃了两份三明治、三个鸡蛋，又喝了两杯牛奶，她还想吃红房子面包房的红豆面包，烤得起了酥皮那种。这副狼吞虎咽的吃相把吴妈吓坏了。

姨父翻来覆去看那张报纸，大概是没想好怎么开口。

"我不想知道你在做什么事，你也不用告诉我，但你做的事、接触的人，让我感到很危险。"

她急于要分辩，姨父抬手阻止了，继续说：

"有一件重要的事必须马上告诉你，战争马上要爆发，明城的太平光景没有几天了，大小银行都在收缩业务，我要去上海了，我要带你走。"

姨父的话她都没怎么听进去，还兀自气恼着，想马上找到谢吉文，当面问清楚把她扔在电影院是什么意思。她去了高阶沿路那间小屋，敲了半天门也没有动静，回转身时，看到远处墙角有人伸头打望。她心下一凛，勾着头慢慢地走着，忽然肩头被人一撞，一抬头，是庄小姐。庄小姐低声说：

"别出声，跟上我。"

两人一前一后，到了一处灰色院墙的平房前。庄小姐人影一闪，不见了。她正迟疑着，门启开一条缝。往里走，她看到了丁易平和尹世钧，还有几张熟悉的脸，但他们都没搭理她。

她被带到厢房朝北的一间小屋里，跟她谈话的是庄芸和一个书记员。庄芸要她仔细回忆昨天下午她和谢吉文做了什么，被两个便衣带到看守所后，见的每一个人，说过的每句话全都要记下来。"忠诚不忠诚，就看你有没有对组织隐瞒，你要是不老实，我们也能查出来。"庄芸一脸严肃地说。

她读过的小说里，有这样的场面。她知道这叫甄别，逮捕的同志出来后都要受到这样的审查，审查他们是不是经受住了考验，有没有出卖同志。所以她一点也没有感到委屈，表示会好好配合。她觉得，只有认真配合，才体现出自己的忠诚。

"你是说，你在里面睡了一觉就出来了？"庄芸的表情看上去很奇怪。

她说是的。

"他们有问你什么吗？有做笔录吗？"

她说没有，也许当时太晚了，他们想第二天再做审讯。

"你再好好回忆一下，跟那两个同牢房的女人说了什么。"

她说，关在里面的两人，一个是舞女，一个是杀猪卖肉的，都是受欺压受侮辱的姐妹，她给她们讲革命道理，可是她们压根儿听不懂。

同样的问题问了一遍又一遍，她一遍遍地回答，越来越机械，也越来越不耐烦。她都觉得庄芸是有意拿话套她，想要绕晕她。丁易平和尹世钧推门进来，示意庄芸出去。尹世钧说，你别想太多，这都是例行的问话，我们是关心你。她说，我懂。

丁易平说，很好，对于你这两天的表现，组织上很快会有结论，今天让你来，是有一件事正式通知你，我们要走了。

"要走了？"她不解，"你们要去哪里？"

丁易平说，这么给你说吧，最近，我们的斗争方向和策略变了，日军全面侵华，在北平卢沟桥制造事端，以上海为中心的第二战场马上就要开辟，上级指示停止所有工运和学运活动，结成统一战线，我们的工人纠察队也要出城，加入五峰山游击队，共御外敌。

她听着，双眸发亮，呼吸也急促起来，这么说，谢吉文出城是联络游击队去了。她说："我要和你们一起走，我早就想拿起武器跟敌人干了。"

丁易平说，游击队生活艰苦，天天钻深山老林，爬山头，你哪吃得消，等到日后根据地建立起来，你可以再来。尹世钧也肯定了她的革命热情，再三保证到时候一定接她上山。

"那我现在去哪里呢？"她眼里转着委屈的泪水，都快哭了。

两位领导交换了一下眼神,尹世钧说,明城你是不能待了,你正好毕业了,可以回你老家虹镇,做一名小学教员潜伏下来,日后我们要在以虹镇为中心的南岸地区开辟根据地,抵御日军南侵,你去了正好可以打个前站,找机会向群众宣传抗战。

　　刚刚冷却的血液里好像又有一团火在燃烧,她的心咚咚地跳起来。走出北厢房,看到同志们在廊下说说笑笑,她感觉到空气变得柔和了。刚才谈话时一脸严肃的庄芸还跟她笑了一下。她们认识那么久了,还一起去过北平,而这次再见庄芸对她一直是板着脸的,都没正经交谈过。这会儿她的心情很好,很想找人说说话。"庄小姐,你现在还拍照片吗?"

　　庄芸说:"革命队伍里不兴叫小姐,你就叫我庄芸吧。拍拍照、跳跳舞,这种资产阶级的生活方式,本来就只是伪装,你还当真了。"

　　她脸一红。庄芸这话挺伤人,但她现在不想计较。她挺起胸,骄傲地从庄芸面前走了过去。

第二章

十二

昆虫博士姚新民追赶一只蝴蝶，一头撞进了金家屋后花园。

姚家世居虹镇北郊，世代晒盐，到姚新民父辈，方时来运转，成了镇上首富。姚父姚崇德，诨名阿德哥，少小离家，怀揣九个铜板闯荡上海，从颜料行学徒做起，一直做到银行买办、租界华董，又办航运公司、开银行、设赌场，黑白两道全占，哪行营生来钱就做哪行。发迹后，他出钱在虹镇建码头、学校、医院。姚家大院在虹镇东门头，建宅时填了上百船山石塘渣，地势高敞，院内新建一幢西式小洋楼，花岗岩、奥尔尼克式廊柱、柚木地板，全是西洋进口，取名天伦堂。八一三上海开战，姚新民从任教的沪江大学回来，就住在小洋楼里。

姚新民是去找中学同学、金家少爷金谷下棋。太阳才升起一丈高，那些出海归来赶早市的，早就在镇街廊檐下一字儿摆开了鱼摊。小鱼、小虾、泥螺、蛏子，个儿不大，却十足新鲜；螃蜞、蟛蜞，吐着泡泡，木盆里沙沙地爬动；二指宽的小带鱼，雪一般银亮。

姚、金两家，都是虹镇大户，却素少往来。这是因为，金家祖上中过科举，做过一任知州，算是高门大第，自不屑与寻常细民订交。现在金家不再有人在外做官，但瘦死的骆驼比马大，金家在镇上还开有一家成衣铺、一家典当铺，在乡下还有几百亩良田。他家的高墙大院居镇街中心，是姚家崛起前最气派的房子。

金家的房子临河，金家沿着河塘栽了一排木槿和细竹子，围起了一个狭长的园圃。时令刚过立秋，木槿吐华，肉乎乎的花瓣，吸足了露水。一架架豌豆、丝瓜和蒲瓜，也都结籽挂果。姚新民一进园，就看到了那只蝶。

那是一只玉色的蛱蝶，张开翅膀有婴儿手掌那么大，飞动起来，翅上的纹路好似流水一般。那蝶好像通性灵似的，一路逗弄着姚新民，飞一会儿，停一会儿，回头看他不再追来，又从叶底飞出。就这么一路扑闪着，把姚新民带入园子深处，那蝶变作一瓣花，再也找不见了。姚新民愣怔在那里好一会儿，想那蝶没准是花妖变的。

金谷刚起床，蹲在门边刷牙，嘴边的白沫子还未擦净，见姚新民轻手轻脚往园里走，喊了两声。姚新民立住，竖一根手指在唇边作嘘声状。金谷嘀咕道，这个姚疯子，读了个昆虫博士回来，愈发的神神道道了。

他独自欣赏了一会儿前几日拓好的晋砖，翻看了几张木刻春宫画，摆好棋盘，棋伴还没有来，他不耐烦地叫了起来。姚新民收住脚步，刚要转身，忽见木槿后面探过来一张女子的脸。那脸圆中带尖，顶着一个小而翘的鼻子，一绺锦缎般的黑发齐着腮帮，一对黑漆漆的眼珠子晶莹通透，让他的心扑通一跳。女子向他一笑，空气中似起了一缕风，那些沾着露水的花叶全都动了起来。他疑心那张脸是刚才那只蝶变的。

姚新民和金家少爷金谷是省立第四中学的同学，四中在明城，上学时两人都住校，寒暑假回家及返校都是搭帮坐一条船。中学毕业，姚新民考上农学院，又留洋回国，进沪江大学教书。金谷有小儿麻痹症，瘸了一条腿，没出去念书，这些年都在镇上，混成个小霸王。八一三开战，大学都停了课，姚新民带着一帮青年教员和高年级学生跑到闸北帮国军抬伤员，被他爹派人找到，押回虹镇，让他好生待着。这一来，两个原本贴不到一块的人，现在倒成天厮混一处了。

姚新民从园子里出来。金谷隔着半人高的摇门，举着一样东西要他看。他还没习惯屋里昏暗的光线，什么也看不清。金谷压低嗓音道："刚收的套色《花营锦阵》，给你开开眼。"

新民看那画，画上是一个书房，案上摆放着花瓶、香炉，一女子趴在书案上，表情发痴，裤子褪到膝下，露着光臀，手托下巴，一只脚抬起搁在圆形小凳上，背后立一男子，男根笔立，背景是绘着花鸟的四折屏风。

他不屑道："哪里搞来这腌臜东西！"金谷说："稀奇吧，这是万历朝的货色，流到东洋，再流回来，一共二十四幅，这幅叫《清风明月图》。"姚新民道，还清风明月呢，不就半个屁股吗。金谷说，这你就不懂了吧，半榻清风，一庭明月，古书上光臀就是比拟为明月的。姚新民道，奇谈怪论，你脑袋瓜里都是些什么脏东西啊。

姚新民坐在棋盘前走神了。让他走神的不是金谷那张春宫图，而是木槿树后那女子。镇上怎会有如此好看的女子？她是谁？他想问金谷，好几次语到嘴边，都没出口。金谷见他心神不定，便拿棋子笃笃地敲棋盘，催他下子。姚新民棋艺大失平时水准，金谷心里颇烦，赌气把棋盘一推，说不下了。金家护院队的领班金水进来问，要不要现在去试枪？金谷说，去！怎么不去！

前些日子，日本人攻打上海的消息传到虹镇，当地绝迹多年的土匪也出现了。金家有田产，又有店铺，金竹轩老爷学曾文正公办团练的法子，雇起一帮闲人成立了护院队，还高价从黑市购了两支新枪。这日,是请了做过光复军排长的一个老胡子兵来试新枪。

姚新民说,你们去吧,我最烦拿枪使棒,刚才园里见到一只蝶,貌似此地很少见的三尾凤蝶,我再看看去。

太阳比他来时升高一竿,姚新民走到木槿前,踮脚向外张望。园外小河,浮着一只大白鹅在嬉水,示威般地昂起脖子,向他吭吭地叫。他疑心半个时辰前什么也没看到,只是幻觉。镇东河湾那边,冷不丁传来嗖的一声枪响,花园里的空气也颤抖了起来。

上海一开仗,信客的生意比以前更好了。这些信客,专以给客商传递文书货物赚取佣金,就像两地飞的鸟儿。有信客说,八一三后,上海人天天免费看大戏,隔着苏州河看中国军队跟日本人干仗。黄浦江上的日本军舰嗵嗵放炮,老城厢好几条街都给打烂了,铺子也烧掉不少。仗越打越凶,鬼子源源不断增兵,国军也不示弱,从湖北、四川运来一车皮一车皮的兵,双方都铆足了劲死扛,这仗一时半会儿还停不了。

姚新民看这情形,一时半会儿也回不了上海,也只有死了心。姚家的几个儿子,他一向是最不服管束的。他本名姚桂树,省立四中读书时,他追随新潮,嫌名字老土,自作主张改成"新民",气得姚老爷差点不认他。中学毕业,他爹安排他读货币金融,日后好进银行捧银饭碗,他自作主张考了个外省的农学院,后来又跑到国外去读昆虫学。毕业回上海,谋个教职,教的也是昆虫学。

他回虹镇前,偌大的小洋楼里只住着祖母和管家鲍叔。祖母是海边人家出身,打小吃苦,姚老爷发达后,建了天伦堂小洋楼,说是奉母养老,镇上人说姚母好福气,儿子像阿娘,银子好打墙，要还是大清，老太太就是凤冠霞帔的诰命夫人。最近几年，老太太生了病，记性也差了，经常丢三落四。去上海看过，洋大夫说，老太太除了严重的心血管毛病，还有阿尔茨海默病。让姚新民回来帮着照顾祖母，实际上是要他安安生生待着，别到外面闯祸。

老太太以前脾气很好，病久了，性情大变，天天骂人。郎中换了好几拨，开出的方子没一个管用。慢慢地，她好像不认识家里人了。姚新民去她房间请安，她问鲍叔这个后生是谁。鲍叔说，他是你小孙子桂树啊。老太太骂，你当我好骗的？我家桂树留洋去吃罗宋面包了，他怎么会在这里。天气酷热，厨房里炖的人参乌骨鸡汤、消暑的木莲冻和莲子羹，老太太一点也吃不下，人很快消瘦了下去。

富在深山有远亲，老太太生病后，来探望的远近亲眷一拨接一拨地来，还有当地的大小官员。他们一来，姚新民都要按着礼数出来应酬，说些言不由衷的话，这让他愈发觉得自己面目可憎起来，只想着找个机会尽早逃离。

中间他二哥回了一次家，说三北轮船公司的几条船，政府征去运米又运兵，还要把城里难民疏散出来，爹和他每天都忙得火燎似的。二哥说，上海这仗越打越烂，收场勿拢了，外围的宝山青浦，已经全让日本兵占了，闸北那边，地都过了几遍火，一车皮一车皮的国军往里送，出来的愣是没几个！

姚新民说，国军不是有几十个师吗，这么多人，就是挤也把鬼子挤落海里去了，再说不是还有国联吗，国际社会不会坐视不管的。

二哥说，现代战争拼的不是人多，人家是工业强国，苦心经营多年，一个可以打我们五个，国联那些大鼻子也是些吃软怕硬的，根本指望不上。

金家那个后花园，他后来又去过。园里蒲瓜都挂了果，园角一丛青竹，吸足了雨水，愈发葱绿了。他想到唐朝写"人面不知何处去"的崔护，又想到《聊斋志异》里的那些花妖，就有些出神。金谷唬他，园外河里是浸死过人的，可别叫水鬼给缠上。他越来越不喜欢这个老同学了，成天宅着，喝中药，看黄书，摆弄几块不知来路的墓砖，说话总是阴恻恻的。可他现在也不想闹翻脸，他在镇上一个朋友都没有。

这天，他从家里出来，走到镇街上。天很闷，远处有雷声。飞过一只绿色小灰蝶，翅膀扇动，带起一缕风。镇街不长，走不多远就到镇口，虹河绕镇而过，一南一北两条支流在此处交汇，形成一个极大的河湾。河湾靠内侧有一个轮埠，是当年父亲联合一帮乡绅建的。太平光景，从上海开来的小货轮都是在这里停靠，开战后，海湾封锁，已很少有船开来，轮埠也冷冷清清了。轮埠的对岸，是一个炮兵要塞，经常可以看到穿着土黄色制服的士兵在操练。

他顺着江岸走，岸边苇草和红蓼长得正盛。其上，蝴蝶越聚越多，江风都吹不散。除了常见的小灰蝶和菜粉蝶，也有黑身子布满白色小点的斑蝶。它们盘旋着，像给他指引着什么。

一头母牛冲他哞地叫了一声。他走到镇子西郊的奶牛场来了。排屋前站着一群孩子，是镇上小学的学生，都是刚入学不久，围着挤奶女工叽叽喳喳。挤奶工拎着奶桶出来，有人指挥她和孩子们站一排，等待拍照。镁光灯啪地闪了一下，他看到一架老式的折叠风琴式相机，机身移开，露出一双黑亮的眼睛。他脑袋里嗡的一下，好像飞进了一只蜜蜂。

那女子戴着一顶遮阳的宽边麦秸帽，短发直直地垂着，露着半边圆脸。她转身时,裙子旋开来,真像一只凤蝶。他不由得笑了。那女子也向他笑,说姚博士好。

他奇怪道,你认识我?那女子扑哧一笑,你不是常来找金谷下棋么?自我介绍一下,我叫金仙儿。

"听说姚博士在大学里教昆虫学,昆虫的世界是不是很有趣?"她问。

姚新民字斟句酌地说:"是啊,昆虫姿态之美丽,一生变化之奇异,在我看来是这个世界最足引人入胜的。"

他的样子让她发笑,又问:"什么昆虫最美丽?"他说:"当然是蝴蝶了,蝴蝶为天然之图画,其珍异之色彩,非丹青所能描绘。"他其实挺讨厌自己的,说话拿腔拿调,又不是在课堂!在这个女孩面前紧张,他有点生自己的气。

孩子们排着队回镇上,个别调皮捣蛋的老要走到队伍外,她不时要拉他们回来。走到镇街中段,孩子们都飞奔着前去了。金仙儿喊了几声没喊住,就随他们去了。她又问:

"听说蝴蝶会做梦,是不是真的?"

他愣住了。他没想到她会问这样一个问题。

队伍最末尾的两个男孩打闹着跑上来,其中一个,脚步打绊,重重磕倒在地。他跨上一步,去扶那个倒地的男孩,金仙儿闻声,也转身蹲下搀扶。他们同时出手,扶住了那个孩子。她挂在脖子上的照相机的风琴皮筒垂下来,遮住了他的视线,他的右手收回来时,手背拂过什么,突然感觉到一阵异样的柔软。

他脑袋里面像钻进一只蜜蜂,嗡一声响。突然间,日光轰鸣。他明白过来,刚才不经意间,右手背隔着外衣触到的,是她的乳房!在他明白过来之前,这只手,已先于意识做出反应。这只手,像一条鱼一样在贪婪呼吸。它敞开了所有神经末梢,所有的感官毛孔，在吸引，在吐纳，在祈求时间停留。

男孩只是脏了膝盖，拉起来后拍几下裤管就跑远了。她喊着什么，抬步追上去。姚新民怔怔地当街立着。耳朵里的嗡嗡声消歇了，世界重归安静。他抬起右手，凑近唇边，吻了一下手背。他感到，那久违的、动人的暖意似乎还停留在手背上。

十三

1937年8月,我十九岁的曾外祖母回到虹镇,在镇上的达善学堂做了一名小学教员,教低年级的国文和音乐。她铁了心不去上海要回虹镇,她姨父也不好反对,信里与儿子说起,黄浩楠倒是挺支持表妹的决定。

离开明城前尹世钧和丁易平跟她的那次谈话,在她看来就是组织上给她布置了任务,可是等到真回了乡,如何潜伏,如何发动,她一点头绪都没有。这些东西,书上也不能教给她。她盼望着上级来人下指令给她,但上级好像把她遗忘了。还有一件事让她一想起来就烦躁不安,这几个月她的月事一直没来。

虹镇北濒海湾,南倚八百里五峰山,又有虹河直通明城。得山海之利,此地自唐宋以来,就市头兴旺,吸引四乡生民、商贩、鱼盐贯集。但其军事上的意义,要到明朝才凸显出来。嘉靖中叶,几十个髡头鸟音、手提长刀的倭寇,从虹镇北部的后海登陆。贼寇个个武艺高强,能手接飞矢,一路杀死杀伤四五百官兵,几天暴走数百里,一路洗劫虹镇、东埠等大镇,差点儿攻下明城。自那以后,虹镇始被视作锁钥要津之地。后来海疆平靖,这些卫所的军户却没撤走,因他们已与当地生民通婚安家,在这块盐碱地扎根繁衍。这些惯能吃苦的军户后代运用填海造田之法,把海岸线往北拓出数里之遥。那荒地虽经多年养护,到底碱性重,不能种水稻等庄稼,只能种植棉花。是以,后海一带,多以晒盐、打鱼为活,出产号称"三白",哪"三白"?棉花、海盐,还有水格灵灵的大姑娘。

虹镇是明城的海上门户，与上海的大宗货品往来，都要经过虹镇，镇子就被四邻八乡叫作"小上海"。镇上人家大多有上海亲眷，那边一开仗，前来投亲靠友的不少，就比以前热闹了许多。

时令已近中秋，秋老虎却杀了个回马枪，天天热得好似蒸笼。这天夜里，她刚睡下一会儿就醒了。推开窗，天地间密密实实没有一丝风，镇上的人还聚在桥头聊大天。上海客人表演日本兵的凶暴模样，活灵活现，小孩看了哇哇大哭，直往大人怀里钻。桥上的哭声和哄笑声滑过水面传上来。她突然想起许久不见的表哥，他现在上了前线，是不是忍着蚊虫的叮咬，趴在战壕的泥水里？或者被飞机和炸弹追赶着，像田野里的黄麂一样东跑西窜？

一大早，她被要塞军营出操的喇叭声吵醒了。喇叭呜呜响，像拉着长腔的哭声。兵们踏踏的脚步声和晨跑号子声也清晰地传来。最近，受上海战局的影响，要塞炮台不断在增兵。镇街上时常驶过蒙着草绿帆布的大卡车，车子隆隆开过，尘土飞扬，沿街的铺面都会震动。

街上成群结队游逛的兵多了起来。他们操着各地口音，喝酒赊账，骂骂咧咧，敞着怀大声唱歌，喝醉了就跟当地人动手干仗，还有动刀子的。后来要塞整饬军纪，就很少有闲杂兵丁在街面晃荡了。黄皮制服的兵不见了，街上却长出新一茬人马，穿着各色衣服，打着绑腿，手上的新旧武器横跨一百年，新的是中正式、汉阳造步枪，旧的是梭镖、红缨枪，哗啦啦走在镇街上，好像一群戏班子，那是镇上各家大户的护院队。虹镇巨贾富商多，有钱人惜命，就花钱请护院。

金家护院队领头的金水，是个癞痢头，绰号水癞子。这人的祖上是金家偏房生的，打小顽劣，上房揭瓦、爬树掏鸟窝的事没少干，攒下一身蛮力气，现在成天跟在金谷少爷后头跑。水癞子不知从哪里招来的十来个泼皮后生，成天在院里舞枪弄棒。她每次看到都有点发怵。

这天，她带着学生在操场上军体课。一个穿白布短褂、戴斗笠的鱼贩子模样的男子走了过来。她正要责怪门卫师傅随便放鱼贩子进来，那人立住，取下斗笠，头发短得几乎遮不住头皮。他的脸本来就黑，现在更黑了。再一看，不是谢吉文是哪个？她一时不知说什么好，又气恼那日他丢下自己，让她一个人傻乎乎地在电影院坐大半天，"你好……"，话还没出口，先掉下两颗泪来，慌得他手足无措，一个劲说，莫哭，莫哭。见谢吉文换了这副青皮后生的模样，她又破涕为笑。见她笑，谢吉文悬着的心才放下。

谢吉文是从东埠镇过来的。东埠在虹镇东边，是明朝嘉靖年间，戚继光联手另一著名将领俞大猷抗倭时建的一个卫所，打过历史上赫赫有名的东埠大捷。天启朝后，海疆平靖，撤销卫所，这些各省来的戍卒，已然在这里娶妻生子，扎下根来，小小一个东埠卫后来成了一个两三万人的集镇。驻在这里的戍卒是北方人种，长弓大马，海边的女子因为常年吃鱼，身量细巧，结合生下来的后代都身材魁梧、背板笔挺。这里的民风也遗传了当年那些军爷的骠勇强悍，讲话粗声大气，一言不合武力解决。当地有这样的说法，宁与虹镇人动打仗，不与东埠人吵相骂。因为虹镇人过惯讲究日子，怕死，东埠人有冲劲，挂在嘴边的口头禅是"横直横，干死了二十年后又是一条好汉"。

她以为谢吉文是上级派来联络自己的。谢吉文说不是，她有点失望。谢吉文在东埠做群众工作,据说上手很快,他是来邀请她去东埠开展工作的。谢吉文的舅舅是当地有名的拳师,年轻时在湖北当新军,逢着奇缘,得了一本内家拳谱,照图演练,学得一身武艺。他从小跟着舅舅学过三招两式,这次回来就帮着舅舅,教些入门的功夫,他从来学拳的后生里挑觉悟高的,已经发展起了十来个骨干。

她问去东埠是不是组织决定的。谢吉文说,怎么,我的面子还不够大?她说,你把我诳去了,不定哪天再玩一次失踪,我连哭的地方都没有了。

谢吉文嘿嘿尬笑。那件事他想起来其实也挺后悔,好在后来有惊无险。她倒不像要责怪他,说,就兴你有任务?我在这里也有任务的。

谢吉文笑了。镇街人来人往,一个学堂女教师跟一个鱼贩子站在一起说半天话挺招眼,她催他快走。谢吉文说,我过几天再来,五四大队很快要渡海过来了,以后我们还要办救国会、妇女会,你来了,不愁没事做!临走,又说,我刚去了你家,大院够气派,下人老妈子一大堆,还有好几个护院的,你不能总待在地主阶级的温柔乡里,这样下去会销蚀革命意志的。

她早就知道五四大队的名头,全名叫第三战区淞沪游击队第五支队第四大队,别看番号是国军的,实际上是党领导的一支披着灰色外衣的武装。如果谢吉文说的是真的,她很快就可以见到自己的同志了。她想,我们的队伍来之前,我是不是可以干点什么,也让谢吉文看看,我在虹镇不比他在东埠干得差。

虹镇西南七八里有个太白湖,湖边有个八房头村,十几家佃户租种了金家的一百多亩祭田,湖边有山,风景不错。姚新民听金仙儿说起,很想去那里走一趟,看看能不能采集到新的昆虫物种。这天早晨,他身穿一件草绿色的工作衣,手里拿着一顶旧渔网自制的捕虫网,来到金家楼下,金仙儿正推着一辆脚踏车出大门,看着对方的行头,两人都笑了。

金谷在楼上听到笑声,从窗口探出身子,说,去哪儿?这么好的事怎么不叫我?他问姚新民是不是别有企图,打算拐跑他的姐姐,搞得姚新民讪讪的。

两人只好等他。金仙儿一脸的不情愿,她跟这个弟弟从来话不投机,这种事真不想他来掺和。磨蹭了半天,金谷下来了,戴着一副珐琅镜架的墨镜,一手一支钓竿。金仙儿和姚新民合骑一辆车,金谷也骑一辆车,脚踏车出了镇子,这个季节,道路两侧的稻子已经黄熟,太阳晒着有一股干香。田畴中间的沟渠,种着荷花,风一吹,荷叶哗哗摇动。风鼓动衣裳,人就要飞起来一般。路边农人见着脚踏车这新物事冲过来,都早早闪到一边看稀奇。

骑了五里地,身上已尽是汗水,大路变窄,岔出几条小路来,已不能骑行,他们觅定一条,推着车走。好在路边树木高大,山风凉爽,翻过一道小山梁,镜子般闪亮的太白湖就在眼前了。

八房头管事的老朱,前几日得知东家小姐要来,向各家借了桌椅板凳,早早和媳妇备下了一桌吃的。没想到人来了那么多,好在菜是管够的,山笋、木耳、烤芋,媳妇还杀了一只鸡,桌上还有一瓶自酿的番薯烧酒。他们一路过来是饿了,差不多扫个精光。

吃过饭,老朱媳妇端上来一道木莲冻,又叫凉粉的,搁在粗瓷海碗里,说是井水冰镇过的,上面还搁了切得细细的几片薄荷。金仙儿没吃过这物事,问是怎么做的。老朱媳妇搓着手,憨憨地笑，木莲冻嘛，就是木莲做的。

姚新民去门口矮石墙那儿摘来几个果儿给她。那果儿拇指大小，长得煞像倒放的莲蓬。姚新民道，这就是木莲，学名又叫薜荔，是桑科榕属植物，石屋老树上常见，屈原的《楚辞》里，"若有人兮山之阿，被薜荔兮带女萝"，说的就是它。

他剥开了一个果儿给她看，木莲有雌果和雄果，这个剥开来有米黄色的籽粒，是雌果，做木莲冻只能用雌果，可以揉出胶汁来，雄果是怎么也做不出来的。金仙儿说："你懂的可真多！"金谷埋汰道："你不知道吧，他这个博士是凉粉博士。"

姚新民想给祖母带些回去，卧床的老人吃了可以祛风去热。老朱说，山里就这物事多，多带点去。说着走到里间去拿家什。

金仙儿跟着进去，看见老朱和媳妇是在水缸盖板上吃饭，板上也没什么菜，就一碗墨黑的蒸干菜、一碗臭苋菜梗，碗里的也不是米饭，是南瓜叶子窝窝头。金仙儿拿起一个尝了一下味，急得老朱媳妇一口一个阿弥陀佛。金仙儿问，是不是家里不够吃啊？她很后悔，这一顿吃的，老朱家要好久才能缓过劲来。老朱说，够吃够吃。

老朱蹲在屋角翻了半天，找出一个上过釉的粗陶罐子，洗干净拿上来。看到罐子，金谷眼里放出光来，问是哪儿弄来的。老朱说，上代用下来的，都是粗笨家什，不是磕了边就是裂了纹，这个还齐整些。金谷道，都拿出来，我挑几样，给你换些个新碗盏。老朱和媳妇欢天喜地去找了。

金仙儿说要村里走走，姚新民自告奋勇陪着一起去。走了几户人家，每家都破破烂烂的，墙是石板加黄泥版筑，顶都是竹席加茅草，门口低矮得像洞穴一样，猫着腰才走得进。有几户的正屋跟猪圈连在一起，只有一道半人高的木板隔断，满屋子烂菜叶子的酸腐气味。屋主人嘴里说着请坐,落座的凳子都找不到一条,搓着手憨笑,脸上的僵笑如同刀刻。

"这些人家穷得连椅子凳子都没有了吗?"金仙儿很不解。姚新民说,估计老朱家这一餐,桌椅板凳,锅碗瓢盆,都是全村给凑起来的。

她没想到八房头的村民这么穷。几个脏乎乎的孩子一路跟着他们,喊着"新郎官,新媳妇!"两人逃一般离开了。

他们回来,金谷还在堂前,一样一样看老朱媳妇找来的残碗破瓮,装了好几麻袋,吩咐老朱哪天给送家里去。姚新民说他难道是来收破烂的不成。金谷把他拉到一边,一脸神秘地说,没想到这里居然有好东西,这些鸡头壶和灯盏,八成都是宋墓里的东西。

金谷说,刚才老朱说了一个极好玩的地方,芦山庵,在湖的另一边,我们一起去看看。金仙儿说一个破庵有啥好看。老朱说,别看不起眼,名气是不小的,那个庵是宋朝盖的呢。

于是老朱带路,一众人寻路而去。好几处,路都被灌木和细毛竹阻断,要老朱提着勾刀开路。走了半日,他们看见芦山庵的山门,门口一株银杏,树影密匝,看上去不到千年也有几百年。里面出来一人,身着打满补丁的僧袍,头顶却没戒疤,老朱叫他明光师父。合礼见过,几人进得门来,看到里面厢房有人影晃动,是个女人,正在大灶上忙活。老朱悄悄告诉他们,这个是明光师父的婆娘。和尚也可以讨婆娘?他们不解。老朱说,他做和尚就是个营生,又没受戒,自然酒肉也吃得,婆娘也讨得。

明光师父一路介绍,说大殿本来已经倾塌了,后来慕名来了中央大学土木系的几个教授,考察回去后说大殿是上了古书《营造法式》的,上头重视,拨钱重修了大殿,现在寺里是禁用香火的。

　　金谷被大殿两边厢房的雕花木窗给吸引住了，这些雕花窗格，刻的是古书和戏里的人物，孟母三迁、长坂坡、贵妃醉酒，一个个眉眼分明，刀法纯熟。他看了不够，还伸手去摸。明光师父说："好眼光，这窗格上的雕花，都是同治年的刀工。您再看这墙砖，是晋砖呢。"金谷蹲下来仔细看，还用手指抠开墙灰。"果然是晋砖。"他说。众人都往前走了，他还在那儿看。

　　放生池边有一石，上刻着"一碧涵空"四字。边上两根廊柱，是新立的，有一联，"香云自山起，花雨从天来"。明光师父夸耀道，这是前年修大殿时，县党部书记作了刻上去的。姚新民见不得一个僧人也这般势利，说，真是佛头着粪，这当官的哪里作得出这等好句子？不定哪里抄的。金仙儿悄悄拉了他一下。

　　大殿被铁锁锁着，门嘎啦啦推开，明光师父带他们进殿。一股清凉，伴着一股幽香扑面而来。

　　凉气是大殿后墙那边传过来的，那堵墙，实际上就是后面的山岩。山岩正中央凹进一个巨大的石龛，立着一尊石佛，高可三丈，须仰视方能窥其全身，石佛的头，已经顶着大殿屋梁。殿内光线很暗，还是可以看清佛像雕工细腻，衣纹清劲，石佛慈眉下视，慈悲地看着脚下红尘中的几个人。

　　明光师父说："你们看，佛顶上面的梁柱没用一颗钉子，全是榫卯，一处蛛网都没有，这地方从来没蚊蝇的。"

　　但大家的兴趣全不在那些梁柱，而在那个石佛了。金仙儿说："好漂亮的石像，菩萨的脸就像天女一样。"

　　一时间，殿内满是嗡嗡的说话回声，大家都在猜测石佛的年龄。金谷一副行家的语气，说是南北朝的，最晚不超过隋朝。他双眼放光，兴奋得直搓手。"早听说这里有洞窟，洞窟里的佛像都沉到太白湖去了，没想到今天亲眼见着一尊。"

从大殿里出来，金仙儿走在最前面，姚新民随后。迎着寺门口打进来的一束光，姚新民看到她脸的一侧被天光打出一圈光晕，一丛散发是金色的，耳垂有珠，也是透明一般，山风吹动她的薄衣衫，若有若无，勾勒出曼妙的起伏，他不由心跳加速。

沿着明光师父指着的方向，他们看到的是太白湖的西北一角，岸边满是高高低低的芦苇，水面上布满了大片睡莲和菱角。明光师父说，都道此地风水好，南宋时这里出过一个史丞相，他的墓就修在这里，现今水位抬高，这些墓都沉入水下了。

沿着湖滩，老朱指引着，他们找到一些石兽的残肢，还有结满青苔的残破石椅，果然是从前墓道旧物。

一只水雉斜着翅膀飞过，它胸腹部纤长的羽毛是黑色的，头和脸是白的，后颈是一抹镶着黑边的金色羽毛。金仙儿叫了起来，这么漂亮的鸟儿！等她拿起照相机，水雉已经不见踪影。

这一路，一直走到湖边草甸子，金谷都没怎么说话。他找了一处僻静的地方，往钓钩上穿蚯蚓，准备开钓。刚放下钓竿，就有虾子咬钩，喜得大叫。姚新民拿起捕虫网向着另一个方向走去。

那是一个坡地，长满了高大的小叶青冈和山毛榉，他开始走得有些快，坡度陡了，他放慢了脚步。很快，随身带着的小纸盒里面装满了白粉蝶、金凤蝶和别的昆虫。他把这些纸盒小心地放进衣兜。

他跟踪一只木叶蝶，蹑手蹑脚进到了林子深处。这只蝶是个好对手，已经带他绕了好几个圈，累得他气喘吁吁。他刚把捕虫网对准这只蝶，金仙儿不知什么时候站在他身后。他手臂的肌肉绷紧了。自己粗重的呼吸之外，他听到了她轻轻的呼吸。

他没有说话，直到把蝶收了装进纸盒，才回转头来。

太漂亮了！金仙儿惊叹。

"这个叫木叶蝶，"他告诉她，"它属于蛱蝶科，是蝶类中的伪装者，它们用伪装术来逃过鸟的袭击，你看它翅膀的背面，是不是很像一枚枯叶？"

"真太奇妙了，自然界真是鬼斧神工。"她伸出手指去触碰。

"不要碰，翅膀上有绿色鳞片，沾了手很难洗掉。"他警告她，一边又说，"这还不是最美的，最美的蝴蝶是凤蝶科的，比如金斑蝴蝶、三尾凤蝶、曙光蝶和闪光蝴蝶。最名贵的金斑蝴蝶，一只价值两百万美金哩！"

说到蝴蝶，他的话几乎刹不住。他打开纸盒，给她看捕猎成果。他把蝴蝶形态和分类尽可能通俗地讲给她听，好像在上一堂只有一个听众的生物课。膜翅目、鳞翅目、鞘翅目、双翅目，这么多名目，好多她都没听说过，他说得兴致盎然，其实是享受舌头的快感，哪里管她听不听得懂。

她问，蝴蝶是虫子变的吗？话一出口，自己也为问得太低级不好意思起来。他认真回答："公元前的古书上就有记载，蝴蝶是毛毛虫变的。希腊哲学家也说过，'蝴蝶，尔曾为蛆虫'，虫子是蝴蝶的幼虫阶段，它们都要经过蜕变，才能长成一只真正的蝶，所以说，谁能断定今天的顽童不会成为明天的大英雄，今天的黄毛丫头不能成为明天的皇后呢？"

说得她笑了起来，说你真风趣，又问，蝴蝶和蛾子，怎么个区分法？他说："打一个比方，蝴蝶长得像古代美女一样细瘦，蛾子长得像农夫一样粗壮；蝴蝶停在花上，翅膀是支立着的，蛾子的翅膀是平展的；还有，白天看到的都是蝴蝶，晚上飞出来的都是蛾子。"

她又笑:"幺蛾子的说法原来是这么来的呀。"

他们说话的时候,林子里的蝴蝶都不见了,好像被说话声带动的气流惊着了。他站在上方,她和他说话,一直是靠着树身微仰着头。林子里没有风,有点热,透过头顶树叶的光斑落到她红红的圆脸上,额头和脸颊都有一层细细的汗珠子,好像经了露水的花瓣。

他一时忘了说话,顾自轻轻念叨一句什么。她没听清,不解地看他。姚新民说:"没什么,是一句世界语的诗,正好想到。"

"好端端的怎么吟起诗了?我还有好多想问的呢!"

姚新民倒是没打诳语。他的意大利导师就是他学世界语的入门人。她再三要求下,他又背了一遍这首诗。她问是谁写的,你自己吗?

姚新民说,是德国诗人海涅写的,题目叫《夏在着》。这一次,他用中文翻给她听:

"炎炎的夏在着,在你玫瑰的笑脸。"

她听懂了,又像是没听懂。"你是一个很奇怪的人,一个很爱做梦的人。"她说。

姚新民心里说,我现在只有一个梦想,那就是天天看到你、听到你、和你在一起。话说出口却不是这样的:"我当然有好多好多梦,最大的梦想是写一本《中国昆虫志》,再建一个蝴蝶博物馆,最好就建在这么美丽的湖边。"

"真好。"她由衷地说。

"可是真要实现起来哪有那么容易,中国的蝴蝶就有一千多种呢,我现在才找到六百种。再加上一打仗,书和资料都没带出来,好多研究都没法开展起来。"

站在密不透风的树林里,两人脸上都是汗。姚新民建议出去透透气，湖边风景不错，他可以帮她拍几张照片。

出了林子，两人沿着一条泥路往前走。路很窄，两边长满灌木和藤蔓，结着红色浆果。她不时停下，采几串野果。他跟在后面，找着好的角度就拍几张。转过一个凉亭，眼前陡然开阔。再往前行，出现一个石台，上面是一块船形的巨石。不远处的坡上，支棱着几间小屋，不像有人住的样子。

金仙儿爬上船形石。这时，日影西斜，热力稍减，湖风吹来已觉凉爽，风吹动她额前的碎发，有一缕，分明沾在唇角。她穿一件花色长上衣，前胸处是交互飞动的两根带子，他低头看镜头里的那个小小的人影。前进，后退，把镜头拉近，又推远。她多美啊。这一刻真美好啊。他低低叹息着，按下快门。

姚新民说他的苦恼，回到小镇没有报纸看，也没有人可以交谈，得到的消息都是道听途说，也不知道外面的世界怎样了。"听说你上前线抬过担架？"她问。

"是的，那是在闸北的国军阵地，阵地最前沿离鬼子只有十几米，鬼子手中的枪比人都要高，刺刀尖尖闪着光，都要亮瞎人眼。"他说。

她想起去北平的火车上遇到日本兵上车搜查，当时魂都要吓飞，他倒真的冲到子弹横飞的战场上。"你真勇敢。"她由衷地说。

"我要是真的够勇敢，就不会在这里了。"他说，"国家危急到了这个地步，待在家里什么也干不了，真觉得是犯罪。"

她说，有机会真想介绍你认识我表哥，他带兵上前线了，说不定这会儿，他正在战场上带兵跟鬼子厮杀。

说了会儿黄浩楠，她沉默下来。太久时间没有表哥的消息了，也不知道他怎样了。两人闷头走了一会，路边忽地发出泼刺一阵水声,像是大鱼在水下翻身。水面绽开,一颗湿淋淋的脑袋探上来。是一个摸鱼的小老儿,正推着一只木盆游上岸来,晒得发黑的皮肤像水牛背一样油光发亮。

姚新民问他,前面那一排小屋是干啥用的。小老儿说,那儿是鄂王庙,当地人都叫它西瓜庙,是纪念岳武穆的。

他们跟着小老儿穿过一条茅草掩埋的小路,到了湖边那个小屿。东倒西歪几间屋子,一半已经坍塌,几根石柱裸立,荒草丛生,显见得很少有人打理。向黑黢黢的屋子里打量,石供桌上供的不是土地神位,果然是一尊岳武穆像。

小老儿把湿透的袷子拧干,摊在廊前青石上晒干。他似乎很乐意给这两个年轻人当向导,说:"你们看这个屿,像不像一只西瓜浮在水上?所以它叫西瓜庙。奇的是,这个地方从来都是随水起落,不会被淹。"

"又怎么会跟岳武穆像扯上关系呢?"金仙儿好奇地问。

小老儿来了兴致,道:"你们且听我来说道。话说当年,岳飞父子风波亭蒙冤,一个牢头偷出尸骨,埋了在西湖边一块西瓜地里,说来奇怪,那地方自埋下他父子骨骸,就寸草不生,二十多年后,突然长出一根粗大的西瓜藤来。那年,史丞相回乡探亲,有一夜梦见观世音,净瓶里抽出柳枝一点,在这太白湖撒下一颗西瓜籽,瓜籽生根发芽,长叶抽藤,很快开花结果。但见这瓜,瓜藤如水桶,瓜叶青青,油光水滑,浮在太白湖当中,方圆足有七七四十九丈。史丞相醒来觉得蹊跷,白日里带人去湖中查看,看到这屿,苍翠碧绿,活像梦中那只大西瓜,他想这就是了,派了几个水性好的,下去一探,果然有藤,长得没个尽头,一路探着,竟寻着了西湖边一块瓜地。瓜地有个老婆婆在纺线,见了来人塞上一团麻,让他们带给史丞相,还吟了三句诗,你道是哪三句?'满目山丘悲凄凉,江上朋鸟哀飞翔,红焰待举遭风灭。'"

讲到一半,小老儿卖关子,停住不讲,一双眼睛在两人身上乱睃。金仙儿说:"不听了,他拿《说岳全传》诳我们呢。"姚新民说:"听他怎么编下去。"还拿出一角钱给他。

小老儿哈哈一笑,又说道:

"话说那史丞相,拿了这团乱麻,苦思冥想,他把这三句诗写下来反复琢磨,发现是一首藏头诗,诗的第一字连起来就是满江红。他老人家一下子想到了二十年前的风波亭,屈死的岳家父子,这满目山丘,江上朋鸟,红焰待举,不就是岳鹏举!史丞相赶紧查阅了案卷,又派人去各地搜集证据证人,终于查明秦桧等四大奸人陷害岳飞父子,于是奏准仁宗皇帝,追封岳飞为鄂王。丞相大人感念回乡时做的那个梦一路引他破案,就在湖中盖了这个庙。"

姚新民说,原来这西瓜是为岳将军鸣冤的,要是一桩冤案结一个瓜,这世上该有多少个瓜!小老儿道:"说得没错,岳将军功劳盖世,上天不忍见他蒙冤,才有这段故事,引史丞相前去破案哩。"

太阳快落山了,湖面碎金闪烁,风吹苇秆,一片绿涛起伏。他们循着原路返回,却已没心情去看风景。金仙儿说,这个故事听得人汗毛凛凛,此地的瓜,藤却远在杭州西湖,世上哪有这等事!姚新民说:"别太较真,就当采风听个故事。"金仙儿说:"不想听这种故事,太挠心。"

十四

虹镇照相馆在镇东八字桥下,店堂里人不多,只一两个顾客,姚新民把照相机交给照相馆老板,老板边取底片边自言自语道,这个照相机镜头不错,可惜机型太老了。姚新民顾自看书,没搭理,刚进店的一位顾客凑过来,接过相机,左看右看,说:"没错,是德国蔡司镜头。"老板夸他内行,那人笑笑,坐到姚新民对面来。

姚新民也客气地笑笑,仍然看他那本德文《昆虫学》。不一会儿,照相馆老板出来了,举着一叠冲洗好的照片,一个劲地夸取景好,夸照片上的人漂亮。那人也伸过头来看。照相馆老板说:"姚少爷,你也晓得小店生意不好,这么漂亮的人儿,可不可以留下几张放大,贴到橱窗里,也好给小店做个广告?"姚新民说:"这事我做不了主,得问人家肯不肯。"照相馆老板涎着脸说:"她是你女朋友,还不是你一句话的事。"姚新民一听,就把自以为拍得最好的一张给他拿去放大了。

照相馆老板把照片贴在玻璃橱窗内侧,那顾客个儿高,热情地过来帮忙,问这人是谁,照相馆老板说:"我们镇上的大美人啊,金家大小姐。"那人指了指出去的姚新民,说,我是问这个人是谁。店老板说:"你说他啊,姚家三少爷,人家是留洋博士,在上海做教授呢。"

此人正是蔡仁怀。七七事变后,调查局把他们这批青年骨干抽去赣州短期轮训,轮训结束后分派各地,用来加强对日情报工作。蔡仁怀回来不久,接到上级指示,最近明城地面日谍活动猖獗，有个叫柳芝平的粮油商人雇用一帮人，打着地图测绘局的名义在近海一带出没，给他的任务是伺机接近他们，摸清他们的真实意图。蔡仁怀追着这批人，从后海、东埠一路到了虹镇。

学堂放学了，金仙儿站在校门口送走学生，沿着镇街走回家。一路上她总觉得后面有人跟着。她以为是谁恶作剧，快到家时，她折入一条小弄堂，跟着的那人没察觉，快步走了过去。她一看，竟然是老蔡，差点背过气去。这个人真是阴魂不散，他跑到虹镇来做什么？她紧跑几步，老蔡也看到了她，说："仙儿，真的是你，要不是照相馆看到你的照片，真不知道你在这里。"她不搭腔，跑进大门，金谷和水癞子正在天井说话，看她脸色煞白，奇怪地问她怎么了，她指了指门外。金谷跨出大门，正与急急赶来的那人撞个满怀。金谷骂："看你人模狗样的，想干什么？也不看看这是什么地方！"

那人想分辩，脸上已吃了一记拳头。他下意识地一偏身，握拢双拳。"哼，居然想还手！"水癞子怪叫一声，几个护院的都围了上去。那人招架不住，身上数不清挨了几拳几脚，连连后退。金谷说："滚！再敢调戏良家妇女，把你眼珠子抠出来喂狗！"然后涎着脸告诉金仙儿，"姐姐，我把那个小流氓打跑了。"

金仙儿正气得发抖。她不知道蔡仁怀怎么会寻到虹镇来，一回忆起北平的那个夜晚，就好像身上每一寸肌肤都被虫咬。回想这个人说的话，在照相馆看到自己照片，才记起姚新民把照相机拿去了，恨不得马上就把他叫来问问他做了什么。

她去了一趟照相馆，果然看到自己的大照片挂在橱窗里。她让照相馆老板取下照片。店老板赔着笑再三解释，她仍然气鼓鼓的，这个姚新民，怎么可以擅自做主把她的照片挂出去？

姚新民给她去送照片，进不了金家大院，去学堂也找不着她，心急得火烧似的。前两日去太白湖的时候还好好的，他不知道自己哪里做错了让她不待见，又猜想她那日是不是吹冷风吹病了，这一想，心里更像猫抓似的。自从在河边第一眼看到她，他就喜欢上了这个女孩，可她总是若即若离。那几天祖母的病又发作过一次，家里忙得鸡飞狗跳，他也没有心思去多想。待到祖母的危险期过去，他又去学堂找她。

一进门，就被学堂管事的徐先生拖住，说了一大堆话。徐先生是前清秀才，专治小学，被校董姚崇德聘来做了学堂校长。他嘴上客气，说要带着姚新民参观校舍，一路上介绍这里要添购什么器具，那里要加盖几间屋子，其实就是让姚新民带话要钱。姚新民心思根本不在这里，只是不住点头说好的好的。

正是午课时间，几间教室里回响着孩子们大声的课读声，曲尺形的走廊里回声嗡嗡的。他看到最靠里的一间教室，金仙儿坐在讲台边的一台风琴前，一边弹一边领着孩子们唱："黄四娘家花满蹊，千朵万朵压枝低。留连戏蝶时时舞，自在娇莺恰恰啼。"她唱一句，孩子们跟一句。他奇怪的是金仙儿怎么把头发又剪短了，跟从前形象大异。他立在走廊，定定地看她，孩子们把眼光齐刷刷地望向外面。她气鼓鼓地把门关了。他失魂落魄站在走廊，好半天都没回过神来。他气呼呼地离开学堂，徐先生在后面叫都不理。

他整日里怏怏的，懒得出门。他赌气不再想她，除了下楼吃饭，都窝在楼上绘昆虫图。画标本图是功夫活，先打钢笔样稿，再覆墨上色，一张图画要耗去一整天。他专心画图，日子倒过得飞快起来。可这样也骗不了自己多久，他无法抑制自己不想她，他写了一封信给她，信里全是对她的思念。

这一日，金谷找上门来，站在楼下扯着嗓子喊他，进门东张西望了一会，说，这就是小洋楼啊，果然不得了。上了楼，也不经主人同意，把桌上的书翻得哗哗响。拉开抽屉，合上，再拉开。姚新民不悦，按住不让翻。金谷这双手完全是一种下意识的动作，甚至有些神经质。见金谷又要摆弄显微镜和绘图仪，慌得姚新民赶紧搬开。这台阿培式绘图仪是回国前导师送的，弄坏了镜头就没处配了。

这个多动症发作的客人终于坐了下来，嬉着脸说，你脸色很不好，咱家的花儿不好采吧，是不是刺破手了？

给他一说，姚新民心里好像被锐物又拉开一道口子，呆呆的，不说话。"好吧，算我没说，自家的大白菜让别人家的猪去拱，我真是咸吃萝卜淡操心。"金谷开了一句玩笑缓和气氛，却惹得姚新民更加不高兴："你骂我是猪？"

"看你急得，跟我死扛有什么用？"

金谷嘿嘿笑着，他被满墙用大头针别着的蝴蝶标本吸引了，凑近前去看，还伸手去扯翅膀。姚新民很紧张，生怕被他弄坏。金谷扒拉着桌上的昆虫图，夸张地说，你这画工，啧啧，要是放到市面上，不知有多抢手呢，十元一张我包了怎么样？姚新民佯笑道，这些是标本图，为研究用的，概不出售。

金谷说："我也就随口一说，你别认真了。书上说宋朝有个画家，专画草虫，养在笼子里总画不出神，后来放到草地上，再去画就画出了神。你画的这些昆虫，还真的挺有神的。"

姚新民不想受他夸，说："我画的是生物图，是科学研究用的，只是借用了一些工笔的手法，没你说得那么神。"担心金谷死乞白赖强要，他故意挑这些图的不是，"这些昆虫图，是用九井格绘的，没用比例尺，大小都失真了。"

金谷说:"放心吧,我可不想要你这些宝贝。"

金谷是向他借钱来的,说是看中了一张画,是元四家里的王叔明的真迹,想吃下,一时手紧,来找他救急。"上次你不帮我,那只越窑鸡首壶别人早就拿去了,这张王叔明,你一定要出手帮我。"

姚新民这才注意到,金谷是带着一卷画来的。金谷把画展开,说,卖主是老熟人,答应把画先放我儿,只给我三天时间。

姚新民说:"你玩古董字画,手笔那么大,我一个穷教书的,又失业在家,哪里有钱借给你?"

金谷涎着脸道:"你向你家老爷子开个口吧,这批画是柳先生手里出来的,来路肯定正。"

姚新民以为他说的柳先生是哪个靠出卖祖上家产为生的败落户。金谷说:"柳先生是明城来的大客商,什么生意都做,买卖古董特别在行,这人手面很大,非常值得一交。"姚新民说:"我真拿不出钱来,再说我跟生人也打不来交道。"

楼下有人叫,姚新民说声"我去去就来"。等他回来,金谷已经不见了,他发现墙上大头针别着的蝴蝶标本,翅膀全给折断了。他冲下楼,一只灰麻雀在高高的院墙里飞着,落在天井西北角的水缸沿上,偏着脑袋打量着他,哪里还有金谷的影子。鲍叔站在檐头下,正给屋角的一丛鸡冠花浇水。鲍叔说,金家这个跷脚少爷刚刚拿了什么?全都扔水缸里了。姚新民走近前一看,水里漂着的,全是蝴蝶的断翅。

十五

虹镇有一对父子,在上海开染料店,开战没几天,从南京起飞的一个飞行中队去轰炸黄浦江上泊着的日本军舰出云号,九架诺斯罗普轰炸机尖啸着飞过大世界上空,这对父子跟着市民跑去看热闹。这一日是台风天,天空云层很厚,这飞行员是个新手,刚穿出云层就被日舰上的高射炮打中,油门操纵失灵,五百磅重的大炸弹扔下来被台风一吹,失了准头,落在大世界,炸毁一长排商铺店面,炸死炸伤市民百十人,这对父子也做了他乡之鬼。家人从断砖残瓦中觅回尸身,来金峨寺求做一场法事超度亡灵。正在此地挂单的弘一法师慈念一动,说动住持普慧大和尚,要在金峨寺亲自做一场放生祈福会。普慧大和尚也是个菩萨心肠,又能借弘一大名扩大本寺影响,自无不允。

这金峨寺,建在镇西十里的金峨山,是天台山的余脉,"山形两翼分张,昂首天表,酷似振翅欲飞的天鹅",遂有此名,据说山上还有八仙之一吕洞宾的访迹。寺创建于唐大历年间,香火一直没有断,明洪武皇帝诏册天下名寺古刹,金峨寺列名其中,于是趁机扩建寺院,重开大殿,遂成临济宗名寺,寺志记其最鼎盛时,"道砌琉璃,花开五色,宫装玛瑙,树列七重,钟磬悠扬,炉香缭空"。晚清到民国,常有一些喜爱东方文化的外国人来此修性善身,度假燕居,明城的一些政要也常来这里稽首礼佛,与方丈谈诗论文,以示风雅。金峨寺的放生法会已有多年未办,这次,有弘一法师这样的高僧大德亲临主持,寺里的客房早早就被善男信女们订出去了,后面陆续进山的都住到了山下农家。

柳芝平得知消息早,提前抢到了一间房。这间客房在尊经阁边上,清净整洁,他十分满意。

在明城商界,柳芝平以爱结交朋友又出手阔绰著称,他的朋友圈,官场、方外、江湖、市井,可以说无所不包。他做粮油、棉麻生意,也走私药材,这几宗货,世道愈乱愈是走俏。他还有个雅趣,玩字画、收古董,也暗造一些赝品,出货给道行浅的。这些年,他把明城周边的县乡全跑熟了。明城建城才五百八十年,下面的县有建城两千多年的,随便掘棵树挖个地基,都能从地底下钻出宝贝来。

这次他一定要住进金峨寺,是因为人称圆通大应国师的一代高僧、他崇拜的南浦绍明,传说中就在这个寺里拜虚堂智愚为师,学习佛法和茶道。绍明和尚苦学三年回国,开创禅宗二十四流中的大应派,那是何等骄人的业绩,他一直引为毕生楷模。

他暗暗修习大应派中的虚堂禅已有数年,南浦绍明善用刀剑,时人评其"长剑快马,运转如风",他照着图谱演练,觉得此套刀法里藏着禅法的无上精要,又一时不能参透。他想听着这里的钟声和落叶,体味国师当年一夜开悟的心情,所以让手下来踩点时,一定要包下寺里最宽敞最清净的房子,哪怕是花最贵的房钱。

很少有人知道,柳芝平是日本人。他本名井上平三郎,在中国待了二十多年了。

他的家乡,九州平户的那个小渔村,他已没什么印象,因为五岁那年,他就跟着父母去了黑龙江最东边佳木斯的垦荒团。在那里的冰天雪地里,他经常梦见家乡蓝色的海湾,梦见带着鱼腥味的台风,台风到来时碗口大的棕榈树也会拦腰折断。他的父亲是个浪人,常常动手打女人,邻居看不下去,找上门理论,这个喝得醉醺醺的家伙一口一个当地人那里学来的"打倒的媳妇揉倒的面",竟是把打女人当作家常便饭了。终于一次酒后,那个可怜女人的脑袋被打得开了瓢,再也没救过来。柳芝平怕有一天也被酒鬼父亲打死,逃了出来。几年后,等他长得足够高足够有力气,他把那个老酒鬼饱揍一顿,买了一张船票把他送上开往长崎的轮船。

那些年里,他流浪过的地方有北京、天津、哈尔滨、成都、上海。他有时穿西装,戴墨色眼镜,有时穿中式长衫,戴一顶灰呢帽,会说东北话、上海话、天津话。高明的易容术使他好几次从险境中脱身。特高科的登记档案里,记录了他用过的许多中国名字,柳芝平是用得最久的名字。前些年在北方某要塞城市,为了摸清守军虚实,他做了三个月淘粪工,忍着粪臭,从大便的成色、数量、稀稠程度,一一查清了守军人数和战斗力,竟与实际情况一般无二。因他从小是生活在一种异常的环境里,成年后他变得和浪人父亲一样性情乖张又好色。

五年前第一次淞沪战争时,柳芝平就盯上了虹镇要塞。那时要塞驻军只有一个营的兵力,炮台上只有几门加农炮和小口径山炮。他向情报部门报告,要塞军官贪图享乐、克扣兵饷,士兵拿不到饷,怨苦连天,只需花一点钱就能收买军官哗变。拔去这颗钉子,帝国勇士就能沿着虹河直捣明城,向西越过五峰山,切断上海的南线补给,也摧毁对方苦心经营的第二道防线。

当时,大本营还没有全面开战的打算,他的报告送上去许久都无人理会,他就是在那个时候来到明城,在市中心镇明街开了一个米行、一个棉花行,又在东郊洋车铺楼上置办了一处宅第。东郊那处宅子外表不甚起眼，内里布置极尽豪奢之能事，他把收罗来的宝贝都放在那里，还在那里宴请驻军和地方的头面人物，与日后用得上的各色人等会面。

中日军队在上海刚一接仗，中国军队发挥主场优势，德械装备的第八十七师、第八十八师差点儿把帝国的上海驻军赶下大海。上海远征军总司令松井石根大将电请东京增兵，从国内和台湾、东北驻军调集重兵，帝国军队这才反守为攻。但此时的一局牌已打成僵局，南京政府也把刚刚整训完成的中央军十几个师全都押上了牌桌，以致帝国将士每推进一步都要付出极重代价。他提出的横渡海湾、截断中国军队南线补给线的计划已获大本营批准，计划中的登陆地点，就在东埠到虹镇十几里长的滩涂上。

至于国军在明城地区的军力，一个暂编师加一个保安警察大队，战力稀松平常，他根本没放在眼里头。棘手的是虹镇要塞。五十多年前的中法战争，虹镇炮台曾经炸断法军旗舰的舰桥，把法海军司令击成重伤。眼下当务之急，一是迅速摸清要塞的布防兵力，二是测绘好地形，选好登陆地点，否则，大潮汛带来的暗流和回头潮，很有可能会成为帝国将士的灭顶之灾。同时他也在暗暗物色人选，建立起一支可以抓在手里的武装。

"忽然心境共忘时，大地山河透脱机。法王法身全体现，时人相对不相知。"他念着大应国师开悟的一偈，凌空做了一个劈刀的姿势，自语道，"这个让形势透脱的一机在哪里呢？"

这会儿，他相信已经找到了机栝所在，嘿嘿笑了："哦，那是生向死的一刹，如闪电光，雷鸣带雨之中，一直突入死线去。"

上午九时，放生祈福会正式开始，普慧大和尚和弘一法师出场，大殿里等候多时的僧众和香客起了一阵骚动。因传说中弘一法师演过西洋话剧《茶花女》，是个标准美男，有一些是专为看他来的女香客。大和尚和弘一法师口宣佛号，率两序大众诵经持咒，为水族生灵脱去罪业，开示妙法。此时，大殿内外铙钹齐鸣，一片嘤嘤嗡嗡声，众弟子和香客都在祝福众生永离恶道诸苦，速得解脱。

柳芝平站在廊前，看到金谷少爷带着几个人，在大殿前的人群里挤来挤去，专往女人多的地方钻，他看了直摇头，这家伙真没出息，把寺院当作戏院来逛了。几个僧人走过去阻止，一些女香客也站出来指责，金谷稍许收敛了些，一双眼睛仍然在人堆里睃来睃去。

放生会还得有一两个时辰才结束，柳芝平悄悄离开了大殿。一会儿，手下带了金谷进来。

按说金谷跟柳先生已经算很熟了，古玩字画买进扑出，都是柳先生掌眼，上次护院队买的两管枪，也是托柳先生弄来的。但不知怎的，他有点怕这个人。

去年，金谷和柳先生一起去盗挖一处宋墓，墓门是一块无比坚硬的巨石，无法突入，柳先生命人直接用炸药炸开了。当时他还在坑道里没来得及爬出，爆炸的气浪把他撞晕了。后来他听人说，那两捆炸药根本不是道上常用的雷管加黑火药土制的，而是军用的。

金谷把画交还，说无福消受。柳芝平看也不看，随手丢在桌角。这幅托名王叔明的画，他是请高手仿制的，用的是元朝的纸、墨，成本不菲，行家里手都不一定能瞅出名堂，凭这种没见识的货能辨出个好歹来？但他现在改了主意，决定先给这个年轻人一点甜头尝尝。

"元四家的东西，市面上不多了，金少爷要是真喜欢，价格也不是没得商量。"他说,"我有一桩好差使交给你,如果你真做得来,白送你画不说,另外还有赏。"

金谷说:"我也要送给柳先生一个消息,说不定这个消息更值钱。"

柳芝平拍掌,应声进来一人,此人大热的天也穿着白西装白皮鞋。金谷一见,脸色变了,来人正是前几日在大门口挨过他一拳的男子。柳芝平说,他新近接了一桩政府交办的活儿,编制一册海湾附近乡镇的最新地图集,这个老蔡是一位著名摄影师,是他请来专门测绘、拍照的。因老蔡不是本地人,情况不熟,柳芝平要金谷做好向导,地方上若有人纠缠,还要负责出面摆平。

金谷本想发作,见柳先生这般郑重其事介绍老蔡,也就趁坡下驴,跟他握手。金谷卷了画要走,柳芝平叫住他,问:"上次卖给你的两支枪好使不?还想要的话,价钱还可以再低些。"金谷高兴得要跳起来:"太好了,有没有懂枪法的,教教我们家那些小猢狲,要不然的话,枪在他们手上就是个烧火棍。"柳芝平答应了,接着又问:"你刚才说,要送我什么值钱的消息?"

金谷期期艾艾的,柳芝平让老蔡出去,金谷便一五一十说了太白湖发现石佛的事。柳芝平听了,只说:"洞窟石佛只在北方出现,最有名是云冈和敦煌,南方多的是石人、石马、石翁仲,都是墓道的仪仗,你说的那个石佛,说不定是个泥胎木塑的。"金谷指天画地,说他亲自走近前去看过,绝不会有假。柳芝平说:"管好你的嘴,不会亏待了你。"

如果金谷说的是真的,那倒是个意外之喜。柳芝平在庭中比掌为刀,一招一式做着劈砍的架势。风唰唰地吹,院中的树叶都打起了旋。

十六

姚新民那封灼热的信对我的曾外祖母来说简直是一场惊吓。姚新民在思念的谵妄中写的这封信好像是一个高烧病人的呓语，里面充满了狂野的表白和各种异想天开的计划，这些句子组装在一起，就好像一个打翻了又火星四溅的熔炉，把她给灼伤了。她越看越生气。但让她自己也感到奇怪的是，她还是会一遍遍地去读它。这是第一次有一个陌生青年男子写信给她。难道他爱上我了吗？不不，这是无论如何不能接受的。她回到虹镇，不是来谈情说爱的。一肚子没来由的火气泄了，现在她生自己的气，竟然那么快原谅了他。

但有些话，她必须当面和他说。

放晚学时间到了，校工敲响了挂在校门口的大铁钟。孩子们欢快地叫喊着，小蝌蚪一般从她身边游走。于是她不再犹豫，匆忙写了一张条子，约他晚饭时间河边廊桥见，让一个机灵点的孩子给送去。

太阳落山，各家各户庭前洒水，点了驱蚊的蓼草，忙活了一天的人们都坐到了餐桌前。她迫不及待打开衣柜找衣服。压箱底还有些旧衣，一件高领青莲色旗袍，款式很不错，她试穿了一下还是放了回去。她觉得自己这样做实在可笑，大晚上的穿什么还不都是一个样！最后她什么都没换，一件雪青色不显腰身的上袄，一条直筒青灰长裤，一双带搭襻的黑布鞋，她在学堂都是这样穿着。

秋老虎还在肆虐，入了夜仍是风息不动，没走多远，她身上就微微出了汗。到了镇外，到处都是虫叫声，高处的是知了，草丛间叫声忽长忽短的是金蛉子和油葫芦，就好像满世界的虫子都在晚上出来活动了。她停住，虫声也停住，一迈动脚，虫声复又唧唧开了。她有些后悔，心里直打退堂鼓，硬着头皮再走几步，大路一折，眼前开阔了许多，暗亮的一大片水域展现在眼前，细一看，上面还缀满了一颗颗银屑般的星星。

这里是虹河一南一北两条支流汇合处，木桥横跨南支流上，如虹吸水，梁架用九檩四柱，柱子直接顶在桥面上，廊屋当心间和东西桥头各一间，暗黑的天幕下，三个桥亭的轮廓如同剪纸剪出来的。她没料到镇郊的天空，星星这么大，这么明亮，心下惊异着，桥堍那边转出姚新民。

姚新民在桥亭里等她好久了。他远远地伸出了手。"对不起，对不起。"他听见自己说。可她没有把手交给他。她走上桥面，到中间桥亭坐下，示意他也坐。好一会，他听见她说："你怎么可以这样！"

他还在以为，她不理他是因为他没把照片拍好。他也承认，他拍摄的时候心里是有异动的。可是这解释得清吗？照相机镜头本来就是个粗暴的东西，可以让他肆无忌惮去看她。如果她愿意接受他的道歉，要他剁掉那只按动快门的手指他都心甘情愿。这些，他都在信里写明白了。他对她的思念，也都写在信里了。现在，他觉得自己就像一个等待宣判的犯人，只等着她开口。她多美啊，夜色也不能让她的美消减半分。他不敢看她，他看着桥下的河。河水打着无声的旋涡，愈是平静处愈是险象丛生。

"我不能接受你的爱。不要问为什么。但是我内心对你充满感激。"好了，判词下达了，尽管不是他想要的，但他还是觉得，密匝匝的天地间吹进了一缕新风，他又能呼吸了。他不知道自己的感觉是不是对，她好像有过瞬间被他吸引，但她的心里被什么东西占据着似的，不让他挤进来，这种矛盾和纠结让她变得陌生而迷人。他暗暗对自己说，我会等。

"虹镇就像一潭死水，在这里，我们就像湿木头，燃不起一点火星。"

她听出了话音里的悲哀，把手交给他握着。他的手心发烫、潮湿，像个洞穴要把她吸进去，让她也变成一条湿鱼。她抵御着这股吸力，慢慢抽回了手。"我突然想大声叫你的名字，可以吗？"他说。她微笑着不说话。于是他大声喊了起来，仙儿，仙儿！桥顶的八角藻井放大了他的声音，回声如同轰鸣，她在声浪激起的晕眩中保持着清醒，说："你有没有时间陪我走一趟太白湖，去办一件事？"

两天后，一大清早，姚新民来到南门河埠，虹河上还笼着一层白雾。不一会，金仙儿也到了，没穿裙子，一条直笼桶灰布长裤，黑布鞋的搭襻扣得紧紧的，斜挎着一只蓝布书包，戴着一顶麦秸帽。这般穿着，就像个上山采茶的茶姑，又因新剪了短发，远看像个走亲戚的男孩。姚新民想起小时候听祖母讲梁山伯与祝英台的故事，同窗三载，十八相送，梁山伯愣没看出祝英台是个女儿身，还被嘲笑是个呆头鹅，不由得无声地笑了。

他们说好坐船去，已经提前雇好了一只乌篷船。船篷的箬叶是今年新换的，还有一股清香。撑船的壮汉叫阿福，是后街开渔具店的，背阔得像石磨，他撑船是赚份外快，手脚很是勤快。

阿福摇动木橹，河上薄雾倏地收了。河水映着朝云，像一匹变动着颜色的布练，橙红、玫红、靛青、草绿，渐次过渡。

姚新民心情大好，只觉得这日光也温润得那么可爱。金仙儿坐在船正中央，并膝紧抱着蓝布书包，紧张得像是要晕船。姚新民抄起水面漂来的菱角，摘下一颗远远抛给她，笑着说："你抱着的是啥呀，是金子吗？"她不答，探手入水，看着手指如鱼鳍般剖开水面。

河道逶迤着，向西流一阵又折向南。此处是虹河岔出去的一条河道，水势平缓。船的一侧，荷叶还田田碧绿，阔大的叶子边缘已有焦痕。偶或闪过岸上的树，成片的柑橘林，橘子尚未熟，缀于墨绿的叶间，做金黄色小灯笼状。沿途有桥，有河埠，也有热闹喧腾的村街，老头老妪坐在河干桥墩淘老古①，也都是油米酱醋起头，全不知外面的世界一片纷乱。姚新民正感慨水路行船有着陆行全然体会不到的古风，金仙儿指着山梁上高起的一处建筑叫了起来："看，白塔！"

这时日光已盛，水汽上蒸，抬眼看去，那一处山影葱茏得如水墨一般。阿福接口说："这是唐塔，镇压水妖的。"

金仙儿问："虹河有水妖吗？"阿福说："有啊，后海的一条恶龙时常来作乱，吃童男童女，所以镇头造了座廊桥卡住龙脖，此处造一座白塔钉住龙尾。"

金仙儿吐舌："那得是多大一条龙啊，头尾都看不见，只看见它大嘴巴动。"听得姚新民暗暗发笑。

阿福又说："白塔所在的这山，叫吹台山，是五峰山的一条支脉，传说中周灵王太子吹箫骑白鹤飞升的故事，也是发生在这里。老话说，'夫妻若要同到老，吹台白塔登一登'，两位想不想上去？"姚新民一听来了兴致，金仙儿说回途有时间再看，

---

① 宁波地区方言，意为讲述历史上的逸事趣闻。

于是阿福继续摇橹不止，船过了那片山。

空气中忽地传来一阵噗噗的震动声，不一会儿，只见一辆侧三轮摩托车卷着一片黄尘行驶在山道边的土路上。车斗里笔挺坐着一个警察，也在向着他们的方向看。阿福说："这个人我认得，是镇上警察所的赵大鼻子，奇怪，他一大早的跑那么远干吗去？"姚新民说："去抓赌吧？"阿福说："太白湖地方的种田捕鱼人，一个个穷得赤卵，他去抓赌？要我看，是私下去会相好的。"金仙儿掬一捧水，说阿福的话难听，她要洗耳朵。

船开出一个半时辰，到了三眼井地方，前方山势高起，不得行船，阿福系好船缆，觅地去憩了。两人上得岸来，行走山路上，顿觉燠热无比。好在树丛灌木经此长夏，长得很是茂密，太阳倒是晒不到。饶是如此，翻过一个小山头，两人俱是汗水涔涔。

八房头老朱家的媳妇正在打猪草，见东家小姐来，很是惊讶，叫来了地里干活的老朱。老朱一双满是泥巴的手使劲在围兜上擦着，催着女人赶紧去煮茶。金仙儿说不忙乎，吩咐老朱把佃户们叫拢来。

老朱带着最小的一个儿子卖力地挨家去叫唤了。这十几户佃户，住得分散，一时很难叫齐，快到晏饭时分，才陆陆续续来到老朱家堂前，好多人连脚上的泥巴都未来得及洗去，见到东家小姐，嘿嘿笑着，屋角火塘前抽个地儿蹲下吸烟，屋里坐不下，好几个还坐到了门槛上。查点名字，还有几个人没来。"长水木卵一大早去芦山庵拖毛竹去了，他那块地远。"有人说。

金仙儿抱着蓝布书包坐在屋中央一把竹椅上，稍微一动，竹椅就吱呀乱叫。众人不明所以，看着她解开布包，又从里面取出一个小包，揭开里外包了三层的纸，哗的一下倒在桌板上。金仙儿刚叫了一声各位叔伯，那些人慌忙摆手说不敢当不敢当。

金仙儿对满屋子的人说：

"这是金家八房头一百二十亩地的草契，我今天全都带来了，八房头是我们金家的祭田公地，我在这里先谢过各位，感谢你们这么多年来守着金家祖坟，还为金家提供出产。从今往后，你们再也不用交租粮了，各家把地契领回去吧！"

众人没想到金家小姐说出这番话来，一个个张着黑洞洞的嘴，作声不得，却没一人上前拿地契。屋角有人怯怯地问："你这话作数吗？"

金仙儿说："自然是作数的！这地本来就是你们耕你们种，你们把草契领回去，当场烧了也可以，往后再也没有人逼你们缴租粮了。"

听她这么说，众人哄地起身，把老朱家堂前饭桌围个严严实实。老朱趴在桌子上像护着命根子一样，喊着："罪过罪过，不能拿，不能拿！"哪里还有听他的，有人拿着了地契，转身去找火折子，有的已经用旱烟管点着了。老朱满屋蹦跶着踩火星子，要把这些烧焦了的纸片抢回来。他的小儿子笨手笨脚的，帮他一起踩。

这时候，两个不速之客反倒被人遗忘了。姚新民用力挤出人堆，说："真没想到，你今天是来做散财童子的。"

金仙儿得意地仰起脸，说："这件事我早就想做了，人人都应该自食其力，这块土地上再也不会剥削了。"她拍了拍书包，"这下可轻松多了！"

这一屋子人正忙乱着，疾风也似的冲进一个人，破衣烂衫，裤管一脚高一脚低，失魂似的叫着："出事了，出大事了！"众人拍手笑道："长水木卵，你摊上天大的好事了！"被叫作长水木卵的那人喘着粗气说："出人命案了！"众人又笑："这人睁眼说胡话,怕是喜疯了。"

长水木卵定定神,说出一番话来,把众人怔在了当场。说的是,他今早出门,去芦山庵那块坡地砍毛竹,准备劈成篾条编淘箩饭篮的。砍到近晌午,又拖了大半毛竹下山,家里婆娘还没担饭送来,他渴得喉咙底里冒烟,直骂懒婆娘,看看此地离芦山庵也就一箭地,就想找上门去,向管庵的明光师父讨杯茶吃。哪知叫了半天门都不应,推开虚掩的庵门,却发现天井里仆着一具尸体,不是明光师父是哪个?再看旁边厢房,汩汩的血迹一直流到水缸边,也倒着一个,是明光师父的女人。

有人举手指在长水木卵眼前晃,问他是不是白日里见鬼了,气得长水木卵要与他打起来。"你敢肯定,是打杀的,不是长虫咬死的?"

太白湖出吊睛白额长虫的传言有好几年了,但谁也没见过,所以有人这样问。长水木卵还没缓过神来,说话牙齿磕得嘚嘚响:"看到尸首,魂都吓飞了,我管他咬死还是打杀的!"

众人你看我,我看你,说报官吧,我们的地界上出了人命案子肯定得报官。老朱这时倒镇定了下来,说,不急,不是我不信他,还是要眼见为实。

众人拿好棍棒钩刀,准备好绳索,摆出个去干仗的架势,也是壮胆。要长水木卵带路,他苦着个脸,死活不肯。后来见所有人都要去,他也斜着身子跟在了队伍后面。

出发时,老朱把踏灭火星子抢下的一沓地契塞给金仙儿,说:"大小姐,快把地契收回去,老东家的怪罪下来,这种杀头罪孽我们担当不起的。"金仙儿摔开手,说:"你怕个啥?"老朱说:"世道再乱,天道乱不得,收税缴租,历朝历代都是天道。"

姚新民觉得今天的事有点乱,不定前面还有什么凶险场面,要金仙儿暂且收下这堆纸,金仙儿白了他一眼,说:"没想到你觉悟也这么低!"

尽管已有心理准备,一众人进到芦山庵,还是被血腥的场面给吓住了。满地断砖烂瓦,进门的第一排厢房给拆了个七零八落,所有窗格雕板都被拆去。一株几百年的老梅桩,底盆摔了个粉碎。寺里的雕花窗件、墙砖画,全都消失了,连放生池边一块写着"一碧涵空"四字的宋代石刻,也消失无踪了。

明光师父脸朝下,倒扑在地,老朱胆儿大,把他身子翻过来,死者的整张脸被对中劈开,半张脸像面具一样软塌塌地挂着,显是被极锐利的刀具劈中致死。那个女人的尸体也从厢房抬出来摆在天井里。妇人大张着嘴,脸上表情极恐怖,她的致命伤是在后腰,那里有个很深的刀口,血已经凝住了。

明光师父是个荤和尚不假,但也罪不至死,是哪个下这等毒手?一时间众人说啥的都有,有说是仇家上门寻仇,有说是乡里无赖进庵偷东西,被明光师父发觉,索性一不做二不休杀人灭口。

"这刀法极快,一看出手就是行家,明光大半辈子都窝在这山旮旯,会有这么大的仇家寻上来?"老朱见识广,众人一听他这话,觉得在理,都说赶紧报官吧。

去大殿查看的人跑出来,大喊着佛首不见了。众人拥入大殿,仰头望去,果然见那尊石佛的顶部被削去一截,原本头颅的位置空空如也,齐崭崭的断口如遭刀割一般。"菩萨呀,罪过罪过!"年长的几个村民跪下了。

众人交口议论。"这偷儿会飞檐走壁不成,这么高的地方也上得去?""还得有一把削铁如泥的宝刀,才砍得下这佛首。"

姚新民抬头看大殿的梁柱,那里还垂着一根长绳,他握着长绳猱身攀上,又仔细查看石佛断口,心里明白佛首是被切割机割去的。他跳落地,金仙儿问他发现啥没有。他拉着金仙儿走到殿外,说:"你不觉得蹊跷?明光师父上回刚带我们看了佛殿,没多久就出了这桩事。"金仙儿想了一会,叫起来:"你是说金谷?这怎么可能!他那样一个病秧子,杀只鸡都能让鸡给跑了!"

离了芦山庵,两人就直接回镇了。到了三眼桥,阿福还等着,脸上盖着一顶破帽子,躺在船板上睡大觉。

回去的船往下水走,一眨眼工夫就到了吹台山下。阿福还记着他们要登白塔的事,自动把船靠了岸。金仙儿说这会儿脚骨发软,怕登不上去,不想去了。姚新民知道她看了庵堂里的场面,心下犯悸,更要鼓动她一起去,说:"宝塔镇邪气,爬一回正好辟辟邪。"拉着她就上了岸。阿福仍然留在船上等他们。

这白塔九层,高出地表一大截,塔基部分就筑得高,四圈缠满藤萝,风一吹动,肥嘟嘟的叶片像婴儿手掌摇摆不止。绕着塔转了两圈,金仙儿还在犹豫。姚新民给她宽心,说:"是不是担心这塔吃重不起?你看这砖,虽还是旧的,砂浆却都是新灌的,肯定重修过,放心上去吧。"

一入塔内,青砖铺地,很是洁净,显见得经常有人洒扫。一个灰白头发的老妇趺坐在黄布蒲团上,闭着眼,口中宣号不止,看到有人进来,只把眼睛启开一小缝,复又闭上。姚新民的目光被正中央一尊泥塑水月观音半跏坐像吸引,看那观音大士面相庄严,衣带纹饰生动,姚新民拜了几拜。金仙儿只作未见。观音像前有一只功德箱,约齐腰高,漆色未蚀,微转暗红,姚新民塞了一张钱进去,蹲下去细细看,叫道:"原来这箱子是一个女子的嫁妆呢!"

他指给金仙儿看箱子底部一行小字,"美果小巧劝郎尝"。字下面,还用浅浅的刀法刻着瓜果、叶子和昆虫。金仙儿笑了:"没想到这个郎君是个爱吃甜食的!"

姚新民说不对:"这里说的美果,为什么就不能是那个待嫁的女孩儿自己呢。"金仙儿说:"说什么呢,男人怎么总把女人视作好吃的果子?"姚新民讪笑道:"你冤枉我了,我可没这意思,这女子让人把这句话刻在陪嫁的柜子上,一派天真烂漫,这古代女子对爱情的追求也是如此热烈大胆!我在想,这到底是个怎样的女子呢?"金仙儿说:"你厉害,古代女子的心思也懂!"姚新民怕又被笑话,不再说话。

登塔有盘旋而上的木梯,仅容一人通行,金仙儿恐高,扶墙走得很慢,半拖半拉上去到了第五层,说什么也不愿再上去了,仙儿一只手被他抓着,另一只手紧紧扣着栏杆。

姚新民也就不往上走了。此时,平原上的风吹动檐角铁片,发出叮当声响,四野望去,说不出的开阔。她握紧着的手稍稍松开了。他指给她看南面,青色屏障一般的五峰山,又指向北面,白亮的虹河正闪着波光流向海湾。那河逶迤而来,又逶迤而去,绕过山郭村舍,渐渐消失不见。

她忽而觉得头晕,微闭着眼,头靠在他肩膀上,不再睁眼朝外看。他爱怜地看着这张脸。这张脸现在离他那么近,白得像薄胎的瓷器,好像正从里面透出温润的光来。在这天地间的大静中,他纷飞着的念头似乎停在了半空中,只想着浮世间人与人的情分真是奇妙,要不是日本人打进来,他怎么会回到小镇,怎么会和这女子一道,站在这千百年历史的塔上。

她的眉眼舒展开了,长长的睫毛动一下,又动一下。他吻她唇,轻柔得像担心惊醒她。其实她并没有睡着,她的身子开始变得柔软,这柔软传导到了他的手臂。他吮她的舌尖,她竟然吓了一跳,立刻把舌缩回去,像洞穴里的小兽一样躲到喉咙里不出来。原来她还不会接吻。

但她没有给他机会再去探索。她睁开眼,用力挣扎。他不想放弃,但他的强行突入遭到了坚硬的抵抗。她气咻咻地瞪着他,说你欺负人,一把推远了他。

第三章

十七

关于曾外祖母从回到虹镇到离开虹镇去上海的这一段生活，我犹豫了很久要不要写，因为她在小镇上的这一段实在乏善可陈。按照《明城革命史》的说法，1937年秋天我的曾外祖母在虹镇的这三个多月，正是这一地区的革命形势风起云涌的时期，渡海南下的五四大队在明北特委领导下，与国民党和伪顽势力进行了残酷斗争，在五峰山区建立了红色根据地，这块根据地日后成长为全国十九个敌后根据地之一。我的曾外祖母没有机会参加这些斗争。而且因为家庭的缘故，斗争白热化的时候，组织上最后决定把她送离了虹镇。她努力想冲进时代的风暴中心去，可总是被轻易甩出来，成为无足轻重的一粒灰。

这日，东埠那边过来一个卖鱼佬，一大早担了两筐鱼来虹镇出市，他带来一个令人吃惊的消息，说昨晚后半晌，刮了一夜北风，后海那边过兵了。那支队伍说来也怪，十几号人，一色的芝麻土布服，坐一条木帆船，登岸后，悄没声息的，就在村口盐场边上打地铺睡了一晚，村里的狗都没叫一声。

"是炮台要塞增兵吧？"虹镇隔河就是要塞，天天听着军营喇叭，是以，开始听说的人并不惊慌。"要塞的兵，以前都是一卡车一卡车地从明城方向大路开过来，哪有从海湾那边过来的？""要不，来土匪了？""要真是土匪，后海的六塘七塘先遭殃了，可他们不抓人，不派粮，村里保长办了两桌酒送去，还都给退回来了。"

"不派粮，不抓丁，莫不是共产党？"有人说。

这支十几号人的队伍，正是中共明北特委派到虹镇的游击队的一支小分队。上海的仗打得天昏地暗，日军接连增兵，国军几十个成建制的师都给打烂了，任谁都看出来了，上海的仗快到头了。华中分局方面认为，上海一失，日军肯定会马不停蹄击溃第二道国防线，下一个目标必是南京，同时会派一支重兵，占领南海湾的明城至五峰山一线，威胁我大后方。明北特委分析形势，认为虹镇一带国民党势力比较空虚，经常鱼肉百姓，声誉也很差，去了可以站住脚，因此做出了以浦东为跳板，向南发展，开辟虹镇游击根据地的部署。

小分队的一大半是水性好的当地渔民。中秋节后的一个夜晚，他们在南汇小洼港附近滩涂乘木帆船，趁着北风横渡南海湾。次日凌晨，由五峰山游击队派人接应，在古窑浦一带海湾的六塘登陆。他们的任务是在后海建立情报点，进行抗日宣传，为接应后续南渡的五四大队做准备。按照上级坚持灰色隐蔽的指示，他们对外没有亮明旗号。外界这才有了种种猜测。

我在翻阅《明城革命史》时，找到了一个当年参与小分队行动的新四军老战士的回忆文章，文章这样写他们渡海后的情形："天亮了，村里人一见到我们，老的紧闭门窗，幼的号啕大哭，显得非常惊慌害怕。我们向屋子里望望，十屋九空，如遭洪水洗劫。在国民党军队的残酷迫害下，突然发现我们这支来历不明的部队，怎么会不使他们惊慌呢？在这样的情况下，我们更应该注意群众纪律，于是我命令部队，除了在村口放哨的，其余的都在院子里休息，一律不准进入老百姓的房子去。一面又派人向群众宣传，把老乡动员回来。村里的保长摸不清我们的底细，为了搞关系，杀猪宰羊办了三桌酒，亲自来邀我们赴宴。

这个邀请被我们坚决拒绝了。经过一番了解，知道酒席上这些东西都是从老百姓那里搜刮来的，我们把那个保长狠狠训斥了一顿，并让他把这些东西马上还给群众，今后不能再为非作歹。那天的晚饭，我们自己出钱向老百姓办了柴米，烧了一锅粥，同志们都吃得很香。"

后海地界过兵的消息从市集传出，不到半个时辰就传遍了镇子。金家老爷从家里楼上下来，准备去镇商会，和几个副会长商议民团训练的事，刚下楼，就听到金谷和金水在说这事。

金老爷要儿子一起去商会，金谷一脸不情愿。金老爷说："我要你去，不是去当木主牌，民团真弄起来了，是指望你去抓在手里的。"

"弄个民团有啥意思？就我金家出两杆枪撑撑台面，他们啥都没有。"金谷不屑地说，"说好的各家商户有钱出钱，有人出人，钱在哪里？您老人家能逼得这些老龟公吐出钱来？"

"我不逼，他们也会乖乖把钱交到商会，央着我带他们去买枪。"

金谷说："是得赶紧想办法筹一笔钱，后海那伙人真要是匪，冲着镇子来了，按惯常交一笔钱，也算是花钱买个平安。"

金老爷说："净说这些没出息的话！情况都没摸清，膝头就自软了。"

金水涎着脸凑上来。他本是后海一个晒盐户的儿子，因他也姓金，厚着脸自认了侄子，金老爷就把他派给金谷使唤。他现在兜里有了几个钱，外面拜了师父，说话拿腔拿调，像煞个小先生了。金水说："依小侄看来，要真是土匪来劫，那他就自己不要好了，炮台张司令的大炮轰过去，吓他娘一裤裆。"

金老爷哧哧冷笑，道："你以为那个炮台要塞是你家开的？

没有十根黄鱼，张红昆白白给你开炮？"金谷不满地说："每年白送他那么多东西，怎么就喂不熟！"

金老爷说："自古道兵匪一家，你全不懂机栝在哪里。"

金谷无奈，说："水癞子，你老家在一塘，你先去探个虚实。"金老爷说："别大懒差小懒，这种事儿，眼见为实，你和水癞子一起去。"金谷说："我真命苦，姥姥不疼舅舅不爱的，要真的遇上土匪，打又打不过，逃又逃不掉，怎么办？"金老爷答应把上回新买的一支短枪给他防身，金谷才不嘀咕。

金谷带着水癞子正要出门，却被镇警务所的赵少强堵了门。金谷打着哈哈说："强哥，稀客呀，有啥事儿没？"赵少强一脸的公事公办："你们去哪里？我找你问个事。"金谷哧一声笑："我去哪儿你管得着吗？"他推着脚踏车冲过去不停。

赵少强跳开，一手拉住车把子，边上水癞子见势不好，来掰赵少强手腕，赵少强一抬脚，踢在他肚子上。那一脚并不重，只在他肚子上留下一个鞋印子，水癞子却作势蹲下，捂着肚子杀猪般号起来："赵大鼻子打人啦！"

几个护院的闻声扑出来，把赵少强围在当中，忌着他那一身警服，却没一人敢动手。水癞子号得更响了。金谷说："你这人好没道理，拉着我的车把手干什么？"赵少强松开把手，瞪着眼睛道："我只问你一句，去没去过芦山庵？"

"你管得着吗？"金谷趁他不备，一偏身骑上车，车子吱嘎一声窜了出去，水癞子从地上爬起，也蹬着车一溜烟跟上。赵少强本想开动三轮摩托追上去，却半天发动不了，就随他们去了。

"赵大鼻子不会吃错药了吧，来寻少爷开心。要不是他穿着那身狗皮，我揍死他。"水癞子讨好说。金谷唔了一声。水癞子又说："这家伙又说什么芦山庵，少爷去不去关他鸟事！"金谷伸手打了他一记后脑勺,说:"跟着我,就是做学生仔,怎么做学生仔你师父没教过吗,不该问的别问,真是一点规矩都不懂。"

水癞子缩了一下脖子,见金谷车头一转,岔上一条向东的小路,他又叫起来:"不去后海了吗?"金谷把眼一瞪:"我有说不去吗?""可是这条路好像不是去后海,是去东埠的。"这一回,金谷伸手揪他耳朵:"好好动一动脑子,后海来的到底是哪路神仙你知不知道?不明底细撞上去,不怕人家把你吃了?"

水癞子说:"老爷问起,怎么回话?"金谷不耐烦道:"真是个番薯脑子,先找个赌场玩一把,时间差不多了去打个横就行了。"水癞子也是经常往赌场送银子的,一听去赌,来了兴致,把脚踏车轮子踩得像风火轮似的。

两人到了茶丘,肚饥了。这茶丘前不接村后不着店,垄上都是茶树,哪儿找吃的去?水癞子翕动着鼻子,说:"好像有肉香味!"金谷骂一声狗日的,话音刚落,就见前面冈上一个人影,挑着担,正朝这边赶来。两人停好车,猫着腰,藏到一排茶树后。

那人渐渐近了,是一个高壮的后生,敞着怀,挑着一担乡下人家送年节的幢篮担。幢篮担是最考究的六格,有半人高,看样子,里面装的物事不会少。水癞子说:"轿头三节,轿后三节,快中秋了,看样子是给丈母娘家送节去的,怎不见他带着媳妇来?"

两人从茶树后霍地跳出。那后生想刹步已来不及,一副担子直飞而出,砸在地上全都倒翻了,鸡鸭、蹄髈、年糕、粽子、糕饼、馒头,荤素菜肴,骨碌碌滚了一坡。后生正要开口骂人,金谷晃了晃手里的枪,后生吓得脸都白了,返身就往坡上跑,一边跑一边喊:"强盗啊!"一会儿就跑了个没影。

打翻的菜肴已没法吃,两人撮了些糕饼馒头,吃得直打噎顿。水癞子说:"枪是人的胆,有枪就是好,看把那小子给唬得。"金谷说:"看那小子牛犊一样的身板,如果真冲上来,我们也不一定对付得了他,狗怕恶,人怕横,你比他横,他就怂了。"

前面村子叫马岙。两人走入村街,正四处打望,前面路口冲出一票人马,举着铁耙、锄头、青柴棍,嚷嚷着冲来。领头的,正是被他们抢了幢篮担的后生。水癞子木乎乎地杵在街当中,金谷拉了他一把:"快跑!"

两人骑起车子,一溜烟跑出好几里地。水癞子说:"刚才一吓,无头苍蝇一样跑出来,都不知道到哪儿了。"金谷说:"这里是甲第村,村里有个男的,听说在上海洋行做事,挣下不少黄货,找个地方躺一会儿,夜里跟我去撮外快。"水癞子喜道:"没想到哥哥第一回带我,就做这么大世面。"

他们躺在野地里,等着太阳落山。塞了一肚子糕饼馒头,倒也没觉着饿。等到天色一擦黑,他们把车藏在草堆里,做好标记,便往村里走。

村口一幢高屋,月亮把墙影切得四四方方投于地上。两人拿黑布蒙了面,猫着腰贴着墙影走。金谷说:"你在外面望风,我进去找东家谈。"水癞子不让,说:"外面放风太轻松了,哥哥一个人进去太冒险,轻松的事我做,难的事让哥哥做,这么自私的事我干不出来。"金谷道:"嘴巴抹油了,那就一起进吧。"

两条黑影悄无声息翻墙而入。这一家竟没养条狗挡他们一挡。一间一间摸过去,全都关门落锁,正无计可施,廊下厢房一扇窗户没关牢,轻轻一推就开了。两人慌得在廊前水缸边蹲下,见无动静,方翻窗进入。摸黑蹑行片刻,已到正屋,门缝里透着光,合该有人。不一会,门开了,男主人敞着短褂,趿着拖鞋,走到堂前,倒凉茶来吃。一盏茶尚未喝下,后脑勺便被一样硬物顶住了,一个声音喝道:"要命就乖乖的,别耍滑头!"

这男人倒也沉得住气,放下茶碗,说话也不打结绊:"先生,有话好说,看上啥尽管拿走,切莫伤我和内人性命。"金谷道:"看来是个懂理儿的,我要你性命作甚,赶紧的,把黄货拿出来。"

男子道:"两位爷爷,俗话说得好,'描金箱子白铜锁,外面红来里头空',别看我在上海做生意,实际上空架子一个,银洋是带来一些,黄货没有。"话音未落,脑袋挨了一枪背,吓得他马上改口道,"黄货有的,在房间大橱,我这就去拿。"

妇人见丈夫吃盏茶去了半天工夫,又听得外面响动,心下起疑,便拉开门,举灯出来。一到堂前,看丈夫被两个陌生男子扭住,先自慌了,啊呀一声,跌坐地上。还没来得及喊,水癞子一脚踏上,卡住喉咙。妇人唔唔叫着挣扎,那男子也告饶不迭,水癞子才松开虎口。

重新点亮灯,才看清这妇人除了一个肚兜儿,几乎啥都没穿。发髻凌乱散开,却也掩不住三分姿色。男子道:"黄货在房间柜子里,两位爷爷稍等,我这就进去拿给你们。"金谷说:"别耍滑头,让我们堂前等,你好逃出去喊人还是把东西藏起来?"他示意水癞子跟进去取,眼睛却一刻没有离开妇人一身白花花的肉。水癞子问:"他要狠怎么办?"金谷不情愿地把枪给他,道:"他细脚伶仃,有屁个劲道,也罢,你带上枪,不老实就掀了他脑袋瓢。"

水癞子押着那男子去了房间。房间里摆满了大衣橱、五斗橱,还有叠着的一排箱子。男子抖抖索索摸出钥匙,把橱柜打开。里面无非是些绸布锦缎、四季衣裳,式样都很摩登,料作也都考究,水癞子对这些东西没兴趣,只一个劲催着那男子快拿金子出来。男子打开一口大衣橱,抱出一只镶骨描金的小箱子,打开铜锁,躺着两封用布包着的东西。

男子道:"爷,东西都在这里了,大的一包五条,小的一包三条,统共八条黄鱼,求先生发发善心,大的一包拿去,小的一包留下来给我养家糊口。"

水癞子眼一横,说都拿过来。男子不敢抗辩,嘴里嘀咕:"事情也不要做得太绝嘛。""你说什么?敢再说一遍?"水癞子拿枪管敲那人额头,那人一个翻身,竟劈手来夺枪,唬得水癞子后退数步。那人定定神,一个虎扑欺上前来,突然"砰"一声枪响,男子捂着前胸,似乎不相信似的,看着胸口的血渗开来。

突如其来的枪响把外间的金谷吓了一跳,他从妇人身上下来,手忙脚乱地提起裤子,直着嗓子问:"咋回事?咋回事?"水癞子结结巴巴地说:"我把他打死了。"又补充一句,"是他先动的手。"着急忙慌地把两包金条往怀里揣。

金谷骂一声晦气,也不及进去查验那男子是死是活,见水癞子失魂落魄从里间出来,踢了他一脚,拉起就跑。本以为枪响会惊动村里人,却没想到除了惊起几声狗叫,连个人影都没见着。他们跑出老远,才听到那妇人的哭声。

此时,月亮已升两竿高,照着村路,如同白昼一般。金谷跑了几步,到底腿脚不便,渐渐乏力,便招水癞子背他。到了村外,寻着旧路找着标记藏车的地方,金谷已调匀喘息,问:"东西到手没?"水癞子拍拍口袋,道:"放心,藏得好好的呢,五条黄鱼。"

他掏出大的一个布包,交给金谷,果然是五根寸把长的金条子,月光下发着黄澄澄的光。金谷说:"开枪是你不对,黄货到手,得饶人处且饶人,伤人性命就不必了。"水癞子诺诺应着。金谷抽出一根给他,言明手气好回了本要还给他。水癞子还私藏了一个小包,加起来五五分成,也不算吃亏,就乐滋滋地接过了。

金谷说:"袋里无铜,走路像虫;袋里有铜,走路打洞。说说,这会儿最想干啥?"水癞子道:"想弄女人。"金谷又一脚踢过去,说:"瞧你那点出息!"水癞子忙改口:"哥,我错了!是我没志气,这里离东埠也不远了,那里的赌庄开通宵,铜宝、挖花、沙蟹、牌九样样有,索性进去赚一票。"暗下却嘀咕,你是刚刚泄了火了,真是饱汉不知饿汉饥。金谷见他嘴皮子动,骂:"你咒我?"水癞子赔着笑:"哥又说笑了,我是在求财神保佑。"

　　水癞子来东埠玩过几回,熟客一个,金谷是第一次来。此地风俗,果然跟虹镇地方大有不同,已是晚上九点光景,镇街上还灯火簇亮,吃茶的,喝酒扯白的,到处都是一个个场子。水癞子以前只敢去背街小弄的小赌摊解解牌瘾,这会儿底气十足,专挑了一家叫高升大的大场子。门口满是挤进挤出的人,赢了的欢天喜地,输了的如丧考妣,那脸都是被钞票的魔力扭曲的。两人停好车,背着一身露水进到场子里,一眼都不看进门两侧的沙蟹、牌九摊,直奔屋中心的大台而去。

　　这大台上,庄家打的是大兑铜宝。所谓大兑铜宝,就是赌资不封顶,赌啥兑啥的那种。这种玩法,输赢面极大,可以让人一夜暴富,也会让人一夜之间连底裤都输掉。这么刺激的玩法,自然吸引了看客站满四圈,上桌的没上桌的,一个个脸憋得通红。倒是庄台上的那汉子,体格魁梧,一张脸黑中带紫,齐崭崭的发根,每一根都笔陡立着,穿一件对襟盘纽纱料衫,笃定坐着,一副庄家通吃的架势。

　　金谷拨开众人,在庄家对面大刺刺坐下,水癞子也在旁边占了一个位置。要在平时,这两人至多是看客的份,怎么也不会这么豪横坐。钱是人的胆,看到庄家无论输赢都那么爽利,他俩早就赌瘾发作,双手发痒。

于是他俩各拿一根金条，换来一堆筹码下场狂赌。一开始，还有吃有配，到后来，吃多配少。玩到后半夜光景，金谷的三根金条已输得滑塌精光。他汗水涔涔，抬眼看庄家，那张黑脸，愈发的气定神闲，笑吟吟地看着两人，看他们还能拿出些什么来。

水癞子到底有些经验，打得没那么冲，输得少些，金谷见他面前还有一些筹码，说："我还不信这个邪了，再打一下运势就扳回来了，我们合在一起再打一把。"水癞子正赌到兴起，不想合打，说："俗话牌场无兄弟，这样吧，你说打哪门我就打哪门，赢了分花红给你，输了算我。"

哪料到这天晚上他俩彻底走背字运，金谷指向哪门，哪门就是个陷阱，把水癞子的最后一点筹码也给赔光了。水癞子一张脸结霜一般板着，又发作不得。庄台上那黑脸汉子倒沉得住气，赢了那么多也看不出多少喜色，他猫耍老鼠一般看着两人，问："还玩不玩？"

金谷坐着不动。水癞子拉他，他那双一长一短的脚似生了根一样，纹丝不动。他一双眼睛充了血般瞪着庄家，像是恨不得扑过去，把庄家撕成碎片。场中响起一片稀稀落落的倒彩声。黑脸人跷着腿，讥笑地看着对方，说："金少爷真的想光着屁股回去吗？"

水癞子去场外寻着车子，一手推着一辆进了场子，他是这样想的，金谷若是还不肯歇，就把这两辆脚踏车抵出去，再试试运气。没想到刚一进来，前头惊呼一片，围着庄台的人群散开，空出中间好大一圈地来，金谷少爷站在中央，手里举着一把枪。金谷把枪重重一拍，移到庄台中央，挑衅地说："这个，可以打吧？"

金谷的本意只是吓唬对方，满以为对方会认怂。没承想，黑脸汉子眼睛一亮，拿过枪，左看右看，赞叹道："真行啊，簇新的盒子炮，还是十连发，不会是仿造的吧？"

他的注意力好像全在这把枪上了，问："会用吗？"金谷气得额头青筋直跳。除了试枪那天在老胡子兵的指点下开过一枪，他还真没舍得用它。他正要发作，也不知那黑脸汉子怎么鼓捣了一下，枪身给拆卸得七零八落，黄澄澄的子弹一颗一颗往台上蹦落。

"咦，怎么少了一颗子弹？"那汉子惊奇道，问金谷，"你想抵多少筹码？"

金谷艰涩地咽着口水。枪到了人家手上，他不敢太造次，说："大兑铜宝的玩法本来就是赌啥兑啥，那就赌枪兑枪，赌命兑命。你赢，这枪你拿去，输了，把金子吐出来。"

那汉子说声好，把枪放下。还没开牌，边上的水癞子早已脑门充血，眼光发直，他挤到庄台边上，近身一伸手就可以够着那把枪。他的盘算是，一到开牌，不管输赢，先把枪抢到手再说。可是这主意似乎早就被人看穿了，那庄家使个眼色，一左一右两个后生贴住他，两个都像是练家子，一身的蛮力，让他动弹不得。

牌开了，金谷一看牌上点数，面如土色。那汉子看也不看他一眼，挟起那把枪扬长而去。他挣扎着站起身，冲着人家背影喊："有种的，留下名号！"那人哈哈笑着，说："是不是还要来送枪啊！"金谷说："你等着！"看热闹的劝："算了算了，你一个外乡人再耍狠，也弄不过地头蛇。"

金谷的一张脸气得拧成麻花。走到场外，脚步打滑，竟是身子虚脱了一般，水癞子搀住，两人萎头耷脑，骑上车子，一径出了镇子。水癞子问，还去不去后海？金谷不理他。离虹镇还有七八里地，天泛出鱼肚白，金谷的脚踏车掉了链，弄了一手的油泥，还是没修好，气得他狠命踢了几脚，让水癞子推着，自己骑了好的一辆。

水癞子推车跟在后面，小跑了几里地，累得口吐白沫，再也走不动了。前面不远就是镇郊的屠牛场，伙计们已经起来烧水牵牛了。水癞子说："过了桥头有个屠牛场，进去吃碗牛杂汤歇一歇吧。"金谷说："上半夜还是财主，下半夜输得精光，连碗牛杂汤也吃不起了。"水癞子说："这家屠牛场是我一个远房亲戚开的，牛肉和面条管够，不用付钱。"

伙计们已经杀好牛，等着行贩来取肉。看到他们进来，打趣说："金少爷，这么早遛弯，不会是从哪个寡妇床上刚下来吧？"金谷一瞪眼，想作恶声，却没力气了。

连汤带面吃下一大碗牛杂，总算活过来了。金谷说："高升大里面大兑铜宝坐庄的那个黑无常，为什么那么厉害？你看他出老千没有？"水癞子说："没细看。"见金谷又要伸手来打后脑勺，他叫了起来，"我想起来了，怪不得看那厮这么面熟，我见过他！他装扮成一个渔佬儿来过，大门口晃来晃去的，一看就不像好人。"金谷瞪起眼："你为什么不报告？那是踩点，懂吗？"

吃饱喝足，嘴巴一抹，也不结账，两人上了回镇的大路。金谷说："你看那家伙像不像共产党？"

水癞子连声说："是的是的，特别像！最后一把开牌的时候，我站到黑无常对面想把枪拿过来，他唆使两个人夹住我，腰里鼓鼓的，肯定都带着硬家伙。"金谷夸他："这一回，你还算聪明。"

快到金家大院了，金谷说："这事就这么的了，枪是被共产党抢走的，记住了？"水癞子说："那是那是，不是共产党哪有这么厉害！"气得金谷抬脚又给了他一下子。

十八

虹镇警务所在东朝街，借着镇上高家大院的几间房子办公，加上赵少强总共十一个人。赵少强是虹镇土著，正规警校毕业，至今却没混上一官半职，只是个被差遣着东跑西跑的治安警。有人说是他家祖坟风水不好。知道底细的都知道，赵大鼻子是个特别认死理的人，逢案必追，办案利索，是警局里的一把好手，只有一样毛病堵住了他往上升，那就是不听上面招呼，来说情的管你官再大，他照样油盐不进，该咋办就咋办，这一来，就把自己的进阶给搅没了。

所里一帮小警察对他服气，他办起案子来眼光毒是其一，为人重情讲义气是其二。前几年，有个跟着他的兄弟，太白湖边韩岭村人，办一起盗窃案时从楼上掉下失足致死，留下一个时常发羊角风的老母，一直都是赵少强照顾着。上月，他去韩岭村排解一起析产纠纷，顺道看望那老妇，时近中午，那家妇人留他吃饭，还没坐定，一群山民惊惶地跑来报案，为首的姓朱，是邻村八房头的，他们说，芦山庵的明光和尚被人砍杀了。

赵少强的第一反应是，这是一桩风月案。芦山庵的明光是个出了名的荤和尚，这几年在姑娘媳妇那里占便宜的事没少做，还被人揪着来过警务所。但猫儿改不了吃腥，明光和尚照样偷人妻女。

到了芦山庵，因现场已被破坏，没有留下什么有用的线索，但从明光的死状来看，很像是被一种极轻便锐利的长刀劈中脸门。这群人又领他去后殿看了割去首级的石佛,他忽然想起前年经办过的一起墓道盗窃案,手法可说极为相似。前年那桩案子被盗的是太白湖边一个宋朝古墓,墓室被炸开,墓道两侧的武士石像,也统统被切去头部。消失的武士头,据说在明城和上海的古玩市场出现过。他去找过,至今一无所获。

他断定,芦山庵这案子不会是当地人做下的。当地人使用的劈篾刀、镰刀和钩刀,刃口都没有这般锋利,只会把整个脑袋锤扁,不会把半张脸削掉。

赵少强从案发前到过太白湖周边村庄的外路人查起,很快得着一个线索:案发当日,金家小姐和姚家三少爷正好在八房头。他去学堂找了金仙儿,又去小洋房找了姚新民,问讯之下,他明白此两人跟这凶案断断没有关系。此时,另一个人进入了他的视野,金谷少爷。金仙儿和姚新民第一次去芦山庵,金谷就是一道去的,此人喜欢古董,贩进卖出也经常有,芦山庵的案子会不会跟他有关?那日,赵少强去金家大院,就是想拿他问话,却没想到金谷这人比泥鳅还滑,竟然溜掉了。

芦山庵的案子还没个头绪,镇北的甲第村又报出一案:一个刚从上海回乡不久的洋行买办,好端端在家,竟被盗匪找上门来,抢夺中一枪打中胸口,金条也被悉数抢去。赵少强去了甲第村,那家的老婆已经吓傻了,口齿混乱,只说那晚来的强盗有两个,一高一矮,都蒙着面。再问下去,竟然当着众人的面脱起了衣服,做出不堪入目的举动来,显见得精神受了极大刺激。

赵少强仔细查验了死者的伤口,大致判断是七毫米口径的毛瑟手枪所击。这种枪是盒子炮里的最小号,枪管短,死者身体被打穿,说明是几乎贴着人打的。

劫财劫色，再加夺人性命，这招数也太过凶狠毒辣，赵少强把地面上的几小股匪众摸排了一遍，却想不出来是哪一路神仙做的案子。虹镇四乡十八村，平日里打架斗殴小偷小摸的事不少，正经的命案一年到头没有几桩，现如今不知中了哪门子邪，一出就是两桩恶性命案，难道真的是大乱之年到了吗？

后海出现不明武装，让赵少强愈加忧心。渡海过来的不管是兵是匪，真要冲着虹镇来，警务所七八条锈得拉不开枪栓的老套筒步枪，肯定顶不了用仗。幸亏镇外驻着个国军的炮台要塞，天塌下来有高个子顶着，怕他作甚？这样一想，日子照样要过，该查的案子照样要查，只是下乡查案再也不敢张扬，以前是警用摩托隆隆开着，警服穿得笔挺，现在这套都省掉了，免得招眼。

那伙人，赵少强已经盯了好几天了。他是因为金谷，才瞄上这伙人的。金谷骑车出镇，带他们去海边。当年填海筑塘，最早筑的是一塘二塘，靠近海湾已是七塘，再往外就是滩涂了。这伙人在七塘附近几个村子兜兜转转，拿着测绘仪器，拍照片、画图。领头一个精瘦男子，穿灰布长衫，戴黑色礼帽，赵少强认得是明城的米棉商人，常来虹镇走动，叫柳先生的；其他几个，都是陌生脸孔。赵少强怕被发现，装扮成打割草料的，远远跟着，看他们到底要干什么。

七塘一带地形复杂，有礁石，有滩涂，还有长满芦苇的湿地。外人不知情由，一脚踏入湿地，愈是挣扎会陷得愈深。这伙人勘探得甚是仔细，在七塘整整消磨了半个时日，然后又去了观海卫、龙山卫下面的几个村子，还是照样拍照、绘图，一直到太阳落山，才收工回去。

金谷在那个柳先生面前俯首帖耳很是听话，他的任务除了带路，就是给这伙人安排吃喝。回到镇上，金谷带着他们进了一个酒楼包间,赵少强在外面叫了几个菜,勾着头慢慢吃喝。只见菜一道道往里送,门旋开旋闭,里面一片嘈杂声,却没一句听分明。外间的客人受不了喧闹,有挪位的,也有结账走人的。这伙人吃饱喝足,开门出来,金谷趋前几步,闪到一边打帘。金谷少爷此人,眼睛长到额角顶,啥时候开始专门侍候人了?这让赵少强大感惊奇。他悄悄跟着出了酒楼,这伙人却警觉得很,赵少强闪到墙角,不再跟着。

第二日,赵少强在金家大院附近一间民房守了一整天,都没见金谷出门。傍晚,西斜的太阳在云堆中洇成了一片火红,包围镇子上空的暑热仍迟迟不退,他看到金谷骑车出门,去了镇东的大河湾。那里水面开阔,码头上又有石阶可以上下,是一处天然浴场,盛夏时节,镇里的男人和孩子都喜欢去大河湾汰浴①,享受一天中难得的自在和凉爽。

幽暗的水面上已经煮饺子一般浮着许多人,赵少强也脱到只剩下一条短裤下了河。他看到那伙人仍然在,只是人数比昨天少了几个。他们的皮肤不像当地人红中带黑,都很白,像过年节时宰杀的褪掉了毛的光猪。他们朝大河湾对面游过去,一个个水性还挺不错。金谷少爷不会水,坐在一只充了气的废旧轮胎上,推着前行。

他们爬上岸,抄一条小路到了一处僻静的江塘上,几个人聚一块坐在长满芦苇的堤上,远远看去就好像在乘风凉,聊大天,再仔细瞧,他们都朝着江塘不远处的炮台要塞,有人还拿笔往本子上记着什么。

赵少强心里咯噔一声,好像一间黑屋子拉亮了灯绳,他似

---

① 方言,意为洗澡。

乎有些明白过来，那个柳先生带着的这帮人是做什么的。他们是细作，日本人的细作！

这几天这伙人在海边又是拍照又是绘图，现在又窥探起了炮台的虚实，莫不是传言是真的，日本人要从南海湾打过来了？！可是金谷少爷怎么跟他们搞在一起？赵少强一颗心扑扑的似要跳出嗓子眼，这事让自己阴差阳错撞上了，得赶紧报告上去。

等他们游回来，柳先生带着一个背着照相机的高个男子，和金谷一起去了金家大院。赵少强一闪身，从边门进了金家院内。

金谷一想起东埠镇赌场丢的那支十连发盒子炮，就心疼得不行。他已查探清楚，那天夺枪的黑脸人，是一个叫谢吉文的东埠人，加入游击队当了一个小队长。他发誓赌咒，黑无常哪天落到自己手里，非把他抽筋剥皮不可。

回来后怕老爷子责罚，他与水獭子串通说辞，诳称枪是被共产党游击队抢去的。这个临时编的谎，还真歪打正着了，游击队在后海一塘登陆的消息，现在不只虹镇、东埠一带全传遍，连明城地界都知道了。

后海有几个地主跑到虹镇来避风头，他们说，游击队在后海一带闹腾大了，七八个村都设了征税关卡，还推行减租减息，一些有恶名的地主被戴高帽游了街，没被游街的也都惶惶不可终日。后海几个村的晒盐工和姑娘们也都动员了起来，成立了宣慰队、自卫队、妇女队，成天开会唱歌，操练不止，看这样子，游击队是要在后海筑窝了。

金谷本来对他爹发起民团的事一点不上心，现在变得特别积极，几天前商会几个管事的已经议妥，以镇上几个大户的护院队为班底，把民团正式拉起来。各家商户联名保甲，出丁出饷，还要找一些当过兵有军事经验的来训练，总之，要趁着游击队立足未稳，把他们赶下海去。

金谷把招待柳先生的晚宴设在花厅里。此处四面通敞，仆佣们已在庭前的青石板上泼了好几桶水，暑气降了几分。金老爷开席过来敬了一杯酒，推说有事走了。柳芝平这几天办事顺利，又有专业的摄影师老蔡加入，测绘拍照即将大功告成，便夸赞了两人几句，席间又听金谷说了虹镇要办民团的事，想着怎样把民团抓在手里，心下又有一番盘算。

柳芝平说："这次你功劳最大，民团开张要买的十支枪，我如数给足，再加五长五短。"金谷双手捧着酒盅起来敬酒，都差点给跪了。柳芝平又说："贼匪扰乱地方，最是可恶，金少爷挺身而出保卫地方，这功绩以后是要建祠的。"

赵少强藏在院外的一丛树影里，听到这话，心头兀的一惊。商会拉起民团，一开张就有二十支枪，这帮地痞有了枪，有啥事儿干不出来？后海来了共产党，这里再闹出一个民团来，背后还有日本细作撑腰，这虹镇地面看来真要大乱了。

他咀嚼柳先生说的"功劳"二字，觉得里面大有文章，是海边刺探情报，还是也包括芦山庵拆毁厢房、偷盗佛首这些事？他还没理出一个头绪来，忽听得大门那边响起一阵凌乱的脚步声，不一会儿，只见一个家丁提着灯，后面跟着几个人影转过照壁，沿着院内长廊，低头匆匆向内堂走去。

柳芝平诧异道："今夜你家老爷有客人？"金谷起身走到庭前看了看，道："不是客人，是老宅八房头祭田几个管事的，大概是来说秋租的事。"

于是又坐下喝酒。才过一会，忽然内堂那边传出大声斥骂，金老爷的语声如同咆哮，还间杂着摔碎杯子的声响。金谷脸上变色，拱手说声去去就来，闪过厅后已不见。

柳芝平二人吃喝了一会儿，金谷还没回来，柳芝平走出花厅，站在滴水檐下，看着廊柱上的一副对子读出了声。"秀野轩中绿雨，江湖梦里苍烟。"他笑道，"想不到金老爷这人，肚里乾坤挺大，可以做个山中宰相。"老蔡赔着笑道，他儿子比起他，一蟹不如一蟹了。

这里距赵少强藏身的树丛很近了，他伏在一棵突出地表的老樟树根后，大气都不敢喘，耳听得内堂那边传来的骂声，忽而尖厉，忽而低沉，还夹杂着女人的哭声。赵少强心下大奇，金家今夜发生了什么大事？寻思着进去看看，碍着柳先生站得近，这会儿想动也动不了。

正迟疑间，金谷匆匆跑来花厅，对着柳先生打躬作揖道："对不住，真是对不住，家姐不知中了什么邪魔，前些天去八房头，把祭田的地契分给那些泥腿子当场烧了，要不是管事的老朱来告，我和家父还蒙在鼓里呢！"

柳芝平惊讶道："竟有这等事！"金谷道："家姐读书读得脑子搭牢了，让柳先生见笑了！"柳芝平道："不知道是个怎样的巾帼，才会做出这等事来，我倒想见识见识了，不知有这荣幸没有？"金谷道："女人家没个见识，您就别看笑话了，打扰了您二位雅兴，真是对不住得很。"柳芝平笑道："金家家大业大，几亩祭田算得了什么，地契烧就烧了。就是她跑去分地契这事挺奇怪，怎么看都有些像共产党的做派。"

金谷道："这话可不敢乱说，我与他们有不共戴天之仇，我家里怎么会出共产党！"见金谷紧张的样子，柳芝平道："那是的，小姐冰雪聪慧，哪那么容易被他们蛊惑去，我也只是提醒一二。"

　　赵少强伏身暗处，他怎么也想不到，金家小姐去八房头竟是私自做主把草契分给农户。一时也顾不上细细思忖，睁大眼睛静看下文如何。内堂的门吱呀一声打开，一个女子捂脸冲出，边跑边抽泣着，到了边门，人影一折，跑到楼上去了。不一会儿，金仙儿手提一只藤条箱下楼，像是要离家出走，后面追着一个老妈子，迈着碎步，带着哭腔连呼小姐不应，急得拍腿顿足。

　　屋里厢有人喊："不用拦，随她去！"

　　金谷对柳芝平讪笑："我姐就这样，牛脾气发作起来谁也拉不住。"

　　那金仙儿眼睛红肿，脸上泪痕未干，跑下台阶，冲着长廊这边而来。花厅里喝酒的柳先生坐不住了，起身去看究竟。金仙儿冲下台阶时不小心磕绊了一下，身形往一边歪倒，柳芝平笑着去扶，她一甩手跑开了。"果然是个美人胚子。"柳芝平对着她背影嘿嘿地笑。

十九

镇上有家铁器铺,专打钩镰、锄头、铁耙一应铁器,打铁的牛二一身蛮力气,没事就在街上追小孩子,吓唬小姑娘,咧嘴傻笑。其实牛二不笨,他知道铁器铺租的是金家的房子,看到金家人都毕恭毕敬。这天金谷打铺子前经过,牛二嬉笑着说:"少爷发财!"

他是想讨个彩头,没想到金谷正烦闷着,没好气地说:"发你娘的财!"

牛二奇怪道:"袋里有铜面上光,少爷的脸色怎么这么难看?赌场里打铜宝金子输光了?"金谷叫了起来:"哪个乱嚼嘴,看我不活拔了他舌头!"牛二说:"你还赖皮?人家都看见了!"

金谷想,赌场人多嘴杂,有熟人看见也说不定,于是好声好气哄道:"快莫取笑,是借来的。"

牛二啊哈一声:"借来的?你倒会讲故事,骗鬼呢!咋不说是外快撮来的。"金谷问:"谁告诉你的?"牛二道:"别骗我了,前两日你和水癞子一起去东埠的高升大,大战一晚上,真够豪横!水癞子隔天夜里又去翻本了,赢钱回来还请我吃了一碗黄鱼面,少爷袋里藏着黄鱼,咋不去翻本?"

金谷听了一半就听不下去了,脸色越来越难看。难道水癞子这小子暗藏了金子?他也顾不得街上人多,张口就骂:"婊子养的,竟然瞒着我拗蜡烛头,看我不敲断他腿!"

金谷黑着脸回到家,大叫:"水癞子死哪里去了,快滚出来!"

一个护院走过来，赔着小心说："大前天他不是说家里太爷爷出殡，火烧火燎地赶回老家去了吗？"

水癞子住的鸟儿蓬，又叫鸟落蓬，是后海一个大村，金谷一想，好像是有这么回事，咬牙作恨声道："这个死癞子，八成是撒谎，胆儿够肥的，居然拗蜡烛头，看我不弄死他！"只想着立马就出门把水癞子寻着，问问他为什么要私自落下金子。

他吩咐两个护院去找水癞子，一个去鸟儿蓬，看看他老家是不是真的在办丧事，另一个，把镇上所有明娼暗娼都去查一遍。他估摸着，水癞子这样猥琐的家伙，赢了钱肯定蠢蠢欲动去找女人。他告诉两人，就说要请他回来喝老酒。

把人派出去后，金谷就黑着脸蹲守着。护院们也都打点起精神，不玩牌不说荤话，生怕惹毛了他。去妓院查的很快回话了，没有发现水癞子。金谷听了骂："婊子养的，倒像是干大事的了，赢了钱女人都不玩了。"

去鸟儿蓬的那个，因为路远，第二天一早才回话，说水癞子老家根本没办丧事，他家八十多岁的太爷爷身子骨还硬朗着，天天下滩涂撮泥螺。金谷听了发狠道："我就不信他上天入地了，再去找！"那人回话："其实我打探到他去哪了。"金谷一个耳巴子抽过去："那还吞吞吐吐？"那人捂脸道，听说水癞子去明城投他堂姐夫去了。

这金水也是个鬼头精，那晚在东埠头赌场赌输，他出气不过，第二天夜里抽个空当，带着私自吞落的金条又去翻本。这一回他不敢再玩铜宝，玩的是输赢面小一些的沙蟹和牌九。也不知道走了什么狗屎运，他手气好得出奇，不仅前夜输掉的本捞了回来，还赢了不少。换掉一大堆筹码走出赌场，他既兴奋又害怕。金谷要是知道他用私吞的金子去翻了本，那还不打死他，于是赶紧胡乱诌了个由头跑去老家。他又怕金谷找上门来，一盘算，有个远房堂姐嫁了明城一个警察，这堂姐夫已经做到莲桥巷警务所长，大树底下，正好求庇。

他便悄悄跑了一趟明城找到堂姐。说起来，他们这个堂亲早就出了五服，远到不能再远，但同宗三分亲，堂姐就撺掇莲桥巷警务所做所长的丈夫收留了他。嘴巴甜脚头勤，是水癞子的强项，他一口一个姐姐、姐夫，再加有钞票铺路，堂姐便把他看作自家兄弟一般。金水添油加醋讲他受金谷欺侮结下梁子的事，讲到委屈处，眼泪鼻涕哗哗的，堂姐心软，便数落丈夫："你白白当着个所长，自家兄弟也不帮衬一下。"堂姐夫不耐烦了，就说："我委你兄弟做个侦缉小队长吧，再拨给他两个手下，这样他的身份就是半个官家人，看谁敢奈何他。"

于是水癞子便在明城北郊住下了。他在白沙路当店弄里买下一处小院，跟一个嵊县妇人住在了一起，那妇人是草台班子里唱过旦的，年纪大了点，毕竟见过世面，人也有几分姿色，跟了水癞子，虽没办酒，外人看来也与夫妻一般，日子过得小乐惠。

金谷不知从哪里听到这些，对手下说："水癞子拗蜡烛头，你们不管哪个碰上，人人得而诛之。"手下人齐说是，背后都当笑话讲。金谷这人阴恻恻的，手下人都挺怕他，有人给他上眼药，也不是坏事。再说水癞子没离开虹镇的时候，有些人还受过他好处。

金谷街上碰到牛二，牛二哪壶不开提哪壶，故意调排^①金谷："听说水癞子当上了缉私小队长，娶了个漂亮老婆，自己收学生

---

① 吴越一带的方言，戏弄之意。

仔当先生了。"

金谷听了气不打一处来，骂："婊子的儿子，我带着他去撮外快，他居然瞒着我拗蜡烛头，这种无情无义的东西，留着有什么用，下次碰到，一枪打杀。"

这种话，自然有人会很热心地去传。没几天，传回来水癞子的话："这种事体，他还好意思说？路是我摸的，东西是我进去拿的，他只不过站在外面望望风就白得一份，还日了人家婆娘，我又不是吓大的，谁怕谁啊！"

金谷知道水癞子是明摆着跟自己对着干了，可是民团刚开张，事情剧繁，他的手又伸不到明城去，人家堂姐夫是警务所长，他不能不忌惮，于是又隔空放炮："有本事，告诉他不要来虹镇，来了都不知道脑袋瓜怎么开瓢的。"

那边照样不示弱："他会开枪打，我的枪难道是吃素的？他敢搞七捻三，我先撩起一枪。"

人都没打照面，话却越传越多，两人的梁子越结越深了。

金谷打探着水癞子的住处，想约一帮人手进城，把他给做了。几个手下一听是去明城，面有惧色，说那毕竟不是我们的地盘，真要是出了事兜不住。还有人劝他算了："民不与官斗，水癞子现在披了一张官家的皮，别去招惹他了。"金谷说："我就是咽不下这口气，拼了命不要，也一定要动他，让他知道厉害。"

于是金谷寻了个日子，杀往明城，悄悄寻着白沙路当店弄，屋前屋后设了伏，只等水癞子回来就要给他上手段。

屋里住着那个妇人，还有一个服侍的老妈子。金谷敲开门，问，水癞子哪去了？妇人反问，你问我，我问哪个去？依金谷的脾气，早就给那女人吃生活了，这天也不知中了什么邪，被她扑棱棱的眼风勾着，竟然落座吃起了茶。

其实这里只是水癞子的一个窝,他现在有了钱,狡兔三窟,到底有几处外宅,养了几个女人,连那妇人都不甚清楚。老妈子被支出去买酒买吃的,金谷剥了妇人裤头,那妇人倒贴上来,扯他衣裤,一个只想弄仇家的女人出气,一个幽怨中久旱逢甘霖,竟然旗鼓相当不分胜负。等到事毕,走出当店弄,金谷又往回走,也不敲门,径直一脚踢开。那妇人赖在床上还没动弹过,见这瘸脚少爷去而复来,像戏文里的旦角道白道:"官人怎么又回转来了?"金谷道:"淫妇,真舍不得你了,跟我走吧,车子在外面等着了。"

那妇人倒没想到他玩这一出,一拉一挣,衣衫本就没扣好,一动全都荡开了,奶子露了半边,他扑上去就啃,那妇人笑着避开,转身收拾起了衣服,把以前唱戏的戏装和朝天冠都带上了。

几个手下拥着那妇人出了门,围上来几个街坊邻居,金谷道:"告诉这屋的男人,本少爷把他女人带走了!"人群炸了雷,光天化日抢人妻,这还了得?再看那妇人,被两个后生仔搀着,眼波流转,似笑含嗔,竟是自家愿意似的。街坊们都叹,婊子无情戏子无义,原来不只是戏文里唱唱的。

金谷怕他爹骂,不敢把妇人往家里带,先藏在外面一处旧院里。过了几天,水癞子那边带话过来,话写在一张大红拜帖上,用了《三国演义》里刘皇叔常说的一句话:"常言道妻子如衣服,这件旧棉袄,小弟就当送给哥哥了。"金谷抢那妇人,本意是要杀杀水癞子的威风,一看人家浑不当回事,再加新鲜劲也过去了,就不大理会那妇人了。

虹镇东面有个大村叫蒲岐,当年也是抗倭的一个卫所,门楼、望台、窝铺等古迹保存得好,老街的气势还在。这个村最出名的是每年九月初五的抬阁庙会,有抬阁、踩高跷、扮笑戏、打倭儿炮等表演，还有连着数日的市集，不只吸引虹镇、东埠和后海十七村，连明城人也来哄热闹，最多时汇集上万人。往年庙会，商会都派人下去，说是维持秩序，其实就是收钱。收钱的名堂叫斗锅行，商会不直接出面，都是雇佣一帮闲人。今年后海来了游击队，金竹轩和商会几个头目一商量，怕再去收钱弄个鸡飞蛋打，准备收手。金谷知道了，暗暗笑话他爹胆子小，说，民团刚拉起，没钱没饷谁个来？正好趁机去抽个头筹，游击队离蒲岐十几里地，远着呢！

于是，金谷挑了几个精干的团丁，派出去收斗。他知道这个村的人跟东埠人一样，都是当年防兵后裔，使性好斗。出发前，他特意交代一个得力的团丁叫阿贵的，收斗只一天，见好就收。

庙会第一日，蒲岐市集上真是人山人海。早晨五时许，天色麻麻亮，人流开始从村东涌入，村祠堂的明堂猪羊架上供祭着全副猪羊，这是祭祀的最高礼仪。吉时七时一到，请神开始，乡民百姓开始让出神道，僧人诵经，香客呈送，一时鞭炮声大作，唢呐齐鸣。

接下来抬阁出行，金龙护驾，彩旗招展，一路陪送，但见每架抬阁立童男童女五至十名，一个个粉啄可人，浓墨华装，手持刀戟剑枪，站在上头做各种姿势。据说这风习是明初信国公汤和定下来的，至今已数百年。巡游途中，还有腰鼓队、舞龙队载歌载舞，村街上鞭炮齐鸣，烟雾弥漫。

阿贵带着收斗队到了蒲岐，一看市集这么兴旺，不由喜出望外。抬阁巡游结束，明堂前已有人开好一大坛酒，各柱首商各饮一大碗，叫"飘红"，讨个头彩，各家铺子和行贩即正式开张营业。阿贵带的斗锅行兄弟，向各个摊位收钱不是好话好商量，都是随口报数，一听人家辩解，说收得太多，就横眉竖眼，把摊子掀翻。有人看到他们这样横,就问:"先生,你们到底哪一方派来的?金先生已经派人来收过钱,我们都交过了的。"

阿贵奇怪道,哪个金先生?人家告诉他,是莲桥巷侦缉队的金水先生。阿贵第一次被委以收斗队领队的重任,头口水被人家接去,他很不高兴,骂骂咧咧开了:"我道是哪个金先生,原来是水癞子这货!他眼睛不看看这是啥地面?敢到这里来要横?"说着就要掀货摊。那摊主也不是好欺的,抓起一根青柴棍就扑上来,众人拉住了。

金水以前来收过斗,熟门熟路,今年的庙会一开张,他就带着一支十几人的侦缉队过来了,名义上缉私抓赌,实际上就是敲竹杠。听到这边吵嚷,水癞子带人过来,一看是以前护院队就相熟的阿贵,大大咧咧地说:"阿贵,铜钿大家赚呀,今年的收斗归我们侦缉队了,你们回吧。"

阿贵见对方人多,怕吃眼前亏,把水癞子拉到一边商量:"水哥,各收半边街吧,我回去也好交差。"水癞子还没开口,带来的一个壮汉呵斥开了:"识相点!水哥认得你,我的拳头可不认得你。"水癞子也不阻止,阿贵只得灰溜溜回去了。

金谷见收斗上来只这么点钱,正要光火,阿贵说:"都说你老的面子晒花匾大,人家眼里,撑破了也就一丁点儿大,差点害我们丢了性命。"

金谷说:"你还不服气了?谁要你性命了?"

阿贵说:"除了水癞子,还有哪个?人家现在也做先生了,带着莲桥巷侦缉队的一帮烂眼来收斗,说这地盘是他们的,亏得我跑得快,要不然就回不来了!"

金谷一听大怒:"这个杂种,黄毛未干,血丝未透,竟敢跑到我的地盘收钞票,大家操家伙!"点起民团所有人马,就往蒲岐村赶。

水癞子赶走阿贵，知道金谷一定不肯善罢甘休，吩咐人先把收上来的钱送回城去，还没收钱的店铺摊位赶紧去收。安排停当，他带了两个手下就往蒲岐后桥头去寻洪山太爷。洪山太爷是他的记名师父，也是金谷拜的先生，金谷再怎么胡乱，总不能不卖洪山太爷的面子。

水癞子在洪山太爷家里笃定打坐场吃茶，果然一会儿有人来报，金谷少爷到了。洪山太爷站起身，让水癞子先进屋里去。金谷进了院子，给先生行个礼，说："阿水那个烂货来您这儿了吧，我今天不做掉他不姓金了！"

洪山太爷道："那是你师弟，手心手背都是肉，你们谁打谁都不行！"金谷道："这个小赤佬不是人，是畜生，我跟畜生做兄弟，我不也成畜生了吗？"洪山太爷继续打圆场："你的臭脾气到现在还不改，有事好好说，相骂是讲落场的，不是打落场的。"

话说着，水癞子出来了，远远对着金谷又是作揖又是鞠躬。金谷欺身上去要扇耳光，水癞子一猫腰躲到了洪山太爷身后。洪山太爷说："你们兄弟俩想动手较量不是不可以，把枪都掏出来搁我这里。"两人不情愿地交了枪。金谷的是一支旧的日式手枪，水癞子掏出来的是一支簇新的鸡腿撸子，亮崭崭的枪身晃人眼。

洪山太爷让人把枪收好。两人下了场，挽起袖子，怒气冲冲地对视着转了半圈，水癞子突然噗地一笑。金谷说："小赤佬，吃了笑药不成？看在你快要死的人了，你就笑个够吧！"

水癞子道："我想起那天晚上屠牛场里吃牛杂汤，有个人说，钱的气味是烂淘鸡屙味，我们为烂淘鸡屙坏了兄弟交情，不值当啊。"

金谷捏紧拳头冲过去:"我揍死你个婊子儿子。"水癞子躲到洪山太爷背后,两人像猢狲一样围着洪山太爷转圈子。

洪山太爷顿足道:"好,你们都出息了,我的话都不听了!"

水癞子趁着不备,跳出圈外,抢过存放在一边的枪。金谷吓了一跳,脸上勃然变色,水癞子却把鸡腿撸子掉了个向,双手捧着递到金谷面前,恭恭敬敬道:"先前是我不对,冲撞了哥,这把撸子算是小弟赔罪,知道哥今天要来,我就不来了。"

金谷说:"拗蜡烛头的账怎么算?"水癞子说:"那你还抢我女人呢!"金谷一愣,随即哈哈大笑。这个女人从白沙路抢来后,对他曲意承欢,他样样中意,只是嘴上却仍不放过:"你这个花路精,鬼知道藏了多少女人,是不是故意甩锅给我?"

水癞子说:"兄弟是手足,女子如衣服,收斗的钱你都拿去好了,不要为一点烂淘鸡屙伤了兄弟和气。"

阿贵见他们在谈女人了,知道情势已转,赶紧上前,脸上挤出笑容,对两人说:"是啊,大家都是兄弟,啥事体说不开的,洪山太爷把家里的生蛋老母鸡都宰了,大家先喝酒去。"

金谷从虹镇带来的人肚子也饿了,一听有酒喝,馋痨虫都爬上脸了。金谷寻思,今天水癞子也算识相,再说这是洪山太爷家里,总得卖他老人家一个面子,于是也就收了架势。两班人马本来也不想真打,就都坐在一起。

酒过一巡,金谷把阿贵叫过来问:"你刚才跑回来怎么传话的?说谁的面子撑破了也就一丁点大?"阿贵说:"我寻思着空手回去,怕你责罚,总要找点话柄。"金谷撩起一巴掌扇过去:"妈的,我们兄弟的交情,就坏在你这种搬弄口舌的小人手里!"阿贵被扇得鼻子出血,金谷还不解气,伸手拔枪要打,众人劝住了。

都放了血见了红，给水癞子的面子也够大了。两边人马你敬我，我敬你，"五魁首""六六顺"地划拳，吆喝声几乎要把洪山太爷家的屋梁掀翻。阿贵虽然挨了一巴掌，能为老大出力也很高兴，酒吃得脸都成了猪肝色。水癞子把收上来的钱都给了金谷，还说要是人手不够，侦缉队可以帮忙。

水癞子把戏文做这么足，金谷都觉得不好意思了，说："你也太瞧不起哥哥了，你总共也只收了这么一点辛苦钱，哪有全给我的，就平分了吧，你的兄弟也不能白跑。"

洪山太爷说："这就对了嘛，老朽我今天做个见证。"水癞子虚应推辞了一下，动作麻利地收下钱，说："以后还是跟着哥哥撮外快。"

金谷说："这乱世光景，我们兄弟手里有了枪，管他日本人还是共产党来都不怕，眼下有一个天大的机会，镇上民团开张了，哥哥我正招兵买马，你回来一起干吧！"

水癞子面露难色："我姐夫不发话，我说了不作数。"

金谷说："你也不用马上把人都拉出来，这边有事了，你带侦缉队来捧个场就行，好处费少不了你。"

二十

谢吉文从赌场里赢来那支盒子炮,还没过足瘾,就被催着交上去,还挨了一顿批评,新上任的教导员丁易平,说他是出风头,逞个人英雄主义。谢吉文叫屈道:"那个金少爷吃喝嫖赌样样在行,一肚子坏水,他连枪带金条白送上门,傻子才不要呢。"

明北特委派五四大队渡海前,后海一带已经有过两支武装上岸。

第一批渡海的是忠义救国军的一支残部。忠义救国军有几个支队被策反投敌,改编为和平军,不愿投敌的那部分,便脱离开来,寻找新地盘。这部人马不识水势,选的登陆地点是六塘与七塘之间的半浦腰塘,当时正遇八月大潮汐,回流湍急,当地人又叫倒流,两岸塘土纷纷开裂滑落,潮水夹着泥浆咆哮着冲出浦梢,卷入大海。这部人马大多被海水卷走,还没上岸就元气大伤。

第二批南渡的,是淞沪游击指挥部司令薛天白,人称薛大炮。薛本是第八十八师的一个团长,他那个团原本在杨树浦与日海军陆战队对阵,中了埋伏,整团人马被堵在巷子里成了日军的活靶子,薛在战场上捡得一条命,跑出来拉了一批散兵游勇,自封司令,专门袭扰小股日军,几回得手后,装备比他原来带的那个团还要好。最高统帅部委了他第三战区淞沪游击指挥部司令的一个头衔,一没给枪,二没给人,只是把郊县几支游击队名义上归并给他。薛大炮带着手下一帮新兄弟向南狂奔,刚刚渡过海湾休整了几天,一半人就逃走了。等他一口气跑到天台山脚下的马家场,几乎成了光杆司令。天台山附近驻扎有第十集团军的三个纵队,薛大炮委身他人檐下,只得赔尽小心,好在淞沪游击指挥司令部的大印在手,收罗了几支地方武装,也羽翼渐丰起来。

五四大队是第三批渡海的。他们名义上隶属第三战区淞沪游击指挥部,也是考虑到有薛大炮做掩护,以后工作起来会方便得多。

登陆点选在相公殿北面较平缓的浅湾,提前到达的小分队从当地渔民那里征集了六条木帆船。大队从浦东出发时一百三十余人,途中掉队和逃亡二十余人,总共剩下一百来人,比起前两拨渡海过来的部队,这已经算不错了。

五四大队渡海后与五峰山游击队会师,加起来有了近三百号人,计有步枪二百一十条,轻机枪八挺,英式汤姆逊机枪四挺。大队长梁斌,原本是南汇的一个区长,地下党员。新任教导员丁易平,是上级派到明城领导工运的,因斗争形势变化,派到游击队来做政工领导,对外号称是梁大队长的秘书。

丁易平有着大城市工作的丰富经验,早年在中央苏区担任过保卫干部,他有一个宏大的计划,准备把中央苏区的模式搬到后海,在海边这块狭长的地带建立一块红色根据地。这个红色世界里没有剥削,人人自食其力,用他的话说,它是穷苦人的天堂。

梁斌大队长不同意。他说,上级交给我们大队的任务,是在南岸抵御日军舰艇登陆,策应虹镇炮台,并无建根据地一说,后海十七村出了名的穷,不能种植,不利久居,再加地形狭长,若有强敌压境,无法自保。

丁易平说，那里穷苦人多，阶级基础好，正是建根据地的有利条件，那个炮台要塞是国民党的，他们这么腐败，能顶什么用？关键还是要依靠群众，发动群众。梁大队长说打仗是军人的事，能不让老百姓卷入就不要卷入。两人意见不合，说着说着都提高了嗓门，就差拍桌打凳了。

梁斌要去虹镇拜访要塞司令，丁易平不同意。梁斌提出要与天台山的薛大炮建立联系，丁易平也不赞成："我们是党领导的抗日游击队，怎么能够跟这些旧军阀、可疑分子称兄道弟？我的同志，立场问题可是原则问题，是忠诚不忠诚的问题。"

这紧箍咒一念，梁斌大队长张大嘴说不上话来了。按照丁教导员做出的部署，五四大队的三百多号人分成了数十个小队，派出去在山塘到海塘之间的十几个村庄宣传抗战。海边人很多不识字，他们办扫盲班、民众教育馆。游击队自身的文化程度也不高，大多是渔民、苦力、学徒出身，丁教导员就把明城地下组织里一些有文化的干部抽调过来。

努力总算没有白费，慢慢地，各村建起了战时任务中队、宣慰队、妇救队、鞋样队、秧歌队，各个紧要路口都有佩戴红色标志的老人和孩子盯生人、查路条，以防日军奸细混入。女同志临时组成抗日救亡剧团，天天在村头排演文明戏、活报剧。本来还要斗争地主议租减租的，可是地主早就跑光了，也就没搞。

最大的问题是没钱，除了自产自销的泥螺、跳鱼、海带、扇贝等海货，这里连像样点的商业都没有。有同志摩拳擦掌，要把十几里地外的虹镇拿下来，把根据地中心建在镇上。他们说，虹镇有码头，财源茂盛通三江，拿下了虹镇，北连上海，南达明城，这根据地就算盘活了。

这个计划很让丁易平心动，虹镇成为根据地的中心，等于扼住了明城的海上咽喉，根据地的规模扩大了，土地、人口、生产资料，全都翻好几倍，到时候根据地还可以成立自己的政府，搞一家银行，发行钞票，镇上还要办一个抗日军政大学，吸引更多的爱国青年前来参加革命。

丁易平为这个计划激动着，牵头开了好几次战情分析会。有人很乐观，说虹镇兵力空虚，警务所的十几杆老套筒步枪的枪栓都锈住了，拿下虹镇就如瓮中捉鳖，十拿九稳。也有人担心，河对岸的炮兵要塞，驻扎着国民党一个团的兵力，到时对岸一发炮，全队都暴露在了炮口下。几个队员摩拳擦掌，巴不得马上就动手："干吧！教导员，要不就先把炮台给端掉！"

梁斌参加了一次他们的战情分析会，听了一半，当场把沙盘给掀翻了："你们是真没看到还是装睡？虹镇商会刚刚拉起了一支自卫大队，百把来号人，天天盯着我们，又从黑市搞来许多枪，能这么容易拿下？再说，虹镇又不是日本人占着，现在去打，理上说不通！"

两个领导屋里吵，外面队员们也吵得沸反盈天。到底要不要打，丁教导员提议开会表决。梁斌气咻咻地说："你管政治，我管军事，说好的事怎么都变了味了？"丁易平说："军事也是政治，建立根据地，扩大武装，这就是最大的政治。"

梁斌说不过他，拂袖而去，丁易平气得脸都歪了，蹦出一句"伪区长"。梁斌最忌讳提他做过国民党区长的事，听见这话，盯着丁易平，一步一步逼上来，慌得中队长们赶紧上前拉开。

丁易平对一直埋头做记录的庄芸一字一顿说："马上给特委发报。"庄芸看着黑着脸的大队长，迟疑着不动。丁易平催她快去发。会开不下去了，几个中队长走也不是，留也不是，在外面廊檐下抽烟侃大山。庄芸苦着脸出来，经过谢吉文身旁，说：

"神仙打架,小鬼遭殃,你说,这事我怎么办?"谢吉文悄悄说:"他们俩都在气头上,你能拖一刻是一刻,等他们消了气,意见就统一了。"庄芸问:"你说得轻巧,怎么个拖法?"谢吉文说:"一会儿你就说发报机的二极管坏了。"庄芸笑了一下:"就你这个死脑壳鬼点子多。"

丁易平走出大队部,看到两人站着喊喊喳喳,不满地哼了一下,问谢吉文,你是不是也不想打?谢吉文说,我可没这么说。

这边还在为要不要打虹镇反复争论,战局却发生了变化。日军三个联队直接从陆上抄近路,把省城给围了,省府主席、第三战区副司令长官黄绍竑带着几个中枢部门,紧急向西南方向的山区撤退,日军避开结成"品"字形的国军三个挺进中队,向明城北侧发起了试探性进攻。11月初,日军一个中队坐小汽艇抢渡小越江,与五四大队接上了火。

在小越江一带布防的是三中队,他们正下到村里宣传抗战,接到警戒哨报告,火速往江边赶,一边派人向大队部报告。

小越江最宽处有七八百米,最窄的三官荡不到五十米。阵地还没筑好,日军的十余艘汽艇就在江面上一字儿摆开,发动攻击。三中队依托江塘土坎就地还击。九七式迫击炮没校准目标,大多落在了江塘后面的烂泥地里,有几颗落在河上,把河底七八斤重的鲢鱼和乌鳢鱼都打得浮了白,水面咕噜咕噜直冒泡,半条江似开水煮沸了一般。

三中队这段时间在村里组织农会、刷标语、演活报剧,何曾料到会有这一场恶战,三中队一样重武器都没有带,有些战士的装备就一杆梭镖,外加皮带上插两个手榴弹。好在队里有两个好枪手,专打鬼子的汽艇驾驶员,好几艘被打中,对撞在一起,船上鬼子纷纷落水。

但日军的阵脚也只乱了一会儿,收缩好队形,马上进行了新一轮火力压制。小钢炮的准头调准了,把三中队几个火力点都给掀翻了。土块、断枪、碎肢和着血雨夹头夹脑砸下,几个没见过真仗的战士跑出土包乱跑,又被撂倒几个。

幸亏梁大队长带着一中队赶到,两挺汤姆式轻机对着苇丛后面的迫击炮阵地吼开了,各个被打掉的火力点也有新到的战士补了进去,总算把日军的进攻挡住了。

既然日军已改从西边压来,凭借海塘阻敌的计划也就流产了。更危险的是,五四大队没有腹地可以转圜,局促在后海这一长溜光秃秃的盐碱地上,很可能被敌人一口吞掉。特委紧急电令,把后海的农会组织、征粮收税机构尽行撤去,党的工作转入地下,主力转向明城西南的五峰山区。八百里五峰山,腹地辽阔,可进可退,战略地位比后海强多了。鉴于形势复杂,特委还要求,务必不要与国民党军发生冲突,同时还要与薛大炮搞好关系。

特委电令既已下达,西边小越江对岸的日军又虎视眈眈,五四大队只得放弃后海,规划起了南进方案,择日就要开拔,这时却出了一件事,驻扎在五塘海门村的一中队三小队遭了偷袭。

海门村地势高,视野开阔,按理说不至于被连锅端。偏巧这些日子,队上都在说要转移,人心浮动,放松了警惕,再加海上连续刮秋雾,五更天十步不辨人影,这才中了招。

来偷袭的民团,就是瞅准这个时间悄悄摸进了村。村口的两个暗哨一点都没发现。等到察觉过来,整个三小队十几号人都被拇指粗的麻绳捆了,存放在队部的十支长枪、一把机枪、二十箱手榴弹也被洗劫一空。对方没有存心伤人,把队员们嘴里塞上破布，言语上羞辱了一番。

活儿是金谷带着水癞子做的。七八个身手好的，人人黑布蒙脸，本来只想偷几支枪出来，却没想到对方警戒那么稀松。水癞子带着莲桥巷侦缉队的几个兄弟，说好是接应的，在村口棉花地里等，看到金谷一行人背着十来根长枪，如夜猫一般从雾中窜出，两队人马合作一处，按原路轻手轻脚往村外退走。

水癞子看到民团的人赚得钵满盆盈，就有点懊悔留在村外没进去。他扯了扯金谷，直接讨要开了："兄弟们棉花地里都候了一夜了，这批货应该也有我们一份吧？"金谷含混道："当然，当然，亲兄弟明算账，回去再说。"

正说着话，忽听得后面村头喊声四起，几支枪火追着打来，钻进前头的浓雾里。"游击队追来了！"有人喊。

谢吉文正好巡查到海门村，看到三小队全体被绑，枪被搜去，气得一张黑脸如锅底脱落，带人就冲出去。追到村口，看到棉花地里人影晃动，一排乱枪就先招呼了过去。

枪弹如飞蝗一般，一排棉花秆齐刷刷被打折，金谷站的四周，子弹钻入沙地噗噗作响，吓得他脚都软了。两个手下架着他，脚不踮地往前飞窜。跑过一个土坎，金谷瘫坐地上，脸如死灰。他的哮喘病犯了，喉咙头吼吼的，只有出气，没有进气，揉了胸口好一阵，才慢慢调匀了呼吸。

当下他与水癞子计议停当，民团的人依据土坎，与追兵对阵，给了侦缉队几杆枪，要他们趁着大雾绕到左侧一片石堆后，打个措手不及。水癞子应了一声，带着几个兄弟顺着土沟猱身前进。

谢吉文见对方摆出对阵架势，倒也吃了一惊。队员们散开，各依据有利地形，向着土坎后枪响处对射。一时间，沙地上空乓乓乒乒，赛似年节放鞭炮一般。此时大雾未散，除了一个队员被崩起的石子弹中脸颊,豁拉下了半边耳朵,倒也没什么损伤。

丁易平带着后续增援赶到了。一中队把最值钱的家当,一挺轻机枪和一挺汤姆式机枪都使上了。机枪嗒嗒嗒吼了起来,民团是镇上几个大户的护院队七凑八凑成的,这帮神棍闲汉,平时八面威风,可好多人连枪栓都没拉过,哪里见过这阵势,一个个魂飞魄散,哭爹叫娘。金谷喝令他们伏下,哪里喝得住,一阵排枪过来,就倒下了三五个。

金谷问:"水癞子死到哪里去了?他那里怎么还不放枪?这个怂蛋包不会是丢下我们开溜了吧。"看侧翼乱石堆那边,哪里有侦缉队半个人影?

这时,太阳已从海湾那边的礁石后露脸。雾渐渐散了,一中队的战士们冲上来,民团这些家伙,一个个都脚如筛糠,有的还捂着脸拱在土堆里,赛如受了惊吓的鸵鸟。金谷站起身,昂声道:"我们是虹镇国民自卫队的!"一个队员给了他一枪托,他才老实了。谢吉文骂:"他娘的,一帮土匪烧毛部队,竟然敢来偷袭你爷爷!"

他看着沙地上的一堆战利品数个儿。除了被抢去追回来的,还有十来支新枪。但他脸上一点喜色都没有。他拉动两支新枪的枪栓,凭着枪栓上的小盖板,他认得是日本陆军配备的三八大盖。他自言自语道:"奇怪,此地怎会有鬼子的枪?难道日本人已经进来了?"

清扫战场的队员报告,对方死三个,伤七个,问这些人要不要押回去。谢吉文请示丁易平,丁易平说:"押回去,你管饭?"谢吉文就让人把他们全放了。

梁斌从缴获的战利品里挑了几样,专挑日式枪械,派人送到淞沪游击指挥部司令薛天白那儿去。丁易平很不高兴,说:"我们缴的枪,凭啥平白无故送给国民党?"梁斌说:"我们大队刚来后海,外界议论纷纷,指责我们假抗日,抢地盘,把这些战利品送去,就证明我们一来就真刀实枪与伪顽势力干上了。"

虹镇民团死了三个人,把尸首给他们送了回去。大队部给了谢吉文一个处分,撸了一中队中队长,到下面三小队去当小队长。

谢吉文很委屈,嘀咕道:"枪没丢,人也没少一根毛,怎么还要背一个处分?"

他出发去三小队的驻地海门村,警卫员还在后面跟着,他没好气地说,你跟着我做啥?我已经不是中队长了。庄芸追上来说,我来看你。他装作没听见。

二十一

收到五四大队送来的战利品，薛天白着人带回一信，邀请梁大队长去天台山一趟，接受司令部嘉奖。

梁斌说："给他点好脸色，他就踩鼻子蹬脸了，给一堆空白嘉奖令有啥用！"丁易平说："这个时候可不敢怠慢了他，我代你跑一趟吧。"

梁斌说："我当区长时跟薛大炮打过交道，他是个好面子的人，你对外名义是我的秘书，级别太低，去了反而让人家不爽，要去也是我去。"

丁易平说："也好，我留在队部，带着战士们做挺进五峰山的动员和准备，你速去速回。此去马家场七十里地，中间要穿过国民党挺进纵队防区，说不定还会遇上土匪，你带一个小队上路，路上小心。"

梁斌笑道："人去多了反而不好，谢吉文晾了有一阵子了，这小子机灵，带上他就行。"

于是牵出大队部仅有的两匹马，一匹栗色马，一匹枣红骝。栗色马一见主人近前就兴奋地打着响鼻举起前蹄。这马长有一条暗色背线，前膝关节处也有暗色花纹，有个诨名叫"草上飞"。梁斌和谢吉文一人一骑，丁易平送他们到村口，说："把三小队带上吧，万一有事也可救急。"梁斌说："一百多里地，隔天就可以打回转，人多反而走不快。"

第二天傍晚，梁斌和谢吉文还没有回来。梁斌是个很守时的人,没有特殊情况不会误点。丁易平不由得有些心焦。他会不会经过挺进纵队防区遇到熟人了,多耽搁一阵叙叙旧?等到太阳落山,两人还没回来。丁易平一想,坏事了,急忙派出一支小分队,循路前去接应。

后半夜,派出去搜救的小分队回来了。谢吉文是被人背回来的,整个人像火里煨过的紫薯一般,衣服后背和双袖碎成了布条,头发烧掉半边,手上脸上,都是血痂。谢吉文从战士背上滑下来,捶地大哭:"梁大队长……他牺牲了!都怪我!"

却说梁斌和谢吉文两人,当日午后到了马家场游击司令部,薛大炮一见梁斌亲自前来,大感脸上有光,好酒好饭招待不提,还颁发一堆奖状,委给梁大队长一个少校团长的名衔。第二天,薛大炮想留他们再战,奈何宿醉刚醒,走路已双脚打绊,也就放他们去了。

两人策马离开马家场。两匹马晚上都喂足了草料,跑起来风驰一般。照这样晚饭前就能赶到后海。薛大炮给的路条还是挺管用,经过的挺进纵队防区,都一路放行。出事是在后半段,虹镇西南十几里一个叫南庙的小镇上。

那个小镇是五峰山的要衢,两人到了镇口,远远看见一群山民,手提肩挑着淘箩、饭篮、抬筐等竹制品,正排着长队,缓慢通过一个树桩和铁丝网围着的税卡。

设税卡的是金谷带领的虹镇国民自卫队。民团刚一拉起,他们四乡跑动,到处撮外快,虹镇周边已经让他们捞上一圈了,现在把手伸到了山下的南庙镇。

两人拨转马头,正要拐入一条田塍,那两匹马早就引起了他们注意,几个团丁倒背着枪,向着这边跑来。

梁斌双腿一夹马肚,栗色马咴咴地叫着撒蹄冲出去,谢吉文一勒马缰,枣红骝随后跟上。有人扯着嗓子喊:"截住他们!"两人拔出枪,回身干掉了冲在前面的两个。团丁们往前冲的势头顿了一顿,都伏在地上打枪。有人骂骂咧咧:"妈的,瞎了眼了,不许打栗色那匹马!没见这匹马是草上飞吗?"

梁斌骑着的栗色马跑得快,领先谢吉文一个身子,子弹都朝着谢吉文招呼,两颗子弹几乎同时打中了他骑着的枣红骝。马惨叫着,前膝曲地,把他直直地摔了出去,谢吉文凌空一个翻转,人稳当当地落了地。看那匹枣红骝,四肢抽搐,口吐白沫,眼看是活不成了。

这时,谢吉文和金谷都已认出了对方。趁着对方愣神的当儿,谢吉文撩起一枪,金谷一声尖叫,捂脸倒在了地上。

梁斌问:"对方什么来路?"谢吉文道:"就是上周偷袭三小队的那帮烂人,看来是要死缠我们了,你先走,我断后!"

梁斌见他坐骑已毙,哪肯扔下不管,要和他一起上马。谢吉文急了,说:"我的任务是保护好你,你要让我完不成任务吗?"连推带拉,把梁斌架上马,对准马屁股狠拍一掌。

那匹栗色马却是中看不中用的,受到枪声惊吓,竟慌不择路,向着自卫队的方向冲过去。团丁们以为对方杀个回马枪,惊叫着四散开来,梁斌抬枪,两个点射,那马冲出包围,向着溪滩方向冲去。

刚才那一枪,金谷只是被打断鼻梁骨,并无大碍,此时回过神来,也顾不上擦去满脸的血,指挥手下伏地齐射。梁斌后背连中数枪,一头栽下马来。那马也不恋主,嘚嘚跑远了。

这一幕,发生得猝不及防,待谢吉文拎枪冲上去,但见梁斌嘴里汩汩冒血,已经说不出话来了。他弓下身,努力想把梁斌背起来,一动,打穿的肚子里,肠子都掉了出来。谢吉文眼里似要冒出火来一般,他抬起二十响,一圈连发,团丁们好似一群挨了猎枪的黄羊。趁这间隙,谢吉文一个滚翻,跳到一个稻草棚后面。

沿着溪滩垒着十来个稻草棚,是农户用作烧饭柴火的,个个一丈来高。谢吉文一个箭步,猱身跳上草棚,又跳向另一个,如水上踏萍一般,沿着这十来个草棚,往前飞蹿。团丁们举枪啪啪打,子弹擦着衣服飞过。突然他腋下一麻,弹起的大鸟般的身子急遽落下。

从半空掉下时,谢吉文顺着草棚的斜坡摔在了另一个草棚上。他顺势一裹,一钻,把身子埋进了草棚尖垛里。幸亏此时天色向晚,他这一连串动作,无人瞧见。他缩身藏在草棚尖垛里,把最外面一束稻草当帽子戴着,外面看不到他,他却可以看清外面动静。

金谷带着团丁,围着草棚找了个遍,就差把那个草棚拆了。团丁们骂骂咧咧,说真是见了鬼了,明明打中了的,怎么连个尸首都寻不着。

金谷鼻梁上捂了一副膏药,说话瓮声瓮气:"把这几个稻草棚都烧了!老子不相信他是鸟,真的会飞走!"有个团丁说:"这些草棚是南庙人的,要是烧了,他们不肯歇,会拿着青柴棍来拼命。"稻草棚还是被点燃了。火借风势,七八个草棚噼噼啪啪燃烧起来,如同一支支大蜡烛。草垛里还有谷粒,火一烤,散发出米饭的香气。草垛的主人见自家东西平白被烧,果然赶来拼命,一见对方拿棒使枪,气势上先自矮了。谢吉文藏身的那个草棚还没被点着,但四下里浓烟灌来,火势炙人,他已经快藏不住了。

溪滩边,十几个草棚全都烧着了。风吹来,火舌卷向人群,围观众人发一声喊，跑了个干净，金谷见火堆中并无大鸟飞出，也带着自卫队失望地撤走了。谢吉文就是在此时跳出火堆，顺势一滚，扑入溪坑，再走了十里夜路，才与出来搜寻的队员们相遇。

被打死的共产党干部使的是小号佩枪，骑的是一匹栗色大马，穿的是四个兜的干部常服。金谷断定此人一定是个大官，他把尸体装在板车上，拉到镇公所大门口。尸体上面只盖着几绺稻草，很快发出了异味，行人都掩鼻而过。镇长看不下去了，跑到商会说，你们打死个共产党拉到我大门口摊着，到底什么意思？金竹轩替儿子赔不是，让人赶紧把尸体埋了，对外也不再说打死了共产党游击队大官，只说是一土匪头子，为害乡民，被自卫队击毙。

镇子里突然冒出许多标语，红红绿绿的纸，背面用米汤水刷过。早起的镇民围着读，也有人把标语撕下去做煤饼炉子的引火。金谷说，虹镇还不是游击队的天下呢，搞得满镇子红红绿绿的成什么样子。

他派自卫队满大街撕标语，可这标语今天撕，明天又长。团丁们轮夜值守，贴标语的和他们玩起了捉迷藏，忙活整夜，只逮到三个形迹可疑的：一个码头扛花包的苦力、一个开点心铺子的、一个是从暗娼家里出来的嫖客。

有人嘀咕，这些都是镇上的熟悉面孔，怎么会是游击队派来的？金谷只作没听见，把他们关起来，先打一顿，说白天接着审。

镇长得着消息，把这三人提过去，对他们说："你们热情爱国，贴标语宣传抗战，我竭力支持，但你们做事考虑不周，现在镇上形势很复杂，你们还是赶快离开，回到自己人那边去吧。"

这三人连声喊冤，说标语真不是他们贴的。

金谷本想天一亮有人来保释，正好敲一笔竹杠。哪料到镇长一记横炮打来，断了财路，心里老大的不爽快。一顿早酒越吃越闷气，说，他让我不好过，我也让他不好过。手下一听大惊，这金少爷真要无法无天了，竟然要动镇长了。

金谷说："你们想哪儿去了，我说的是水癞子那个货，一次次拗蜡烛头，海门村那一仗又差点把老子给卖了，该给他吃点生活了。"

手下们面面相觑，这气怎么撒到水癞子头上去了？但谁也不敢说个不是，只是赔笑劝道："侦缉队现在也有十来条枪了，实力也不算小，再说有他姐夫罩着，寻常也动他不来。"

金谷骂道："屁个姐夫，也只是个破落户！八竿子都打不着的，倒来唬人！本来他在明城，我在虹镇，井水不犯河水，可他几次三番触我霉头，我这人向来有德报德，有仇报仇，此仇不报，誓不为人！那十来条枪，全都给我也不嫌多。"

那个从白沙路抢来的戏班子里的女人，与水癞子做过半路夫妻，劝他大人不记小人过，放过水癞子。金谷说："我只是吓唬吓唬他，教他学规矩，哪里真要他命来。"

于是，金谷先派个人去踩点，拣了水癞子堂姐夫不在警局的一个日子，带着十来个身手好的，分散进城，约齐在莲桥巷侦缉队旁边一条小弄堂碰头。到了队部，把一个半聋看门老头绑了，带了七八人大摇大摆闯进去找水癞子。

碰巧这一天水癞子带人出去了，留下两个当班的，一个叫张老千，鸟落蓬村人，一个麻皮阿四，当地泼皮，都是蒲岐庙会去收斗时见过，又在洪山太爷家里一起喝过酒的。张老千一见金谷，强笑着招呼："什么风把金少爷给吹来了？"

金谷说:"我是无事不登三宝殿,吹我来的是鬼头风,今天来会一会我的小师弟,让他出来拜见大哥吧。"张老千说:"水先生不在,您老坐下,先吃一杯茶。""他去哪了?""水先生去哪里怎么会跟我这种小不拉子讲?"

沏好热茶,张老千恭恭敬敬递上,金谷抬手就给泼翻,张老千烫得直跳脚。金谷骂:"这种猪狗不如的东西,也做先生了!他也配?"

金谷也不多言语,命令两个手下,把张老千拖出后门,拉到粪缸边,把一颗脑袋没头没脑摁进粪缸里,还用搅屎棍砸。一直傻立在屋角的麻皮阿四见势不妙,喊着救命夺门逃出。金谷一个兄弟拾起屋后一根门闩,带着风势砸下,嘎巴一声,那狸猫般奔窜的身子突地矮了下来,脊梁骨砸断,抽搐了几下,眼看是活不了了。

浸在粪缸里的张老千起先还哭爹叫娘,后来也没了声息。金谷没找着正主儿,把侦缉队洗劫了一番,带人离开了。被灌得半死的张老千这才捡得一条性命。

水癞子回来,听张老千哭诉自己被摁在粪缸里吃粪受辱,惊出一身冷汗。他跟过金谷,知道此人没有什么做不出来,以后每次出入,身边都带足兄弟,还告诫手下多加防备,以后活儿都在城里做,轻易不要出。平日里他也是狡兔三窟,几套房子轮换着住,除了身边极牢靠的几个,很少有人知道,大多数的晚上他都跟一个绸布庄的遗孀泡在一起。

这女人长得粉面如琢,一双桃花眼,眼睑上弯,似笑非笑。相书上说,田宅宫凹陷,非旺夫之相,邻里街坊有垂涎美色的,但忌惮落个绸布庄主的下场,没人敢下手。水癞子木卵不怕鬼,一旦搞上手,喜不自胜,原来这女子自有一种颠倒男人的妖媚手段，很快把他弄得五迷三道。

这女子有个亲姐姐，嫁在松岙。松岙是五峰山下的大村，出产稻米、茭白。每年秋末，稻谷进仓，种了油菜，家家做了年糕，村里都要请了邻县戏班，来做蓬头戏。来的都是草台班子，连唱三五日，女人扎堆看戏，男人聚众赌钱，赛如过节。此时又到了做蓬头戏的日子，女子便心痒痒，要去看戏。

手下们听说水癞子要去松岙看戏，都劝他别去。金谷这种杀坯，都敢进城来闯队部，还有什么事做不出来？水癞子听了也有些犹豫。但他已经答应那女子了，反悔了面子上过不去，就说："我怕他个鸟！他有种来找我好了。"话是这么说，还是不敢大意，把半队兄弟都带上了，有枪的带枪，没枪的也要藏把短刀。

话说水癞子跟着那女子来到松岙，此地屋宇连片，大树匝地，真是一个富庶的大村。松岙人都不认识水癞子，看他带着一帮人，一个个腰间藏枪，人五人六的，都有心巴结。他走到哪里，都姐夫姐夫地叫。水癞子心下得意，原本绷紧的弦，松掉大半。

手下一帮兄弟也都乐得逍遥，吃酒的吃酒，看戏的看戏，弄赌的弄赌。戏文场是在谷仓前的晒场上，赌场设在不远的祠堂里，挖花、沙蟹、牌九，应有尽有。玩铜宝的在另一间小屋。水癞子一来就坐赌场玩铜宝，屁股都没抬起，连吃饭都是相好女人的亲姐做好，再让手下送来。

水癞子刚到松岙看戏，就有人把消息送到了金谷那里。当日夜里，金谷就点起七八个手下，前来寻仇。这几日，松岙开门迎客，四乡八村的亲眷，都来看戏，这一群陌生人现身村口，也没引起多少人注意。金谷先派人去打听，有眼耳活络的，很快打听到了水癞子在戏场后头祠堂一间屋里押铜宝。

这一日的戏，演的是武戏，穆桂英大战洪州。但见得台上锣鼓阵阵，杀声震天，青衣老生，唱念做打，一个个都很卖力，声调高亢入云，激起台下阵阵叫好。这边厢，金谷已给手下们派好活计，有人望风，有人守前门，有人负责翻窗偷袭。一行人趁着夜色和混乱，向着祠堂靠近。

这天夜里水癞子的手气着实是好。他是坐庄，两眼紧盯牌桌，赌得昏天黑地，根本想不到大晚上还会有人杀将上门，所以把身边兄弟都放出去玩了。正当他全神贯注看牌的当儿，后窗的两扇木格子窗被踢飞，跳进凶神恶煞般的两个人来，一左一右，扭住他胳膊。

水癞子见机得快，一看情形不对，双脚一撑台子，坐着的椅子向身后倒去，同时飞快掏枪。谁料，窗口再跳进一个人来，那人影瘸着个脚，正好一蹲、一伏，大虫一般，再一抬手，黑洞洞的枪口已抵在水癞子喉咙口，也不多废话，扣动扳机，砰一声响，水癞子的半个天灵盖就给掀掉了。

这事发生在电闪雷鸣间，把一屋子人都惊呆了。等到反应过来，都拼命往外跑，喊着："杀人啦！快跑啊，杀人啦！"

戏文场里锣鼓喧天，人人都沉浸在戏文里，轰然叫好，看到赌场里的人往外出，还喊着杀人了杀人了，顿时炸场。一时间人仰马翻，呼爹叫娘，孩子哇哇大哭，更有被踩倒的，被几百只脚踏过，再也爬不起身。水癞子带来的侦缉队正赌在兴头上，匆忙间提刀拿枪，却不知对手来自哪个方向，只是像傻子一样在场中打胡旋。

混乱中，只见一人，瘸着一腿踏上戏台，对着台下喊，用的却是戏里的文白：

"众人莫要慌，一人做事一人当，杀水癞子者，乃金谷也！

现在事体已经了结,做戏文的照常做,看戏文的照常看,愿意一个锅里吃饭的兄弟,都跟我走!"

话罢,跳下戏台。呼啦一阵响,一班人走得个干干净净。

二十二

虹镇警务所的赵少强一直在追芦山庵的案子，被盗的佛首好长时间没有出现。他知道盗贼得手后一般都会藏几个月，等风头过后再出手，所以他也不急，只是让线人盯紧，一有消息马上向他报告。

一批清代木窗浮上了水面，与芦山庵凶案现场的残件相似度很高。赵少强先让线人不要惊动。他伪装成古董商人去谈，打听到这批货的主人是柳芝平，摸清了柳在明城的住所后，他带了所里两个兄弟赶到明城。

柳芝平住在东郊洋车铺楼上。赵少强带人在附近守了两天，洋车铺里进进出出的人很多，柳芝平都没有下楼，直到这天傍晚，他们才瞅准一个机会，冲上二楼，把柳芝平堵在了屋子里。

客厅的陈设豪华而凌乱，博古架上满是青铜器、漆盘、石像、古画，割下的佛首有好几个，在墙角胡乱堆放着。两个警察一左一右夹住柳芝平，给他缠上麻绳。也不见柳芝平怎么运动了一下身体，捆着的麻绳被他一挣，竟然滑脱。两个警察本来各搭着他一只肩膀，被他一个反剪，咯咯两声，是腕骨骨折的声音，他再顺手一带，砰一声响，两个脑袋瓜儿对撞一起，那两个警察还没来得及叫出声来，就像两堆柴棒一样倒下了。

这两招，既似大擒拿手，又像日本相扑的手法，干净利落，力道奇大，看得赵少强一时呆住，只差喉咙底喊出一声好来。他飞快拔出枪，还没打开保险，对方转身已掣出一把长刀来。

刀口向外，围着他游移，竟是正宗东洋刀法。

赵少强心神一凛，扣动扳机，当啷一声响，这么近的距离，子弹打在刀身上，竟没打断。他想打第二枪，刀光凌空劈下，离他手腕堪堪不到一米，他后退半步，手中枪已被打飞。

枪声引来楼下洋车铺子的人，涌进来把他扭住。他手上这时才感到一阵锥心的疼痛，刚才电闪般的一刀，已把他食指生生削断。

他被捆上了，身上不知挨了多少拳脚。他听着那些噗噗声好像打在一只麻袋上，身上的痛楚反而消失了。那把长刀，抵在他喉咙口，只消略一用力，他就要陪着两个兄弟一起上路了。

柳芝平说："我跟你们警察向来井水不犯河水，盯着我干吗？"赵少强说："芦山庵的明光师父是你杀的？"柳芝平哈哈一笑："我杀的人多了去了，你说的这个人，不记得了。"

又一顿排山倒海一般的捶击。这一次，他听到了骨头断裂的声音。他头一垂，晕厥了过去。在失去意识前，他被装进一个木箱，外面钉上了钉子。

收编了水癞子的人马，自卫队声势大壮，金谷担心遭报复，从家里搬出来，住到了设在史家墙门的自卫队大队部。队部门岗森严，自卫队天天巡查四门，有面目可疑的，直接当场捉拿，直到拿钱来保释。

最惊惶的是镇上的大户，那些开轧花厂的、开米行的、开当铺的，以前一个个都门槛贼精，要他们掏钱比登天还难，现在摊钱摊物下去，全都乖乖照办。金谷很是发了一笔意外之财。

有人在金谷耳边吹风："少爷，先下手为强，我们杀到后海去！游击队折了大将，士气衰弱，把他们赶下海喂鱼算了！"

金谷倒是希望，这样的局面一直维持下去。自卫队与后海的游击队对峙着，他们就可以像庙里供着的菩萨，天天有冷猪肉吃。

当然，最大的问题是实力够不着。并吞了水獭子的侦缉队后，自卫队虽说有了百十来条枪，但除了几支新买入的三八式，大都是汉阳造、老套筒，甚至还有鸟铳，没有重武器。当初在海门村的棉花地里被游击队的两挺机枪打得抬不起头的情形实在太狼狈了。柳先生答应替他搞两挺轻机枪，已收下一半钱，说好尾款验枪时再交付。这天是约定交货的日子，柳芝平还没有出现，着实让他恼火。

柳先生的船天黑了才到。说是出发时遇到一点事耽搁了。枪和子弹，分装五六个大箱子，团丁们用车拉到了自卫队队部。让他意想不到的是，两挺轻机之外，还有一挺九二式重机。

金谷一见，眼睛发亮："这个小婊子，叫起来一定咯咯咯很欢，一定很贵吧？"去抱那挺重机枪，却没抱起来。

剩下最后一个大木箱没打开，金谷走近去，嘴里说着："不要吓我，不会是一门炮吧？"箱子上的钉子启开，一个手脚被绑紧的人挣扎着想站起来。他的嘴里塞着破布，怒睁的双眼像在喷火。

"这不是警务所的赵大鼻子吗！"金谷吃惊地说，"你怎么把他给绑来了？他是吃官家饭的，你把他伤成这样，扔在我这里，这不是害我吗？赶紧弄走。"

柳芝平说："暂时在你这里关两天。只是皮肉伤，给他上点伤药，不会死人。"

按金谷的意思，既然赵少强知道了芦山庵的事，干脆把他拉到外面做掉算了。柳芝平却另有打算，他想让赵少强屈服，把警务所的七八条枪也拉过来。金谷心下不愿,也不敢硬顶。史家大院里摆了一大桌酒席,柳芝平带来的人在外面吃喝,他自己在里间,几个亲信陪着。酒吃到半晌,柳芝平说:"那把枪算我送你了,让你姐姐来陪我吃两盅。"金谷苦着脸,嗨嗨笑着不说话。柳芝平说:"怎么?我出的价钱还不够高吗?"

金谷凑在他耳边说了几句话,柳芝平便要他一会儿带路去学堂。金谷愁眉苦脸出来,走到背人处,打了自己两个耳光。"我还是人吗?把自家姐姐都卖了!"

有人跟着出来,是拍照片的那个老蔡。金谷说:"柳先生指名要睡我姐姐,我再不是人,也不能卖自家姐姐吧?你劝劝他吧,他听你的。"

老蔡说:"他的确不是个东西,我给你出个主意,赶紧让人捎个信,让她避一避。"

里间有人叫,催金谷进去喝酒。金谷说:"晚啦,恐怕来不及了。"一边嘴里应着,脸上堆笑进去了。

老蔡看着金谷的背影摇摇头,他走到大厨间,往锅里拿了一些吃的,走到走廊顶头关赵少强的那间柴火间。这会儿人都在堂前吃喝,没人看守,他看到赵少强被反绑着,系在屋角一个大磨盘上。

他闪入屋内,示意不要出声,拿刀割绳子。赵少强问:"兄弟是哪个?你为什么要救我?"他不耐烦起来:"别废话,你出去替我办两件事,第一件事,把这个交给明城图画时报馆门卫老潘;第二件事,马上去学堂宿舍告诉一个姓金的老师,告诉她有危险,要她赶快离开。"说着把一张小心折叠的草图塞到赵少强手里。

他割断绳子,轻轻移开后窗那几根木格子。这里正对着外面的小弄堂。赵少强跳出去前说:"你不说是谁,我怎么相信你?"

"调查局上尉调查员蔡仁怀,兄弟你记住,这张草图标记的是日军的渡海登陆地点,千万别耽误了!"

小披间的门突然开了,两个自卫队员喝得醉醺醺地回来,一看门扣被解开,端起枪就冲进来。老蔡手中匕首飞出,一个闷哼一声倒下了,另一个开枪把他击中了。已跑出一阵子的赵少强听见枪响,返身回来,催他赶紧往窗外跳。老蔡冲他挥枪:"快滚,谁让你回来的!"

老蔡跑不出去了。那颗子弹打中了他的肚子,他必须一手捂住,才不让肠子流出来。听到外面的脚步声跑远,他靠着磨盘坐着,把子弹一颗一颗压进膛。小披间外走廊狭小,对方火力施展不开,一有人露头他就开枪。弹匣只剩最后一颗子弹了,他决定留给自己。但柳芝平手中的长刀把枪格飞了。柳芝平说:"好你个老蔡,你到底是什么人?"他说了一句"中国人",就昏死了过去。

二十三

梁斌大队长牺牲后，明北特委把刚从干训班学习结束的尹世钧调到五四大队出任大队长。在明城做地下工作时，丁易平是上级派来指导工运的特派员，一向都是尹世钧向丁易平汇报工作，这一任命一下达，他俩的关系变得微妙起来。但在欢迎会上，丁易平表示坚决服从特委的决定，一定会全力协助尹世钧同志完成挺进五峰山开辟敌后根据地的任务。

会上，对于梁斌的死，丁易平做了沉痛的检讨："伪顽势力越来越猖狂了，是得好好教训他们一下了，战士们都等着尹大队长下命令。"尹世钧说，目前主要是落实好特委的南进指示，要不要打，得上党委会商议。

她去看谢吉文。谢吉文身上烧伤都已结痂，只是腋下一处枪伤未愈，仍须躺卧。此次跟自卫队遭遇吃了大亏，他受了很大刺激，整个人成了闷葫芦。尹世钧查看了伤口，手背拭了拭额头，发现有点热度，让医生老张赶紧用药。老张不好意思地说，小越江跟鬼子打了一仗，伤员太多，金鸡纳霜一下子用完了。

尹世钧要他好好休息，等身子康复仍然回一中队去。谢吉文问，什么时候打虹镇？尹世钧说，看起来你真的烧得不轻，虹镇能打吗？

"为什么不能打？他那几十杆破枪，还真不在我眼里。"

"金谷现在不是只有几十杆枪了，不久前，他把莲桥巷侦缉队水癞子的人马也给收编了。从很多迹象来看，金谷的背后有日本人的支持,自卫队实力的扩张,超出了我们的想象。"

尹世钧说,鉴于形势的变化,明城陷落只是时间问题了,特委给五四大队的任务,是在日军占领前建立五峰山游击根据地,与敌做长期斗争的准备。在这个节骨眼上,我们不能被一小股反动势力拖住后腿,打虹镇必然牵动要塞,而要塞是明城的海上屏障,我们不能跟国民党驻军有任何冲突。

谢吉文说:"想想梁大队长,壮志未酬身先死,真不甘心啊!"

"梁大队长的仇我们一定要报,如果伪顽势力继续纠缠,我们就打掉为首作恶的。"尹世钧说,"但南进五峰山是特委的决策,我们不能与虹镇的伪顽势力过多纠缠,你在会上一定要支持特委的决定。"

谢吉文表态坚决服从,他又说,虹镇有一个人,大队长是否还记得她。

"你说的是我们的仙女同志吧,我怎么会忘记她呢,"尹世钧说,"她还是那么天真,爱看文艺小说吗?听说,她前段时间做了一件震惊当地的事?"

"是的,她把金家祭田的草契分给了佃户。她爹金竹轩,就是那个总跟我们作对的商会会长,一气之下把她赶出了家。"

"啊,这又是哪里学来的一招?她这样做实在太鲁莽了,"尹世钧说,"她父亲和弟弟的手上都沾了我们同志的鲜血,接下来,这个地区的斗争会很残酷,她不适合再留在虹镇了,得想办法把她送走。"

金仙儿从家里搬出,住到学堂,就不打算回去了。学堂门口的东朝街,有一家酱园,一家面结店,吃的问题基本解决了。酱园零售酱油、腐乳,也卖腌萝卜、虾干、龙头烤;那家面结店,一向以汤鲜料足著称,面结下面埋的,不是蛤蜊、白虾,就是新炸的油豆腐,一段时间下来,她的脸色比在家时还要好。

后海来游击队的消息,她是听学堂徐先生说起的。徐先生有个侄女嫁到五塘海门村,自打参加了妇救会,天天不着家,孩子也不好好带了,只顾着往外跑,老公说了她几句,一向低眉顺眼的媳妇竟然与当家的动手相打,徐先生的侄女被打破了头,徐先生作为娘家人代表,刚去海门村劝架回来。

徐先生说他这个侄女,原本胆子小得走路怕踩死蚂蚁,现在不知中了什么魔怔,家也不顾了,妇道也不守了。金仙儿听了暗笑,看来在那儿的真是我们的队伍呢。可是几天过去了,组织上也没人来联络她。她有点沉不住气了。

镇子越来越嘈杂了。自卫大队的一帮青皮后生穿着新制服,成天脚板朝天在镇街上来回跑动,搞得到处都烟尘斗乱。金谷还带他们去码头练枪。枪声让镇里的猫狗都害了狂躁病,见了生人都龇牙咧嘴,变得很有攻击性。

她想去后海找队伍,犹豫着要不要跟姚新民说。几天后,游击队把偷袭营地的三个团丁的尸体送了回来,自那以后,自卫大队的人荷枪实弹,把通往后海的西、北两个镇门都关上了。这个时候,她想出去也不可能了。

跟她的警觉和不安相反,姚新民心如止水地活在自己的世界里。现在他的世界里就两样,爱情和蝴蝶。白天金仙儿要上课,他们基本不见面。等学堂散了学,他就带着一沓素描的昆虫图来覆图。如果哪天发现了一种没有著录的蝴蝶,他会兴奋老半天,一五一十地向她描述捕捉的场景和过程的惊险。他语速飞快,脸上泛着红潮,沉浸在梦中一般。她想,自己可能就是被他这种专注的神情给吸引了。

学堂给她的宿舍，是一间杂物间整理出来的小屋，头顶的檩条还带着杉木的香气。两个人的影子在纸窗上晃动，一个埋头读一本城墙砖一样大而厚的书，一个细心地在图样上描线、覆墨。夜风吹动屋外的梧桐叶，然后叶儿离了枝，满地沙沙地跑。风再大些，就只有尖利的呼哨声了。1937年的深秋，周遭如同一丘流沙般变动着，乱世年景里，这样的等待和陪伴已经足够美好，美好到以后他们一想起就要心痛。

姚新民的生物绘图功底是上学时候打下的，用回光仪起稿，只是画个大概，正式的生物图，还须上墨、着色，这是一项细致活儿。金仙儿喜欢上了这项活计，画一张画，凤蝶或棉红铃虫的成虫，都要花一整天时间。最长的一次，给长臂金龟子上墨着色，整整花了她三天时间。经她覆墨上色的昆虫图，特别漂亮。姚新民说，以前导师说过，一幅好的生物图，是科学，也是艺术品，是真与美的统一，看了你的画，我才真的信了。说得她不好意思起来。

姚新民说："第一次遇见，你问了我一个问题，蝴蝶真的会做梦吗？"她笑了："难为你还记得，那天我存心逗你玩呢。"他说："我自然都记得，由你那句话，我还作了一首诗。"

她笑着说："念来听听。"姚新民清了清喉咙，念道：

> 说蝴蝶会做梦，并非事实
> 说老人在梦中飞，亦属虚幻
> 说世界在做梦，那倒是有可能

她微微地笑了起来，说："这会儿外面那么静，倒像是你说的，说世界在做梦，那倒是有可能。"她的眼底有了一层雾气，柔软地弥散开来，与有时候的坚毅表情全然不同。她性情里的这种丰富层次，如同花瓣层叠，可能连她自己也不知道，却让他深深着迷。

他说："要是这个梦不再醒，该多好。"她忽然很想把手放到他泛着潮红的脸上去，那张瘦而坚硬的脸，刮得很干净，下巴那里还是有几根胡子顽强地探出头来。

"哪里可寻一只蝶？这蝴蝶亦非那蝶，那只遗忘自身名字的蝴蝶。"他轻轻说话，如同梦呓。

她不想那么快地和他沉入那个梦里去，说："以前读《新青年》，我记住了一首，跟你的诗意境很像呢。"她站起来，轻轻念道，"霜风呼呼的吹着，月光明明的照着，我和一株顶高的树并排立着，却没有靠着。"

她送姚新民到门口，回转来，看到路边草丛结了盐花般白白的一层。落霜了，她想，怪不得天一下子这么冷了。镇子里传出一阵枪声，她一阵惊慌，跑了几步，肚子也隐隐痛了。忽听到有人叫她，赵少强远远地跑过来。她看到了赵少强衣服上的血迹，惊叫起来："你受伤了？"

"金小姐，有人托我传话，今夜这里有危险，你赶紧离开。"赵少强说，"我把话带到了，你赶快走。"

她说："你这人好不奇怪，谁让你带话的也不说，大晚上的，我能到哪里去？"

"是一个姓蔡的朋友。"赵少强说，"我还有事得走了，你别回你那个屋了，收拾一下马上走。"

赵少强的话让她心慌。莫不是老蔡？那天金谷带人把他打了一顿，她就再也没见过老蔡。他为什么让人带信给自己？莫不是又玩什么新花样？

门外响起了脚步声,碾动廊檐上的枯枝和落叶,发出轻微的唰啦声。她以为赵少强还没有走。脚步停住,响起了敲窗声,她问是谁。回答的是个女子:"是我,开门说话。"

来人挟着一身寒气,一扭腰身闪进门。她点亮灯,欣喜地叫道:"庄小姐,怎么是你!"她还是改不了原来的称呼。庄芸也不计较。她穿着一件当地农妇常穿的土布斜襟夹袄,头发不知是故意弄乱还是好久没洗,枯干焦黄。她打量了一圈屋子,说:"赶紧跟我走。""去哪里?""走吧,去了就知道了。"庄芸的语气不容置疑。

她们从操场边门出了学堂。镇子已漆黑一片。半圆的月亮在乱云堆里穿行,忽而隐匿不见,忽而如碎银一般,洒落街衢,照着巷子两边高高的马头墙和远处屋宇的翘檐。远处人家响着婴儿的夜啼。以后的日子里,她经常会回想起庄芸带她走的那个月色狰狞的夜晚。

晚上的树和房屋全变了模样,转来转去,她早已辨不清方向,就好像来到的是另一个陌生的镇子。两人一前一后,一路没说一句话。让她吃惊的是,庄芸对虹镇很熟。

出镇穿过一片田野,落霜的田地走上去硬邦邦的。她们在虹河边的一处渔寮停下了。这是捕夜渔的搭建的简易草棚,四壁都用竹片绑制而成。金仙儿进入渔寮,看见一个人影。那个人转过身来,她叫道:

"尹老师!"

尹世钧个子比较高,头顶几乎碰到渔寮的屋顶。她握住金仙儿的手,叫她"我们的仙女同志",这陌生而亲切的招呼,让她委屈得想哭。

"这么长时间,你们也不来看我!"

尹世钧说:"傻话,我怎么会忘记你呢,斗争太艰巨了,我也刚刚来。"

她不好意思地笑了,说自己要检讨,组织上把她派到虹镇,几个月过去了,工作局面一直没法打开。

尹世钧的语气变得冷冰冰的:"你要检讨的,是不经报告擅自行动的冒险行为,你为什么给佃户分地契?"她解释:"我是想唤起他们的觉悟。只是没想到,我家里人会派自卫队吊打村民,还烧了他们的房子。"

尹世钧说:"你不经汇报,擅作主张,这是典型的小资产阶级作风加盲动主义!"

她很委屈:"我是想报告的呀,可是我都等了三个月了,我到哪儿找你们去?"到底没忍住眼泪,一颗一颗落到硬邦邦的冻土上。尹世钧替她擦去眼泪,说,她可能已经暴露,组织上决定马上把她转移,送到上海一个商业学校的无线电班学习发报技术。

"去上海?学无线电?"她很吃惊。

"以后随着革命形势发展,根据地的无线电人员会非常紧缺。"尹世钧说,"你很可能已被敌人盯上,不能再回学堂了,必须连夜去明城,然后到轮船码头,搭乘明早开往上海的轮船。我们的人会送你上船,到了那边也会有人来接。"

她想,姚新民交给她的昆虫草图,有几张覆墨和上色都已完工,都放在讲义夹里,姚新民要是找不见自己,肯定会着急。她怯怯地问:"可不可以等到明天?"

尹世钧说:"船票已经给你买好,换洗的衣服也准备好了,现在庄芸陪你去明城,赶今晚十点去上海的轮船。你的行踪是高度机密,不能让任何人知道。"

她们走出渔寮子，走到河边。苇秆向两边分开，谢吉文指挥着两个战士从苇荡里划出一只脚划子。庄芸说："走吧。"

她把目光投向谢吉文，似有疑惑，又像担忧着什么。谢吉文从船头跳下，热情地握着她的手说："我们等你回来，仙女同志。"

小船无声地剖开水面，驶进前方的黑暗里，最后一点影子也消失了。尹世钧说："这孩子天真得像一张白纸，这么残酷的斗争她不应该卷进来。"谢吉文说："我明白。"尹世钧说："去吧，刚才镇上一阵枪响，像有什么情况，你们小心着点。"

姚新民记着金仙儿爱吃仓桥头面结店的生煎包，一大早兴冲冲地买好送到学堂去。宿舍的门扣虚扣着，屋里没人。他等了一会，买来的面和包子都冷了，金仙儿还没有回屋。

一直到晨会结束，学生们回教室上课，金仙儿也没有露面。一个孩子小跑着过来，说是来找金老师，让她赶紧去上课。他问："金老师不在教室吗？"孩子说："金老师没来教室，校长让我来寻她。"

他去校门口传达室问校工。校工耳背得厉害，他都快把喉咙叫破了，还是一问三不知。他去找徐先生，徐先生正为没人带班发火，看到他，把话咽了回去，匆忙抓起一本书，自己去顶班了。

她会去哪儿呢？难道被绑匪劫走了？这一想，腾地热了，憋出一身虚汗来，他拉住徐先生，大声说："她是你们学堂的老师，好端端的人不见了，你也不派人去找找？"徐先生被他拉住，甩了一把没甩开，很不高兴说："她家里人都不过问，我用得着操这心？"

姚新民出了学堂就往金家大院跑。金家在镇街中段，他跑过牌轩下、镇公所，到史家墙门前面一个街口，已气喘吁吁。耳中忽听得一阵喧嚣，好多人都在往前跑，有人喊："不好了，打仗了！"

百来步外，镇警务所的十来杆枪团团围住史家墙门。一辆摩托车油门轰鸣着，赵少强坐在车斗里。自卫队员端枪守着大门。两边的人相互斥骂，响着一片枪栓拉动声。

赵少强拿起一个铁皮喇叭喊话："自卫队员们，昨晚我们警务所两个兄弟出任务，被小日本子整死了，这个小日本子就藏在史家墙门里，你们不要助纣为虐，放跑了小鬼子！"

"哪只乌鸦一大早的在这里呱呱？"金谷穿着一双齐膝高的长筒皮靴走出来，故意踩得橐橐响，"赵大鼻子，你说我窝藏日本人，你有证据吗？"

几个自卫队员抱着一挺新机枪出来，架在大院门口。人群顿时炸了锅。赵少强说："金谷，别以为你做的事情我都不知道！赶快把姓柳的交出来。"

金谷说："人家柳先生是遵纪守法的商人，怎么可能是日本人？真是眼睛一眨，老母鸡变鸭，你一大早的头脑发昏了吧。"队员们都哈哈笑了。

赵少强怵于对方人众，也不敢往里闯。他站上摩托车车斗，把手高高举起，这只包扎过的手洇着一片血迹，他说："你们别听他的，昨夜我跟那个鬼子交过手，被削去一指，那日本子把我逮住，就关在这个汉奸窝里。"他瞪着金谷，"狗汉奸，你敢说不是跟鬼子一伙的吗？"

金谷焦躁地看看镇公所方向。方才在屋里，他已经吩咐人从后门出去，找警务队管事的来灭火，算算时间这会儿也应该到了。心里边,把柳芝平的祖宗十八代都骂了个遍,要不是这姓柳的多事,哪会平白生出这么多枝节来。

警务队管事的来了,让手下收枪回去。赵少强一脸不情愿,却也无可奈何。就在此时,金家一个佣妇慌里慌张跑了来,神情如同白日撞见鬼了一般,一见金谷就说:"少爷,不好啦,老爷他……"

"老爷怎么了?"

"老爷他……死了!"那妇人说完这话,人如虚脱了一般,再怎么问她,她浑身筛糠般,说不出一句连贯的话来。金谷急了:"好端端的怎么死了?"

金谷领着一队人马出了史家墙门,朝金家大院狂奔而去。姚新民刚看到两拨人像要打起来,这会儿又各走各路,大感意外。赵少强看到他,没好气地说:"你一个昆虫博士,跑出来看什么热闹?"姚新民说:"我找人。"赵少强说:"这个人你不用找了,是我让她走的。"

他愣了一下,赵少强这话好生奇怪,想问个明白,赵少强已经折入一条小弄堂没了踪影。看到人都在往金家方向跑,他也过去了。

金家大院出奇的安静,院里不见一个人影。再往里走,空气里似乎弥漫着一股血腥气。往楼上走,血腥味越来越浓。金谷到了房门口停住了。这带露台的一间,一向是他住的,大队部设到史家墙门后,他爹金竹轩住这一间。

金竹轩半张着嘴躺在地上,后背插着一支生满铁锈的梭镖,前胸贯出,把他钉在地上。另一处致命伤口是在脖子,从后颈砍下的一刀,几乎把脑袋割下。屋里桌椅倾翻,似是经过一番打斗。血从死者的身子底下漫开,汇流成一处,像一条黑色的蛇爬到门口，被门槛阻着，拐了一个弯，不动了。

"快去找郎中啊，你们这群笨蛋！"金谷尖着嗓子喊。有人上前翻检尸体，说："少爷，没用了，血都发黑了，老爷死了好几个时辰了。"

这血溅一地的样子让姚新民几乎喘不过气来，他掉头向金仙儿的房间跑去。他撞开房门，空气里一股陈腐的灰尘味四散开来。房间空无一人。他长长松了一口气，快要虚脱得站不住了。

他犹豫着要不要把金仙儿失踪的消息告诉金谷。金谷正伏在尸体上号哭，他脸色铁青，继而发蓝，整个人透出一股邪魔劲，像一头疯狼一样打转："哪个杀千刀的干的？看我不弄死他！"

姚新民逃一般离开了金家大院。

二十四

一周后,一个大清早,五四大队全员四百余人离开后海驻地,向五峰山转移。大队刚一开拔,就有探子给虹镇自卫大队送信,说游击队朝着镇子开来了。问有多少人,探子说走在路上乌泱乌泱的,足足上千号人呢。

镇里早已炸了锅。有说游击队杀进虹镇寻仇来的,也有说是借路上山,不必慌张。金家老爷的头七刚过,金谷的孝服还没除去,一听就说:"来得好!老子不来找你们,你们打上门了,这笔账该算了。"

商会的几个副会长上门来劝:"世侄,兵者凶也,能不动刀兵就尽量不要动,他们人多,好汉不吃眼前亏。"金谷说:"杀父之仇,不共戴天!他们不怕死就来吧,老子的枪不是吃素的。"

镇门都关闭了。由于搞不清游击队会从哪个方向进攻,四门都派了自卫队把守。柳芝平出点子说,这样是守不住的,得重点防守北门和虹河码头,把两挺轻机枪架在门楼。他让金谷带着自卫大队主力集结到侯青门,这段城墙筑得高,视野好,一挺九二式重机枪架在此处,对任何方向都可火力压制。

刚刚调遣停当,望楼上有人喊:"来了,来了!"从侯青门城楼上远远望去,只见一支穿着灰色土布的队伍,几百来号人,正沿着镇西的官道开来。自卫队先是伸着脖子张望,后来都一个个猫下腰,缩到城堞后面。

"别露头,枪打出头鸟的道理不懂吗?""看把你怂得,这都一里地开外,枪法哪有那么准的!"嘴巴硬挺着,腿还是打起了战,一点点往后退。金谷抬脚一个个踢回去,拔出枪,砰地朝天放了一枪,把自己也给吓了一跳。

那支行进着的队伍停住了。队伍前头几个人,凑在一块,好像在商量什么。然后,队伍重新开动,离开大路,在一个叫荷花塘的村庄那里拐了个弯,径直向南去了。

"走啦,他们走啦!"有人兴奋地叫了起来。

镇长带着几个警察正往城楼这边来,上了城墙,气愤地问:"哪个开的枪?"金谷说:"瞧把你给吓得,我只是吓吓他们。"

镇长说:"游击队只是借道,没冲着我们来,你别净给我生事!"

"你就不怕他们耍花枪吗?"金谷说,"我不光吓唬他们,我真打一个给你看看!"说着,拿过一支中正式。拉一下枪栓没拉开,扔给一个老兵油子出身的,"你眼火好,来给老子露把脸。"

"万不可开枪伤人!"镇长上前制止。金谷一把推开。镇长气得嘴唇发抖:"真是胡卵一个,虹镇是你说了算还是我说了算?"金谷说:"开枪!不开枪是孙子养的!打那个当官的!"

自卫队员瞄准的,是走在队伍最前面的尹世钧。她边上是谢吉文和几个中队长,前面是教导员丁易平和背着发报机的庄芸。枪响了。远远看到一队人中有人栽倒,城楼上的人欢呼起来:"打中啦!打中啦!"

队伍中,谢吉文正和尹世钧说着话,忽见走在前面的庄芸身子一颤,一个趔趄摔倒。他以为庄芸是一脚踩空摔倒的。随后又一声枪响。几个人赶紧上前,只见庄芸背着的报务机冒出一股烟,显见得是被打坏了。谢吉文拿开机子,庄芸挣扎着想坐起来，胸口却洇出一片血来。

一中队的战士们四散开来，对准城楼还击。尹世钧上前制止："不要开枪！""跟顽固派没什么道理好讲，"丁易平说，"狠狠打回去！"尹世钧说："不要制造流血冲突，谢中队长带人掩护，赶紧抬伤员，走！"

庄芸嘴里吐出血来，剧痛使她脸上的疤痕打结了，面相更狰狞。她说了一句什么，眼光暗淡下来。谢吉文喊她名字，把耳朵凑近她嘴边。他现在听清了，庄芸说："我知道，一直都只是我在喜欢你。"谢吉文嘀咕一声："都什么时候了还说这个。"他叫来两个战士把庄芸扶上马，她坐上去，又栽倒下来。

这边一还击，金谷来劲了，城头架上那挺九二式重机枪，夹头夹脑就往下打。虽没伤着人，也把城楼下几支步枪的火力压住了。见游击队收起队形要退，金谷命人开门，带着一队人马要追，慌得镇长赶紧阻拦，哪里还拦得住。

只听得一阵马达轰鸣，赵少强驾着那辆侧三轮摩托车冲出镇子。到了游击队跟前，他帮着把庄芸抬进车。警务所里的几个兄弟也跟着出城，加入队伍里。一会儿工夫，游击队潮水一样退走了，沿着田间小路向南撤退。

自卫大队跟在后面起哄，噼里啪啦乱打一气，又不正经追上来。谢吉文带着几个战士断后，被惹得火起，说："这帮二狗子，牛皮糖一样粘着，干脆打他一个伏击。"尹世钧说："教训一下就可以了，我们的任务是挺进五峰山，犯不着跟他们斗。"

过了前面大竹岭，再翻过一道高地岭，就是五四大队准备开往的良冯镇。尹世钧留下一个小队，反复交代注意政策，不让后头的人跟进山来就行。

金谷带人跟到岭下，前方队伍已不见人影。看着绿油油一大片竹林，高低参差，不知埋下多少伏兵，不由汗毛倒竖。有人催着回去。金谷说，不急，派两个人进山探一探，弄清楚这帮猢狲去哪了，过些日子再来算账！

话音刚落，竹林方向啪啪射来两枪，打得沙砾地面直冒火星子。团丁们都散开卧倒，朝着竹林那边打枪。一个战士被打飞起来的碎石击中，满脸淌血。谢吉文一声令下，岭上两挺机枪嗒嗒嗒欢叫起来。

金谷以为游击队急于进山，不敢接仗，才追出来那么远。没想到临上山，对方真埋伏着，让他吃了一大亏。他慌里慌张循着来路退出去，眼看着跟他来的一个个中枪倒地，没挨枪子的也都撅着屁股缩成一团，此时此刻，老命要紧，他一个滚翻，顺着草坡滑下，正好下到大溪里，也不多耽搁，蹚着水就没命地跑。

一小队的十几个战士从竹林中跃出，围猎野兔一般，冲上前把团丁们围住，却没发现金谷。问了几个俘虏，都说枪响后就不见了。一个战士发现路旁一个斜坡草压倒一片，顺坡下去，是一条溪。金谷正在溪中央一瘸一拐地跑。喊了两声站住，金谷跑得更快了。

谢吉文此时还在岭上，他也发现了溪坑里奔跑的金谷，开了两枪，都没打中，把金谷惊了个魂灵出窍。谢吉文让小队长带人先回去，他要下到溪里去追。小队长说，还是别追了吧，把尾巴甩掉就行了。谢吉文火了："快滚！你知道此人是谁吗？"

谢吉文从岭上飞奔而下，瞅准他身影，紧追不放。金谷回头一看，那黑无常从岭上滑下，如腾云驾雾一般追上来，惊出一身冷汗。他啪啪开了几枪，子弹乱飞，根本没有挫住追击势头。他叹声苦也，今天莫不是要把命丢在这了？看到大溪东首有个小村庄,正好找户人家进去躲一躲,于是深一脚,浅一脚,蹚过大溪向东跑。

爬上溪坎,金谷一屁股坐下直喘气。自从拉起民团,他还没有这般狼狈过。他跑进前面村子,随手取下村民晒着的衣裳,换下一身湿的。正好这家村民看到,大喊捉贼,唬得他又跑出村。就这么一路跑跑停停,躲躲藏藏,自己也不知道到了哪里。

天暗了,他像一条丧家之犬,游走在旷野里,拖着两条僵硬的腿,又累又饿。他走进一间看瓜人住的破草舍,刚合着眼,突然被不远处的说话声惊醒。他一激灵,一摸身边,枪还在,这才稍舒了口气。

来人是谢吉文和两个队员。他们找不着人,准备回去,看到路边有个草舍,也想进来休息。金谷一见来人,以为行踪暴露,不及多想,就出枪射击。枪只响了一声,就卡住了。金谷窜出草舍,像只灰兔一样滚进田垄。他背后的三支枪几乎同时开火,把他击倒了。

第四章

二十五

　　1937年11月的一个深夜,我的曾外祖母离开虹镇,前往明城江北岸客运码头,乘坐三北轮船公司"瑞生号"客轮连夜去上海。《明城革命史》上记载的铲除伪顽恶势力的"锄奸"行动,也是发生在这个寒夜。一个当年参与小分队行动的队员在口述中说:

　　"月光如银的夜色里,我们这支轻装的尖兵,悄悄地翻进了金家院墙。五四大队的指战员们,谁不仇恨金谷这个杀人魔王呢?我们敬爱的梁大队长,就是被这个灭绝人性的家伙杀害的啊,尸体还拉到镇街上示众。想起这一切,战士们的心情久久不能平静。院内的地上落了霜,偶尔响起母鸡咕咕咕叫着往草堆里钻的声音,周围静得出奇,我们上了楼,金家那些凶神恶煞般的院丁一个也不见。后来我们才知道,这一夜他们都跟着金谷去了史家院墙。……其实我们上楼的响动已经惊醒了金竹轩这个小老儿。我打头第一个推开房门,一把勾刀带着风声从我耳旁落下,我一个火大,把他推倒了。我们知道金父在民团里有着极大的权势,就像太上皇一样,他年过七十还荒淫无耻,每天要烧几两大烟,于是我们就决定对他执行任务。这个小老儿见我们人多,嘴上一个劲求饶,趁我们不备,就去拿枕头下的一支快慢机。我一挺梭镖就把他刺了个对穿,另一个同志对准他脑袋挥下了刀……家里的用人们早就吓软了腿,我们小分队宣讲了政策,他们一下走了个干净。"

此时的江北岸轮船码头，正是最热闹的时候。夜里十点开航的这班国产客轮，为了与英商太古商行抢生意，国产轮的票价都定得很低，旅客也特别多。第一声汽笛拉响，送行的人群在铁栅栏处止步，与上船的旅客大声话别。入口处的一盏汽灯发出耀眼的白光，把船体和近处的河水照得舞台一般通亮。闪烁的光、晃动的人影，让人产生一种梦幻感。直到庄芸把一张二等船票交到她手里，又给了她一包换洗衣服，她还是觉得这一切很不真实。

"船上好好睡一觉，明天一早就到十六铺码头，我们安排的人会到码头来接你。"庄芸说完就走了。

她又哪里睡得着呢。船沿着起伏的水面一路北上，到了外洋，颠簸厉害起来，她就开始吐。直吐得眼冒金星，胃里再没一点东西，还是忍不住恶心。心里突然咯噔一下，这两个月的月事又没来，莫不是有了？

这念头刚起，她眼前一黑，跌坐下去，半天也站不起来。高高的船舷下面，水是黑的，浪头哗哗地擦过船板，像是在召唤她，来呀，来呀。眼前浮现出投水自尽的同学刘佩珊，这海水，一定比明湖的水更冷吧。夜风卷起水沫，几点水星子溅上脸，她清醒些了。

她强抑着心头的恶心回到舱里，二等舱都是跑单帮的客商，上船倒头就睡，鼾声此起彼伏。她好不容易强迫自己合上眼，又被对面一个孩子的夜哭吵醒，醒来后肚子一阵阵疼得厉害。客轮单调的摇晃中，她睡睡醒醒，做了好几个梦，一个梦里，老蔡浑身是血地来找她，另一个梦里出现了拿着捕虫网的姚新民。醒来她突然想起，那几张刚完成覆墨的昆虫图夹在课本里，也不知道姚新民是不是找得到。

清早,她起身去了甲板上。离太阳出来还有一会儿,秋雾浓得几乎化不开。锅炉房的马达声吼得声嘶力竭,船头的大灯却只能照到不足百米的前方。她站在轮船甲板上,感觉这船永远开不到终点了。

太阳出来了,像扑了霜的柿饼,惨白的,没多少热力。这是她第一次看到海湾的日出。她新奇地看着雾渐渐消散,随着日色变得橙红,精神也不由得振奋起来,忘记了身体的不适,有了一种开始新使命的激越。船速放缓了,可以看清岸边天际线上伟岸的房子了,还有泊在岸边吞吐着黑烟的船和江岸边影影绰绰的人群。汽笛拖着长音,欢快地叫了一声,预告船要进港停泊了。这时她才注意到,她坐的"瑞生号"挂的是英国旗,还有许多港里泊着的客轮,挂的也是各式各样的外国旗。

她被人流推挤着,出了码头,四处打量,看人群中有没有来接她的认识的面孔。正迟疑着,忽听得一个熟悉的声音叫她:"仙儿!仙儿!"抬眼一望,隔着一条马路,姨父在喊她。黄鼎昌的车子刚到,正开车门下来。司机接过她的行李,只是个小小的布包儿。

"您怎么来了?"金仙儿非常惊讶。

"我也是昨天才接到有人带话,说你要来报考上海无线电学校。我正纳闷着呢,怎么说来就来,也不写信提前告一声。"

金仙儿大致猜出是尹世钧派人安排的,悬着的心放下了。组织上果然都安排好了。

"这兵荒马乱的,不好好地待在虹镇教书,跑出来做啥子事?"车上,黄鼎昌数落道。金仙儿没法实话实说,只得临时编,说想学一门技术,以后也好到上海立足,正好老师有熟人,就托人找关系通融,报名参加考试只是走个形式,说好了无线电学校是定会录取的。

她问有没有表哥的消息。黄鼎昌说,我都不知道他是不是还活着。她安慰几句,都是不着要领,心里也是空落落的。

早晨的马路很空荡,车子向着静安寺越界筑路方向驶去,一路开得飞快。金仙儿看着窗外,一家家店铺正陆续拆下排门,开始新一天的生意。电车叮叮当当地靠站,把人吐出来,又把人接进去。一幢幢高楼闪过,灯箱、广告、月份牌把头顶的一线天空遮得密不透风一般。透过尚未落尽树叶的梧桐,一栋栋式样雅致的花园洋房前,花工举着水管在喷洒。这一切如此闹猛,哪里有半点刚打完仗的样子。这里是上海吗?

黄鼎昌似乎知道她在想什么,说:"这里毕竟是租界,日本人还不敢乱来。"

二十六

生活的车辘辘转了半年，似乎又回到了明城那时候，只是住的房子局促了许多。战后难民涌入租界，上海地皮和房价骤贵，黄鼎昌在极司菲尔路租住的房子，不再是独栋的公馆，而是南北不通的简易公寓楼，一到雨天就有一股刺鼻的霉味。用人也只留了一个跟了他许久的厨子。

黄浦滩上的大多银行都关门歇业了，黄鼎昌闲不住，没事也去转转，要么就是和银行大班、钱庄的档手们组牌局，每天到家都很晚。为了节省家里开支，后来他把跟了他许久的那个厨子也辞了。

她平日里都是就近去找吃的。楼下一条街，各种吃食还真不少。浓油赤酱的本帮菜，红烧肉是过了油的，肥而不腻，表皮汪着一层亮闪闪的油；苏北人做的生煎包，肉馅里面居然是放糖的，怎么也吃不惯。做青鱼划水的大鱼，据说是青浦的河塘里捕来的，她嫌有一股土腥气，吃过一回就决计不吃了。倒是日式面条和寿司配胃，盛在青花的盅里，模样可人，量也不大，要不是怕胖，她可以一餐吃两份。法式面包、吐司、牛油餐包，她喜的是刚烘焙出来的那种，香味里有阳光的味道。如果愿意多走几脚路，到街对面小弄堂里，串烧、肉丸子、焦饼、烤红薯、糖炒栗子、酒酿圆子，只有想不到的，没有这里做不出的。几乎每一处吃的地方，都是排长队人挤人，她就不禁感慨，上海人真能吃！不管世道怎么变，爱吃还是天性。

国际无线电学校，英文缩写IRI，听起来很牛气，其实就是一个英国人开办的短期培训学校。校长查礼先生，原本是英国商务部派驻上海的一个总办，商务部撤销了这个机构，查礼没回国，办了这所学校，专门培养与英国商务有关的各种人员，学校地点在福煦路的一幢老式洋楼里。她投给无线电学校的英文报考信，是姨父帮着写的，她在女师学的那几句英语，根本使不上劲。信投出十来天，还没有收到通知，她有点急了，去了那幢洋楼，找到那所学校，管事的说报名满了，让她回去耐心等待。更急人的是，组织上似乎也忘记了她，把她撂在一边。她觉得自己就像一只放出去的风筝断了线，说不定哪天来一阵大风，飘飘忽忽不知要落到哪个山头去。

游公园、逛马路，久了总要生厌。乘电车到外滩码头闲逛，看来看去都是人，还得提防四川北路上喝得醉醺醺的日本兵。永安、先施、新新、大新四大公司早就逛了个遍，每一样东西价格死贵，她又没进账，也就饱一下眼福。幸亏她爱看电影，也幸亏这个时节电影院里换片勤，一歇是《月宫宝盒》《飞花醉月》，一歇又是国产的《姊妹花》，按着排片表，丽都大戏院、兰心大戏院、南京大戏院、国泰大戏院、大光明，她一家家轮换着跑。想换换口味了，三马路大舞台的评剧《水漫金山》《徐策跑城》，福煦路璇宫舞厅的话剧演出、口琴演奏会，她也去光顾一下。有时散了场，去"新大"买冰激凌吃，擎着一支美女牌冰激凌立在街头，想着自己好端端在虹镇做老师的，怎么就来了上海，又是一阵恍惚。这种空间的转移生发的恍惚感，于她新使命的展开，自然是不利的，可是尹世钧说的联络她的人在哪里呢？她不能不在心里发生疑惑，而且疑问越来越大。

日子不知不觉就像流水一样过去了。她的计划也一样样多了起来，想学跳舞，想弹吉他，只是没有一样落实了去做起来。买文艺杂志的爱好是以前就有的，现在的杂志好多换了名，也有些是新出的，刊登爱情小说、弄堂八卦，还经常有人在上面打口水仗；《玲珑》《旅行杂志》之类，以前也会翻翻，现在不知是心境变了还是办得不好看了，很少再去看，只觉得封面的女郎照片尺度火爆，都让人脸红。这些林林总总的杂志，作家取名也有意思，她记住了几个，刘瘦鹃、蒋独鹤、程蝶衣之类，文笔上佳，皆有风情，于是每一期都追着他们的文章读。这些杂志开始都要去报摊和邮局买，后来不知谁搞出个"新亚图书室巡回阅览"，只要登记住址，预约想看的杂志，都会送来，连买杂志的钱都省下了。

有一天，她去大光明电影院看《都市风光》，电影散场出来，居然碰到应露。北平之行过去了大半年，两人再没有见面，她们都没有想到，会在上海见面，相互叫出名字时都有些激动。应露是与一个叫许先生的一起来看电影的。她抬眼看那男子：穿着斜驳领双排扣西服，头发梳得比女人还整齐，还上了发蜡，中间拱起作飞机状，正是坊间最摩登的飞机头。飞机头礼节性地跟她打了个招呼，就被车接走了，于是她们一起去逛新新公司六楼的时装区。路上她问，你男朋友？应露不响，算是默认了。

两人在六楼时装柜转了一会，这些时装在金仙儿看来不是贵得离谱，就是式样老气，应露却眉头都不皱一下，买下了一件驼色羊毛大衣和一件真丝睡衣。她花钱的神情恶狠狠的，好像越花钱越解气似的。以前应露总爱穿中式服装，立领的夹袄、旗袍，配着她纤长的脖子，怎么穿怎么好看，现在这么时髦的穿衣风格，真是变化太大了。再加她的脸现在涂抹得重，不懂藏敛，看上去比同龄的金仙儿大了好几岁。

到一楼咖啡馆找了个角落坐下，应露说："这是今年巴黎最流行的款式，你没看最新一期《玲珑》的介绍吗？"金仙儿说："尊贵的太太，我穷学生一个，早就不看这种时髦杂志了。"

应露啐道："别在我这里装穷，谁不知道你有个银行家姨父！"

北平不辞而别后，她对同去的庄芸、应露是有怨念的，怪她们没护着自己一点，哪怕提个醒也好。话说回来，要怪也只能怪自己不长眼，眼下久别重逢，两人都小心避开那些不愉快的事。可是她们交往本就有限，说来说去，话又绕到了摄影圈这几个旧识身上。应露说：

"你还记得北平艺专那个王校长吗？他后来到明城来找罗小姐，两人跑到仙霞洞，同居了半个月，最后王夫人南下，堵了他们房门，把王校长押回北平去了。罗小姐不肯歇，寻死觅活追了去。这王校长倒也是个有情义的，安排了一个小院，让她住下。可是这种事儿怎能瞒久，大老婆知道又打上门去，这一回王校长倒是拼了死命去护了，为啥？想要一个儿子呗！罗小姐暗结珠胎了，看在罗小姐被弄大了肚子的分上，大老婆也就眼开眼闭，罗小姐就这么做了人家外室。"

想着罗小姐这么刻薄的一个人，竟为一个男子追到北平去，也算得一个传奇。"罗小姐也够大胆的，竟奔着爱情去了，可是，当时没看出他俩有什么特别呀。"一想着自己眼下境地，竟是连罗小姐都不如了的，下面的刻薄话儿也就不好说出口了。

"罗小姐的面相，吊眉入额，田宅宫凹陷，眼睛分得很开，眼珠子闪亮，就好像光浮在眼珠外一样。这种长相的女人，情欲强烈，做事不计后果，她们身上会有一种令男性倾慕的魅力，但命都不见得好。"

"我还以为,你要为罗小姐的爱情吟诗了呢,倒说出这番神神道道的话来!那你看看我的面相,会是什么命?"

应露还真仔细端详了一会她的脸,忽地,噗地笑出声来,说:"你命犯桃花,过不了多久,就会披起婚纱了。"

金仙儿作势去捶她,应露握起她一只手,放低声音说:"说胆子大,谁也大不过庄小姐!你晓得吧,她被调查局捉去,说有共党嫌疑,吃遍了苦头,她也真是硬气,脸都打花了,没招一个字。"

金仙儿吓了一跳:"这话可不是随便说的。"她与庄芸见过几面,一直好奇庄芸的脸为什么破相了。现在知道庄芸遭过这么大的罪,心里倒生出一层怜惜来。

应露握了握她的手:"我们姐妹好不容易遇着,可见这群人里你我最有缘,日后一定要多走动。"

二十七

国际无线电学校的通知来了,是准予免试入学的通知。黄鼎昌也很高兴,认定是他亲自起草的英文投考信让对方产生了好感。

按着入学通知的时间,金仙儿去福煦路报到。校长查礼先生,是个五十出头的男子,脑门光光的,很严肃。三十多个和她差不多年龄的青年男女,排队交了钱,坐在一间光线昏暗的教室里,听查礼先生操着半生不熟的中国话训完话,就算开了班。发下来的课本,有电学、数学、三角学,课程里还安排有英文和日文。邻桌是个十七八岁的姑娘,系一条大红绒线围巾,嘴小小的,下巴浑圆,一笑起来,嘴边就有两个梨涡,看上去十分喜气。

仙儿和应露一起又出去过几次,陪她逛马路、看电影、做头发、买衣服,哪儿热闹奔哪儿去。应露每次出来都拖延着不想回去,总能想出一些奇出怪样的事来,比如淋着雨逛霞飞路,一起去新新公司屋顶花园看西洋乐队的音乐会等等。一次,她们去美琪大戏院看《姊妹花》,前半段尚佳,后半段毫无意思,她看过,昏昏欲睡,应露却一直看得津津有味,散了场大呼过瘾,说从电影里学会了好几种蝴蝶结的打法。

回来路上,应露把丝巾在她脖子上绕了一圈又一圈,拿她做实验。巴洛克蝴蝶结的花朵要打得特别大,适合穿着晚礼服出席宴会,那会让你成为全场的中心;打百褶结要用带有镶边的丝巾,这样会让你的脸看上去像一朵花;宝石结适合胸部大的女人打,V字形会让颈部线条看上去像天鹅颈一样性感。应露的手在她的脸边灵巧地翻飞,一样一样地教她各种结的妙用。应露把小小一根丝巾搞出这么多花样,对之倾注这么多的热情,还不是为了讨好许先生?这么一想,她就觉得应露也活得可怜。

还有一次,应露拿来两张戏票,约她去国泰大戏院看《红华艳曲》。歌舞让应露莫名地兴奋,在座椅上不安分地扭动身子,邻座纷纷侧目。应露自己没觉得什么,倒是搞得她非常难为情,恨不得拖着她逃离电影院。

应露还约她去打麻将。她毫不客气地拒绝了,一来要上课,没时间,二来没钱,三来呢,跟一帮资产阶级阔太太成天坐在一起打牌,这让她一想起来就觉得太堕落,简直是对革命事业犯罪。但有一样,只要应露来约,她无有不去的,那就是去洗澡。

姨父租下的公寓,属于这座城里最早的一批西式洋房,世纪初,来自浦东川沙的水木行师傅和各大洋行合作,除了在黄浦滩制造出了海关大楼、大华饭店等等城市的天际线,还在沪西造了许多这样的洋房。这些洋房的式样在当时算是摩登的,设施也算是好的,只是毕竟年代久了,水电线路都老化了。他们住的房子,有一样毛病总也修不好,暖水装置时好时坏。

刚到上海时她去泡过大浴室,总觉得不够卫生,赤身裸体穿过大澡堂子更让她受不了。中央旅社、金山饭店等一些中档饭店倒是有开洗浴间的业务,房金和小账加起来十元,也是一笔不小的开销。应露不一样,每次开房洗澡,都去外白渡桥边顶高级的礼查饭店。这里已经是日本人的地界了,街边的沙包后面,就有荷枪实弹的日本兵守着。但应露不怕,她把蓝派司一晃,日本兵看都不看就放她们过去了。她们先到一楼孔雀厅的弹簧地板上跳跳舞，出身汗。大多时候都是她看着应露跳。然后再到预订的房间洗好澡，再坐电梯到五楼，靠着窗，吹着苏州河的风吃西餐。

洗澡总是一先一后，应露洗好了，她再进去洗。应露说，卫生间这么大，用不着分先后。应露在浴缸里泡了半晌，眼神都变得迷离了，看着她匆匆忙忙冲好澡出来，笑着说："你的奶子真饱，顶上一点红，就像花骨朵儿要爆开来一样。"她赶紧裹好浴袍，逃一般出去了。

应露的话说得这么露骨，她赌气不理，说好的五楼西餐厅也不去了。应露拍了一下她的脸："哟，真生气啦？"拉起她手往胸口按，"你摸摸看，一天到晚软塌塌的，我是真的羡慕你。"

她像碰着蛇一样缩回手。应露咯咯地笑了起来："都说男人不能去沾政治，沾了一上瘾，下面就废掉了，我先前还不信，原来竟是真的。"

应露花的钱都是许先生给的。金仙儿开始还有些奇怪，许先生是在政府里做事，又不是开工厂的，脑子再怎么灵光，也挣不来那么多钱啊。有一次应露酒后话多，透了一点内幕，说陈市长如何如何，她才知道飞机头是大汉奸陈公博眼前的红人。这把她吓出了一身冷汗。暗想，以后不能再跟应露来往了。

无线电学校的课这时也紧了起来。学过入门的电学、数学、三角学后，开始教日文，编写莫尔斯电码，再接下去还要讲收发报机的原理与构造，讲怎样给密文解码。一些基础差的学员就跟不上趟了，嚷嚷要退学。英国佬查礼说，要是学不会，不怪你们人笨，是态度不端正，退学可以，学费是一律不退的。

课务繁忙是她拒绝应露最好的理由，还让人家没法生气。再来约过一两回，她没去，应露就不太来找她了。其实这时候，她的注意力已经被邻桌那个女孩儿吸引过去了。

这天课堂练习电码指法,这女孩手巧,受了教员表扬,想是心情好,回教室路上轻轻哼曲。金仙儿走在她后头,听到那曲儿,熟悉的调调,好像是在哪里听过似的,问:"你刚才唱的什么?"女孩儿回身一笑,说:"我唱了吗?"行动言语,一笑一转脸,竟似带风一般。

金仙儿说:"是的,你唱了,这曲儿我小时候好像听妈妈唱过,求你再唱一遍吧。"女孩道:"好吧,且随我来。"

金仙儿跟着她,出了楼,转到福煦路的另一侧。这里背阴,少有人迹,七八层的楼身,把外面大马路上的喧嚣挡去不少。那女孩看了金仙儿一眼,轻轻唱道:"兴冲冲奉命把花送,哪顾得,酷暑炎热日当空,避过了门房看守人,进得府内乐无穷啊,小姐呀!问心庵中初见面,承蒙你多情遗留珍珠凤,从此是千丝万缕将人系,恨侯门如海难相逢,痴情一片难自主……"

她忽地停下,含笑道:"你打小听到的,可是这曲儿?"

金仙儿已经听得眼睛里蒙上了一层潮气,就好像重又回到了孩童时,虹镇祖宅的堂前,阳光照着,老屋子里一明一暗,她坐在一把草编椅子里,听着这曲儿,如风中的线,飘来飘去。

"这是四工调,《双珠凤》里的一出《送花楼会》,你真有听过?"

女孩是嵊县人,她那个叫施家岙的小山村,因为穷,许多女孩都跟着戏班来上海唱戏。她早几年来上海,跟着师父在"小歌班"唱旦,刚出科,白天没演出,就偷着到这无线电学校来听课。金仙儿想,虹镇与嵊县,先前同属一府,隔得也不算远,乡音土调、饮食习俗都接近,难怪这曲儿竟似小时候听熟了一般。

"为什么你叫肖雨桂?是艺名吗?"

"为什么你叫金仙儿?"女孩学着她语气反问,忽而哈哈大笑,"我娘说,生下我时,院里的一株桂花开得落雨一般,就现成得了这名字。"

金仙儿看她大笑时,一副俊眉如要飞起来一般,由衷地说:"阿桂,你将来一定会红的。"

阿桂说:"角儿都是靠捧的,没人捧,唱死了也红不起来。"

小歌班在通商旅馆包了半个院落,平常演出,也是在旅馆一墙之隔的高升舞台。她很想去看她们排演,阿桂却从来没邀请过她。有一次,阿桂实在拗不过她,就答应了。那次是排练新编《花木兰》。穿起戏服的阿桂,脸上涂了粉彩,头戴平天冠,英姿飒爽,简直换了一个人,看得她心怦怦跳。世上竟有这么好看的人!

班里都是十七八岁的女孩子,还没出科,都是好动的年龄,中场休息的时候,摘下珠花,取下冠帔,满场追打嬉闹,生生要把戏台给掀翻似的。还跑到后台,躺在大通铺上嘻嘻哈哈吃零食,冻米糖、骰子糕、云片糕,你递来我递去。她们围着金仙儿,问她都看过哪些戏,喜欢文戏还是武戏。金仙儿好奇地翻看她们的行头,试穿宽袍长袖的戏服,跟着学甩水袖,却怎么也甩不起来,惹得她们哈哈大笑。

一个男子在台子边咳嗽一声,刚才还疯闹的女孩们顿时收起打闹。一个高个儿男子,穿着白色长褂,脸色阴鸷,走到金仙儿面前,说:"的笃班[①],就是个讨饭调,姑娘若无事,就不要走到后台来白相了。"

阿桂在一边直向她吐舌头做鬼脸。金仙儿悻悻出去,等到

[①] 即小歌班。

结束排练，走到门厅里，她问阿桂："这是谁啊，这么凶，魂灵都给他吓出了。"

阿桂说："他就是金班主，也是我们的教戏师傅，外面有个绰号叫'矮尼姑'。"

金仙儿笑着说："我看你们都挺怕他呢！看他高高大大的，谁给安上这么个怪绰号？"

阿桂说："他对外人凶，对我们是顶好的，为了把我们这个小歌班带到上海，把乡下建房子的木料都给卖了呢。"阿桂吞吞吐吐地说，"但是，也有一样不好，责罚起人不给情面。"

"你也被责罚过喽？"

"只要一个女孩犯了错，班里所有人都跟着挨一次打，这叫'满堂红'。"

金仙儿换了个话题："你们唱得这么好，他为什么说是讨饭调？"

"都是因为穷呗，家里混不来饭吃，就组了戏班子到处唱，沿门卖唱、落地小唱、走台书。我们那儿的人，都这样，稻桶翻转就是一台戏，有东家赏碗吃的，就有人唱。"

"班里唱戏全是女的？"

"以前也有男班，叫呤嘎调，上海人喜欢捧女班，就只剩下唱四工调的女班了。"

"金班主以前是唱男班的吧？"

"他不是，"阿桂悄声说，"说来你不信，他以前是绿林的，后来经营旧衣布头，开过丝厂，为小歌班包饭。他是第一个带女子科班来上海的，把一肚子的故事，那些戏曲本事、清口对白，抄成单片教给我们。听说过'三花一娟'这些当红名伶吗，都是他带出来的呢！"

金仙儿对小歌班的事一窍不通，正想问什么叫"三花一娟"，一个身着双排扣直条西装、头面光鲜的男子推着脚踏车，在门厅顶头叫阿桂。阿桂的脸上似湖面解冻，急急忙忙对金仙儿说，我走啦。金仙儿不高兴道，啥事体这么要紧？阿桂赔着笑，悄声道："今朝夜里，导演要请我去恩派亚大戏院看好莱坞电影，改天再陪你聊。"说完跑出去，一偏腿坐上脚踏车书包架，一会就不见了人影。

第二天金仙儿问她："那人是谁啊，我看他对你挺有意思呢，特意载了你去看电影。"阿桂还没说话，脸先红了："别瞎说，岑山导演只是顺带给我说戏。""歌班还有导演？"阿桂说："他不是歌班的，是班主从国泰大戏院请来的。"

金仙儿不依不饶："快坦白，你们怎么认识的？"阿桂说："瞧你说的，班主请他来导戏，自然就认识了。""快说，是哪出戏？哪个剧场演？"

"叫《秦淮柳》，是一出苦戏，你不一定喜欢呢，讲明末时候，一个秦淮女子被负心汉伤着了，最后跳河自杀。是他写的戏，排了几次，还没正式开演呢。"

过了好一段时间，都没见阿桂来上课，金仙儿看着空落落的邻座，想她是不是到别处巡演新戏去了。她想去通商旅馆小歌班住的地方打听下，一想到金班主凶巴巴的模样，就打消了念头。

无线电学校的课本来就枯燥，这会儿愈发没了意思，教了简单的拍发指法，翻来覆去学的就是日文。学员闹意见，反对上日文课，查礼先生说，现在上海是日本人说了算，不安排日文课，学校就要关门。

金仙儿这段时间学会了自己组装收音机。班上一个高手同学指点她,从装六灯机入手,她买来各种配件,线路图也自己动手画,收音机装好,试听效果居然不错。同学又带她乘车到宁波路的凯乐公司,买来零件,校准中周①,广播声音更佳。同学又指导她把收音机改短波,调成高频率,收听无线电,居然可以收到本市的电波信号,再仔细调,还可以收到重庆、北平的。这让她又惊又喜,上海这个城市日复一日的生活上空,还有着一个更加广大而且隐秘的世界,现在,她就站在这个隐秘世界的入口处。她想把这一发现报告给组织,等候组织发出指令,可是组织连个影子都不见。

星期天,陪姨父去沐恩堂做完礼拜,她一个人去三马路的大舞台一带闲逛,看见到处都是肖雨桂主演那部新戏的海报。她去排队买票,排着的队还老长,票就卖完了。她心想,这个阿桂,真是说红就红了。

排队时听到几个老戏迷在谈论肖雨桂。"上海市面上新出一个花旦肖雨桂,唱念做打,样样都好,风头都盖过了'三花一娟'呢!""是啊,她现在可是全上海最红的女伶了,电台都天天在播她的新戏。"还有人说了个段子,说的是肖雨桂喜吃糖炒栗子,到电台录节目,总问新长发的糖炒栗子送来了没,新长发的三老板无意中听到,一听说她去电台做节目就早早让朋友送去,现在连带着这家炒货店也出了名。

这天晚上,金仙儿打开收音机,她把频道在本市的几个电台转来转去,收音机里终于传出了她熟悉的唱腔。波段不稳,带着沙沙的杂音,她还是听出是阿桂。阿桂在唱那个投河自尽的明朝痴情女人的故事。阿桂的歌喉带着水汽和草木的清香,

---

① 中频变压器,俗称中周,是晶体管收音机中特有的一种具有固定谐振回路的变压器。

她过耳不忘。

　　坐在无线电学校灰暗的教室里,看着空空的邻座,有时她想,成了角儿的肖雨桂早已不是原来的阿桂,这个苦孩子终于熬出头了。上海真是个出奇迹的地方,难怪那些女孩儿像扑灯的蛾儿一样飞来了。可是我为什么来呢?她陷入了迷惘。

二十八

黄鼎昌的日本朋友来找他，要大华银行复业，为日中亲善带头示范。黄鼎昌以糖尿病发作推托。很快，家门口被人盯梢了。日本人一天一上门，说是探病，实际上把他软禁了起来。

再过了段时间，一些来不及走掉藏匿下来的银行大班、钱庄档手被日本人抓了出来，中国银行、金城银行这些大银行都复了业，黄鼎昌没法再硬扛，也就骑驴顺坡下，让大华银行也复业了。但他还是每天提心吊胆，牌也不打了，酒局也不组了，每天打烊时间提前半小时，下了班就匆匆回家，生怕稍一不慎引来杀身之祸。因为有传言说，重庆方面派出的锄奸小队已经到了上海，要对他们这批附逆的银行大班下手。

金仙儿在无线电学校只上半天课，买菜做饭的活儿都由她来做了。好在弄堂口有一家肉摊，每天清早还有郊县的农民挑着新鲜蔬菜赶市头，她出门前就可以把食材都采购清洗好，只等着姨父回家就可以落锅了。

这天，姨父比平常早下班到家。刚刚，大华银行一墙之隔的中央储备银行发生了枪击，有几个蒙面人进去，站在柜台前，匣子枪一通狂射，打死三个银行职员。"枪声哩哩啦啦，听上去好像炒铜豆一般。"姨父惊魂未定地说。

吃晚饭时，楼外不远处又有三声枪响，还传来一阵吵闹声。听声音像是极司菲尔路口传来，那里有两幢楼是中国银行的宿舍。晚上九点，收音机里的整点播报说，这一次动手的是"76号"

特工总部的人,他们冲进那里的中行别业①,抓走了数十名中国银行职员,还当场枪杀了三名有共产党嫌疑的职员。

打打杀杀的事还只是起头。接下来几天,三名军统锄奸小队队员潜入虹口医院头等病房,砍杀了一名在那儿养病的伪中储银行信贷科长。"76号"特工总部再行报复,用炸弹袭击了中国银行在亚尔培路的一个办事处,当场炸死八人。大华银行的大堂里也发现了一只做成钟表形的定时炸弹,幸亏拆除及时,没发生爆炸。

姨父回到家,说:"要是这炸弹晚一分钟发现,我一把老骨头就扔在那里了。""租界地面发生这种事,巡捕房不管吗?"姨父说:"巡捕房为了不让两派再交火,外滩马路上开来一辆铁甲车巡逻,费用要各家银行分摊。这下倒好,他们有保护费收了。"

姨父忧心忡忡:"美国的花旗、大通、通用,英国的丽如、汇丰,都停止开立美金支票存款户头了,看样子要打道回府。这样下去,怎么得了啊。"

她见姨父心情不好,想请他去看戏散散心。阿桂的《秦淮柳》那么红,她也想看看。她去通商旅社,想试试运气能不能找到阿桂,半路上忽见一个报童跑过,嘴里喊着:"号外,号外,一代名伶香消玉殒!"她叫住报童,买报纸来看。这一看不打紧,死的那个名伶,居然是一段时间不见的阿桂!

报上说,肖雨桂是被金班主欺凌致死。肖雨桂来上海三年,明里是金班主的徒弟,实际上是他的赚钱机器,还是半公开的外室。肖雨桂委身于金班主后,从小歌班搬出来,跟金班主的老婆孩子一起住在楼上。肖雨桂因排演《秦淮柳》一戏与国泰

---

① 即中国银行的职工宿舍。

大戏院的岑山导演发生恋爱,被金班主发觉,对之横加虐待,肖雨桂一气之下,仰药自尽。报上还刊登了肖雨桂的一幅遗容照片,虽然做过处理,还是可以看出肖雨桂喉管被药水烧烂了。知情人说,肖雨桂是喝来苏尔水自杀的,这种化学制剂,吞咽量多会灼伤食道。

金班主这个戏霸,竟霸占了阿桂整整三年!读了报上的文章,她气得浑身发抖。连着几晚,她尽做噩梦,一合眼,眼前就是死状凄惨的阿桂。她这才明白,阿桂为什么从来不主动邀请她去通商旅社,小歌班的姑娘们为什么如此害怕金班主。

肖雨桂在此地孤身一人,她的葬礼是梨园的一帮结拜姐妹们帮着操办的。那天,几千名戏迷涌进殡仪馆,挤倒花棚,拿走剧照,好多人还被踏伤了。这帮姐妹见了这种场面不知如何应付,金仙儿站出来维持秩序,喉咙都喊哑了,现场总算维持住了。葬礼结束,这群戏迷一直没有散去,又是她打头喊了一句,请演员公会主持公道,找戏霸金班主算账去!于是愤怒的人群浩浩荡荡前往通商旅馆。

她捧着肖雨桂的遗像站在队伍中央,后面是小歌班的姑娘们和肖雨桂的戏迷。有人打听,这个为阿桂出头的姑娘是谁呀?真够仗义!

戏迷们涌到通商旅馆楼上,把金班主的家给砸了。混乱中,有人点着了火,幸亏及时踏灭,才没有酿成大祸。等到巡捕房的人赶到,金班主已经被揍得鼻青脸肿。随后赶来的演员公会的人宣布,把金班主永久驱逐出梨园行当。出警的华捕早从报上得知事情来由,为平息事端把金班主带走了,说还要几个人一同去问话,她和几个梨园姐妹去了。路上,她们还商量了聘请律师起诉的事。一个大姐问她,你小小年纪怎么懂那么多?

她说，阿桂被戏霸欺负那么多年，我们必须为她去斗争，要斗争就要团结起来。她的话让她们既佩服又感动，慨叹阿桂结交到了她这个好姐妹。

一帮姐妹们凑份子钱请了律师，法院受理了诉状。不几日，法院开庭审理，因为报上连篇报道此案，来旁听的市民特别多。这一天，她见到了有段时间没见的应露。她没想到应露居然是个忠实戏迷，《秦淮柳》这部新戏追着连看了三场。看到身着灰布长袍的金班主在警卫押送下垂头丧气走进法庭，应露附在她耳边说："戏霸的末日到了。"

诉讼人席位坐的是肖雨桂生前几个要好姐妹，证人席里有穿西装戴眼镜的岑山导演，还有小歌班的两位姑娘。辩方律师是金班主托人用重金请的，据说是个名嘴。此人一开口，就百般为金班主开脱罪名。他编造了一个性丑闻故事，把肖雨桂的自杀归咎于好色之徒引诱，一下子吸引了场中听客的兴趣。

辩方律师称，金班主一向爱徒心切，责罚打骂的事，或是常有，但霸占之说，实是无稽之谈。这件事情的起因，实是有妇之夫岑山恋慕肖伶财色，欲加染指，于是编了《秦淮柳》一剧来实施勾引。戏中有跳河一场，为求演出逼真，要求女演员在台上高处跳下，岑山则候于后台，女演员一跳落，就将其抱住，两人每场有此热情动作，日久生情。岑山又一步步展开引诱，经常挟女游乐，深夜方归，以致外界议论纷纷，金班主责骂了爱徒几句，怎奈肖雨桂为一旧思想极重之女性，且惯饰悲剧主角，一时想不开，于是发生悲剧。

诉讼席上的几个姐妹，听到这恶意中伤，一个个气得话都说不出来。岑山好几次举手要求发言，都被法官制止。律师继续侃侃而谈："法官大人，这个岑山是惯于游冶的不道德之徒，这个肖雨桂又是个没见过大世面的戏子，如果不是我的事主提出忠告，她就难免被引诱失身。金班主是出于对爱徒清白的关心才向她施压，因为岑山的引诱已经危及她的贞操。所以该判金班主无罪。"

此话一出，旁听席上哄然一片。"放屁！""这说的是人话吗！""这个律师一定被收买了！"法官示意安静，转向岑山问话，与肖雨桂到底有无私情。岑山答，他可以发誓，与肖小姐只是普通师生关系，并无男女情事，至于挟女游乐，也是事出有因，那天晚上他是打算请肖小姐一起去看好莱坞电影的，但因为电影还没开场，两人散了会儿步，讨论演技，因讨论太专注，电影场次也错过了。

"这层意思，我早就与金班主交代过，这由衷的誓言，却未能博取一个嫉恨者的怜恤，而终至于使一个弱女子寻了短见，我感到惋惜与悲痛。"

"说人话！说人话！"岑山的话在旁听席里激起一片倒彩声。有人议论说，没见过这么无情无义的男子，良心让狗吃了。应露气得浑身发抖，说："这个岑山，他就是承认了又怎么了？也不枉肖雨桂喜欢他一场！他这么说，倒是在替金班主打掩护。"

控辩双方还在争论，法庭里嘈杂的人声、压抑的空气，突然让金仙儿感到透不过气来，胃里翻腾着，忍不住想吐。她对应露说，想要出去下。

几个法警木然地看着她走出大门。她在门口台阶处一脚踏空，摔倒了。先是一阵纷乱的脚步声，头顶晃动着无数只脚，再是一阵由远而近的叫喊，最后，她失去了知觉。

二十九

不知过了多久，她感觉到一只蝴蝶在头顶飞，忽上忽下，忽左忽右。她跳起来，没扑住，蝴蝶带着她到了一个树林子里。它停在一朵颤动的花上，翅膀上的斑纹像水一样流动起来。她伸出手去，湿滑的手感让她一惊。没等她收回手，翅背上的纹路成了一张狞笑着的脸。

她发现自己躺在一张白色的床上。她以为自己还在梦里。她问自己，我这是在哪里？应露说："小姑奶奶你总算醒了，可把我吓死了。"

她问应露，案子怎么样。应露说："都这样了还记挂这事干吗，你操心一下自己的小身子骨吧，低血糖加贫血！都不知道你平常日子是怎么过的。"

一瓶葡萄糖点滴快打完了，她的脸色重新红润起来。应露告诉她庭审的后半场，法庭采信了辩方律师的话，肖雨桂自杀是陷于债务，金班主当庭开释。肖雨桂的姐妹们当庭表示不服，提出要上诉。那个岑山导演，一出法院门口就被人扔了一身烂番茄、臭鸡蛋。

"这个男人一点不担当，我为阿桂不值。"金仙儿说。

"金班主雇了一班小报记者编桃色故事，小市民又特别喜欢花边新闻，可惜阿桂这个红伶，又被流言杀死一次。"应露也感叹，"男人没一个好东西，所以女人要对自己好。"

正说着，来了个护士，说还要做全身检查。她跟着护士去做了检查，回来看到病房里放了一丛鲜花，还有水果。应露说，是肖雨桂的姐妹们来看过她了，商量再次起诉的事，过几天会再来。不一会，那个护士又来了，把应露叫走了。

应露去医护室回来，盯着她看来看去，神情怪怪的。她被看得心里发毛，不知发生了什么。应露说："我的大小姐，出了这样的事，你还没事人一样！"

"出什么事了？"

"你都有男朋友了？居然对我还瞒着！什么时候怀孕的？法院门口这一跤把你跌得，都见红了，摔成先兆流产了！"

她一愣怔，脑子里嗡嗡一片，好像钻进了一只蜂。她看着应露的嘴唇一开一合，听不清在说什么。一直以来的担忧终于坐实了，倒也没有太过意外。让她不安的是，这事终究让应露知道了，她突然觉得无地自容。

"你恋爱了是不是？"应露扳过她肩膀使劲摇晃着，"快说，他是谁？我认识吗？"

她的回忆穿越到了几个月前北平的那个夜晚。那个夜晚刺穿了她的梦境，她一直努力去忘记。弱者的反抗就是遗忘，她已经把那件事成功地驱赶到记忆的角落里了。但原来恶一直没有消失，它已经在她身体里着床了。现在已经坐实了，她就是恶的承受者，她承受着这枚烙印，一直走到今天。泪水从她脸上簌簌流下，她歇斯底里地喊起来："你出去，出去！这事儿不是你想的那样！"

不行，我要把恶灵赶出来！不能让它毁了我！她都不知道是怎么离开医院的。她在江边一直坐到全身冰冷，终于下定了决心要与它搏上一回。接下来几天，她想了各种法子来与它斗争。她把腹部缠上布条扎紧，用力捶打，一次次从高处往下面跳。

她还去弄堂口一个江湖游医那里买来一张堕胎方子,去药铺胡乱抓些药煎着吃。药铺伙计看了方子说,这可是虎狼药啊,芒硝泻热通便,搁这么多劲道太足,会吃死人的。她反而把芒硝这味药搁得更多。姨父不明就里,以为她煎的是补气血的中药,每天临出门还叮嘱她要按时服用。

喝了药,她忍不住一次次上厕所。这时要是有一团红色血块掉在抽水马桶里,才是真的解脱了。可是她一次次地失望了。它在跟她较劲呢,她只好加大药量。她整个人瘦脱了形,脸色黄蔫蔫的,一下楼,风大一点就要吹走的样子。应露来看她,吓了一大跳:"看看你的小脸瘦成啥样子了!现在是补身子的时候,红烧蹄髈、肉骨头汤、红枣莲子羹,你要可着劲儿吃,别怕发胖,你现在是两个人呢!"

她说她一点胃口都没有。应露说:"过了这一关就好了,到时候你连吃下一头小牛的心情都会有,如果你愿意,来我家住一阵,我家的扬州厨子,什么菜都能做。"

应露临走说,你得赶紧了,趁早先把婚礼办了,不然到时候挺着个大肚子多难看,那个人是谁,你打算一直对我保密吗?

应露愈热情,她愈是感到芒刺在背。把应露打发走,她开始认真思考怎么办。看来斗争失败了,它是赖上自己了,那就只有结束自己的生命了。这个念头甫一起,心一阵狂跳。她下了楼,门厅口,两个老头在晒太阳,一只猫在树荫下爬起伸了个懒腰,一只绿色的菜花蝶扑闪着翅膀飞。她抬头看公寓大楼,一片白云在公寓转角处飘过。她看着自家公寓的小阳台,她经常坐在这个精致的小阳台上看书。门厅的信箱没有锁,她随手一拧就开了。

居然有一封信,收信人是她!牛皮纸信封上沾着水渍和灰尘，似是放了许久。落款人没有写，只有三个字的地址，平远坊。

谁会写信来呢？她的心又一阵急跳，为自己刚才的冲动感到羞愧。她小心拉开信封，里面掉出两张纸，一张有字，一张无字。无字的一张里夹着一张微型的蝴蝶标本。姚新民！她低低地叫了一声。

她不知道姚新民怎么会有她在上海的地址，她也不知道这封信是什么时候躺在门厅走廊的绿皮信箱里的。姨父的信件都不寄到家里，这个信箱大半年没打开过，都已积满灰尘了。

"那天我是去追一只蝴蝶的，却没想到遇到了一个人，这个人就是你。那只蝶后来变作一瓣花，再也找不见了。现在，你也找不见了。你走的第二天，我去了你的教室，坐在风琴前，弹了一首你喜欢的曲子。弹完了，我走出了镇子。"

姚新民在信里说，他一路都在找她。出了上海向西，他在太湖南岸的麻栗塘遇到了刚刚撤出上海的黄浩楠。他们一起经历了生死突围，然后他坐船去了汉口。他想转道广州去香港，可是行到半途，听说广州也吃紧了，于是折向西南，去了桂林。

姚新民说，西行途中，一路都是敌机轰炸后的惨状，断壁残垣，一片死气。他跑了大半个中国，已找不到一块平静的土地了。他说自己也不知道是怎么走到桂林的，鞋穿烂了，扶着城墙根才没有倒下。

"我出门来找你，现在却离你越来越远了。我在找的，可能是心里的一个梦吧。"姚新民说，他在桂林遇见了意大利留学时结识的一些老朋友，经常和他们一起泡茶馆，身体也在复原中。他接到了邀请，参加一个科学考察团，和一帮地质学家、农学家、医生去川西和西康一带考察，目前在独秀峰下的基地参加集训。到时政府会派兵一路护送，安全应该不成问题。姚新民信中夹带的,是一枚当地特有的珍珠蝶的标本。他说,跟我们家乡一样,蝴蝶在这里也是爱情的象征。

姚新民最后说,他不恨她,对于她突然消失的难言之隐,如果她不提,他也不想知道,他一直都想她,永远不会忘了她。

"我只希望,将来有一天,你还能为我绘图,和我一起整理标本。我的《中国昆虫志》如果有写成的一天,我将在扉页写上,献给我心中的仙女。"

"哦,新民。"她把这封信看了一遍又一遍。她没有想到,那一夜不辞而别,他竟会一路跋涉来找她。她想起了他那些火热的话,不知道当时为什么全都看作了不敬和冒犯。她还想起了那些个夜晚,他来学堂陪她,寒夜里肚子饿了,他们一起在火堆里煨土豆吃。她的心一阵刺痛,为这个被她的轻率改变了命运的男子。

肚腹下角跳动了一下,一阵牵紧。当她察觉到这跳动是从身体里面传出来的,她突然意识到,不管它是怎样来到她身体里面的,它现在是一个真实的生命。生命的原初,本是无善无恶的,她不应该再与它搏斗。她又想,它在这个时候迫不及待地提醒自己,是怪她一直那么狠心吗?

她把珍珠蝶的标本小心收好,买来墨、笔和纸,又开始绘图。她一天里数次下楼,去看门口的绿皮信箱。她想写一封回信,可是平远坊三个字让她不知道该寄往何处。即便寄到了,他还会在原地等她回信吗?

就在她快要绝望时,下一封信安静地躺在了信箱里。看了信,她才知道他写这封信是在重庆。姚新民在信里说,参加科考团没有一分钱报酬,但想着能为昆虫志西南篇的写作积累材料,他还是很珍惜这个机会。眼下去川西的路上积雪还未融化,估计还得滞留一段时间方可成行。

信里透着一股火气，似乎是重庆纸醉金迷的情形让姚新民感到了愤慨。新民说，不久前，他和朋友一起去拜访了国府的一位农业官员，此人以前是大学教授，现在是农业部主管害虫防治的一位领导。去之前，他就听人说，这位官员很势利，爱摆架子，以前在大学里，每次上课，都要四个助教穿着白大褂伺候着。果然，初一见面，这个官员见他穿着军装，对他非常客气，但当他说已经离开军队，一下子换了脸，说，我们这里工资是有级别的，英美留学回来多少多少元，德国留学回来多少多少元，金陵大学毕业多少多少元。敢情是把他看作来找工作的了。

这个官员还拿出甲壳虫的一些标本让姚新民鉴定。姚新民故意问，有显微镜没有。官员说没有。姚新民说，你们这么大的科研机构，连一台显微镜都没有，怎么能够招纳才人呢？再说，人才也不是按照毕业学校、留学国家、工资级别来分的。官员又说，国家都被日本人赶到这角落了，害虫问题想要研究也来不及了，我们现在需要这样的人才，一下子就能把害虫消灭光。

姚新民在信里说，你知道我是怎么回答他的？我大笑着告诉他，我倒想起有这么一个人，符合你说的人才标准，你赶紧去礼聘吧，那人就是龙虎山上的张天师。

透过信纸上的折痕，她好像看到了姚新民大笑的样子。她想象着那个官员受窘的样子，笑得眼泪都出来了。印象中，姚新民和她在一起，从来没有大笑过。她为自己的忽视感到难过。

她又想，他一个人在路上该有多孤单啊，孤单得只想找个人说说话，所以才会把这些事儿记下来，说给她听。他又是骄傲的，通信地址都不告诉她，不要她回信。他就不想想，这乱世里,人就像风吹起来的草,忽焉东西,信都不一定能收到。她现在能读到,已经是天大的福报了。

生活太平淡,她也太孤单了。如果有一点点牵念,让她知道自己是有用的,是被需要的,就足够了。她现在知道了,有个人,一直想着她,隔山越海想着她。

她又去沐恩堂做礼拜了。以前是陪着姨父去,现在是一个人。她跟圣母像说话,也试着跟肚子里的小东西说话。她还对自己说,我现在是一块孤独的骨头,我要回到自己的身体里去。教堂穹顶下的十字架让她心安,她的脸色开始变得红润而平静。

第五章

三十

军委会办公厅二处,对外宣称负责战时兵工督查,实际任务是实施京畿和邻近省份的清共计划。去年底,委员长有惊无险从西安回京,报界和民众都在欢庆抗日统一战线终得达成,但高层依然没有放松防共清共。不久前,上峰把黄浩楠从江西调来南京,负责这个新成立的部门,就是希望他推动此项清除计划。

上任没多久,黄浩楠向上峰建言,最高统帅部急着催要日方军事和经济情报,我方的谍报系统送上来有用的情报却极少,原因就在于人家已经琢磨了我们几十年,我们忙于内争,连对方的牌路都没摸清。他提出把二处的工作重心转到对日情报。上峰是北伐时的老上级,臭骂了他一通,还严厉警告他,以后再不可说此等不识大体的话,否则你很快会被当作一块拦路石清理掉。

黄浩楠成了沪宁铁路的常客,一趟趟往上海跑。他去上海不是为了探望调任上海的父亲,而是为了妻子的病。

鲍英芙的病越来越重了,跑遍各大医院,都没起色。一个朋友介绍了武康路上的一家英国人医院,英国大夫办事顶真,每次只给开一个疗程的药,大夫要鲍英芙住到上海,方便看病,鲍英芙却怎么也不同意住到上海。她对丈夫说,这病看起来是好不了了,命既如此,亦复何言,只愿在世一日,能多伴君一日。既然已说到结局,倒把隔着他们的那一层阴影搬开了。

南京和上海，夜间有一班"蓝钢快车"，这种车的机身是德国进口的，车头是英国产，跑起来风驰电掣，三百多公里的路程只需要开五个半小时，就是票价要比普客贵一元大洋，为了节省时间，他都赶这班车。晚上十点从家里赶到尧化门车站，路上睡个囫囵觉，车子一路开进上海老北站，天都还没亮。

卢沟桥事变后，华北争端扩大，我军接连失利，军委会已有计划在上海开辟一个新战场，高级军官离城都要上报审批了。最近一次到这家医院，说了无数好话，英国医生总算给开了三个礼拜的药。临走，英国佬叮嘱，下回务必带太太一同来门诊，检查疗效如何。

他心想，下次来上海不知道要什么时候了。他问医生，这个时候，上海的外国人都在订船票回国，怎么不见你回去？医生说，又不会真打的，即使打，顶多像五年前那次一样，打打谈谈，谈谈打打，最后国联出面摆平。

这种老大帝国式的盲目乐观，在他看来是不知天高地厚。军委会已暗中部署把几个德械整编师调到上海近郊，这种拼死一搏的架势，岂是 1932 年可比。但他又不能透露更多。

倒是他父亲看得明白，说："五年前日本人还在试探，委员长也还没有准备好，现在形势不一样了，这次上海说不定真要滚油锅了。"

的确，上海地势局促，真要打起来，数百万吨钢铁落下来，十里洋场不知要吞噬多少生灵。到时候成千上万生灵涂炭，仅仅是演一出苦情戏给国际社会看吗？这念头刚起，他就自责，大战临阵，怎能如此畏怯？

黄鼎昌想让儿媳住到上海来，方便就医。黄浩楠苦笑，她要愿意来，也不用拖到现在了，现在这局势，她更不愿意来了。

黄鼎昌说，仙儿已经毕业，我跟她商量来南京，帮你照看一阵。黄浩楠说不可，她不去教书，跑来南京做什么？黄鼎昌说，她不愿意跟我去上海。黄浩楠说，她来南京，是添忙不是帮忙，还是算了吧。

战事比预想的要来得快。长谷川清的第三舰队的二十余艘军舰，日夜巡航在黄浦江上，日军第三和第十一两个师团又在来华增援途中。最高统帅部把苏浙驻军和京沪警备部队改编为两个集团军准备迎战。黄浩楠递交请战书，要求回部队上前线。放着军委会的处长不当而去带兵，让同僚们大为不解。

眼下大战在即，为鼓舞士气，军委会收到请战报告后，破天荒地批准了他上前线的请求，授予一枚四等云麾勋章，任命他为陆军第十三军第四师副师长兼独立旅旅长。南京的各家报纸用大篇幅刊登了黄浩楠的请战书和戎装照片。有报纸记者挖掘出，黄旅长的妻子患病日久，夫妻俩一直不离不弃，堪称当代青年之爱情楷模。中央医院负责人当即表示，为了让黄旅长在前方奋勇杀敌，没有后顾之忧，让黄夫人住到医院里，医院会安排最好的医疗专家对她进行治疗。他本来还在担心如何说服妻子去乡下，这一下倒是没了后顾之忧。

他要带的独立旅此时还在江西境内。这个旅的前身是北伐时的第四军第二十二师第二团，士兵大多来自湖南、江西两省，汀泗桥一战曾以一个团的兵力正面抵挡吴佩孚的一个军。接到命令，独立旅从追剿行动撤下，几乎没来得及休整，就被换上卡其布军服和德式头盔，塞上向东的火车。黄浩楠乘坐一辆不时歇火的吉普，星夜从南京赶往江西玉山与旧部会合，即率三个团主力及旅直属工兵营等部，乘坐刚通车不久的浙赣铁路玉萍段火车前往上海。车皮有限，大部辎重和重武器只得随后运抵。

此时的战场已攻守易势。日本守军凭借坚固的堡垒工事连守十余天后，增援部队已在川沙和吴淞一带登陆，沿着一条几乎与黄浦江平行的公路向上海开进。他们刚下火车，还没进城，先头部队已与日军接上了火。

黄浩楠令两个团沿张家店、罗山滨一线构筑防线，另一个团迂回突进至杨行，接防第十一师撤出后的杨家沿阵地。摆出这样一个楔形阵势，他是想待山炮连赶来后可以快速组织反击。但后方铁路桥被日机炸毁，独立旅的重型武器一件也运不上来。

源源不断的日军在装甲车和舰炮的掩护下，如火山岩浆一般压向我方阵地前端，试图把处于最前沿的703团切割下来一口吃掉。

703团散布在杨家沿一带七八个村落，村落之间沟渠密如蛛网。接防前，第十一师与日军一个联队在此地已几经争夺，村口树林挖掩体时，常挖到前一支部队掩埋的尸体。此处地势不利于守，士兵挖的战壕靠近河汊，等于一条条小水沟，虽暂时阻止了日军装甲车，但也没法伏下身子射击。进入杨家沿阵地第二天，703团伤亡惨重。他们被压制在河滨交错的几个村庄里，后撤的路也被切断了。

日军的装甲战车在水田里使不上劲，集中在高处咣咣地打炮，炮声一歇，散兵线即强行推进。守卫阵地最南端的703团三营，凭借村庄里的断墙构筑工事，抵御了日军十三次进攻。天黑前，日军出动飞机、坦克，再加军舰远程炮火配合，对三营占据的村庄实施焦土式轰炸。所幸当天晚上下了一场大雨，纷簌的雨线使得十步以外不辨人影，这给突围创造了有利条件。黄浩楠操着一挺捷克式轻机枪，亲率预备队，从后翼硬生生撕开一个口子，把703团残部拉出了那一片低地。

独立旅人困马乏，折损了近三分之一，撤回到大场附近。这时，迟滞了数天的辎重和重型武器才运到。黄浩楠正想重新集结兵力夺回阵地，忽然接到越过苏州河向吴福线以西集结的命令。士兵们出发不久，大雨开始倾盆而下，接着，道路变成了黏糊糊的烂泥塘。越来越响的雨水敲打声中，整个队伍都在含糊地咒骂着。

弃守命令是在一个深夜下达的。但因为电台毁损，命令没有及时下达到各个作战单位。精疲力竭的士兵们用尽最后力气争抢道路。坐在汽车里的校官们和将军们试图以军衔压服人，获得优先通行权，但一片混乱中根本没人理会他们。

这已经不是撤退了，而是溃逃。成捆的武器废柴一样散落在道路两侧。辎重、山炮、趴窝的汽车，堆砌成山。这支庞大的军队被其自身的负担拖垮了。九六式攻击机排成 V 字形状的小编队，狂啸着飞过中国军队头顶，机枪的十字瞄准线追着野兔般奔跑的士兵，不时发出欢快的嗒嗒声。

撤退途中，黄浩楠接到了一个电话，给他打电话的是国民政府铁道部部长张嘉璈。这让黄浩楠深感意外。事后他才知道，这道命令跟他父亲有关。

张嘉璈出任部长之前是中国银行总经理，是曾任总稽核的黄鼎昌的顶头上司。国府已在安排迁都，部队调动和机关转移，有赖各铁路干线畅通，铁道部各路局虽成立了工程队日夜抢修，但还是赶不及工期。张部长向当局要求调部分工兵归他指挥，但此时的最高统帅部已经顾不上了，部长大人只有自己想办法，找旧部，托老友，张嘉璈这才辗转联系上了黄浩楠。部长在电话里说，此项任务需要部队和铁道运输司令部协同完成，务请黄旅长到南京一晤。

首都已是一片乱离气氛，脆弱的防空火力抵挡不住日军飞机，城中不时拉响防空警报。铁道部大院地底下新筑了一个水泥钢筋的防空掩体，最高军事委员会刚刚在这里结束一个重要会议。黄浩楠在门口等候，看到从大院里驶出了一长溜遮得严严实实的高级黑色轿车，轿车开走，警卫哨才撤走。

铁道部大楼走廊和办公室里堆满了大大小小的箱子。这些都是准备打包搬运到汉口去的。黄浩楠等了一个多小时，才见到了部长。

张嘉璈急得嘴边生了燎泡，沪宁、沪杭铁路连遭轰炸，北宁铁路全线沦陷，繁重的部务快把这个精明强干的前银行家的身体拖垮了。两年前在大华银行，黄浩楠曾与张嘉璈见过一面，那时的他看上去轻松潇洒，没想到两年部长当下来，半个脑袋都秃了。

部长说，你来得正好，部里所有的高工、司局长都派出去督修了，还是赶不上日本人炸得快。黄浩楠说，我把工兵营都带来了。

部长说，你们的任务，先是修，再是破。政府已决定撤往汉口，万一南京不守，拜托黄旅长把所有机车抢运到后方，不让一辆落入敌手，再把首都周边北到浦口，南到上海的已铺铁轨尽行拆除，移作后方湘桂、粤汉铁路日后之用。

部长告诉他，刚才从铁道部大院开出的轿车上，坐的是最高领袖。领袖主持了在地下室召开的国防会议，宣布了迁驻重庆、继续指挥长期抗战的决定。国府主席林森已登船出发，此刻南京的最高军事指挥官是卫戍司令唐生智将军。

"他行吗？"在他眼里，唐生智是个平庸的人。"即使败局已定，这一仗还是要打。"部长的语气像个宣传鼓动家。

几日后，敌第十六师团最为精锐的第三十步兵旅团与重藤支队以一个巨大的钳形攻势拿下常熟，为彻底撕开吴福线找到了支点。第九师团也攻占了苏州。隆隆的炮声从苏常方向逼近南京，守卫南京的主力各军从浦口方向纷乱撤退。独立旅工兵营留守到最后，把京沪线上大部分机车抢运了出来，安全转移。

最高统帅部从汉口发来嘉奖令，表彰独立旅出色完成抢运铁轨机车的任务，令暂撤至太湖南岸一个叫麻栗塘的地方休整待命，部队允扩编为师，黄浩楠升任暂编192师少将师长。

他不明白，为什么要留一支孤军在这里。三个月恶仗打下来，部队折损上千，重型武器基本丢光，再加上连日连夜抢运机车，非战斗减员严重，要是再与日军遭遇，那就危险了。

三十一

两个负责警戒的哨兵在麻栗塘前山树林抓到一人，此人骨骼粗大，肤色黑红，一眼看去与当地农民无异，却戴着一副高度近视的圆框眼镜。他戴一顶学生军帽子，满头乱发都快齐肩了，穿的是一件长过膝的绿色布衣，手里还拿着长柄网兜，口口声声说是来找人的。

哨兵发现此人时，他正在树林里跳跃奔跑，不知追逐何物。抓捕时，他拼命挣扎，力气奇大，还打倒了好几个兄弟。日本人正在向西南推进，此人是怎么过来的？看他这一身打扮不伦不类，更像日本人的细作，前来营地的路上，姚新民已不明不白挨了好几枪托。

他被看押在炊事连的一间杂物间里。随身的帆布包已被打开，包里的换洗衣服、书本、画稿掉落一地，从盒子里掉出几只蝴蝶来，在地上一跳一跳的。

黄浩楠说，你说姓姚，是虹镇来的，姚崇德是你什么人？姚新民打量着眼前的这个军人，一丝不苟的军服，刮得铁青的腮帮，透出一股坚毅，应该就是金仙儿先前说起过的表哥黄浩楠。他老老实实回答，自己是姚家三儿子。听姚新民说了出来的经过，他吩咐取一套大号的军服，再给些银圆，送他离开。姚新民不愿走，表示只要能留下，抬担架、做卫生兵都行。

休整半个月，补上了缺额的兵员，枪械也一式儿换了新。姚新民担任旅部文书，先编入基层连队训练。刚开始，他还跟着操练，掷弹、打靶、掘战壕，天天滚一身泥，一段时间下来，就找不见人影了。大多时候，他都在麻栗塘前山树林里转悠。

入冬，麻栗塘附近的河汊结了薄冰。除了天气好的时候偶尔有黄蜂和牛虻，他那一顶破渔网制成的捕虫网已派不上用场，他转而研究起了昆虫幼虫。蝉、蟋蟀的幼虫都躲在树根底下冬眠，他带着一把工兵铲，这里掏掏，那里翻翻，总能找到一些新物种。他那件数月不洗的绿色长布衣太单薄，禁不住冬天风寒，不能再穿了。他又不喜欢穿卡其布军服，花一个银圆向镇上居民买了一件手纺的土蓝布衣，还在衣服上缝了许多口袋放他采集来的宝贝。

麻栗塘的东、南两面挖了数里长的战壕，地势险要处还建了水泥碉堡。这些碉堡有着浑圆的顶部，活像翻白了肚皮的巨大章鱼，每个碉堡设一个六人战斗小组、两挺火力交叉的轻机枪。看这阵势，是要在这里长驻了。

一天，全师紧急集合，黄浩楠宣读了外电发布的一则消息。电文是姚新民从上海的一张英文报纸《密勒氏评论报》翻译的。南京沦陷了。虽然是意料中事，还是有许多官兵当场大哭。念毕，全场默哀，为还留在那座已成炼狱的城市的人民祈福。黄浩楠此时还不知道，就在几天前，他的妻子已经在轰炸中身亡。日军的一次空袭，在中央医院落下十余枚炸弹，其中两枚一千磅重的巨无霸炸弹，落在住院部大楼上，楼内数百名患者和伤员被炸得尸骨无存，鲍英芙也在失踪者名单里。

暂编192师接到的最新指令是就地阻止西进之敌，为军民西迁争取时间。此时，日军第十军已在金山卫登陆，其中的第六师团，更是一支好战成性的虎狼之师。紧随其后，敌第十八师团和114师团也从登陆点跟进，呈一个巨大的品字形，步步推进。192师师部加上工兵营、辎重队、机关后勤人员，共计七千余人，除了老底子的独立第二十七旅能打硬仗，整体战力还没恢复。面对有空中力量配合的日军三个机械化师团，能顶多久？

第六师团的追击速度超乎想象的快。有一段路轨当时来不及拆除，现在大大方便了日军运兵。密布的河网失去了阻敌作用，借着铁路的便利，日军携带重型火炮和坦克，很快逼近了南太湖流域。

早晨，东边地平线那边升起了十余个气球。借着东南风，气球向着部队驻扎的麻栗塘方向飘来。师部许多人是新兵，第一次上战场，都跑出去看稀奇，被新来的参谋长骂了回去："怎么一点军事经验也没有？这是鬼子的观测气球，小心炮击！"

通信兵被紧急派往分扎各处的部队，通知他们密切监视前方敌情，若战线过长，可收缩阵地，不与敌正面冲突。但已经来不及了，当这批观测气球出现在师部东南方向百米上空时，日军的九二式山炮开始轰击了。最初，飞来的炮弹有三十秒的间隔，后来速度越来越快，连续不断的轰鸣声让大地都在颤抖。

麻栗塘之战就是这天早上打响的。由于周边地势开阔，没有山地丘陵可作凭借，暂编192师主力完全暴露在日军火炮范围之内。师部参谋长是黄埔四期生，平时风度涵养很好，这时也急得骂娘。黄浩楠明白，日军抢先了，自己已失去战场主动权，眼下之计，只有先组织有效抵抗，等候天黑突围。战场西侧河汊多，日军重型武器施展不开，兴许能杀出一条血路。至于能冲出去多少，全看各自造化了。

炮击刚停，日军的飞机编队出现了。二十七架诺斯罗普·伽玛2E型单翼飞机开始了第一波掷弹。这是停泊在海湾的舰艇上起飞的一个轰炸中队，飞得极低，都可以看到日军飞行员的脸。

三点五公里的外围狙击防线上，东面和南面升腾起黑色的烟柱子，那里的阵地几经易手，一片焦土，阵地后五十米的老树就像一支支燃烧的火炬。机枪连的战士以人体做支架，在阵地上临时架起防空火力，但捷克制造的 ZB26 式机枪的射程不足，日军飞机戏弄一般掠过他们头顶，倾泻下更多炸弹。

姚新民在师部使不上劲，也没人管他，便跑去卫生队帮忙救治伤员。他戴着一顶德式 M35 型头盔，穿着那件满是口袋的土布衣服，非兵非民，模样古怪。和他一起抬担架的，好几个中弹不起。有几回，他以为自己也中弹了，炮弹却只在他身上和脸上溅上一坨坨泥星子。到后来，担架炸没了，他就一个人背伤员，只要看到还在动弹的，二话不说背起就跑。一些严重灼伤的伤员在他背上就咽了气，他浑然不觉，一直背着跑到河塘后面的临时战地医院。

为了拖延到天黑突围的时间，师部非战斗人员也都冲到了一线阵地上。黄浩楠带着督战队到处跑，阵地哪一处有空缺就替补上去。他看见姚新民背着一个重伤员下来，像一只袋鼠一样在沟堑间跳来跳去，子弹啾啾叫着在他脚边钻来钻去，叫住说，你又不是我的兵，还不快滚？姚新民说他没地方可去。"去哪儿都行！"黄浩楠不耐烦了，"去你该待的地方，去大学，回虹镇，到可以鼓捣你的昆虫的地方去，你是以后国家建设用得着的人才，只要不把小命丢在这里就行！"

姚新民放下伤员又要往前冲。黄浩楠说，救回来也没用，天一黑，部队就要突围，那些伤重走不了的，到时候也是个死。姚新民很听不得这种大剌剌的口气，大声说："你是长官！怎么可以丢下他们不管？你必须带上他们一起走。"黄浩楠笑了，说：

"这话咋说的，怎么变成你命令我了？"他让两个兵把姚新民的钢盔摘了，换上老百姓的衣服。

他郑重其事地交代道："有一批文件和饷款，必须送出去，这事儿就交给你了。你到后面塘河坐船，往南官荡方向去，记着一直向西走，不要回头。"

姚新民说，要我走可以，你不能丢下他们。黄浩楠答应了，说争取能多带出一个是一个。

塘河边果然已经有一只脚划子停在那里。几个兵七手八脚，抬上来几只箱子，船的吃水深了许多。姚新民有点责怪自己走得匆忙，都没好好问问黄浩楠，出去后把这些东西送到哪里去。

脚划子刚离岸，一个人匆匆跑来，三步两步跳上船。来人自称是黄师长的副官，师部作战参谋周子方，奉师长之命，与他一道护送文件和银圆。姚新民一看此人面善，不疑有他。船沿着塘河前行，哗哗的水声渐渐取代了炮声。姚新民暗自祈祷，师长吉人天相，能够率部安全突围。

船沿着塘河，到三十里水路外的南官荡，已是半夜。寒气上升，让星星变得格外明亮。上岸时，周副官却脱去军服，把军服绑上石块沉入水底，换上一身单薄的农民装束。南官荡边的镇子叫九里渡，两人抬着箱子，想找家客栈投宿一晚。两人身上都没带现钱，又不好动用军饷，只得裹紧衣服，缩着脖子，在街边屋檐下靠坐了大半夜。

周副官的老家在北边的长兴县，他提议，把这几个箱子带到他老家去，找个地方埋起来，等到师长他们突围出来再交给他们。姚新民说，师长要我们一直向西走，如果向北去长兴，那是违抗军令吧？周子方于是不再言语。

天亮后，他们继续西行。往西都是山路，高低不平，几个箱子又重，他们想雇一辆牲口拉的车，找遍了镇上，连一头牲口都没看到。找到两个挑夫，勉强答应可以把他们送到三十里外的黄杨镇，据说那里火车还能通。

没有现钱，预付的挑费只好从箱里取。统共四个银圆，说好到了再付一半。开箱时，两个挑夫都看到了，估计他们从没有见过那么多钱，眼睛都有些发直。周子方拍了拍腰间的鼓起物，说："这是军饷，谁碰谁死！"他们才收回了目光。

路途很长，两人有一搭没一搭地闲话。姚新民说："周副官，这都过了一天一夜了，师长他们突围出来了吗？""鬼子的网没张得那么开，总有些鱼儿能跳出来。""他们会走哪条路，向南走，还是像我们一样向西？""向南是绝路。他们如果真杀出来了，肯定向西走。"周子方似乎不想多谈这个话题，问姚新民，"老弟你成家了吗？"姚新民说没有。周子方又问："有对象了不？"

他想到金仙儿，心里突然揪紧。这些日子，他已经很少想到她了。他以为自己不会再想她，没想到思念如山如河，把他一下子湮灭，让他简直透不过气来。仙儿，你在哪里？你为什么要不辞而别？

周子方说："还是一个人好呀，这乱世里，家就是个拖累。"他说在长兴县乡下，他已经有五个孩子了。姚新民说："你看上去那么年轻，一点不像五个孩子的爸。"周子方不好意思地说："都怪我那个婆娘，每次回去探亲，总是一不小心就怀上。"

黄杨镇的火车已经停开。从前线撤下的伤兵们正骂骂咧咧，要把车站调度室的屋顶给掀了。调度员也很委屈，说通往内地的铁轨前些日子拆掉了，火车就是想动也动不了。于是都骂拆铁轨的，什么样的难听话都有。

这里是方圆几十里最大的集镇，外面一打仗，一些茶商和茶壶商人把生意移到这里，反而有了一种异样的繁华。好几个饭庄前围着一群群伤兵，与店家吵吵嚷嚷，都是吃了不付钱的。有存心赖账的，也有的是真付不出。店家不放人走，几乎到了要动手的地步。伤兵太多了，路边、檐下，坐的、躺的，到处都是一堆堆缺胳膊少腿的。本来他们应该转运到后方医院去的，这仗打得凌乱，火车也不通了，没人再顾得上他们。

姚新民说，师长要我们带出来的这些钱，拿一部分在这里设个救济站吧，这些伤兵太可怜了。周子方说，这钱用到哪里还不是个用，就这么定了！我估计，师长他们十有八九没冲出来，这钱他也不会管了。姚新民说，闭上你的臭嘴，没见过你这样的。

镇街当中的八廊街，有一条铁器街地儿空敞，收拾出一块空地，搭上雨棚，临时救济站就算建了起来。他们雇人支起大锅，开了粥棚，再把镇街上的烤饼摊都移到一起，让伤兵们到这里都能吃上一碗热乎的。请来了中药铺子的两个伙计，给伤员敷换草药。还在站前立了一根木杆，挂出一幅旗，姚新民亲手写了几个墨色淋漓的大字上去，"192师救济站"。

有些个伤兵，吃也吃了，喝也喝了，临走了抹抹嘴，问他们是不是真的192师的，说，192师不是在麻栗塘被鬼子两个师团给吃掉了吗？

两天施粥用去好多大米，镇上的米商还在偷偷涨价，姚新民担心，照这样下去，救济站很快就开不下去了。周子方说，不碍事，煮粥时掺一些红薯、南瓜进去，也能填饱肚子，味道也不差。

过了些日子，红薯、南瓜也买不到了，只能收些红薯叶、南瓜叶替代。周子方说，你说这些做生意的，凭啥把一个铜板都看得有晒花匾大。姚新民说，商人都这样，无利不起早。周子方说，人心黑，难怪日本人小看我们。正说着，一群兵嗒嗒嗒跑来，一个个破衣烂衫，满身焦烟味，受伤的相互搀扶着。到了镇街当中，一个长官模样的跳下马，看着那幅写着"192师救济站"的旗，哈哈大笑起来。

姚新民正在护理伤员，听见笑声，欣喜地迎上去，大声叫："你们到底跑出来了！""只要是能动弹的，全都出来了。"黄浩楠的后面，镇街上站着百十来号兵。他用力拍打着姚新民的肩："我说是谁呢，竖着这么大个招牌，原来是你。"

随后出来的周子方突然面如土色，闪身想开溜，双脚却像钉住了一般。黄浩楠下令道："把这个逃兵绑起来！"周子方跪倒，大叫饶命，又示意姚新民帮着求情。

姚新民说："带出来的两箱子军饷就剩这些了，擅用军饷是死罪，你把我也枪毙了吧！"

黄浩楠："你不是我的兵，我处置不了你。"他一脚踢翻周子方，周子方伏在地上，一张脸都花了："求您看在我跟您十年的情分上，饶我一命吧。"

黄浩楠说："你抛下同袍逃走的时候，有念过一点情分？你背着我偷偷跑走的时候，有念过一点情分？"提起手中马刺，劈头盖脸打去。周子方也不闪避，满脸血痕像蚯蚓一样流下来。黄浩楠扔下马刺，忽感一阵天旋地转。

他是这几日被鬼子撵着跑，劳累和营养不良导致低血糖，将养了几日，身子渐渐复原。麻栗塘突围战中，暂编192师分兵两支突围。黄浩楠率师部及工兵营向西南冲击，他们专拣河塘和水荡边跑，再加有夜色掩护，日军追击不及，突出来三百多人。另一股向东南突围的部队由参谋长带领，被大队日军追杀，无一生还。

镇上休整的几日里，陆续又有几支零散部队来汇合。这一千多人，差不多是暂编192师的全部家当了。修复了电台，与统帅部也联系上了。统帅部原以为192师已在麻栗塘一役全军覆灭，知道他们突围后又重新结集，发来了新的指令，要他们保存实力，渡过海湾，加强明城防务；给黄浩楠的最新任命是明城城防司令兼虹镇要塞司令。

他问姚新民，愿不愿意随部队回去，要是愿意就屈才做他的副官。姚新民说，政府和大学都在往后方撤，他想去内地看看。"还要去找她？""不管找不找得到，出来了我都得让自己在路上。"他说，他有一个梦想，写一部《中国昆虫志》，西南那一带早就想去看看了。

姚新民说，他想替周子方求个情，说周子方人不坏，只是怕死，就放过他一回吧。他把开办伤兵救济站的功劳也算到了周子方头上。黄浩楠说，这小子勾头缩脑，哪有半点军人的样子！你要是愿意，就让他跟你去吧。部队开拔前，周子方来找他，感谢他出手搭救，眼泪汪汪的，一再称他恩人。他说，你要是真感谢我，今后就把你长官给看护好了，有了黄师长这样的军人，中国才不会亡。

三十二

极司菲尔路口一栋七层公寓楼,在一片红砖小洋房里显得有些鹤立鸡群。傍晚,男子推开黑漆铁门进来,一个中年女子在天井里洗东西,楼上一扇窗子开下来,移出大半张男人的脸。男子走进门厅等电梯。这里的灯因为支光小,是昏昏沉沉的亮。电梯在六楼停住,过道里的风,正吹进来楼下飞达咖啡馆的爵士乐队的鼓点和音乐。

金仙儿正在阳台上给一盆水仙换水,看到表哥进来,她愣住了,忙不迭地去楼下菜馆订菜,又收拾起房间。黄浩楠告诉她,只住一晚,不用多收拾。

菜很快送来了,是淮扬菜和江浙菜的混搭,都是家常小炒:韭黄鳝丝勾了芡,浓淡适宜;香菇烤麸是文火里烤三小时,搁好酱油再收汁;炒什锦、香酥鱼、冬瓜花蛤汤,食料都还新鲜。她手脚麻利地装盘,摆碗放碟,还抽空下楼去买了一瓶绍兴花雕。黄浩楠说,我们家仙儿变了好多。黄鼎昌问,她哪儿变了?黄浩楠说,您看不出来吗?她变得能干了,像一个女人了。说得仙儿不好意思起来。

她与表哥大半年没见了,依她以前的性格,早就缠着叽喳个没完没了。姚新民的信里说了他们在麻栗塘被鬼子围困的事,她看着表哥瘦而坚硬的脸,心想他受了多大的苦啊。她倒了一杯酒,说:"表哥,我敬你,你是我们家的大英雄!"

黄鼎昌说:"英芙不在了,这第一杯酒敬她吧。"大家一时有些黯然。她心里虽也难过，却佯笑道："表哥要去明城当守备司令了，嫂子知道了也会高兴的。"

这天姨父话很少，一直闷头喝酒，等到发觉过来，一瓶花雕他已喝了大半。她不让姨父再喝，却劝不住，求援似的把目光投向表哥。姨父趴在桌上哭出声来："我儿子是抗战英雄，我做爹的是汉奸！"

黄浩楠问他，大华银行干吗这么急着复业呢？"不复业不行啊，日本人的枪顶着，几百号职员张着嘴要吃饭，"姨父说，"我的同学金城银行的周作民你晓得吧，被日本人从香港押回，逼着复业；交通银行的唐寿民，想跳楼都没跳成，也逼着复了业。大银行都顶不住，我哪里有办法。"

黄浩楠说："他们几个，我约略知道些，都是身在曹营心在汉，在军调处挂了号的，定期报告日军经济情报。您的情况我也会跟上面说。"

再三安慰下，姨父的心情总算好了些。说起以后，黄浩楠说，等到仗打完了，去老家山上给英芙筑个坟，也算是迎她回家。

公寓楼的供暖设备在战火中损坏，家里开不了暖气，他们父子还要说会话，她去给铜火盆生火。他过来帮着拿铁钳翻动炭火，炭上灿烂地吐出火舌，像一个个火杨梅，慢慢变红了。他问她离开虹镇多久了，知不知道姚新民在找她。姚新民的上一封信已经间隔了一个多月，她心下挂念，嘴上却只是淡淡地说，他不是找我，是找他的蝴蝶去了。他听了笑笑，走开了。

几天后，黄浩楠率部渡过海湾。去明城上任前，他特地去方岩拜访省主席兼第三战区副司令长官黄绍竑。

黄绍竑从省防军里拨出一个营交给他，这个营正好是陆军大同学刘彪那个团新扩的。刘彪愤愤道："怎么好事尽让你赶上了，我这营新兵刚整训完成，招的都是本地青壮，打从国姓爷时候起，永康、义乌的兵，就是出了名的打仗不要命。"

黄浩楠说："兄弟锻打出来的好钢，自然要用在刀刃上。"刘彪说："当时听说你又带着独立旅参战了，我们都想不明白，现在回头看看你是对的。中将师长外加一枚四等云麾勋章，我们同学没一个及得上你。"

又感慨了一阵对战局连续失利的看法。眼下战火已烧至内地，多地守军实行最高当局的焦土抗战政策，也没能阻止日军进攻。黄浩楠认为，上海和南京的失陷完全是上层决策失误造成的，战略与政略脱节，过于强调政略，死要面子，致使战场上处处被动。他痛心疾首地说："什么政略大于战略，这是哪个敲脑袋出的馊主意！当官的忙着作秀，让士兵一个个去送死。"

刘彪见他说得激愤，赶紧转换话题，说："嫂子去世，你就没有再找一个？"黄浩楠说："扯这个干吗，哪里顾得上。"刘彪说："那可不行，你一个中将师长，又正当年，没有一个身边人照顾，也是有碍公务。"

刘彪约略介绍了省府迁到方岩后的一些情况。省主席黄绍竑兼第三战区副司令长官，指挥省防军不成问题，但驻扎在天台山麓的三个挺进中队是中央军，根本指挥不动。驻扎马家场的游击司令薛天白，也只顾打自己小算盘。"黄副司令长官拨给你一营人马，是有他打算的，守住明城不让日军进犯，省府才安全。明城东有张德法的179师，北有你亲任司令的虹镇要塞，你们双星并耀，必能建此奇功。"

几天后，黄浩楠到了明城，尽管刘彪早就提醒过他明城防务空虚，城内兵力之单薄还是让他吃惊。179师师长张德法与市里不和，带兵驻扎镇海口，在城内只设了一个办事处，不足一个连的兵力。一个警察中队和一个税警中队,平常维持城内秩序,根本没有战斗力。

他和张德法师长商量,179师在城内驻军增加到一个营。张德法答应了。黄绍竑给他的一个营,除留下两个连负责明城四门和水道防务,他又给虹镇要塞加派了一连人马。

明城地势南高北低,南面的五峰山区平均海拔七百米,北面则是平原,一马平川。虹河江面开阔,河床深,汽船和稍大一些的轮船都能从海湾驶入,直达明城,日军一旦南犯,虹河必是锁钥之地。因此又与张德法商议,计划沿虹河两岸构筑十余座钢筋水泥碉堡。

张师长说,中法战争时,清军水师曾在虹河入海处布下一道海底篱笆阻挡法国军舰,其法是,把货轮、趸船装满石子,沉塞在港口航道,于水底密结一道梅花桩,再以铁链锁之,若来敌搬动障碍物,要塞则开炮击之。他觉得这个方法很好,于是召集城内工商界巨头开会,商议沉船阻敌之事。

明城开埠以来,与上海的第一条航线是英商太古轮船公司开出。后来,官督商办的轮船招商局也加入了营运。二十世纪初,本土的三北轮船公司和竹氏轮船公司崛起,以低票价争得市场,这条航线斟酌上就是三北和竹氏的天下了。这次会议黄浩楠特意邀请了这两家航运业的老大来参加。

竹氏轮船公司的当家人竹大山八十多岁了,长髯垂胸,讲话中气十足,会上当场表示,国难当头,"竹氏"唯当局马首是瞻,把"太平""安福""靖南"等八艘轮交给城防司令部处置。钢铁公司、花包公司也都答应提供封江用的废钢材和沙包。轮船招商局也应允把一艘三千吨级的"新江轮"沉海。黄浩楠当场表示感谢。三北轮船公司的姚崇德常居上海,黄浩楠写了一封亲笔信，让人火速送去上海，请他施以援手，共襄抗日大业。

几天后，姚崇德的回信到了，说三北公司的几艘大型轮船都被当局征去运兵运粮，眼下上海难民纷纷外逃，剩下几艘小型驳船要运送难民归乡，应付不暇，实已无船可调。

黄浩楠召集竹大山等人商议，众人都很气愤，竹大山说："他姚老板的船要运送难民不假，我竹氏公司不要运送难民？他听说他的船忙着在上海运米，说是平粜，实则高价抛售，大发广东洋财。"

黄浩楠遂以城防司令部的名义下了一道命令："三北公司的船，今后一概不得入港。"

征集来的十八艘驳船在虹镇要塞外凿沉，再于水底密布铁链。城防司令部发布封江通令，明令所有船只一律不准由外洋放入，如有要情，须持要塞司令部签发的特许凭条，方能于堵口隙处驶入，再把货物接驳到小船上。

一时间，虹镇要塞外停了不少船，有货轮，也有客轮，他们派人上岸交涉，要塞方面告以防止日军奸细混入，一概不得放行。竹氏轮船公司的船，因有城防司令部特殊关照，准许一路绿灯，由虹河直驶明城。

大多数轮船都返航了，三北轮船公司的几艘客轮却泊在要塞外面的海面上，迟迟不回，还趁着夜色，私自用小船接驳，被要塞方面侦知，处以罚款，还扣押了好几艘船。

明城宏济堂药房的老板温子青跟黄浩楠是旧识，有一日找上门来，说姚崇德的母亲去世，第三战区顾司令长官昨夜到了虹镇吊丧，张德法师长去陪了，省里的头头脑脑也来了不少，问黄浩楠为什么不去。

"我为什么要去？"城防司令部征集船舶，三北公司毫无反应,他下令扣押了"三北"的几艘客轮,姚崇德一直在上下活动,他对姚崇德更反感了。

"你不看僧面看佛面,顾司令长官的面子总要给吧?姚母去世,你作为地方官不去吊孝,不只扫他面子,也有失驻防司令的礼节。"温子青说。

黄浩楠听他说得在理,就勉强答应会去虹镇姚家行吊礼。温子青说,此事宜早不宜迟。于是吩咐副官周子方,采购元宝、锡箔等一些祭品,当天下午就出发了。

到了虹镇,直奔镇东姚家而去。小洋楼内外,挂满白色布幔,花圈和挽幛从进门处一直摆到内堂,送的人大都是如雷贯耳的政商大佬。黄浩楠这才知道,顾司令长官已先行离开,张德法也因事外出,他有些后悔来迟。

随着主事的指引,他们一行到了灵堂。黄浩楠请了三炷香敬上,姚家的一个儿子在边上还礼。陆续有吊者进来,姚家人忙着招呼,就任由黄浩楠等人站在灵堂,再也无人过问。

站了许久,不见姚崇德出来,过了一会儿,灵堂里的姚家人也走得一个不剩。倒是里间传出响动,显得很是热闹。周子方跑开了一会儿,回来说:"来了一个大和尚,据说是弘一法师的徒弟,人家在那边忙着搬椅献茶呢,哪顾得上我们。"

黄浩楠的脸色变得很难看,却又发作不得。当晚他住在要塞里,第二天一早就回了明城。

温子青跟姚崇德也是朋友,姚母病重期间,吃的药都是他的宏济堂进的。温子青数落姚崇德不该摆谱,让黄浩楠难堪。姚崇德没好气地说:"这个人油盐不进,我晾晾他又咋的?"

温子青想做和事佬,说:"你捐一笔款子给城防司令部,他发还你的船,看我老面各给一个台阶下,如何?"

姚崇德说,你带话给他,明城所属七县都划作难民区,三北的船随时可到任何一个县镇。温子青说,这话我给你带到便是。

几天后,城防司令部在七塔寺召开紧急军事会议。到会者除了市长、警察局长、179师的代表,大多是本城工商界头面人物。姚崇德最晚到,他进去时,黄浩楠只是抬头瞥他一眼,温子青等人打圆场,带头鼓掌欢迎。

黄浩楠开场讲了几句,大意是为备战充实军需、巩固城防,市政府和城防司令部决定向工商界募捐。他一讲完,即有人端上纸笔,要与会者写上认捐金额。众人面面相觑。有人想开溜,会场的门关上了,门口还有士兵执枪把守。众人把目光投向姚崇德,只见他大笔一落,写下认捐大洋五万元。

"德老都带头了,都捐吧。""保卫桑梓,这点钱我们应该出,出得起。"最后一清点,认捐数达十余万,黄浩楠走到姚崇德面前,作揖道:"我代明城五十万民众感谢德老!"姚崇德哈哈一笑,好说好说。

认捐者都要当场开支票付款,姚崇德推说来得匆忙,忘带支票,约定七日为限,派人送到城防司令部。会议结束,黄司令与众人热烈握手,感谢赞襄之功。

约定的七天到了,又过了十天,姚崇德认捐的五万元还是杳无音讯。派人去催讨,姚家人说,老爷办毕丧事,已回上海了。黄浩楠写了一封信,想派人送去上海,温子青说,还是我跑一趟吧。

温子青从上海回来后一直躲着不见他。派人请来,温子青说:"浩楠兄,我是笋壳当帽戴,无脸见人了。""是不是空头支票不肯兑现?"温子青苦着脸说:"您都知道啦?他说认捐五万元是带个头,要是他不带头,恐怕黄司令连一分钱也难捐着,黄司令不来谢我,还要催讨,真是岂有此理。"黄浩楠说:"那我还真得谢谢他了。"

三十三

五四大队翻过大竹岭，摆脱了尾随的民团武装，一头扎进了五峰山大山里，再经一日一夜行军，到达有"五峰山心"之称的良冯镇。镇子坐落在天台山的余脉上，是一个山间盆地，高出地表七八百米，这年冬天来得早，山上气温又低，部队上山时，镇子北面的雁荡湖已结了一指厚的冰。

庄芸受的是贯穿性枪伤，失血过多，呼吸微弱，赵少强的摩托车开到半路又没了油，谢吉文和几个战士轮换着把她背进山，安顿在一个稍富庶些的农户家。谢吉文的一中队被派到镇西的十六岙和石门，只能隔三岔五来看她。

另外两个中队，二中队守东面的芝林和大竹岭，三中队驻扎镇内，兼顾南面。五四大队刚来不久，隶属第三战区三十二集团军的挺进中队就偷偷摸过来，派出一个加强营，想要吃掉他们。一中队在石门跟他们打了一仗，对方见火力强劲，也不敢硬攻，隔着一条溪坑对峙了下来。华中局派来的第一批干部进了山，特委又把邻近地区的西进支队、明南八乡自卫大队划归五四大队，队伍一下壮大了不少，达到上千人规模。

特委指示，鉴于群众基础尚未建立，这支上了山的部队仍不宜公开打出新四军的旗号，而应该以灰色隐藏面目活动："但必须使现有武装日益巩固在党的绝对领导下。"尹世钧建议让薛天白当大队长，借其灰色身份以做掩护。丁易平坚决不同意，说，我们党的武装，抬出个国民党来，算啥意思？新进山的一批干部充满革命激情，眼里揉不得沙子，一边倒地支持丁昜平，赞同尹世钧的只有五四大队的一些老人。

薛大炮此人，貌粗心细，打从五四大队南渡起，他早就猜到这支队伍是姓共的，人家不亮旗号，他也不去说破。他让人传话说，五峰山区的所有抗日游击武装，都受第三战区淞沪游击司令部节制，我堂堂一个司令，用不着再来挂个大队长的空名吧。

华中局派来的第二批干部进山后，上级下达最新指示，不必死守一镇一村，为求得建立一个"广宽之游击根据地"，应向敌占领之空隙地积极发展，扎下根与之成掎角之势。上级指示还明确，五四大队正式更名新四军五峰游击纵队，批准设立五峰区党委，尹世钧任纵队司令员兼五峰区党委书记，丁昜平任纵队政治部主任，下辖三个中队的中队长担任党委委员。特委领导特意关照尹、丁两位，一定要搞好团结，带领好这支队伍，抗日顺利，就在那里打天下，搞得不好，打起背包北上，总之不可亏掉老本。

开始的担忧应验了。一亮明新四军的旗号，三个挺进中队从西南面，179师从东面，再加上虹镇自卫大队，一下子把五峰山围了个严严实实。薛大炮急于洗清通共罪名，摇身一变成了挺进第四纵队，打着剿匪的旗号，也从马家场开过来围堵。一场生死存亡的考验摆在了他们面前。

尹世钧急得嘴角烧出了一层燎泡。对方刚刚合围，还没有形成协同作战的能力，若来敌同时从三个方向发起攻击，这块新生的根据地顷刻就会遭受灭顶之灾。纵队司令部发布通电，呼吁停止内战，团结抗日，一边谋划着转移到山势险峻的南部山地去。三个中队都在做撤退的准备。就在这时，一场大雪突然降临了。

镇上人说，一辈子都没见过这么大的雪，一晚上就把镇子里的瓦缝、沟坎、水渠全给填平了，下得镇上的黑狗、黄狗全都成了白狗。雪连下一个星期，镇子周边的所有山头，号称七十二峰的，全都裹得严严实实，进出的每条山道，也都给封死了。根据地的粮食一下子紧张起来，纵队司令部号召把所有粮食集中起来，定量供应，遭到镇中一些大户的抵制，推行不下去。一中队派出一支小分队化装成当地老百姓，去离得最近的石门镇购粮。运回途中，与挺进中队派出的巡逻队遭遇，小分队推着大车走不快，很快陷入包围。挺进中队的一支骑兵小队紧紧咬住不放，购粮队十几人，颗粒无收不说，还阵亡了一个小队长和五名战士。

这场大雪一时半会儿还停不了，即便雪停，寒潮一来，山路都结成冰坨子，恢复与山外的交通也得年外了。也就是说，这一个多月里，山外的敌人是不会向我根据地发动进攻的。纵队政治部主任丁易平认为，部队刚刚扩编，成员杂，思想参差不齐，以前没有整块的学习时间，现在趁此机会进行一次全员学习教育的"自醒"运动很有必要。尹世钧同意了，要求学习运动进行的同时，也不能放松了生产自救。

丁易平主持召开了"自醒"运动动员大会，要求大家以负责任的精神总结经验教训，充分发表意见。"敌人不是要困死我们吗？我们就抓住他们自动送上来的这一学习良机，把精神头儿养得足足的。"动员大会后，还进行了锣鼓队和秧歌队巡游，白的雪、红的标语，相互辉映着，镇子里比过年还热闹。从纵队司令部到各小队，每天都开会到深夜，读文件、谈心得，联系实际自我反省。丁易平对各单位进行巡视，亲自上课，忙得不亦乐乎。

尹世钧是接到要她写自传的通知时才感觉到异样。"每个人都要写吗？那些不识字的干部怎么办？"学习小组的人说，自传要经过小组鉴定和组织鉴定两个环节，人人都得写，这是当前刻不容缓的一项政治任务，不识字的就口述，由专人记录。

"自醒"运动走向深入，不仅要复查甄别干部的历史问题，还鼓励背靠背检举揭发，尹世钧觉得更不对劲了，她找丁易平去谈。丁易平说，少数同志觉悟还不到，自己醒不来，那就组织上帮他醒，目的只有一个，就是帮助这些有历史问题的同志放下包袱，轻装前进。尹世钧说，外面强敌环伺，这么做容易人心浮动。丁易平说，"自醒"运动是一场大教育，整个根据地就是一个大课堂，上级领导充分肯定了我们的做法，每个根据地都要开办我们这样的大课堂，越大越多越好。

尹世钧很快就控制不了局面，有人检举她在担任明城地下党领导工作时经济上说不清，一些为罢工筹集的重大款项去向不明。又有人举报她在执行特委的南进指示中，对反动派一味退让，对造成当前被动围困局面负有直接领导责任。在一批进山干部的支持下，丁易平提出罢免她的书记职务，在等待上级回复期间，暂停书记职务。

庄芸听到消息，挣扎着从床上起来，说："所有进出都记在账簿上，我去做证，还她清白。"上山后她被安排在镇上一户人家疗伤，伤口炎症严重，一直没好起来。

谢吉文一把按住说："你都烧成这样子还怎么去？她清不清白大伙心里都明白，哪用得着你去！"

话说着，尹世钧和医生进来。谢吉文说："她一直不退烧，烫得厉害，又总喊冷。"医生看了伤口，默不作声。尹世钧让东家再拿一床被子来。东家说，把儿子结婚的一套新被褥也盖上了，她还说冷。

尹世钧把医生叫到一边，问，还有没有药？医生说："盘尼西林早就用完了，昨天把最后一点磺胺给她敷了，也不管用，要是再控制不住，恐怕胸肺会感染。"

东家正好听见，说他有一个退烧的土方。他说的土方，是用大铁锅熬柴胡石膏汤，每次一大碗给病人喝，一日服三次。谢吉文说："早晨我去湖里凿冰抓来一条鱼，鱼汤她都喝不了一小碗，三大碗柴胡石膏汤，哪里喝得下！"

尹世钧说，救命要紧，这个土方可以试试。于是吩咐人去找生石膏。尹世钧要谢吉文多照顾庄芸。谢吉文的中队长给撤了，一中队里还挖出了好几个敌特分子，刚刚加入队伍的赵少强和两个警察还在审查，他心灰意懒地说："我现在无事，就守着她一个。"

党委会开会研究怎么度过这个寒冬，尹世钧的问题还没有解决，坐在最下首，算是列席人员。负责后勤的同志报告说，每天的粮食消耗很大，把镇郊农民的种子粮收购了，也只能顶十天。军政部长报告，每个战士的子弹平均不到十发，麻药和消炎药早已用完，伤员手术都是用土酒代替药用酒精。

"眼下冻鸟不飞，到哪儿弄吃的去？"

"这样下去，不用敌人来打，风大一点就能把人吹倒了。"

丁易平说，困难总会过去，五峰山那么大，敌人困不死我们，雪一融化就能找到吃的，眼下最应该引起我们重视的是武器和药品问题。他说刚刚得到一个消息，特委动用特殊渠道，在上海采购到了一批武器和药品，准备帮助我们，但城防司令部发布了封江令，这么大一宗货，没法运过来。

这批医疗用品和弹药，是特委在上海工作的同志通过关系从一个德国人手里采购来的。因上海的交通站几乎都遭破坏，再加航运封锁，已无法调运这批物资出城，故此才让他们自己想办法。特委没有忘记这块刚成立的小根据地，大伙心里一阵温暖。但怎么把这批物资运过来，派谁去，到会议结束也决定不下来。

尹世钧悄悄下山进了一趟明城，回来后，她对丁易平说，我去吧。丁易平说，过了立春，雪就化了，能不能保证立春前运上山？

她说无法保证。丁易平沉下脸来，说，雪化前运不到，那你就来给我们收尸吧。

第六章

三十四

黄鼎昌悬着的一颗心总算放下了，仍旧白天去银行露个脸，晚上和一帮朋友组饭局、打麻将，日本人对他愈是信任，他愈是要做出一副死心塌地的样子。锄奸队的活动越来越频繁，报纸上经常有落水人员被刺的消息，他因为吃了定心丸，倒也不怕这事会落到自己头上。一天晚上牌局散后，他乘坐的黄包车突遭不明武装人员袭击，一颗从黑暗处飞来的子弹把他撂倒了。车夫吓得车也不要了，尖叫着逃走。那一枪擦着他额头飞过，击飞眼镜，玻璃碎片割伤眼睛，虽没受什么重伤，也把他吓得不轻。

日本人配了一辆带警卫的车给他，他推说枪伤未愈，退了回去。本来他对复业就有抵触，这下可以堂而皇之不去银行了。他也不敢住医院，怕引来锄奸队再开第二枪，就住家里，大门不出，访客一律不见。好在金仙儿手脚勤快，采买、抓药这些杂事也都应付得过来。

她遇到尹世钧，就是在健民大药房门口。三个月的战争，使这个城市愁云笼罩，街上人影稀疏，只有米店队伍排得老长，她排了一小时队，才买到一袋米，又去对面的药房抓药。刚走出药房，听到有人叫她，她受了惊吓般转过头，愣住了。尹世钧在人群中对着她笑。

尹世钧是从福煦路的无线电培训学校一路找来的。她早就想来看金仙儿了。游击队上山已两个多月，她不知道金仙儿是否听说了镇上发生的事，尤其是金竹轩和金谷的死，这事儿迟早都要知道,她得准备好一套说辞。她相信金仙儿会接受事实。

金仙儿以为尹世钧突然找来是有任务要交给她。这两个月里,她一直在等待,但那么长时间的等待后再见到尹世钧,她心里生长出了一种异样的陌生感。这一闪而过的感觉,让她有些心慌,一时手足无措起来,手里提着的东西也好像成了累赘。好在旁边有一家咖啡馆,进门就可落座。进去后她把药和米袋放在自己脚边。

尹世钧看到了她手里的药,问抓药给谁吃。听她说了姨父遭不明人员袭击的事,尹世钧说:"这事绝对不是我们的人干的。"

尹世钧来上海联系货物装运的事很不顺利,她本来以为,搞到城防司令部的批文,再在上海找到一艘有洋商背景的货轮,把东西装船就大功告成了。这两天她找了好几家航运公司,尽管她把运费出得很高,但对方一听是运货去明城,出再多的运费也不肯干。自从三北轮船公司的难民船被扣押的消息一传开,已没有人愿意接明城的单子了。上海租不到船,只能另想办法,看过金仙儿她就准备回明城了。

现在,她们隔着一张方形的小桌子坐着,她的目光越过方格子布上一只小瓷窑瓶里插着的一枝花看着金仙儿,她心里突然冒出一个想法来。

上海这边的船租不下,明城的船因为封江禁令也过不来,要是黄浩楠这个刚刚丧妻的城防司令大婚之喜,迎娶新娘,船的问题不就迎刃而解?她被这个突然冒出的想法激动得血脉偾张。

尹世钧有把握说服黄浩楠。至于金仙儿,她相信她会服从这个决定,何况她很早就知道,这女孩一直暗暗喜欢和崇拜她的表哥。

没想到金仙儿一口回绝了。她涨红着脸,局促不安地说:"这怎么可以!"

"你一直暗暗喜欢他,是不是?你嫂子不幸去世了,他身边也正好需要一个人,不是正好吗?"

像是被揭穿一个秘密,她的脸红得发烫。她奇怪尹世钧这次来找她,居然是谈她的婚事。尹世钧接下来说得更多。刚刚成立的根据地陷入了敌顽势力的重重包围,大雪封山,战士们缺衣少粮,没有药品,伤口都发炎溃烂了。她静静地听着,等到明白了尹世钧是想借娶亲船运送武器弹药,她沉默了。

"我们需要的是一场婚礼、一艘可以自由出入的迎亲的船,你明白我的意思吗?你愿意吗?"尹世钧问。

她听着流下泪来,她流泪是因为委屈,也是想着山上受苦的同志。"可是我喜欢的人不是他了。不喜欢还嫁他,这不是不道德吗?"

"你有喜欢的人了?"这一回尹世钧吃惊了。

她用力点点头。她站起来的时候有点吃力,尹世钧伸手搀了一把。她感到搀在她腰上的那只手有片刻的迟疑。尹世钧像是知道了什么,这让她无地自容起来。

尹世钧说:"我知道了,我不会勉强你的。"

她都已经走到街对面了,又回转身,走到尹世钧跟前说,我想好了,我愿意。

尹世钧一句话也没有说,只是用力握了握她的手。

尹世钧回了一趟明城,再来上海,就紧锣密鼓地筹办起了婚礼。按照她与黄浩楠商定的,婚礼只是虚应个景,走个过场,她一来却兴兴头头,全是动真格的。开列出来的嫁妆清单,写了满满三页纸,把金仙儿结结实实给吓了一跳:"哪里用得着这许多东西！这些箱笼被褥、大橱小柜，用得着都买吗？还有这整堂的朱漆家具，桌椅、桶盆、妆匣、床柜，这得花多少钱！"

尹世钧把清单翻过一页，笑着说："这里还有，合欢被、鸳鸯枕、龙凤毛巾、梳妆镜台、挑花童衣。要我看，婚床也从这里买去，中式的硬木床硌背，挑个西式的吧。"

黄鼎昌说："尹老师说得对，上海的货色好，嫁妆都从这边买。"尹世钧笑着说："昨日在南市家具店看到一对朱漆描金樟木箱，还有一副木雕双凤朝阳面桶架，付了定金，没禀明您，不敢买下。"金仙儿把尹世钧拉到一边，悄声说："反正是做个样子，差不多就行了。"

黄鼎昌说："你们背着我说什么悄悄话，都买上吧，从前有钱人家嫁女儿，千工床，万工轿，嫁妆要排三里长呢。姨父也说不清这回到底是嫁女儿还是娶媳妇了，总之不能委屈了我们家仙儿。"

金仙儿还想说什么，尹世钧使个脸色，两人到了门外。尹世钧说："演戏演全套我还嫌置办得不够呢，既然对外说是嫁妆船，东西少了肯定不行。"

金仙儿嗫嚅着："反正是演一场戏，用不着这么考究吧。"看着金仙儿心事重重的样子，尹世钧一把拉起她，说："别愁眉苦脸啦，订好的旗袍料子到了，去看看中不中意，看中了赶紧找红帮裁缝定做。"

她不想去。尹世钧叫了起来："新嫁娘哪有不穿婚纱旗袍的？明城方面的规矩，新娘子的婚纱要有迎宾纱、仪式纱，拜天地要有常礼服，敬酒要有敬酒服，第二天回门还要有回门服……"

应露来了，尹世钧停下不说了。许先生失踪了一段时间，应露托了许多人到处找。金仙儿以为许先生有了消息。应露说，人还没找到，看起来是凶多吉少了，但还想再做一把努力，有人介绍了挺有能耐的一个曾先生，她是想让金仙儿陪她去。

知道金仙儿要结婚了，应露一把抱住她，又哭又笑："你看，我说得一点没错吧，你要披婚纱了。"她也不再提去找曾先生的事了，要和她们一起去挑旗袍料作。"原来是你表哥！你还一直不说，亏你是我好姐妹。"她埋怨道。金仙儿说，事情不是你想的这样。

三人便去明光大戏院后面的布市街。路上经过沿街的成衣店，橱窗里的塑料美人眼睛斜睨着，歪戴着吊着几支羽毛的帽子。她们凑近橱窗，热气哈在橱窗玻璃上，化作一片轻雾，橱窗前的人脸都花了，应露哈哈大笑，金仙儿却一点也高兴不起来。

大戏院背后的这条街，拥挤着十几家绸缎庄和一些土布店、洋布店。这些店门面狭小，里间却大，门口小车柜上竖起挂满衣料的高高的杆子，把视野全遮挡住了。三人一进店门，老板就热情地上前介绍。

尹世钧相中一块绸布，是一种老封套的玫瑰红，正好做礼服。应露也看中了一款，深蓝底子，开着单瓣的浅粉色花朵，花萼下面是两片并蒂的黄绿色小嫩叶子。又挑了些带里子的绸袍料作、几方大镶大绲的织锦、用作镶嵌的缎子和麂皮，让伙计一并打了包。尹世钧心细，又买了一对红色暖水瓶、一只大红喜字脸盆和脚桶，付了钱让送到家里。应露笑着说，抱子桶，抱子桶，真的要抱儿子了呢。

到了裁缝店，裁缝师傅量领口和腰身，问明绲窄边还是宽边，是周身绲还是袖口单绲。应露一起出了会儿主意，因急着要去曾先生那里，先走了。她俩又在店里坐了一会。尹世钧说，这一趟置办下来，我觉得真成了你娘家人了。

三十五

等嫁妆置办得差不多了,送亲的船也有了着落。船主是竹氏轮船公司竹大山的小儿子竹光楣介绍的,竹光楣在上海做律师,他介绍的这个朋友叫李关庭。

尹世钧已经跟李关庭见过面,知道他那艘货轮原名"渔阳号",专跑台州、温州的,战时为防日机轰炸,给一个葡萄牙商人缴了些钱,挂上了葡萄牙国旗,船名也改为"棠飞轮"。船体虽不大,有外国商船的牌子做掩护,尹世钧还是满意的。她只是不清楚,李关庭这个人是不是靠得住。

竹光楣说,李关庭是个温州商人,挺爱钱,喜交朋友,也不乱来。他以前帮李关庭打过官司,官司没打赢,却结下了交情,经常一起做麻将搭子。这次是他在牌桌上说起明城城防司令娶亲的事,李关庭主动联系他,提出把"棠飞轮"无偿借用。

"他这么主动借船,不会有什么目的吧?"尹世钧很小心。

竹光楣大大咧咧地说:"生意人嘛,要说没私心,肯定是假的,但也不外乎自己想搭运私货,跟城防司令攀个交情之类的。"

尹世钧一想,这话没错,李关庭自己要运私货更安全,这才放下心来。没想到随着开航日子临近,特委的地下人员联系她,提醒她注意船只安全性的问题,说是"棠飞轮"起运的消息已经到处传开,要求搭船、搭货的人已经排起了长队。

尹世钧闻讯大吃一惊,急忙让竹光楣陪着去找李关庭。她对李关庭说:"李老板这把算盘打得好,满满一船送去,再满满一船拉回来,举的是司令娶亲的幌子,接的都是自家生意。"

李关庭却叹苦不迭:"我也不知道怎么走漏的消息,找上来的搭船的,不是当官的,就是做大生意的,哪一个我都得罪不起呀!"

"黄司令是要场面的,要是冲了他的好事,后果你自己去想!"

"放心吧,我一定把船安排得妥妥的。"李关庭再三保证,不会再放一张船票出去,"昨天,住在宝康里的大老板庄梓野提出要五张船票,我愣是没答应他。"

她把"棠飞轮"的情况向特委做了汇报,特委同意把这批货混杂在嫁妆中装船。

出发前一日,尹世钧拉着金仙儿去做头发。店堂里没几个人,她们挑了垂着绿绒做的帷幕的一个角落说话。金仙儿说,这几日一直心慌,不会出什么事吧。尹世钧安慰说,一切都安排好了,不会出任何岔子,又说自己会同船陪去,不必紧张。金仙儿说,紧张的不是路上,是到了那里怎么办。尹世钧说,你表哥身为城防司令,这事儿肯定办得不能太张扬,只能举行简单仪式,你下了船会有车接你去现场,到了那边一切听司仪的安排,嫁妆的事就不用操心了。她把话音重重地落在"嫁妆"二字上。

金仙儿说,那以后呢?尹世钧愣了一下,不意她有此一问。看到尹世钧语塞,她移开话题,说还有一事我要请示,船到虹镇,要不要先到家,跟我父亲见一面?他再怎么不济,也是我生父,这个日子,应该见见。尹世钧说,船不能中途停留,必须直达明城,我已经通知家里到江北岸外滩宝华码头接货,越是中间耽搁,越容易出岔子。

她一想也对,就不再坚持,说,这些天你辛苦了,谢谢你。

尹世钧说，要不怎么说我是你娘家人呢。

3月8日，按农历是二月初七，前几日的冷空气吹散了浮尘，天蓝得水洗过似的。应露一早过来帮她梳妆打扮，梳洗毕，她去跟姨父告别。新做的高领青莲色旗袍，头发是时下流行的五凤翻飞的式样，打开房门，黄鼎昌都觉得眼前一亮。嫁妆和行李都已装船。应露和姨父送她下楼，看外面风大，姨父又回去取了一件罩衫让她穿上。

应露说，等你安顿好我就来明城看你，司令太太。应露的男友许先生一直没有下落，她现在给曾先生做秘书。

到了路口，她不让再送。叫了一声姨父，眼里流下泪来。尹世钧在一旁笑道，不能叫姨父了，要改口叫爸爸了。

下午三时，"棠飞轮"到虹镇要塞外，要塞方面得到指令，早已派出两只小艇，突突突一径开到封锁线前，搬开障碍，导引入港。"棠飞轮"也不作停留，沿着虹河开足马力而上。

船鸣着汽笛，驶进明城江北岸宝华轮船码头，河边天主堂的大钟正好鸣响六点。城防司令部已经派车候着，一个班的兵上船抬嫁妆，足足装满一辆军车，吸引了船上船下无数人驻足观看。码头上一片忙碌的当儿，江面上也没歇着，"棠飞轮"刚抛锚停稳，十余艘驳船就从各个方向围了上来，把各自的物品搬上船。按照行规，他们也不相互打听，只是埋头干活。

五峰山新四军游击纵队的三只脚划子，早已等候在那里，谢吉文带领十几个一式短工打扮的战士上了船，不一会儿，就把武器和药品装船完毕。

尹世钧即将下船，金仙儿突然抱住她，低声说，我怕。尹世钧一时不知如何安慰，轻轻拍着她颤抖的身躯，说，一会儿李先生陪你下船。

谢吉文指挥战士们装好货，小船快要开了，尹世钧还没下来，他这才发现甲板上那个身着盛装的妇人是金仙儿。她的发式和衣着，是他从没有见过的，有一种让人不忍逼视的光彩。真是个仙女啊！他想叫她，却被江风噎住了嗓子。

金仙儿立在甲板上，河面上黑暗渐渐升起，李关庭来人都催了好几回，她都站着没动。看着小船在暮色里驶远，她才下船。

尽管说了不事张扬，城防司令大婚，用作婚庆现场的明城商会大楼还是做了精心布置，门口高悬花灯，大红地毯铺地。去码头接新娘的车一到，新郎和男傧相一同迎入，一时鞭炮大作，军乐队奏响了乐曲。第三战区副司令长官黄绍竑、第十集团军总司令刘建绪送的喜幛都挂在中堂。进入大厅，掌声哗哗，几乎全城的军政要员都带着家眷来了。黄浩楠新剃了头，短发茬儿根根笔立，在男傧相张德法陪同下一一拱手答礼，还特意走到李关庭前面表示了感谢。

金仙儿对跟在后面的副官周子方轻声埋怨，小周，不是说只是举行简单仪式吗，怎么搞那么大排场？周子方说，给他们说了不要大搞，还是都布置了，不过你放心，牵绣球拜天地这些繁文缛节都省去了，只需向先总理鞠完躬，吉时一到就开宴。

证婚人市长讲话完毕，新郎携新娘入席。她像一个木头人一样机械地笑，机械地移动脚步。众人刚刚举杯，大厅里的电灯突然熄灭。负责本城供电的永耀电力公司经理忙不迭地过来道歉，说马上派人去查。不一会，电力恢复正常，厅内一阵欢呼。黄浩楠复又举杯，他刚想说句轻松的话，突然防空警报大作，他抓起帽子就往外冲，副官和警卫紧紧跟在身后。

只见三十余架日本零式战斗机，排成品字形，从东北方向而来，低低掠过明城上空。飞得最低的一架，机翼几乎扫过商会大楼对岸天主堂楼顶的钟楼。黄浩楠咒骂了一句什么,城内的警报声响起,高炮连连长跑来报告,说日机从虹桥起飞,直穿海湾,低空飞行,观察哨根本来不及发现报告。

说话间,日机已到头顶,屁股一撅,扔下一串花花绿绿的物事来。周子方和两个警卫赶紧往上扑,把黄浩楠压在身下。过了好一会,也没听到爆炸声,黄浩楠气恼地把他们推开,只见空中飘飘扬扬地落下一大片传单来。他抓了几张在手里,只见上面写的是"中日亲善""大东亚共荣""恭祝黄司令新婚大禧!"他铁青着脸回到商会大楼,大厅里虽没落下炸弹,却比刚挨过炸还要混乱,红地毯卷在一边,杯盘掉落一地,一大半宾客已经逃散了。

周子方说,警卫排在巡逻时抓到一个特务,人赃俱获,拿着手电筒给天上飞机引路,问他怎么处置。他坐在一地狼藉里,好半天没吭声。特务被两个兵挟着拖进来,一口一个长官饶命,说的是当地话,他突然一阵嫌恶,手中枪一扬,就扣下了扳机。

突然爆起的枪响,就好像在金仙儿的命运之门上叩了两下。刚才大厅里一片混乱的时候,她被夺门而出的宾客们冲到了靠墙的角落。那一刻,她没有害怕,脑子里一片苍白,她漠然地看着满大厅惊慌失措的人群,不明白自己怎么会出现在这场宴会里。那两声带着回音的枪响把她惊醒了。偌大的厅堂里,站着她和表哥两人,就好像一场大戏刚演到中途,所有的观众都跑光了,只留下他们两个孤独的演员。

他们的临时婚房在商会大楼的楼上,刚刚日机飞临,已经在警告,这地方已不能再待,他又急着返回城防司令部,她便和他一起上了车。

城防司令部在城西凤凰山的半山腰上,是向本城永耀电力公司征用的一处房子。整幢楼北临虹河,地势险要,建筑风格是中西合璧,墙是青砖加花岗岩,屋顶加盖一个中式望楼。警卫打开大门,山上很静,除了偶尔响起哨兵的口令问询,周遭没有一点声音。她跟着他走了好半天石阶,到了楼前,又上十级台阶,这里是他的办公室兼卧室。

她跟着他进了冰冷的房间,里面的家具很简单,一张大桌子,挂着地图的墙跟前一张狭小的行军床。她站在窗前看出去,虹河的江面闪着天空的幽光,风把白色的波浪线一次次地推向岸边,发出沙啦沙啦的声响。他说,这临江的角楼叫燕子楼,因为燕子时常飞来,在梁下筑巢。他还指给她看屋梁上的一个旧燕巢。

"啊,燕子楼。"她有点惊喜地看着那个燕巢,几乎忘记了刚才受到的惊吓。等他换好便装出来,看到她像变戏法一样拿出一堆蜡烛来。红蜡烛截短了,只留寸许长,她把蜡烛一支支点燃,安放在一只红漆托盘里。

"这是干什么?"

她跪下,双掌合十,嘴里念念有词。他听见她在轻声叫妈妈。"妈妈,今天是仙儿大喜的日子,仙儿要把自己嫁了。"她说了两遍,眼里流下泪来。

她拉他一起跪下:"表哥,你欠我一个婚礼,现在补上吧。"

他有点意外,叫了两声她的名字,像是要叫醒她。她好像一粒沙子要扑进大海里一样往他怀里挤。"表哥,我冷,你抱抱我吧。"她不管不顾的劲儿让他吃惊。

他的手碰到了她微微隆起的肚子,像碰到什么灼烫的东西一般缩了回去。但他并没有感到太多吃惊。他知道表妹已经另有所爱,他相信这一定是表妹和她爱人的结晶。他好奇的是,尹世钧到底使了什么法子，让表妹心甘情愿来配合着演这出戏。但他又不能说太多，轻轻带上房门出去了。

他把行军床留给了她，自己在地图前坐了半夜。也许她太累了，这一夜她睡得特别沉。早晨，她感到眼睑亮晃晃的，睁开眼，她看到了虹河上空那橘子般刚刚升起的太阳。光明渐渐盛大，溢满整个房间，屋梁上那个空燕巢浮动在梦幻般的空气里。他已不在房间里了。

三十六

　　黄浩楠是婚礼后第三天走的,第三战区司令部紧急来电,通知他去省政府临时驻地方岩参加战区防务会议,他带了一个警卫班就驱车出发了。

　　过了三天,还不见黄浩楠回来。从明城到方岩是半日车程,算算时间,早应该回来了,即便是有事滞留,也该打个电话通知她吧。她不知怎的有些心慌。想找个人问问,一时也不知道问谁去。

　　她站在窗口,看下面的街市,市容太平如常。她安慰自己,没准浩楠已在回来的路上了。她忙活了一整天,把屋子里里外外打扫了一遍,把还没来得及拆封的嫁妆里的被褥、桶盆、妆匣统统拆出来,一一安放舒齐,又把床单被褥洗了,换上新的。屋子里终于有了家的气息。等到山下军营的喇叭吹响,天色已渐暗。呜咽的喇叭声让她心头发悸,不会出什么事了吧?心里面好像有个小人儿一直在这样问她。

　　她下了楼,城防司令部大院很平静。一些青年军官面无表情地匆忙走动,一副在忙大事的模样。她回头看看山腰的燕子楼,廊下的床单被风吹得翻卷起来,如一面旗帜。她走出司令部大院,门口的卫兵面无表情地看看她。她沿着石阶往下走,路两边竹篱笆围着的矮屋里透出昏黄的灯光来,这些老街的居民开始围坐在一起吃晚餐了,连到处跑动的孩子们都回了屋。她在虹河边坐着,这条河通往她的老家,可是家在哪里呢?她看着萧索冷清的对岸，慢慢地，对岸也有了几盏灯火亮起，浮在暗蓝的空气里。回头看半山腰的大楼，天光中露着半边灰色影子，像一只山兽蹲着。一阵不知由来的恍惚感攫住了她，让她像一粒大风中的水珠一般不知何往。

奇怪的事发生了，她回去时被大门口的卫兵拦住了，不让她进去。

"我就住在这里，我是你们司令的夫人！"她愤怒地叫起来。

卫兵的脸是陌生的，任凭她喊，就是不放她进去。吵闹声引来许多人从里面跑出来围观，一见是她，人群中几个熟面孔都偷偷走开了。

她第一时间想到的是，会不会是尹世钧偷运上山的新四军那批货出了事，连累到了她表哥。肯定是这样！要不然她不会连司令部的门也进不了。强烈的不安使她想马上找到尹世钧。可是到哪里去找她呢？从来都是他们来找她，她却找不到他们。

她去了以前去过的纺织厂，去了和谢吉文一起印传单的棉花站小屋。能想得起来的地方都去找了。她丢了魂一般在城里乱走，只穿一件夹袄，没穿厚一点的外套，冬夜的风这时显出了威力，她脸颊发红，双耳发烫，双脚越来越沉。

空气里有了潮湿的水汽。再往前走，宽阔的湖面像一匹黑丝绸在她面前展开。这里是她熟悉的明湖边。她穿过小石桥，站在竹洲入口的石牌轩下。这是她走熟的一条路。前面亮着灯的地方，就是女子师范的大门。

树荫下，响起女孩儿们咪咪的笑声。只有相互交换了秘密的女生，才会笑得这么投机。几个燕子一般俊逸轻快的身影，一跳一跳在旁边经过。这个是我，这个是佩珊。她的意识有片刻模糊。刚才出了一身汗，冷风一吹，体内的热气丝丝缕缕地被风抽走，她想，我是不是要死了。

肚角一阵钝痛，是由里往外的。她被踢痛了，痛得腰都弯了。一定是那个小人儿。她都快要忘记这事了。它用痛来提醒她，她身上还有一个生命。她是一个有着双重生命的人，她现在得赶紧找个地方，一个暖和的地方。

此地离得最近的，是湖边旗杆巷的戴爱芳家。那个喜欢长跑的小个子女生，读书时经常带她去家里玩，还教她学钩针。她很快辨明了旗杆巷的方向。但这三五百米路变得格外漫长，永远走不到头似的。她扶着弄堂口的墙一步一步挪动，额头冒出豆大的汗珠子，终于拍响了戴爱芳家的门。

几天后，她在明城鼓楼医院生下了一对龙凤胎，孩子还不足月，都只两斤多一点，刚生下时病猫一般，哭声却都很嘹亮，像是一降生就对这世界发表着抗议。医生说，你这样的小身板，还贫血着，生下的两个孩子都能存活，真是个奇迹。

戴爱芳毕业后在城里找不着工作，又有两个弟弟要照顾，她又不愿去乡下教书，于是进了她母亲做工的缫丝厂。母女俩轮班照顾她，把做针织、缝零头布挣来的一点碎银都换了奶粉、米糕，给产妇催奶的蹄髈、鲫鱼，竟也把她给侍候得好好的。应露和曾先生从上海来明城，找到她时，她正带着一对双胞胎坐在草编椅子里晒太阳，这是戴爱芳妈妈的主意，说是孩子要经常晒太阳，不然会得软骨病。

她想从竹椅上站起身，坐久了，脚有点浮肿，一时立不起来。看到她变成这样子，应露的眼圈红了。再看看那一对坐在草编椅里的双胞胎，她又乐了，不知道该抱哪一个。

应露边上站着的一老者,中式长衫,长须垂胸,挂着一根司的克①,应该就是她说过的曾先生了。

应露从上海到明城,已经找了她两天,去了许多地方,最后是在医院得到地址,才一路找到旗杆巷来。

应露问:"黄浩楠还没回来吗?"

"他什么时候回来的?他在哪里?"她眼里突然放出希望的光。

"这就奇怪了,报纸上说,黄浩楠案已经结了,他被撤除了防守司令职务,回到明城了。"曾先生说着,拿出一张折叠得方方正正的《申报》。

她一眼看到报纸黑体的标题,字体很大,就像一则讣告。标题写着《黄浩楠案彻查完毕》:

> 查明城防守司令黄浩楠因在抗战期间与金姓女子举行婚礼,有违军委会命令。经上峰查悉,下令将其撤职,遗缺交由179师师长张德法暂代,黄氏赴金华听候彻查。昨经现代社记者向航业界探得确悉,黄氏抵金华后,曾由军事委员会军法执行总监部派员调查,对于黄氏处理船只进出口经过情形,询问甚详。结果,认黄氏到明城任职后,尚能廉洁自持。但驭下无方,致属员颇多利用权力,假借商人名义,行驶船只与民争利,实属非是。且在非常时期不听军委会命令,擅行结婚,故决正式撤除防守司令职务,以示惩戒。兹黄氏已于日前由金华返明城,闻不日将离明城他去。

---

① 即手杖。

"到底还是我害了他！"她喃喃道。眼泪簌簌落下，把报纸都打湿了。

曾先生说："夫人也不必自责，什么违反战时禁婚令，什么驭下无方，一看就是扣大帽子，不定背后还有什么缘故。你先别急，我托人打听打听。"

三十七

1938年3月,身负东南沿海防务重任的明城城防司令黄浩楠中将被第三战区司令长官顾祝同电召方岩,途经金华时即行枪决,枪决后又迟迟不公布其具体罪状。此事发生时,又当日军虎视眈眈实行其南侵计划之际,一时震动东南。

黄浩楠个性豪爽,为人正直,军中声望卓著,处处以委员长的治国"四维"自励,以先贤戚继光自勉,从不贪赃枉法,更不像别的军官到处玩女人,最高当局多次谕扬其廉洁奉公,称之为"青年军人的楷模",上海之战失利后委以东南海防的重任。此番毫无预兆罹此大祸,一时间明城军民人心浮动,坊间出现种种猜测。

1985年出版的《明城革命史》,系明城党史办和明城文化馆"民间文学三集成"整理小组共同编纂采写,对于明城沦陷前的黄浩楠之死,采访过一些新四军老战士和当事人。然对于什么原因导致黄浩楠杀身之祸,大多语焉不详,殊难自圆其说,主要有"专轮娶妇"和"奸商构陷"两说。

因"专轮娶妇"遭杀身之祸,当时就已有传说,再加一些小报记者添油加醋,流传甚广。言者称:黄的原配妻子鲍氏,是他驻防江西时自由恋爱结婚,夫妻情笃,但因鲍氏身体不好,他们一直没有孩子。1937年12月南京城陷前,鲍氏在中央医院死于日机空袭,黄到任明城城防司令后,思念亡妻,曾为她"做道场""放焰口"超度亡灵。当时许多人都劝他续弦,一些摩登姑娘也纷纷写信附上照片，愿做终身陪伴。黄以鲍氏尸骨未寒为由，皆推托。来明城巡视海防的上级官长对黄指出，作为中将司令，无妻室照料，也算有碍公务，黄始考虑续弦。黄的继室为其表妹金仙儿，明城女师毕业，当时已投靠在上海的黄父，大华银行经理黄鼎昌。平安轮船公司经理李关庭为讨好黄，托人介绍，愿将该公司的"棠飞轮"供黄结婚专用。黄就私自开启虹镇要塞，用该轮迎娶新娘，并装妆奁。据传嫁妆十分丰厚，估值数十万，一批在沪官商亦乘机装进了大量的私货。黄此举直接违反了非常时期"凡属军人不得结婚"的中央通令，婚典时又有三十多架敌机数度飞越明城上空、全城电灯突然熄灭等事发生，故小报记者以《将军不知亡国恨，敌机声中进洞房》为标题，一时博得眼球无数。沪上还有帮闲文人作诗专讽其事："烽火漫天逼海滨，迎亲要塞派专轮，将军毕竟多情种，不爱江山爱美人。"

另一则同样流布甚广的"奸商构陷"之说里，黄浩楠之死是因虹镇巨商姚崇德挟私报复。黄、姚素有冤结，黄到任明城城防司令之初，为实施封江令，欲在虹河口沉船设置水底篱笆，向本城工商界征集船只，身为航运业大佬的姚借故推托，两人始生芥蒂。姚母亡故，黄到虹镇吊唁，姚任其久立灵堂，不闻不问，致使黄盛怒之下拂袖而去。再有城防司令部向工商界募集军费，姚先作认捐姿态，继而赖账，此举彻底激怒了黄，遂把三北公司运送难民的船只阻于虹镇要塞外，下令一律不得入港，并对偷运的客轮处以重罚，而给本城另一家航运公司竹氏公司发给凭条，任其于封江期间自由出入。姚在上层广有人脉，遂以扣押难民船只、违反"疏散上海人口"的最高指令为由控告黄，最高当局盛怒之下即致电第三战区司令长官，将黄正法，以儆效尤。

这一蹊跷事件也引起了日军情报部门的关注，经过大量资料情报分析，他们断定此案与违反战时禁婚令和姚崇德的控告没有直接关系。刚从上海战场下来的黄是一员悍将，当局对之信任有加，委以东南重镇的要职。一个中将司令亡妻续娶，动用一艘客轮实属小事，当局绝不会为此等小事杀他；黄姚之争，即便阻拦难民船入港，也有封江令在前，黄并无大错。黄之死，实是因其不满中央的政策，口无遮拦，在军事会议和其他场合多次批评当局战略与政略脱节。黄的这些言论被特工人员侦知并层层上报，最高当局岂能容下级如此妄议中央，扰乱军心，杀黄实是杀鸡儆猴，以杜绝类似事件再次发生。

淮海战场上率众起义的原第八十五师第二十四师师长刘彪，在他的晚年回忆录里写到了黄浩楠之死。他承认，军事委员会密查组来调查黄浩楠的情况时，他曾向密查组报告了黄的一些言论。但他不是主动揭发，而是在密查组成员诱导下被迫说的。密查组似乎掌握了许多他所不知道的情况。黄浩楠接到第三战区司令部的电话，从明城前往方岩开会，中途要经过金华防区，他接到的密令是想办法把黄浩楠留住，担任监刑官的第三战区军法执行总监倪弼已经在来的路上了。

"接到上峰密令，我真是骑虎难下，左右为难。他是我兄弟，是旧军队里少有的正直的军人。他结婚时我没去，喜幛和贺礼都是送了的。我把他接到附近的第十集团军兵工厂。我留他喝酒，诳他第二天一早一起去方岩。他信了。他怎么会不信自己的兄弟呢……倪猴子（倪弼长一张雷公脸）一到就戒严了。人只能进，不能出。他的警卫班全体下了枪械。我还想拖延时间，打电话给那些老长官，希望出面缓颊，为他留一条性命，倪猴子宣布限二十四小时内执行。他当然意料不到这事。他没有怪我,连一句重话都没有说。他只提出一个要求,和新婚妻子见最后一面。但倪弼不同意,他只好连夜写遗嘱。第二天一早,他穿了便衣,没有受绑,自己步向第十兵工厂后面的草场。既至刑场,倪弼问他还有何遗言,他反问,我到底犯了什么罪?倪大怒,命士兵剥去他的衣服,并勒令下跪。他不从,倪遂宣读命令,有'抗视命令,积罪甚多'等语,后令士兵正面连开三枪。枪毙后,拍了照片,就地匆匆埋了。过了些日子,我偷偷去坟前立了块碑,防区转移的时候,那块碑还在。"

1935年入党的新四军老战士戴志道,他那时是五峰山根据地的地下交通员,他的掩护身份是做五金生意的商人。战局吃紧,铜、铁、锡和五金件都成了紧俏战略物资,他经常去设在金华山区的第十集团军兵工厂联系生意,通过厂里的朋友搞了不少物资。他在一份口述自传中提到,处决地点是在一个叫"岭下朱"的地方。

"兵工厂设在一个山岙里,为了防日本人飞机,进去的路不好走。前一日下过雨,山道上到处都是水洼,一部小汽车和一部军用卡车从后面开上来,车速很快,我闪避不及,溅了一身泥水。我当时还骂了一句,着急忙慌的,去挺尸啊!我办完事,却出不了厂子了,说是戒严了,当晚我就住在兵工厂招待所的一楼。我又看见了那两辆汽车,溅满泥水,停在院子里。兵工厂的朋友告诉我,这是明城城防司令部的车,司令姓黄。

"他和副官住的是一幢独栋小楼,楼下站着荷枪实弹的宪兵,我刚一走近,就被赶开了。第二天一早,我刚要下楼,忽听到隔壁楼那边一阵狂怒的叫喊,还有斥骂声。我刚打开窗,就被楼下的士兵用枪指着关窗。后来我看到那个军官下楼,外套都没穿,被塞进一辆军车。

"军车开走后,厂门口也放行了,我经过一个叫岭下朱的地方,那里是兵工厂试枪械的地方,看到拉了长长的警戒线,只得绕道走。半路上我清楚地听到三声枪响。到了前面一个村子,我听见有人说刚刚在岭下朱枪毙了一个大官。我忍不住好奇,再去看,草地上的警戒已经拆除,湿地上一片杂沓的脚印,一大片草躺倒了,一汪绿草上喷溅着几滴血珠。几天后传开了,一个司令被枪毙了。"

黄浩楠之死是1938年春天明城陷落的前声,故对其死因的探究一直没有停止,且时有不同声音出现。明城失陷后不久,上海《申报》刊登一篇记者专稿,说检举黄浩楠破坏战时禁令专轮迎亲的,是一个叫庄梓野的神秘商人和一个叫宋曾鲁的律师。庄住宝康里,与号称铁嘴的宋律师交好,与平安轮船公司的李关庭也是牌友。某一日,李关庭向他们两人吹嘘,搭上了明城城防司令的线,"棠飞轮"不日将直航明城,庄、宋二人提出搭货,李表示这是迎亲船不方便搭货,庄梓野自感失了面子,仗着与最高当局有姻亲关系,遂与宋律师联名控告黄。

还有一种更匪夷所思的说法,说黄浩楠娶的是一个日本女特务,致使东南沿海抗日的重大情报泄露而遭处决。黄的继室是曾任明城大华银行经理的黄鼎昌的内侄女,明城女师的花名册上还有她的学籍注册,这一流言很快就自动终止了。曾任新四军五峰山游击纵队司令员的尹世钧后来被错划成右派,其中一条罪状是"勾结国民党反动军官"。尹世钧在申诉材料中多次说,黄浩楠是我党在大革命后潜伏在国民党内部的一名秘密党员,她和黄浩楠虽不是上下线关系,但黄浩楠为帮助刚成立不久的根据地运送药品和武器出了很大的力,黄因为此事遭泄被敌人杀害，实是一桩本可避免的意外。当年负责外调的同志问这事谁可以证明，尹世钧说当年的纵队政治部主任丁易平可以证明，黄浩楠在这次运送任务中的确起了主要作用。但丁易平已经在朝鲜战场清水川高地的一场阻击战中牺牲了，已经没有人能够为她证明了。没有把她这番话当作为了洗脱罪名的胡说八道已经算客气了。

三十八

《五峰山志》和明城地方志都记录了1937年冬天至第二年初明城地区遭遇的极寒天气。先是入冬以后大雪盈月，冻馁死者甚众，鸟兽入室呼食；再是开春后遭遇倒春寒，饥民纷纷外逃上海、绍兴等地，壅塞于道，整个上半年稼穑绝收，一些偏僻山区还出现了易子而食等可怖之事。有气象学家甚至把这段时期的极寒气候与明朝末年的小冰河时期相比。

惊蛰过后，竟然又降大雪，连下几日几夜，城中积雪盈尺，多处房屋压塌，电力中断。电力公司紧急抢修，民政局忙着调运粮米安置灾民，就在此时，日军的南侵计划发动了。

3月21日晚间起，日军第五师团第九旅团海军陆战队，出动大小兵舰二十余艘，开始对179师布防的龙山、观海卫、白沙、营房山一线，实行全线炮击，明城东北角天空赤红一片，百余座钢筋水泥碉堡被炸毁大半。两座军火库也在炮击中被炸毁。次日拂晓，日军出动了飞机，对滨海地区实行侦察轰炸。日军强大的炮火压制下，179师前沿守军险象环生，多处阵地被敌陆战队攻破。滩头一线只得放弃，后撤至有利地形抗击。

第三战区司令部给张德法下了死守命令。此时的张德法手中已无兵可调，他以城防司令部的名义把一个税警中队也调去了东线。驻扎天台山的挺进中队接到上峰命令，也紧急驰援。五峰山新四军游击纵队也派出一个中队，下山协助御敌。

数支援军一堵上去，日军的推进势头被遏止了。再加河汊纵横，日军的重武器无法施展，渐形不支，向登陆地退却。到22日午间，东面的炮声歇了下去，出城的市民也都被劝返回家。他们被告知，东洋兵被赶下海去，可以回家安生待着了。这时雪光初霁，市民皆以为吉兆。

日后有战史专家分析明城之失，认为以数万之众只守两天，究其原因，多支部队仓促应战，缺乏有力协调是其一，最重要的原因是179师师长张德法指挥失误，忽视了虹镇方向来敌。虹镇要塞有一个营加两个连的兵力，全德系炮械，要塞外布有水底梅花桩，虹河两岸在黄浩楠到任后又新筑有十余座地堡，张德法认为此一防线固若金汤，因此战事一起，就把注意力放在东面，以为只要把沿着白沙、观城卫、营房山一线抢滩的日军抵挡住，明城就可确保无虞。

此时的虹镇自卫大队在金谷死后已完全落入柳芝平的控制，安插进了大量的日军敌特人员。东线日军发动攻击时，他们也开始了行动，策反了部分要塞守军，拆除了虹河入海口的水底封锁，并把一门十三公尺长的要塞主炮，转了一个方向指向虹镇。黄浩楠带去的两个连的士兵不肯投降，一番激战后冲出要塞，据守河对岸的虹镇。柳芝平派人隔河喊话，若不缴枪就要大炮轰击。这两连义乌兵有一小部分突围，大部战死。柳芝平又让降军引路，一路炸毁了沿着虹河新筑的十余个地堡。这一来，明城的北边门户已全部洞开。

日军在东线只是佯攻，戏演得如此逼真，正是为了让张德法中计。东线日军佯退时，第五师团海军陆战队的一支主力已趁机渡过海湾，沿着虹河一路向着明城逼来。

3月23日，上午十时许，明城北门华美医院附近河道发现日军小汽艇，消息报来时，张德法还不相信，大骂下属谎报。

约半小时后，接二连三的九二式山炮炮弹击中凤凰山城防司令部，张德法这才发现，宽阔的河面上已经游弋着十余艘日军汽艇。汽艇嗵嗵地向着两岸的街市开炮，城中数处起火，街市早已乱作一片。

此时，179师主力全都在东线，坐镇城内的张德法手上连一支预备队都没留。除了刚回城的保警中队和负责四门防务的一个连的士兵，明城实际上已是一座空城。

驻扎司令部的只有一个排的士兵，他们把守了通往山上的要道，居高临下与日军对射。日军汽艇在机枪火力掩护下开始登岸。警卫们向下扔集束手榴弹，炸沉了几艘，但架不住日军汽艇越来越多。日军已蜂拥至半山，与警卫排展开了白刃战。

张德法在几个贴身警卫的拼死护卫下从小路下山，凤凰山上的城防司令部已燃起大火。他从东门出城，想去营房山与师部主力会合，半路上，看到溃兵越来越多。他想阻止溃兵，但这时已经没有一个人听他，他被激流般的人群冲到路边沟渠里，全身都湿透了。

因混入的奸细散布流言"明城已陷落"，再加被压缩到滩头阵地的日军突然实施反攻，这才出现了溃堤般的败退。张德法见事已不可为，换上老百姓衣装，也加入了向西狂退的人群。后来他隐姓埋名成了一名酒坊伙计，1945年后遭逮捕，被军事法庭宣判死刑。此是后话不提。

明城之役，新四军五峰山游击纵队一中队大部壮烈牺牲。白沙和营房山防线被日军撕开口子后，战场已乱作一团，溃兵和附近城镇的居民仓皇西逃，一中队主动担任掩护，与179师的一个连一起边打边退，在一个叫白沙畹的村子附近被日军追上包围。这两支队伍在白沙畹坚守一天，抵住了日军七次冲锋。

激战中，十余架日军飞机盘旋在村庄上空，忌惮双方阵地已穿错交互，始终不敢投弹。后见冲进村子的日军无一生还，飞机俯冲投弹十余分钟，这个叫白沙畹的村子就被抹掉了。

白沙畹后来成了农田，那里的芋头长得特别好，大如头颅，肉质粉糯，人称"明城一品"。芋田边上，曾建有一座抗战英烈纪念碑，碑石镌刻我方阵亡官兵姓名，"文革"中被毁。

《明城革命志》载：1938年3月23日，明城陷，军民十万，出西门奔逃，城里城外，死者相枕，河为之断。

三十九

明城是曾先生桑梓之地，曾先生少年时代负笈东洋，大半生革命奔波，就没回来过，此次陪应露回来，就多住几日，一来走访亲友，二来也是就近观察黄浩楠案的底细到底如何。等到想回上海了，春雪肆虐，车票已不好买，再过两日，日军渡海，一下把他们陷在了城里。

好在曾先生故旧门生多，城破前已说好搭一辆车走。上海回不去了，那就去后方省政府临时驻地方岩。他与黄主席是朋友，之前黄主席已多次邀请他进政府，这次不得已西行，也算是践约前往。

应露坚持要把金仙儿带上，说她一个人带着俩孩子，不带她走只有死路一条。此时黄浩楠遭处决的消息已经到处传开，曾先生想了想，也就答应了。

金仙儿想回上海去找姨父。她说是她害死了浩楠，姨父老了，她不能再不管不顾，她必须回到他身边去。应露说，能回上海我们早就回了，眼下这形势只能去后方暂避，你就和我们一起去方岩，安顿下来再与你姨父联系不迟，这兵荒马乱的你一个人带着俩孩子能走多远？

我的曾外祖母就这样开始了西行逃难，一手抱着我的外婆，一手抱着我的舅公。两个小孩缺衣少吃，一个还发着烧。她被噬心的内疚折磨着，时常走神，花在两个小孩身上的心思就少，幸亏同车热心人照应。曾先生借坐的车是教育局运送教学仪器的，这是一辆木炭汽车，动力不足，再加雪天路滑，半路上时常歇火，要大家下车来推。众人困苦不堪，曾先生却精神头很好，空下来就背诵杜甫的《兵车行》给大家鼓气。

虽然路途艰辛，但毕竟有了一辆汽车遮蔽风寒，比起那些在泥泞里跋涉的难民已经要好很多。曾先生一路写诗，还指导应露，没有纸，就写在香烟牌子上，他们俩也算是不废弦歌了。到了富阳换乘木船，听闻严子陵钓台就在附近，曾先生还带着众人做了半日游览。应露有两首诗送给我的曾外祖母，日后经曾先生修改发表在《妇女之友》杂志上，就是那次游览后写的。第一首，"容易年华似水流，明城别后一经秋，春风沉醉花开夜，深锁琅琅燕子楼"，写闺蜜的新婚之喜；第二首，"盛筵难再事多磨，后果前因问孟婆，莫记春闺三宿恨，且留遗爱抚笼鹅"，又以人世无常宽慰她，希望她善待遗孤。诗前有按语云："明城失陷后，余与夫子、仙儿往后方，途经浙之富春江畔。时春雪满山，雾凇沉砀，天与云，与山与水，上下一白，余三人除痛述敌人之强暴无理外，于薄暮清晨，辄携手徘徊于山崖水际，几又忘却人世之波涛矣。"

省政府临时驻地方岩，距芝英镇三里地。八一三上海之役刚打响，省府黄主席目光长远，就已在谋划省府西退之地，看中了这里坚硬的山体可挡日机轰炸。他们一到，曾先生和应露住进了省府安排在半山腰的一处石屋，我的曾外祖母带着两个孩子在山下镇上租屋，房租还是曾先生垫付的。镇上迁来许多机关团体，大多携家带口，政府建有医保站、幼稚园等临时机构，曾先生介绍她进一家幼稚园，可挣一份家用。

不久，曾先生与应露结婚了。婚礼在省府礼堂中山厅举行。曾先生东京帝大毕业，担任东吴大学国文教授多年，当年有个外号"急先锋",是说新文化运动到了南方,他是打头阵的人物,门下弟子众多。六十八岁的曾先生新任监察委员、教育厅厅长,又娶了有才女之称的女秘书,被弟子们打趣为梅开二度,存心要来闹上一闹,曾先生却不许,说:

"你们没看见黄主席把省府大楼都漆成黑色吗,上峰既有报仇雪恨之决心,我等岂能耽于安乐?眼下匈奴未灭,我办这场喜酒已是僭越了,诸位饮了杯中薄酒,就各自回到战斗岗位去吧。"

他们租住在半山的石屋,是一个神父的私人土地,虽小,倒也干净素雅,曾先生写字喜静,这正好满足他。这里离临时省府大楼才一箭地,上下开会方便。这处所原有名字叫石坎硐,曾先生给改了名,叫石田小筑。他掌管的教育厅,也就是三五个办事员组成的清冷衙门,平日里除了开开会、巡视几所联合中学,大多时候他都是空闲的,基本上在家陪着娇妻,写字、填词,累了在门前弹他那架蕉尾式古琴。他自称这是有巢氏之乐,说没想到武陵源大抵是在乱世中。

山下镇子因为一下子涌进那么多部队和机关,一下子热闹如同城市。新开张的茶馆、酒楼生意天天爆满。看不见的资金流在地下赌场流动。要不是政府明令禁止嫖娼、抽大烟,妓院和烟馆说不定也会到处开花。各地口音的人聚集一处,带来吵架、斗殴,带来各地美食,也带来了各地的剧种和戏班。一入夜,各家院落拨弦奏琴,南戏、滩簧、马灯调、落地小唱,全在镇子上空咿呀开了,也算是弦歌不绝。曾先生平日里不大下山,一日,老友芝英联合中学教务长张伯钊招饮,酒喝了,曲儿也听了,脚高脚低走着回来,半路上一直骂:"商女不知亡国恨,隔江犹唱后庭花,可叹,可恨!"

到底他骨子里是个才子，骂归骂，还是没有约束住自己，亲自登台跑了一回龙套。

芝英联合中学新来一青年女教师，姓柳名婷，人也长得亭亭玉立，此女系东吴大学西语系毕业，虽没上过曾先生的课，依着辈分，也算弟子辈的。柳女郎祖父做过两江总督端方的幕僚，其父在上海商务印书馆做过《辞源》编辑，算是书香门第出身，她本人又雅好昆曲，扮相俊美，她教书的芝英联合中学顿时成了军中乐园，一些青年军官时常来找她雅集。

芝英镇荒野僻壤，昆曲是个新鲜物事，柳婷和那帮昆曲社同好在校内演过几场，大受欢迎。曾先生作为教育厅长官下去视察，校方以柳小姐的昆曲招待。那天只演了小半出《游园惊梦》，曾先生听了，如受电击，魂儿随柳小姐娇莺般的歌喉忽升忽降，自此认定，这昆曲和书法一样，都是国粹，即使国家亡了，这些也是亡不得的。

所以，当张伯钊告诉他，昆曲社要举行一次抗日募捐义演，请他到场，他就应允了。张伯钊却不走。他以为等着他批钱，心下有些不悦。张伯钊却说，是别有所请，请厅长大人登台配戏。

这张伯钊，会写诗，会填曲，也是一个票友，他说的配戏，就是为柳小姐登台跑个龙套。那日准备上演的，是《铁冠图》里的一出《刺虎》，讲的是崇祯朝宫女费贞娥假扮公主行刺李自成的故事，所需龙套不多，也就三个。张伯钊说，这场演出既是教育厅出面，龙套角色就要从教育部门里找，他忝为芝英联合中学教务长，算一个，警察厅长马某，唱须生，算一个，再一个就要劳动曾先生大驾了。

曾先生说："你这不是赶鸭子上架吗，我又不像你，吹拉弹唱样样在行。"张伯钊说："谁要你真唱，上去就几句念白，请你们几位也是名人效应,多吸引一些观众。"曾先生就答应了下来。

这日的义演,是在镇上的应家大院祠堂。应家是镇上望族,自南宋以来,繁衍数十世,出过数任大官,祠堂是徽派风格的大屋,里面还有一个雕工精细的戏台。票早就全部卖出,前排最好的座位,昆曲社内部预留,请各厅局的长官来看。

开场锣鼓一响,三个跑龙套的先出来。这几个,大家都认得,于是全场拼命鼓掌。正经的昆曲演出,龙套出场,是不拍掌的。这四人又是当惯了官的,别人一鼓掌,他们就像在台上演讲一般,点头鞠躬。他们越是点头,观众席里的掌声就越响。结果就变成他们点头鞠躬个没完没了,场内早就笑成了一堆。也幸亏柳小姐唱功好,扮相佳,一出场就镇住了场。要不然,这场戏还真唱不下去了。

演出结束,各厅局长官上台和昆曲社演员握手合影。曾先生因为是教育厅主官,又刚跑了一场龙套,和柳小姐算是同台过,关系自然更紧密了一些。合影后,他与柳小姐站在台角交谈,问她一个西语系的学生,怎么会学起戏来。

柳小姐说:"我学曲学得晚,小时候读的是家里的私学,十六岁才正式进学堂,那时候几个姐姐都上大学去了,我就跟着学校里的昆曲课,边听边学。后来上了大学,父亲看我兴趣不减,就请了专门的老师教,那是昆曲界里传字辈的名角儿。"

"怪不得,我看你一招一式,都有大家范儿。"曾先生笑道,"昆曲的台上功夫,吐词、气息、手势、台步,与中国书法有太多相通处,昆曲高于那些俚俗的滩簧,就在于唱它的人修养要求高。"

这场演出很轰动,省党部的《挺进报》还发表记者写的募捐演出报道，配上剧照。张伯钊写的一首诗也发表在上面。曾先生步其原韵，附和了两首，亲自抄录在纸上，让张伯钊转给柳小姐，说是求教"柳婷女史"。柳小姐收下了那两首诗，又让张伯钊传话过来，说一向敬仰曾先生的书风，只是没有勇气贸然造访求教，今后想要拜曾先生为师，学写书法，"忝列门墙，幸何如之"。

于是，柳婷就到石田小筑来学字了。一周来两次，每次两个钟头。她一来就叫应露师母。其实她比应露要大好几岁。应露答应着，心里却很不爽，想动员金仙儿上山来，帮着料理家务，也帮她盯牢曾先生。

金仙儿在幼稚园里忙得团团转，两个小孩也放在自己班上，应露一见她就唉声叹气："你倒活得滋润，一晌不见，脸色红白淡衬，不像我，在山上做黄脸婆。"又痛惜地拉起仙儿的手，说，"这双手，是写字画画儿的手，可惜了，天天给一帮小孩洗尿布揩屁股。你来山上吧，跟我们家老曾学学字，也给我做个伴。"

"我要带孩子呢，再说，我都忘记怎么捏毛笔了。"

"就当我求你了，家里篱笆没扎牢，进了狐狸精了，你来了我放心。"

于是她带着两个孩子上了山。石田小筑前后都空旷，两个小孩一到就喜欢上了绿茵茵的草地，爬来爬去。她绞了一块湿抹布，里里外外拾掇，把酱色的桌子、楼梯和旧家具擦了一遍又一遍。曾先生写完字出来，说："你把这屋子变亮堂了。"

应露也很满意，说："仙儿有一双巧手，要不然，她怎么会叫仙女呢。""仙女"最早是谢吉文开玩笑叫出来的，眼下也不知他怎么样了，她听着，一时有些发怔。

她很吃惊，婚后的应露到底是怎么过日子的。应露和曾先生楼上楼下一人一个书房，平时都是各忙各的，吟到了好诗，她写在纸上，兴冲冲地给曾先生送过去。曾先生写字写醉了，也会叫她去看。至于屋角结了蛛网、房间乱成一团这些杂事，两人都是不管的。家里也不开伙，吃的都是一个教育厅办事员去食堂打好饭，装在大大小小几个铝饭盒里，给他们送来，吃好再收走。她有点替曾先生不平，看来娶女诗人做老婆真的是一件很可怕的事。

她一来就开了伙仓，每隔三天去一趟镇上购买食材。这几个月物价像野马，越跑越欢，曾先生的一点薪水，也要计算着花。好在省府给厅局级的主官发的是硬通货，现大洋，不像小公务员们只能到手法币，有了钱也不一定能买到好东西。为了省钱，吃得时鲜，她还把北面一个坡地拾掇拾掇开出一个菜园子，莳弄一段时间，韭菜、茄子、蒲瓜、鸡毛菜都能自家供应，不用上市集买了。

曾先生高度近视，又加散光，近视度数一只眼睛一千七，一只一千三，摘下眼镜，几乎盲人。他两副眼镜轮换戴，从不记得去擦镜片，脏了就换一副，还经常找不到。她把每副眼镜的镜片都仔仔细细清洗了，放在他能趁手拿的地方。曾先生不知端的，还以为自己眼力好起来了。

曾先生这人吃性还好，不挑食，特别喜欢汤圆、酒酿圆子这些小甜食，只是有一样忌口，不吃猪肉，可是光吃蔬菜豆腐不吃肉怎么行，这样会没力气。她想出一个法子，把肉切成丝，再打碎，做成肉糜汤。曾先生眼神不济，看不清那是猪肉汤，只是连呼好香。她紧张地看着曾先生喝，问味道怎么样。曾先生边喝边赞不绝口，连夸好喝好喝。她这才松口气，说，你爱喝，我明天再做。

曾先生虽口称不吃猪肉，却爱吃猪大肠。猪大肠炒新摘的苜蓿，搁几片洋葱片，叫草头圈子，是淮扬菜里的名品。这个菜的做法她听曾先生说过，也做得八九不离十，曾先生尝过连竖大拇指，一口气能吃两大盆。

应露夸她，仙儿你怎么那么能啊，将来谁娶到你这个田螺姑娘做老婆就享福了。她说，我以前活在梦里，现在这叫逼上梁山了，养着两个小的，不学会这些怎么活。应露说，你付出了那么多，你表哥也可以瞑目了。应露一直以为两个小孩是黄浩楠的遗孤，她也不想说破。

只有一样活，挑水，她干起来特别吃力。方岩做了临时省府驻地，山上和山下一应公用设施都没来得及做，自来水管道也没铺。曾先生一家的生活用水，吃的喝的，磨墨洗砚的，都要去山下的浣花溪挑来。曾先生砚笔洗得勤，常说笔根清净最是要紧，家里的用水量就特别大。

她是溜肩，力气也不够，吃不住担子，只能提不能挑。和应露一起去溪边抬水，应露耸着肩，迈着碎步，倒有半桶水是半路晃掉的。

曾先生说："这水一滴一涓，都那么金贵，我也得改一改老习惯了。"于是曾先生书桌上的一盂清水，都是从早用到晚。先用来磨墨，再用来洗砚，洗砚时毛笔蘸水在砚上来回洗擦，就着残墨，继续在废纸上写字画画，一直到满纸笔墨交加再换纸。

柳小姐每周有两天上山来跟曾先生学字，应露让金仙儿一起学。曾先生看在她做了那么多事，也不反对。没想到第一堂课，她竟不能写字了，手握毛笔，就控制不住抖。落笔下去，笔尖就像在寻找针孔一样，总也对不准。曾先生教她悬腕，教她要掌竖腕平，道理她都明白，可就是控制不住手抖。

曾先生的目光从厚如瓶底的镜片后射过来，说："你心太乱，这样子，写不好字。"

曾先生要她磨墨，正襟危坐着，一圈一圈磨，祛除一切杂念，练凝神，练聚气。一段时间下来，手不抖了。曾先生说，还不行，你学字，不能成天愁眉苦脸，你要笑，从心里笑出一朵莲花来。她说，先生，我这样子，哪能笑得起来呢？曾先生说，你要忘忧。

这时候，两个小孩在院里蹒跚学步，阳光下看去，就像刚出壳的毛茸茸的小鸡雏一样。曾先生说："你不能一直陷在过去里出不来，我给你改个名字吧。"

"改叫什么？"

"改仙为萱，就叫金萱吧。萱草，《说文》里说它又叫忘忧草，《本草纲目》又说它可以疗愁，石田生萱草，我给你取这个名字，是希望你可以忘忧忘机，一直心平气和。"

这天，曾先生兴致蛮高，洗砚的时候，就着淡墨在两张土制的皮纸上写了八个大字，是陶渊明诗中的两句，"飧胜如归，聆善若始"。每张一句，字见方八九寸，写到"归"字，大到尺余。这是曾先生送她的第一幅字，也是她收藏的曾先生墨迹中最大的。

曾先生写字时，柳小姐对面站着为他拉纸，说："先生写字，我站在对面，字是倒着看的，只看见笔尖在纸上舞动着，就像一个舞者呢。"

曾先生开心地大笑起来，也为柳小姐写了一个屏对。

四十

　　过了些日子,她自己觉得能控笔了。曾先生要她忘掉一切章法,抄几句他昨日新写的诗来看。

　　她凝神屏息,用小楷专心抄录了,呈给曾先生看。曾先生说,看得出你根底不错,都学过什么?她说学过西洋画,也学过花鸟仕女。曾先生问她手边有没有存作。她说都没存下,但可以默写两幅。曾先生便把书房让与她,自己去园里弹琴了。

　　等到曾先生回来,她已经画好了一幅山水小品,一幅花鸟只画了个轮廓,只有鸟的头部,有些工笔的意思。陈先生把那幅山水举起来,几乎凑到鼻尖,看着看着,眼睛放出光来,说:"怎么会有王潜楼先生的笔意?"

　　她说她不知道王潜楼是谁。曾先生说,这个王先生是宣统皇帝的画师,可以算是一位末代宫廷画家。

　　金仙儿咋舌道:"可惜我那时候太小,都没记住那个老画师姓什么,我还是跟先生认真学字吧。"

　　曾先生说:"你可千万别跟我学,如真要学呢,就找我的娘家去学。"她听得一头雾水,应露在边上说:"你娘家那么大,叫她一时如何学得了?"

　　曾先生也笑了,说:"不急不急,我钻研古碑名帖快五十年,汉唐、北魏、二王,什么好东西没有?我这就给你开一份临习的碑帖清单。"说着从架上取下《张猛龙碑》《龙门二十品》《元公夫人姬氏墓志》,交到她手里。

经常有客人来石田小筑，兴致高时还要写字画画，以前她只负责端茶送水，现在他们写字时，曾先生都要她一旁看着。

柳小姐依然每星期来，说是习字，其实大多时候都是看陈先生写字，替他拉纸递笔。看得出她立在边上曾先生很是受用。柳小姐还想帮他磨墨，唯独这一样曾先生不让沾手，说，我管墨管得牢，是个墨牢头，平生两个规矩不破，一是不用隔夜宿墨，二是不借手他人磨墨。

曾先生应酬字多，积到躲不过去了，就集中写一批。他越写越欢实，不中意的，就随手一团，扔在地上。柳小姐见地上有一张霉而破的字，踹成纸饼，是曾先生不要的，就捡起来放入袋中。曾先生近视看不见，金仙儿进来，正好看到，以手语说："怎么不告而取呢？"柳小姐回她一个鬼脸，比画道："人弃我取不为偷。"

应露也知道，柳小姐不光拿这些废弃的片纸只字，还收了曾先生几张好字。她怀疑柳小姐上山来学字的动机，就是为了拿曾先生的字，提醒曾先生多留一个心眼。曾先生说："楚弓楚得，她要是喜欢，拿几张去也无妨。"应露一听急了，因为她认定自己既然做了曾太太，那么曾先生的一切理应都是她的。她只好自己多盯着曾先生一点。柳小姐后来因雨天路滑，扭伤了脚，也不大上山来了。山下的字画店倒是一下子出现了许多曾先生的字，也不知道是不是柳小姐拿去的。

自从曾先生给改了名，我的曾外祖母就像变了一个人。她不再半夜惊醒。她开始有了笑声，对两个小孩也温和了，耐心了。学字、画画，突然间让她有了寄托，就好像茫茫大海中给她抓着了一块浮木。每一道墨下去，浅浅深深，都是在跟过去划清界限。她的脸颊变得从来没有过的丰满，还有了少女样的酡红。

她重新变得好看了起来。

曾先生是个名士，书艺又正当炉火纯青，当地有头有脸的和一些战时滞留后方的生意人有附庸风雅之辈，总把他和一班清客朋友请去。方岩有一种酒叫步云烧，白酒工艺，粟谷烧制，酒色呈桃红，据说是越王勾践伐吴时倒入江中劳军的。曾先生贪恋杯中物，又看在红包的分上，凡有请的，无不欣然前往。一次应一个姓杨的乡绅之邀，去芝英二十里外的杨家花园住两天，曾先生把她们都带上了。酒醉饭饱，主人拿出早早备下的笔墨纸砚，请他留题。曾先生倡议道："金萱先画。"这是曾先生第一次当着众人面这样叫她，我的曾外祖母一听，脸即飞红，连连摆手说不可。曾先生说："我说可就可，你画，我写，伯钊兄盖章，我们三人合作，也是一大佳话。"

我的曾外祖母惶恐提笔，画了一幅《江浦归舟图》。曾先生题诗，抄的是夫人新作的《春晴》五律中的两句，"桃花望春水，归梦蓼花红"。那一夜我的曾外祖母和应露睡在杨家的一张老式大床上，说了半夜话，说两个孩子，他们不是黄浩楠的亲生子女，又说了她一直放心不下的姚家公子，也不知道是在世界的哪个角落捕他的蝴蝶。听得应露心里也很不好受，她保证，两个孩子的事她会保密。从杨家花园回来后，曾先生又要她参加了几次应酬，告诉她以后专攻山水，画大画，减少闺阁气，他要帮她张罗一次画展。

曾先生主动提出要为她办一次画展，是看她生活艰难，一个人拉扯两个孩子着实不易，有了画名，往后生活会好很多。有了这个任务，这倒促使她天天抓着画笔不放了。方岩附近有许多幽深的林涧，百丈漈的瀑布是入了中国旅行社的旅行手册的；其他如大龙湫、小龙湫也名声在外，她就经常带着两个小孩去写生。孩子们在溪坑里玩石头、摸小鱼小虾,她对着山峰打草稿。常常安顿两个孩子睡下后,她伏在画案上一画就是大半夜。

曾先生还特地写信给好友张伯钊,请他写篇评论,画展开幕前登在报上,以使后方文艺界悉知女画家之名。这封半个多世纪前的信居然留存了下来:"伯钊先生大鉴:金萱女士近作得山水多幅,颇有进境。因劝其陈列展览,藉资观摩观摩,盖且可以解生活之困,唯须有大力者之游扬,始克有济。若能得兄一批评文字,在《挺进报》发表,尤所望也,不敢请耳,匆匆奉颂,悚息悚息,余容面谈。"用应露的话来说,老头子为了提携这个女弟子,十八般武艺都使出来了。

这次展览在芝英联合中学礼堂开幕,省主席黄绍竑以下军政首脑、机关团体代表和西泠印社流落至此的遗老们悉数到场,诚为战时文艺界一大盛事。曾先生的字和金萱的画,被报界誉为珠联璧合,尤其金萱的一幅长达五米的《溪山无尽图》长卷,更是引得无数名人题跋、作诗唱和,自然这都是曾先生的功劳。他每天都要下山去芝英联合中学的礼堂,看看有多少人来看画,借机也会朋友。曾先生这般捧她,让她想起从前捧过自己的摄影师老蔡,心里也是百味杂陈。

画展成功开幕,女画家金萱之名如一匹黑马在战时文艺界蹿出,她开始有了稿约,甚至有提了现金来订画的。卖出几幅画后,她在镇上"鲜得来"餐馆置了一桌酒,算是正式请了曾先生和应露一回。那天曾先生多喝了几两步云烧,踏月回去时脚真的像踩在云里一般,她和应露一左一右,才把他扶上山。临睡前又把她叫去,说要回她一份薄礼。曾先生说的薄礼,是他乘兴新写的一首诗,抄在两个斗方的一张纸上。曾先生还叫上应露一起来赏看,对着两个女观众朗诵他的得意之作:"镜里如云黑发多,略施朱粉笑颜酡,瑶池千岁蟠桃熟,又共周王揽辔过。戏呈金萱大家。莫怪莫怪。石田小筑中之一翁。"

"你是一翁不假,她才多大啊,你叫她大家,会叫老的。"应露表面上嘻哈打趣,实际上是硬撑着不发作,金仙儿岂会看不出来。往后的日子难过了,她想。就在这个时候,一个男子上山来找她了。

四十一

　　来到石田小筑的那个男子是周子方。周子方和警卫班负责护送黄浩楠，他们在第十集团军兵工厂被刘彪截留下来后，下了枪械，与他们的长官分开关押。刘彪也没为难他们，处决黄浩楠后就把他们放了。一群人作了鸟兽散，周子方不敢回明城，他一路辗转到了方岩，化名周东，在省政府建设厅做了一名勤杂工。

　　周子方看了报上的画展广告，一眼认出那个叫金萱的画家就是金仙儿。那段时间他天天去芝英联合中学礼堂看画。他远远看她，没有打扰她。他也时常看到曾先生，知道他是一位声望很高的党国元老。开始周子方以为她嫁给了曾先生，后来一看也不像。这才鼓起了勇气找上山去。

　　周子方的底细，一来就交代清楚了的，曾先生夫妇都是知道的，这才容他一个陌生男子自由出入。周子方手脚勤快，他一来，困扰石田小筑的吃水用水问题立马就解决了。每天早晨赶着上班前，他都去浣花溪挑水，把曾先生家的一只七石缸给注满，别的小缸小坛也注满。曾先生和应露都不是会过日子的人，家里要修个啥，置办个啥，他都随叫随到。他还把灶披间单独辟出，加了一道板墙，这样做菜时不会满屋子菜味乱窜了。

　　他还有一手马马虎虎的木工手艺，给木窗都加了压条，给曾先生夫妇的大床加了角铁固定，给双胞胎男的做了一把木头枪，女的做了一辆架子车，车身是一只长嘴巴的鸭子，涂上了明晃晃的黄漆。两个小孩都很喜欢,他一来就咯咯地笑着玩得起劲。

双胞胎已经到了学步的年龄,正是最难带的时候,周子方跟着后头跑东跑西,一来就没有空下来的时候。他们是他长官的孩子,他对他们好是应该的,这样也稍稍补偿下九泉之下的长官。他是这样想的。

有时候忙着就到了餐头上,女主人留他吃饭,他不好意思,搓着手,一口一个曾师母,坚持要回去吃。应露说:"仙儿,你也开个金口啊。""他爱吃不吃,用得着我求他吃吗?"于是周子方愈加腼腆,只会吭哧吭哧笑了。最后曾先生发话,他才不再推托。这样客气过几回后,餐桌上也给他留一副碗筷了。

他们两个在灶披间里忙活,应露对曾先生说:"看那两家头,比我们更像一家子。"

曾先生摘下眼镜,从书里抬起头:"他?他怎么配得上我们家金萱?"

曾先生一说我们家,应露心里不高兴,脸上却看不出,继续说:"我们总不能留仙儿一辈子吧,这会误了人家青春。我看小周不错,人好,对两个小孩也不错。"

曾先生连连摆手,说不合适不合适,他一介武夫出身,又是个临时工,说不到一起去。

应露说:"一个女人,死了丈夫,独自带俩孩子,要我看是仙儿高攀了。临时工又怎么了?在厅里给他谋一个正差,还不是你一句话的事。"

我的曾外祖母的厨艺已经让曾先生离不开她了。其实不只是胃,他的日常起居也离不开她。所以下次应露再提此事,曾先生就说,镇上房租贵,她又没进账,总之是不想放她走的意思。

应露显然早就料到曾先生会这么说,再加上她自己是一向远庖厨的,也不想我的曾外祖母一走,自己成天去围着灶台转。她提出,如果他们成了婚,可以在宅子边上的空地上让他们起个小屋,住的问题解决了,这边屋里又可以继续照应着。

曾先生没有理由再反对了,于是出面跟原屋主商量,在小筑西侧坡地砌两间新屋。他虽只是政府里一个闲官,这种事说几句话还是管用的,屋主同意建造,还不加收房租。于是择吉日开了工,周子方没存下几个钱,买料、付工钱,大头都是曾先生承担。上梁那天,曾先生写了一块匾"石田别筑",让周子方挂上去。又写了八个擘窠大字给他们,"敬意爱情,永矢勿谖"。

他们虽然还住在一起,这一来也算是两家人了。两家人一起吃顿饭,也算礼成了。其实就是平常一样吃饭,只是多加几个菜。曾先生对周子方说:"古时祝福新婚的人,说是'五尽其昌,早协熊罴之庆',你小子福气好,白得了两个好孩子。但一直不给他们取名字,终究是大人失职,我就送两个名字给他们,男的叫庆熊,女的叫庆美。"又说,"我就当金萱是女儿了,你待她好点。"周子方唯唯。

他们一家搬到隔壁新屋住的那天,曾先生一直坐在书房没有出来,一圈一圈地磨墨。直到把一锭收藏多年的罗墨磨去半截,屋子里满是麝药的异香。

我的曾外祖母对周子方说:"你别光听曾先生的,我跟你没有爱情。"

她的语气严厉,周子方不敢看她,但还是忍不住问:"那你跟我是什么?"

"就是搭帮过日子,"我的曾外祖母一字一顿地说,"所以,不办酒,不张扬,另外你外头不能有女人。"

过了些日子,我的曾外祖母让周子方陪着去了一趟金华,辗转找到了岭下朱村。这是一个大村,村民多朱姓,据说光武帝刘秀起兵之初,曾在这里躲过追兵。村中央一条坡阳老街,长百十米,老街东首,有一处醒目建筑,叫大王殿,供奉朱姓的本保老爷。周子方凭着记忆,找到了将军坟。她一个人呆呆坐了半天,仔仔细细拔去坟前杂草。高大的青冈和山毛榉的上空,游荡着一片片蘑菇状的白云,留恋不去。她想,他会是哪一朵呢?周子方想说话,几次欲言又止。下山时,他终于忍不住说了出来:"有件事我一直想不明白,长官到底是不是共产党?"

"人都死了,明城也陷落了,不是怎样,是又怎样?"

周子方激动起来:"那是他们扣的莫须有的罪名!这里就是个风波亭,长官是冤屈死的……"

此时已走到村口大王殿前,一个说书人蹲在土台上,正给几个老人孩子讲刘秀逃难故事:"话说那刘秀,逃难到岭下朱,一块古时称作三角九斗的地里,眼看追兵赶到,刘秀无处可躲,只好向在麦地劳作的一个老农求助。他求老农,让他扮成农民模样,老农没有答应。他就说,若保得他安全,他保证以后这里出的麦穗都是双头的。老农将信将疑,出手替他伪装骗过追兵,这才成就了光武帝日后一番千秋帝业。"

周子方催着快回,说都是假语村言,当不得真。我的曾外祖母去地里摘下一片麦穗,一看,果真都是双头穗。

四十二

1945年8月，日本宣布无条件投降，方岩山下三万余军民冒雨提灯游行，庆祝抗战胜利。乐极生悲的是，曾先生在游行结束回山途中不慎失足滑倒，右腿骨折，右掌骨裂。后方医疗简陋，怕落下病根，曾先生决定回上海治疗。于是，订车票、整行李、房子退租、托人联系医院这些事全都紧张进行了起来。

曾先生问我的曾外祖母作何打算。她表示也要回上海，虽然这些年她给姨父不知写了多少信，但她一封回信都没收到。现在胜利了，她当然要回去陪姨父安度晚年。周庆美和周庆熊刚在镇上读一年级，听说可以去大城市上海，都高兴坏了。

骨伤不能耽搁，曾先生和应露先回上海。动身前，曾先生把她叫到房里。他们的行李已经提前运到火车站，房间里空空荡荡，连个坐的地方都没有，两人只好立着说话。曾先生指了指地上一个皮箱子，说里面有一百幅字，是留给她的，到了上海，没事时当个念想，要是生活发生困难，可以拿出去市面上换钱。她和周子方送曾先生下山，曾先生从抬竿上直起身，又叮嘱她："要保管好啊，我这双残手，以后也不知道能不能写字了。"

她早就跟周子方说了去上海的事，周子方却一直按兵不动。她虽不爱周子方，但平心而论，一起生活的这些年里，周子方对她还是不错的，对庆美、庆熊也尽到了做父亲的责任，所以做出回上海的计划时，是把他算在里头的。她想催一催周子方，却被一件事打乱了计划，明城市政府派人来找她，要她前去出庭做证。

明城沦陷期间，担任特务机关长的柳芝平一直在逃，不久前，被第三战区司令部在金华捉拿归案，押回明城接受军事法庭公审。市政府要我的曾外祖母以明城城防司令遗孀的身份和其他证人一起出庭作证，控诉柳芝平残杀军民、奸污妇女、迫害抗日志士等罪行。市政府的人还向她透露，当年黄浩楠被执行枪决，极有可能是我方中了日谍的离间计，黄浩楠案有望平反。她与周子方一说，周子方也很激动，陪她去了明城出庭。

《明城革命史》中《抗战烽火》一节叙述1946年6月国防部于明城审判战犯的军事法庭对日谍柳芝平执行死刑的文字，来自《时事公报》记者的现场报道：

站在被告席上的柳芝平，"衣破旧军服，未扣纽扣，头发斑白，蓄八字胡，脸呈浮肿"。法官对其宣判死刑，问有何遗言。其用中国话答称："我要讲的话，讲得已多，我并未有强奸杀人等罪，今日本战败，我死不足惜，但我的名誉要紧。"法官当场驳斥："你被判死刑是你罪恶所造成，与日本战败不相干。"……柳芝平当庭写遗书两封，致其长官及友人，并另附呈国民党中央的信一封，"文长九十六行，大谈'中日亲善，共存共荣'谬论。书毕，即当庭更换清洁军服一袭，胶鞋一双……坐于刑椅上受刑"，"弹从左脑进，右眼穿出，连发两枪毙命"。

曾先生他们走时，石田小筑的房子已经退租，后来新起的两间，也议好了补偿价，以做他们回去的川资。时间不等人，两个小猢狲快放暑假了，上海那边新的学校也必须落实。从明城回来后，她见周子方还没有动静，心下着急。周子方这时才吞吞吐吐说，他不去上海了，他在长兴县有一个家，他老婆已经为他生下了三男二女，现在抗战胜利了，他得回自己家了。

我的曾外祖母倒也没太意外。她还劝他尽快回去，一个有责任的男人理应为心爱的女人遮风挡雨，这么多年滞留方岩，他已经够对不起在老家苦等的妻子了。但周子方走的时候把曾先生留下的那只皮箱悄悄带走了。这让她一想起来心里就很不是滋味。这个男人除了个子小点，遇事胆小，其他都还好，怎么要分开了就现出这副无赖相呢。

　　火车上，两个小孩问她，爸爸为什么不和我们一起去上海？她心疼皮箱里曾先生留给她的那一百张字，没好气地说，他不是你们爸爸。两个小孩因即将到来的大城市生活心情雀跃着，只当她说气话。这么多年她这一家子托庇曾家屋檐下，曾先生一点也不嫌弃她，还操心她以后的生活。曾先生是个好人，可恨的是周子方把曾先生留给她的这点念想也给抢走了。

　　去里弄办的小学注册新学籍，她就擅作主张把两个小孩的周姓改掉，随了自己姓。小孩子本来就嫌名字笔画多，不好写，她索性把名字也改了，男的叫金中，女的叫金余。两个小猢狲欢天喜地，只为着作业本上可以少写几笔。

　　这事到底不敢告诉曾先生，庆美和庆熊的名字本来就是曾先生取的，怕他知道了生气。皮箱被周子方带走的事也一直瞒着曾先生。刚到上海的几个月，曾先生帮她又张罗过一次画展，她女画家的名头在后方还算响亮，到了上海滩，谁还认她？所以曾先生想用自己的声望为她造势铺路，也好把画卖个好价钱。尽管那次画展请来了号称"当代草圣"的于右任剪彩，又请来了乔大壮等一帮名流助势，她的画到底也没卖出几张。那年月，钱已经不当钱了，米价上万元，小菜价几千元，价格还不停地坐火箭往上涨。她再要画，纸墨买不起了，画的心情也没有了。两个小孩大起来了，操心的事也越来越多。先前还指望着黄浩楠案平反，可得一笔抚恤金，但这事再也没有人提起过。

也只有曾先生这样的大腕，字价不落反升。眼下私藏金子要查，连老太太戴着的耳环戒指都勒令要去银行兑换，乱世中谁不想抓些实实在在的东西在手里，尤其是曾先生这样的名家之作，几乎成了硬通货。曾先生一生精研碑帖图画，他的字本来公认就是好的，什么法度严谨，什么透挺劲美，几乎是定评，自从在山上手掌骨摔裂动了手术，手臂里面插进了一根钢条，自那以后再运笔，腕骨是不大灵活了，少了巧劲，却无意中多出一份朴拙之趣来，再加他顶着个国大代表的名头，一时拥趸者日众，说他先前的字是神品，现在则是逸品了，字价比以前更高出一截。曾先生没想到七旬老翁还要再红一次，戏称自己是老妇上花轿。不管怎么说，这也算是失之东隅收之桑榆吧。

我的曾外祖母带着两个小孩刚到上海时，姨父黄鼎昌还被关在建国西路一栋叫"楚园"的小洋楼里。这里是光复后审查、甄别汉奸的地方。有落水嫌疑的，据说都要在里面脱一层皮才放出来，一些罪大恶极的大汉奸如梁鸿志之流，都是从这里直接被拉去刑场。两个小孩跟着他们母亲去探视，帮着提衣服被褥，网线兜里的脸盆饭盒一路叮当作响，到了那栋阴森的洋楼里，也不怕陌生，院子里头绕着柱子疯玩。那些穿着灰色中山装、脸孔严肃得像大理石板的看守竟也由着他们疯闹。曾外祖母的姨父是个不愿低头的人，那几年在后方，她写了无数信，也寄过钱，钱一律退回，信从来没有回过。现在他落了难，她来看他，还带了两个小的，一口一个爷爷，他还怎么犟下去？

姨父问她住哪里，她不肯说。姨父让她带着两个孩子住到极司菲尔路的房子里去。那套房子先前是租的，后来买下了产权，姨父关进来后就一直空着。姨父说，他已做好最坏的打算，要是他像梁鸿志一样被拉去吃花生米，这房子就留给她和两个孩子了。又叮嘱，阳台角落一盆蟹爪兰，要是枯了，浇点水就能活，那是老家黄岩那边的品种，命贱，死不了。

"我已经失去了儿子，我不能再失去囡囡了。"他这时叫她的小名，她看着两个小的在树荫下打闹，眼泪唰的一下流出来了。

姨父在"楚园"关了三个月出来了。他的许多"难友"转到了提篮桥监狱，像他这样啥事也没有就出来的，可以说少之又少。据说是上头有人发话了。姨父出来后变得很容易激动，说着说着就起高声，像吵架，还有一个后遗症是手经常发抖。这是甲状腺功能亢进，还有就是心血管毛病的先兆。

审查结束后，姨父又去银行上班了。因为主持复业的污点，原职务自然被免了，做了一名稽核。但含饴弄孙的生活不是姨父想要的，他一下子变得很关心局势，成天收听广播里的新闻。当局搜刮金子，钞票不值铜钿，几同草纸，这般末世光景，他一说起就气急心痛。一帮老友发起"和平运动宣言"来找他签字，他二话不说签了，大学生们组织的"反饥饿、反内战"游行，他也举着小彩旗上了街。游行中，军警出动驱散队伍，奔跑中他摔了一跤，摔成小中风。

她服侍姨父在医院里躺了个把月，才接回家。她说，爸你放心，我给你养老送终。姨父往里侧着头，用一只能动的手拍着床板，表示听到了。从那时起直到他去世，她都叫他爸。

四十三

米价越来越贵,她带着两个小孩去海伦路看曾先生的次数越来越勤了。开始是逢年逢节,礼节性的,手里还要提几样南货店里买的糕食。后来就光着双手去了。曾先生是国大代表,有美援米吃,还能领到牛奶和精制面粉,不差她几样糕食,她也顾不上难为情了,曾先生夫妇有东西给她就拿着。她把拿回家的面粉做饼子,和切碎的菜叶混在一起煮面疙瘩汤,想着法子不让一家人挨饿。直到后来出现了冯医生,才去得少了。

冯医生跟她是在画展上认识的,那次画展卖出的屈指可数的几张画,有一张工笔花鸟就落在冯医生手里。冯医生大名冯樱桥,娃娃脸,厚嘴唇,广东人个子小,从背后看就像个中学生,据说他是因为喜欢曼殊和尚的诗改的名字。她没问过他原名是什么。曼殊和尚的燕子龛诗稿她都是倒背如流的,先前一本小说《断鸿零雁记》还赚了她不少眼泪,所以见他名字就觉得此人可亲。再加上他从医是半路出家,先前念的是西洋文学,所以在一起愈发有话可说。姨父见不得一个外人那般殷勤,冯医生一上门就拉长个脸,所以他来过一阵就不大来家了。有时候楼上楼下碰见,就当街坊邻居一样笑笑,打个招呼。

有一天半夜,女儿金余发高热,她无法可想,这屋里小的一个帮不上手,老的一个半瘫在床,她只好去敲冯医生的门。冯医生连夜帮她把金余送到医院,全都安排妥,陪坐了大半夜,还垫付了医药费。那以后,姨父不再给冯医生脸色看了。医生一段时间不来,他还会主动问起。冯医生单身,医院薪水不低,先前私藏下了些金子,黑市里可以买到食品,所以她也用不着厚着脸去曾先生那里了。

金山银山也架不住坐吃山空,冯医生的一点金子很快也不够花了,但这难不住这个小个子的广东人。传闻广东人,地上四只脚的,除了桌椅,啥都吃,医生让他们见识了一回。春天下过雨,小河边,街角花坛里,到处都蹦跶着蛤蟆,他用夹煤饼的火钳撮来,别小看这丑不拉唧的东西,剥去长满疣粒的表皮,竟也能熬出一锅鲜美的汤。这个东西小孩子们叫"癞司",编了歌谣唱"癞司癞头皮,柯来垫桌脚",平素都要避着走的,饿急了,这种汤食也都抢着吃。夏天雨后,蛤蟆都跳出来了,两个小孩还把裤腿卷得老高,跟着医生去发大水的操场捉蛤蟆。刹杀蛤蟆时他们都躲得远远的,怕白色的浆液溅到眼睛里,会变瞎子。

医生家里来信了,催他回广州。他家做糖业起家,在南边还有一份基业要他去继承。国民政府兵败如山倒,他家准备立足广州再搏一回,有钱人都在做去南边的准备,医生却不愿意回去。他在广州有亲人,有家业,本来说什么他都是应该回去的,这边的一家子,老的老,小的小,他又没应承下什么义务,但他就是没走。

都在说大军要进城了,医生把仅有的钞票换成大米、面粉囤在家里,也只有半缸样子。5月的最末几天,枪炮声哩哩啦啦像放鞭炮一样响在远处,等到枪声歇下去,街上一下子冒出来无数举着小红旗的人。双胞胎兄妹站在弄堂口看过兵,他们的个子还都只有缸沿高,女孩就躲在水缸后面,队伍中一匹北方来的马不知是不是渴了,喷着响鼻伸头过来喝水,舔了一下女孩的手,晚间她又发起了高热。这一回的热度比上次还要来得凶。

她母亲和医生守了一夜,起早送女儿去医院挂急诊,看到黄浦江边所有大房子的尖顶都飘扬起了红旗。"解放了!""新中国来了!"彩车驶过来,震天的锣鼓和喇叭声中,医生在街角激动地拥吻了她,她久久地仰着头,都忘了推开他。

不久,她和一帮旧文人、旧演员被新政府集合起来,组成文艺采风小分队,由军管会代表带队,一辆军用卡车给拉到奉贤乡下去,要他们帮农民下田头做农活,和农民拉家常。这有个说法叫体验生活。动员会上,带队的领导说,新社会的文艺不能再困守象牙塔里,不能再搞资产阶级的小情小调自娱自乐,社会主义文艺是要为工农兵服务的,要他们捋起袖子投入到社会主义建设的大潮中去。写小说的、写戏的、画画的,每个人都分配到了创作任务。会场上,几个穿西装和旗袍来参会的,还受到了批评。她本来还在为下乡穿什么犯难,这下也不用纠结了,把一件常穿的卡其布春秋两用衫拿去裁缝店改成了列宁装。通知下乡时间两个月,出发前,她跟冯医生去街道领了证,这样,她不在的这两个月,家里的双胞胎和一个躺着的,都可以名正言顺让医生照顾了。

这一年,两个小孩十二岁,是解事的年纪了,也开始有了逆反心,学校里跟人吵架,被人戳手指骂反动军官的子女,他们受不了委屈回骂,双胞胎里男的一个还动了手,把人鼻子打出了血。老师上门家访,两个孩子都挨了责罚。责罚就是不许吃晚饭,饿一顿。他们不敢惹自己的母亲——她的脾气越来越坏了——就迁怒于冯医生,对他颐指气使,就是不肯叫他一声爸。后来,双胞胎都提出要改名字。先是金余,说是有同学说她的名字很资产阶级,追求金家的金子有多余,一气之下改成金宇宙。金中说,你都金色的宇宙了,我还怎么大得过你,就在名字后面加一个国吧，于是就改作金中国。

那次一起去奉贤乡下采风的那拨男女，很长时间他们都有联系。其中一个写鸳鸯蝴蝶派小说的女作家，成功写了一个歌颂土地改革的戏，上演后受到上级表扬，进剧团做编剧去了。另一个曾经风头很劲的女作家，交上去的小说被要求一次次修改，都不合上头意，她改得火大，一气之下撕了小说，后来托关系跑去了香港。我的曾外祖母是认真想把作业完成好的，上面认可了也好落实一个文化干部的正式编制。于己，编制是身份，于一家人，编制也是饭碗，这事能不重要吗。连续三个月，她把自己关在房里，任何人不得打扰，专心致志画她的《翻身记》。她披头散发，如同中了魔怔，听到屋里有脚步声就恼怒不已。下乡时她学会了抽烟，这会儿越抽越凶，屋子里，衣服和头发上，一股子呛人的烟味。

三个月后，她放弃了。她把纸、笔、墨胡乱揉成一团，扔在畚斗里，嘶哑着嗓子对医生说，我废掉了，我已经忘记了怎么用墨，墨水像一瓶打翻的酱油在纸上到处流散，我手里的毛笔变成了一块湿抹布，怎么抹也抹不干净，这支笔太轻了，太轻了，轻得像鸡毛，我拿起来就控制不住手抖。医生安慰她，画不出来就不画吧，有我在医院上班，饿不着全家。

不管画得多糟糕，作业还是要交，不然就是对新社会的态度问题。医生帮她从一大堆废稿里挑出几张稍稍像样点的，陪她一起送到区政府文化科去。一同去采风的带队领导扫了一眼画稿，嘴里蹦出三个字，就不再拿正眼看她。那三个字，她却是听分明的，鬼——画——符。她一面觉得耻辱，一面又为不用绞尽脑汁画画了感到轻松。夫妻俩如蒙大赦，下得楼来，她忽然愣住了，台阶边一个穿着去除了领章的草绿色军服的儒雅男子，正含笑看着她。她失声叫了起来，小徐！男子身边的人更正道，他是我们徐区长。

姐！他仍然叫她姐。眼前的男子和北平那个晚上唱《步步娇》的燕京大学青年重叠在了一起。他还是那副敦厚的模样，眼神明亮，一开口就露出一口好看的白牙，除了个儿更高了，脑门的头发稀疏了些，几乎没什么大变。他说，我真的给你写过信呢，寄到竹洲女师。她哦哦应着，心慌得厉害，瞧瞧自己都变成了啥模样，真希望没有这次相遇。

区政府文化科后来打来过一个电话，要她去刚成立的工人文化宫报到。她去了，接待人员客气得不得了。她知道是因为小徐，心下感激，却也没再找他。上了几天班，填表办理入职手续，政审时卡了壳，问题有两个：一是她死去的丈夫，国民党军官黄浩楠的问题；二是她曾经被明城警察局逮捕过，那段经历说不清楚。政审一直过不了关，编制也就下不来。等到她鼓起勇气想去找小徐，人早就调走了，文化宫里也就待不下去了。

运动像浊浪一波接一波拍来，她进过看守所的事又被翻了出来。上面有人来过街道，据说是调查她"叛徒"的材料。她写了许多材料，送到街道，寄到区里，全都石沉大海。再后来，轮到医生遭殃了，发配去江西，半年才回来一次。双胞胎正在长个子，长成了姑娘和小伙，嘴巴还是很重，还是叫他"喂"。食品供应一会儿放开，一会儿紧张，她没有单位，领不到票证，买的都是黑市货，价格死贵。这几年，她缝零头布、去社队办厂糊纸盒、去煤饼厂打煤球，赚钱补贴家用，给两个孩子交学费。烟抽得愈发凶了，一口好牙都熏黄了。

不得已，每逢周日她带了金中国和金宇宙又去海伦路找曾先生。街心花园里，那群下象棋的老头子还在，只是更老了，没有力气捋起袖子吵相骂了。楼下亭子边,她记得有一个美心食品商店,里面的面包很香,一家小宁波汤圆店,专卖猪油馅的缸鸭狗汤圆,现在都关了门。街上最大的声音,就是海关大楼的钟楼每隔半小时放的《东方红》。唆唆啦来,哆哆啦来,唆唆啦哆啦唆哆哆啦来——乐曲在空旷的江上空回荡,她默唱着,像在背诵一本密电码,她想,苦日子怎么转头又回来了?

几年不见,曾先生倒是没大变样,只是脸垮了,腮帮肉垂下来,像一对反向的括号。曾先生看到她一头灰白,很是感慨,说,我那时写诗给你,说你"镜里如云黑发多,略施朱粉笑颜酡",好像还是昨天的事,怎么一下子你也老了。她看看应露,心里怪曾先生说这话也不避着一点。应露听了也只是笑笑。是啊,她们都老了。老了,也都不在乎了。

周日的一顿午饭,是曾先生和应露专门为他们做的,比平时要多几个菜。双胞胎风卷残云吃完,坐到天井里写作业,她就在堂屋里陪曾先生夫妇说话。

曾先生是政协委员,上面交代了要保护,运动开始没受冲击。但他是资产阶级反动学术权威,眼下年纪大了,批斗可免,还是被勒令在家写检查。曾先生跟她说了一件事,他写的认罪书刚在居委会黑板上贴出,一会儿工夫就不见了,害得他只好一次次重写。曾先生快活地眨巴着小眼睛,说,我知道是有人拿家里去藏着了,五十年后,准是一级文物。又说,趁现在还有气力,我给你写几张大字你留着,有用。

曾先生过世后,应露说,曾先生是自己吓死自己的。曾先生藏了许多字画,上面有许多题词,题词的一些人,有许多名字现在提也不能提。曾先生怕来人抄家,街上打锣鼓或者卡车驶过都会心惊肉跳。他心脏病发作去世前,把他的全部宝贝放在脚桶里沤烂,在抽水马桶里放水冲掉了。所以曾先生往生时的面貌看上去很平静。

她住的极司菲尔路,后来改名梵皇渡路,姨父当年买下的那套公寓,因为要建一个天文馆,整幢楼拆掉了,新置换的房子在黄浦路,面积小了许多,南北不通,俗称"满屁眼屋"。因是底楼,光线阴暗不说,一到春夏还特别潮湿。那时候她姨父已经去世了好几年,双胞胎初中毕业后,一个去了佳木斯,一个去了内蒙古,医生又远在江西。她一个人住,只觉得房子太过空荡。十年动乱结束,知青回城,回来的双胞胎儿女,女的进了棉纺厂做挡车工,男的在港务局码头,都住单位宿舍,仍然她一个人住。好在不久,医生拖着病腿回来了,在居委会卫生所谋了个差事,屋里也总算有了些人气。

医生乐极生悲去世后,她一个人又在这个屋子里住了几年。这些年抽劣质烟,把肺熏坏了,一到秋冬季就吭吭吭地咳个没完没了。她咳的样子很可怕,就像要把五脏六腑全都吐出来一样。胃也不好,血糖偏低。记忆力严重衰退,肝、脾、胰还有炎症。一次洗浴滑倒,摔折了腿,好了拆去石膏,两腿就不一样长了,往后出门就只能坐旧轮椅代步。金宇宙陪她妈去医院做过一次全身检查,医生说,人的身体就像一部机器,油料不足硬转,零件都磨坏了。自那以后,金宇宙把她接去住。开始住阁楼,因为上下楼实在不便,屋子又小,就在木楼梯下拾掇出一张床的位置,供她安身。

1989年元旦,区文史馆为金萱举办了一次小型画展,展出的都是抗战时期她在后方创作的画作。家人把她打扮齐整,她坐在轮椅上,被人推着看完了全部画,没说一句话。因为看了一圈,她根本没想起来这些画是她画的。这次画展开得不是时候,连一篇报道都没有发出来,到的人也极少,她的画名重新被挖掘出来,还要再过十年。

就在这年春天的一个晚上,她死在女儿家的阁楼里。她拖着一双病腿,是怎样从底下爬上去的,让人匪夷所思。死之前最后一刻的灵明里,她看见了自己的灵魂,它不是单个的,而是一群,如同春天的蝴蝶一样簇拥着她。它们向她的头顶涌去,这群淡蓝色光芒的仙子,像是在请求她批准它们离去。她笑着说,你们去吧。那团蓝光从她头顶升起,渐渐脱离了她。她看见它们飞出窗外,越飞越高。她想,我真笨啊,我把灵魂放走了,然后头一歪,真的死了。

尾声

2012年底,我接到明城市委宣传部电话,通知我"姚新民昆虫博物馆"不久将在虹镇正式开张。虹镇是姚新民院士的老家,他们希望我把号称"蝶神"、在中国科技教育界有着重大影响的姚新民也写入本书。

我是和表妹亚亚一起去虹镇的。昆虫博物馆建在虹河入海处的一处岬角,崖壁之下,就是浑黄的海水。设计师把博物馆的外形设计成蝶形,墙体是白色的,从远处看去,馆体就像一只白色蝴蝶卧在山海之间。

姚教授在墙上看着我。这幅巨大的肖像是他的工作照放大的,有一种奇怪的混搭效果。老头穿着西装,系红白相间的斜纹领带,白衬衣的领子略微有点起皱。他古铜色的脸远远看去就像一颗土豆,颏下一绺葱根一般短崭崭的白须。金属框眼镜下面,眼里的神色似是讥讽,又有一种老小孩式的顽皮,与边上"昆虫学大师""一代宗师,才高德劭"两幅字很不相称。直觉告诉我,这是一个挺有意思的老头。亚亚说,有一种男人,越是老,就像陈酒越来越香。

大厅的音响回旋播放着一支曲子,讲解员说是老人用世界语原声吟唱的一首诗。旁边展板上写着这首诗的原文,题目是《夜起》:"中夜愁不眠,独步远村前。微风夜带麝,壁月花含烟。鸂鹩并头宿,笑我身可怜。我亦有情侣,只在白云边。"讲解的小姑娘口齿伶俐,讲稿背得滚瓜烂熟:

"姚院士三十年代南通农学院毕业后,留学意大利拿波里大学，获得昆虫学博士学位，他是抗战时期著名的川康科学考察团成员之一，考察结束来到西北创建了西北农学院，在黄土地上扎根七十年，一生主攻昆虫分类学，建立了农业昆虫学学科研究体系，所著《中国昆虫学史》《中国蝶类志》《中国盾蚧志》皆是虫学巨著，以他的姓氏命名的昆虫新分类单元多达六十个。他还是绿星旗下马前卒，是国内最早的一批世界语普及推动者之一……"

我知道第一眼见他为什么会有一种混搭的感觉了，那一身不中不西的装束，那张脸上纵横的沟壑里，有意大利南部的阳光，有中国南方的阴柔，也沉淀着西北的风尘。

讲解小姑娘用一口悦耳的普通话向来宾介绍："姚院士曾经说，蝴蝶来了，给世界带来繁花的春天，它们展开天使般的翅膀，在高山，在平原，在河边，在花园自由地飞翔。不管是帝王，是贵族，是牧童，是樵夫，只要他有一颗善良的心，他就能欣赏蝴蝶的艳丽姿态，而深深爱上它们。现在就让我们一起走进姚院士七十年的昆虫世界吧。"

展厅里，脚步沙沙地移动开了。进入"川康考察"展厅，我停下了脚步。展板上介绍说，1937年秋，全面抗战爆发，姚新民博士于国家危难之际立誓"不杀大虫，杀小虫何用"，毅然投身军旅，著名的麻栗塘突围战后，他一路经桂林到重庆，后来参加了川康科考团，历时半年，绘制了我国高海拔地区昆虫分布的地形图，为创立昆虫学史学科奠定了基础。展柜里陈列着考察团用过的地图、指南针、刀具、水壶、锅具等，还有几页写在土纸上的姚新民工作日记的原件。那几页日记文字，看着面熟，像是在哪一本书上读过。突然我脑中划过一道闪光，我说，亚亚你还记得吗，外婆去世时留下的那一包本子和照片？

那些曾外祖母的遗物里，我读到过这些信！

"你是说，他在《夜起》里说的，'我亦有情侣，只在白云边'，他日夜思念的情侣，就是曾外祖母？"

从虹镇回来后，我对照博物馆自印的《姚新民回忆录》，又重读了那些信。

    积雪融化了，我们出发了。我们这个科考团的团长是一个气象学家，副团长是个地质学家。我是团里唯一的昆虫学家。

    国家看来是真的不行了，它就像一个掉到水里的人，谁都想救它一救。学生喊口号读书救国，资本家成天把实业救国挂在嘴上，我们的考察团的团旗上写的是：科学救国。

    保安司令派了四个兵护送我们。出发时司令看到旗上的四个字笑了，骂了一句格老子的。要不是省长直接下令，他才不舍得把四个兵交给我们。省长是辅仁大学毕业的，拨下一千大洋，给考察团做研究经费，他真是个好人。

    那四个兵其实我们一点也看不上眼，一个是鸦片鬼，一个黄脸短须，黄鼠狼面相，另两个，说话舌头打结。

    我们雇了向导和挑夫，十几匹马载着帐篷行李和研究设备，一路从嘉定走到洪雅。我们分了组，气象组和地质组继续上山，我们农林组主要在山的半腰线以下活动，组里共八人，分植物、动物和昆虫三组。昆虫组由我带领。我下面有两个组员，一个姓郑，广东中山大学毕业，另一个姓郝，西南联大毕业。脊椎动物组没有专家，由我们随带考察。

扎好营后，每天早晨，我们吃过早饭出发，带上中午的干粮，边走边采集。遇到好的采集环境，就住下来采几天。偶尔也租用一些当地的马，用来驮行李，累了也可骑一下，涉过被水流冲垮的路面。

这里已经是春天了。上海还是隆冬吧？这里的河是彩色的。河床、绿树、天空、水底的石，各种各样盛开着的花，就像谁不小心打翻了天上的熔炉，斑斓地流散开来。这里的天很多变，一天要下好几场雨，出好几阵太阳。

要跟你夸耀一下我的马上功夫了：从洪雅到罗坝，我们骑马走在一条新修的山路上，上下都是悬崖峭壁，头几乎擦着路旁的崖顶，路基是刚铺上的小石子，很难走。一条山沟把小路切断了，桥还没有修理！怎样过去呢？我把马退回几十米远，用力加鞭，让马快奔起来，一下就跳过了那一米多宽的山沟，我勒住缰绳，说这叫策马渡悬崖，把他们吓得不轻。

我的两个同伴没有我胆大。他们一个攀着树枝先爬到沟那边去，牵着马缰在前面拉，另一个在后面用鞭子打着，强逼马从原地跳过去，结果马跳不过去，跌下悬崖死了。我们费了很大的劲才把行李从崖下吊上来。还赔了损失马的钱。

我雇到一匹烈马，它转着身，不让我踏镫骑上去，我一拍马鞍，飞身骑上，它飞跑起来。我赶紧把身体向前俯伏保持平衡，它却突然前足着地，后足高高地跳起来。这一下，把我从马头前面摔了下去。万幸我拉住勒紧的缰绳，才没有跌倒。我狠狠地在马头上打了两拳，它驯服了，可怜兮兮地看着我。我是整个考察团里公认马术最好的。

关于马的故事还有好多。我们翻过海拔三千二百多米的二郎山，爬上陡峭的山顶，郑同学兴致大发，他从马的左侧坐上去，一屁股没坐定，从右面跌了下去，差点滚下山顶。他的一只脚插在镫子里拔不出来，被马拖着跑了几十米，脸都刮花了。

最危险的一次，是过大渡河的一个支流。水很急，水底是长满青苔的大石头。这里没有船，也没有桥，我想马是识水性的，就坐在马背的棉被上，驱着它下了河。没想到水很深，马半浮了起来。水底的大石头太滑，它站不住脚，只能跳跃着前进。这一来，马鞍松了，我翻到马肚子下面去了。我吃了几口水，耳朵里好像有无数人在叫我，但头脑是清醒的，我钻出水来，抱住了马的脖子。水愈来愈深，马完全浮了起来，水向着一个断崖急冲。它竟然奋动四蹄游了起来，河水哗哗的，就像踩在它脚下的白云。我想它说不定是《西游记》里唐三藏坐骑白龙马的转世。

我发现了一个绝好的采集地，雅安的周公山。我带着小郑、小郝，住在山上的一个古刹里。一个随团的老猎人负责给我们做饭，他只带了些米和咸苦瓜上去。我们天天吃稀饭和咸苦瓜。

那几日，白天老是下雨，鲜有收获，傍晚雨停了，我们才出去工作。我们在山上点诱虫灯，把草帽挂在灯上，以防雨水落在灯上。诱虫灯用的是煤油，灯座下面有个打气的活塞，往装煤油的储油罐里打气，会让石棉网做的灯芯发出耀眼的白光。

那天出了一桩意外，山风太大，灯被吹灭了。我划亮一根火柴再点，火焰舔着下面的油罐，被风吹着倒卷过来，把我的眉毛都烧光了。当时我只觉得火全都冲进了眼球，就像一整个世界都烧着了。

晚上我眼睛痛得睡不着。猎人带了一瓶獾油，给我抹了一些在眼睑上。迷迷糊糊中，我听见小郑在磨牙，在梦里骂人。小郝先在屋子里转圈，然后走到屋外坪上，一圈圈地绕着走。他的喉咙底里发出狼嗥声。我回头，看到猎人闪亮的眼睛。猎人说，他中邪了，别惊着他。我知道小郝是梦游症发作。直到他回屋躺下，我们都没有惊动他。一整夜我都没有再睡着。

在山上快一个星期了。我们白天在半山腰采集标本，调查农林害虫，下到溪涧边诱集水生昆虫；晚上，去山顶放诱虫灯。经常有一些山雉和野鸡撞到老猎人枪口上，从他打来的猎物里，我找到了食毛目与虱目的昆虫标本。这段时间下来我们的工作成绩很是不错，采到了许多珍奇的昆虫标本，向你报告，已获标本三千种，二万头以上，其中蝴蝶八十五种。

伙食也改善了，因为有肉吃。小郝的梦游症没有再犯。

团部派人来通知开会，我下山去参加。下山的路很窄，林深草长，因为水汽充沛，石头上长满青苔，一不小心就脚下打滑。我下山一趟，跌了十几跤，一颗门牙跌断了。幸亏我抓住灌木枝条，虽勒出了一手血泡，总算没滚下路旁的悬崖。

团部大院一片死寂。我掀开门帘子，正纳闷这么冷的天为什么不生火，看见团长、副团长和一个农业专家蹲在地上，手反绑着，嘴里塞着布条。两个兵拿枪指着他们。团长使眼色不要我进来。但已经来不及了，我的后脑勺挨了闷闷的一枪托，眼前直冒金星。

偷袭我的是一个矮壮的卫兵，他得了手，看着我呵呵直乐。他们已经把屋里屋外都翻遍了，寻找那一千大洋。他们翻查时，厨子和一个植物学家反抗，两个人都被领头的黄鼠狼拿刀捅了，尸体就藏在布帘后面。

黄鼠狼问我银圆藏哪儿了。我说不知道。他撩手给了我两巴掌。估计他对我本来就不抱希望，打过就不再理我。团长怒目瞪视着那四个兵，不，他们现在是匪。团长说，我要向省长控告你们。四个匪全都哈哈大笑起来，他们说，省长司令算个鸟。

鸦片鬼把我捆扎实，像扔一袋土豆一样把我往屋角一扔。果然是行家，打的是牛桩结。他们出去后，副团长劝团长，把钱给他们算了，留得青山在，保命要紧。团长说，这是国库拨的款，民脂民膏，怎好拿来资匪，你枉读那么多年书，居然说出这等话来。地质学家哭丧着脸说，财不露白，都怪你让他们看到大洋，起了歹心。

晚上，看守松了。四个匪分两班，轮换睡觉。我在鸦片鬼捆我的时候留了一手，稍许可以活动。我解开牛桩结，又帮他们解开。行军壶里还有一点水，我们用来弄湿墙角，开始挖土墙。不敢搞出响动，只能手指掏。

我们听到外头两个匪在说，要是再逼问不出，就要把人做掉，再把骡马牵到集市上去卖掉。

我们挖啊挖，手指头流血也不觉得疼。洞挖通了，碗口大小。又加了把劲，正好把头伸进去。我们一个接一个爬出去，团长最后一个。

去草料场牵马的时候有人绊倒了，惊动了守在门口的匪。枪一响，我们四散跑开来。开始，我还听到身边有人大口大口喘息，跑到后来，就剩我一个人了。

我不知道他们是跑出来了，还是被打死了。我又不敢回团部去，连夜上了山。我庆幸的是，标本都留在山上，团长托付给我保管的一箱子银圆，也在山上。

他们都跑出来了，除了副团长被匪兵的一颗子弹打中，当场死了。劫后余生，我们变得特别亲热。团长抱着我肩膀摇啊摇，几颗泪掉进胡子里。

气象组和地质组听到团部有变，也都折返回来。我们开会，决定继续分组前行。南路经蒙自到西昌，北路经康定、丹巴、懋功去西康。我坚持走北路，因为那里的雪山脚下有个蝴蝶谷，小郑和小郝同意一起去。

怕再遇到劫匪，出发前，团长把一箱银圆给三个组分掉了，让各组便宜行事。他觉得挺对不起这次死在团部的几个人。挑夫和马夫给了点钱，都打发了。我们分到一支猎枪，还有一只猎犬。

这一路，我们宿马骝场、骡马店，每个人都生了虱子。今夜住的小客店，里面一样污秽不堪。外面一截土墙上空的天空，这么蓝！这么平静！月亮像只白瓷碗倒扣着，就像拿波里的夜色。

我们到了大相岭采集。晚上住在山顶无遮盖的客栈。半夜下起了大雨,床湿了,只能睡长板凳。我身子上盖了一层油布。雨打在脸上,雨落进了我的眼里。

踏过棱砾乱石,横渡淙淙急流,这一路的风景真是绝美。在凤仪堡,我采到了金边蛱蝶,如果不是这一次亲见,还真以为它们绝种了。

我们遭受了行走北路以来最大的一次挫折。具体我也没法细说。在跑马山采集时,悬崖落石把小郝砸昏了,一匹马滚落悬崖,另一匹受重伤,我只能用猎枪结果了它。只剩下我的一匹白马,一下子驮不了那么重,小郑又要背着负伤的小郝,我只得自己抱着行李,一天走六十里地。到了西康,把小郝送进医院,我们住进省政府招待所。接待人员给我安排了特等房,我拒绝了。当天晚上,省府宴请,看当地巴安人跳锅庄舞,我饮酒二十八杯,大醉。骂兵匪一家,骂当局,恐有杀身之祸,想想后怕。第二天晚上又有宴会,我就不说话了,酒也少喝了,只是闷头吃肉。

西康的姑娘身材高挑,脸上有两块高原红,小郝因祸得福,居然和医院里的护士恋爱了。他不走了,害得小郑也蠢蠢欲动想留下。我答应他们了。我把组里的银圆留给了他们一份。他们说等我回来还给我。

我没有告诉他们,四川大学送来聘书,聘我去当昆虫学教授,我没有答应。

这里离木雅贡嘎山已不远，远远望去，山顶的白雪好像圣洁的冠冕。当地人说，那是离天最近的地方。

我的一床被子因为长久日晒、水浸和荆棘、岩石的摩擦，不能用了，小郝的女朋友亲手缝制了一床丝绵被。那真是个手巧的姑娘，人也长得好看。祝福他们。

我一个人一匹马上路。那两个浑小子送我到城门外，都哭了。

我先在木雅贡嘎山下的雅安埂高原采集了两天。晚上睡在当地人的牛场里。这里附近有一座叫摩西面的山峰，山顶有积雪。我穿过森林，去登了摩西面。这里有一个天主教堂，住着一个意大利传教士。我没想到这么高的地方还有人迹。传教士同时还是一个医生，专门诊治麻风病，附近村子的麻风病人都来找他。

我不再骑马。马用来驮仪器和行李，还有用生牛皮包起来的盐巴。它还是我一路的伙伴，心里闷得慌了，我就跟它说话。

进了山口，不再有住宿的地方。住过的骡马店，现在回想起来就像天堂一样。我像登山运动员一样，一天一段距离，把帐篷移上去。不同的海拔高度，从植被和岩石的结构分出明显的分层。我把宿营点选在山上峡谷中，草甸地带的边缘，地上是铺成地毯一样的羊胡子草。旁边山谷里是三米左右高的石楠树，密密的分枝互相交叉着。

早晨，我开始只身登雪山。我靠着捕虫网柄和单层生牛皮做底的藏靴，从一个大石块跳到另一个大石块上，一跳就是一米多远。离开宿营的石楠树林，先要穿过三四里宽的大石块地带，三五米见方的石块就像史前的遗物。然后是矮石楠地带，散生的石楠树不到一米高，地面还有一些菊科和蓼科的植物。再走过小石块地带，到了粗沙地带，石楠树的高度还不到五厘米，石缝里有些叶面蜡质的宽叶草，我不认识，也许是网脉地黄。最后是细沙地带，沙的直径只有五毫米左右。走完这个地带，终年不化的雪的冠冕就在眼前了。

山愈来愈高，缺氧使我呼吸急促，最后只得放慢步子，一步一息地走。这个地带很陡，爬上一步有时反会滑下三四步。终于到达了雪线。据说这里的雪线，夏天还在四千五百米以上。这是我采集的最高海拔。我用捕虫网柄在雪地上画了"抗战图存"四个大字。

我用手帕包了一个雪团，沿着一条溪沟连滚带爬往回走。在雪线附近我采到了石蛾和跳虫，如果运气好，我可以在雪水流下来的溪沟边采到蜚蠊目昆虫。但是天已经黑下来了。我太大意了，没有记路，差点误入沼泽地。我进入大石楠林，困在交叉的枝条中钻不出来了。远处不知什么野兽在叫。我慌了神。要是带着猎枪就好了。

就在这时，林子里飞出一串闪着亮光的蝴蝶。三只、五只、七只，它们在我头顶盘旋。它们是从蝴蝶谷飞来的吗？跟着它们，我走出了半沼泽地，看见了我挂在帐篷边的那盏马灯。

我想起一个故事，一个酿酒师，向来惜生，不忍心在酒池里淹死一只苍蝇。后来有一天，酿酒师犯了事，要问斩，主审法官要在判决书上签字。这时飞来一大群苍蝇，围着法官转，好几次托住他要落下去的笔，法官知道事必有因，再去查勘，后来就免了酿酒师的死罪。我相信，这群发着亮光的蝴蝶，是你派来救我的。

……

我回了一趟虹镇，把这些信件捐赠给了姚新民昆虫博物馆。我想，我的曾外祖母如果地下有知，她是希望这些信回到这里，回到山海之间那幢白色蝶形建筑里的。那本《明城传》，就不去写了，有机会我就写写我的曾外祖母的故事吧。

2021 年 6 月，一稿
2021 年 11 月，修改

多余的话

小说改完了，没有喜悦，也不轻松。我看着和我共同生活了三年的那个叫金萱的女人，她放跑了自己的灵魂，看着灵魂像一群蓝色的仙子一样飞起来，飞出窗外，越飞越高，然后她呼出最后一口气，真的死了。我是很忌讳在小说里把人给写死的。没有耐心叙述了，才会把人写死，动不动把人写死是小说家无能的一种表现。但这一次死亡的降临是自然而然的，死亡对她来说，是使她回到了正常人。

　　等等，那是说，她的一生是不正常的？故事起于意外，小说源于生命体的一处异变,这样他（她）才会成为一个小说人物。在金萱的少女时代，她与周围女生的不同，就在于心里有一点绮想，一个憧憬。有了这种罗曼蒂克，她才会像包法利夫人那样，以小说和文艺杂志来指导她的生活，才会像追逐文艺一样追逐起了革命。大时代的舞台，其实个体也都是孤独的，一圈追光灯打着，一个光圈叫文艺，一个光圈叫革命，都是那个时代最时尚的东西，她从一个光圈跳到另一个光圈，引领她的就是那个叫梦想的东西。

　　二十世纪的革命，就是一个硕大的梦想的降临。先是从新文化运动分离出来的文化领袖们绘出了一幅梦想的蓝图，运用政党政治和暴力革命去谋求实现，然后鼓动起了广大的小知识分子、中产阶级投身其中，最后是普罗大众的加入。对金萱这样的青年来说，文艺是她先天的梦想，革命是后来加入的。文艺是她的小梦想，革命则是大梦想。对革命的梦想和向往，裹挟起她的生命，投入更加宽广的大河里。如果没有后面这个大梦想，她的一生是安排好的，她会去做一个小学教员，去做一个贤妻良母，当然依然会是一个有点罗曼蒂克绮想的新女性。但革命吸引了她，进而改变她，让她向往、服从，无条件地牺牲自己，还唯恐牺牲得不够。一个小镇女性的生命史因此被改写，从先前的"风花雪月阳光明媚"，转而去经历一番"雪雹肃杀"。她断舍了原生家庭，拒绝了爱情，心甘情愿为新四军的一场运送军火计划赔上了一场婚姻。到最后，她除了两个被迫接受的孩子，几乎一无所有。而那些她无条件信任的人，那些声称一直在保护她的人，其实都怀有自己的目的。但她还是无怨无悔。

这一个革命的"仙儿"，以梦想燃烧为动力、几乎不食人间烟火的女子，她最后还是要降落世俗的地面，去面对人生伦常、生老病死，所以她对丧子后的姨父说，她愿意做他的女儿，为他养老送终。为了挨过饥饿，她带着一对双胞胎去曾先生家乞食。她最后甚至连画笔都握不起来了，画不出一张歌颂新社会的画。这个财主家的女儿，彻底成了一个在日常里过活的普通女性。

如果金萱是一个诗人，她一定会在诗句里写下她对自己一生的反思。她晚年痴迷"观落阴"仪式，就是想要看清自己这一生。她对自己的一生是有迷惑的。这迷惑，其实也是小说对革命的反思。写这个小说时，时常浮现在我记忆里的是大卫·里恩拍的《日瓦戈医生》里的一些场景。

小说初稿写成后，搁了一段时间。我经常在想的一个问题是，一个历史人物是怎样一步步变成小说人物的。这段时间里，朋友们给了我很好的建议，启发我如何掌握增删的艺术。再修改时我有意放慢了脚步，去打量她周边的人和事。为了把她拉近，看得更清楚，部分启用了第一人称的视角。

从盛夏开始到收工，改稿将近半年，几乎比第一稿的时间还要长。半年里发生太多事了，疫情时期的世界，再遥远地方发生的事也会牵连到你，就像约翰·邓恩在布道书里说的，没有谁能像一座孤岛。每天夜深人静时，我就像一个专注的匠人打磨它，我是在用这块小小的泥土铆住世界和陆地。这也是这个非常时期里我与世界的通道。

2021 年 11 月 30 日上午

图书在版编目（CIP）数据

我的曾外祖母/赵柏田著.—杭州：浙江文艺出版社，2022.5
ISBN 978-7-5339-6790-1

Ⅰ.①我… Ⅱ.①赵… Ⅲ.①长篇小说－中国－当代 Ⅳ.①I247.5

中国版本图书馆CIP数据核字（2022）第037073号

策划统筹	曹元勇
责任编辑	李　灿　易肖奇
营销编辑	耿德加　胡凤凡
责任印制	吴春娟
装帧设计	人马艺术设计·储平

我的曾外祖母
赵柏田　著

出版发行	浙江文艺出版社
地　　址	杭州市体育场路347号
邮　　编	310006
电　　话	0571-85176953（总编办）
	0571-85152727（市场部）
印　　刷	浙江省邮电印刷股份有限公司
开　　本	880毫米×1230毫米　1/32
字　　数	260千字
印　　张	11.5
插　　页	4
版　　次	2022年5月第1版
印　　次	2022年5月第1次印刷
书　　号	ISBN 978-7-5339-6790-1
定　　价	69.00元（精装）

版权所有 侵权必究

（如有印装质量问题，影响阅读，请与市场部联系调换）

一本书打开一个世界

欢迎订购、合作

订购电话：0571-85153371

服务热线：0571-85152727

KEY-可以文化

浙江文艺出版社

京东自营店

关注KEY-可以文化、浙江文艺出版社公众号，
及浙江文艺出版社京东自营店，随时获取最新图书资讯，
享受最优购书福利以及意想不到的作家惊喜